复旦宋代文学研究书系·王水照主编
本书系获上海文化发展基金会图书出版专项基金资助

中唐至北宋的典范选择与诗歌因革

李贵 著

复旦大学出版社

教育部人文社会科学研究青年项目
"中唐到北宋的社会转型与文学演变"（06JC75011-44011）最终成果

上海财经大学基本科研业务费项目
"中唐至北宋的典范选择与诗歌因革"（2012110042）最终成果

国家社科基金青年项目
"宋代文学的文化地理学研究"（11CZW035）阶段成果

复旦宋代文学研究书系序

王水照

2011年上半年,我和几位弟子商量,能否仿照我所编"日本宋学六人集",组织一批青年学者的书稿,编辑一套复旦版宋代文学研究"六人集"。这个想法源自以下三点考虑:

第一,复旦大学中国古代文学学科是国务院在1981年批准的首批具有博士学位授予资格的学科点之一,2011年恰好是三十周年。古语云"三十而立",在这三十年中,复旦大学古代文学学科得到迅猛发展,培养了一大批优秀的博士生,同时也产生了许多优秀的博士论文,成为推动古代文学研究的一支力量。我自1992年带博士生始,也培养了相当数量宋代文学方向的博士,从他们之中选择几部著作编成丛书出版,算是对复旦古代文学博士点三十周年的一种纪念。

第二,新世纪以来,由于博士生的扩招,论文的数量迅速膨胀,但同时质量也有所下降。学术著作的出版较之以前容易许多,大量的各类论著充斥书市,有埋没精品之虞。过紧或者过滥,都不是健康的学术出版生态,都不能很好地为学术发展服务。精选几部著作,形成一个"品牌",或许能够在驳杂的学术图书市场产生一定的积极影响。

第三,当前的宋代文学研究十分活跃,是断代文学研究中成果比较丰硕的领域,及时从中遴选一些青年学者的优秀论著,以丛书形式推荐给学界,能够促进学术交流与学术繁荣。对他们个人而言,也是很好的展示平台,扩大他们的学术影响。

我的建议很快得到多位学友的积极响应,他们都纷纷将自己精心撰作的论著加入我的这个计划,同时也很快得到复旦大学出版社贺圣遂社长的鼎力支持。这件事就迅速提上了日程。

　　古代文学博士论文的选题,简单来说有三种常见模式,即个案研究、时段研究和专题研究。个案研究围绕一个作家展开,就其生平、交游、作品内容、艺术风格进行探究;时段研究截取某个时代,就特定时段的文学现象、文学思潮、文人群体进行描述分析;专题研究则常常是拈出一个重要概念,或做交叉研究,或做源流辨析,或做历史还原等等。这三种选题模式,各有千秋,也并不对立,都取得了十分可喜的成果,只要不走向程式化,都还大有可为。

　　我这里着重想说的是交叉课题研究。近年宋代文学研究出现了文学与科举、文学与地域、文学与党争、文学与传播、文学与家族五个重要的新兴交叉类课题,我将它们戏称为"五朵金花"。这五类课题,均将文学与其他学科紧密联系在一起,是一种"文化—文学"的展开思路。我一直认为,只有将文学置于文化的背景下,才可能真正看清文学的位置。当然也必须强调,这种研究一定不要忘了文学本位,落脚点一定是解决文学的问题,我们文学研究者,不应该是给其他学科"打工"的。与此同时,这类交叉研究也内在地要求我们拓宽文学研究的视野,不必画地为牢,自为畛域,应以更为宽阔的学术怀抱去探索古代文学研究的新路径与新方法。

　　本套丛书收入了朱刚《唐宋"古文运动"与士大夫文学》、李贵《中唐至北宋的典范选择与诗歌因革》、金甫暻《苏轼"和陶诗"考论——兼及韩国"和陶诗"》、陈湘琳《欧阳修的文学与情感世界》、成玮《制度、思想与文学的互动——北宋前期诗坛研究》、侯体健《刘克庄的文学世界——晚宋文学生态的一种考察》六种著作。朱刚、李贵、成玮的著作,是时段研究与专题研究的结合。他们的聚焦点都在唐宋之际,特别是朱刚和李贵的两部书,有着"唐宋变革论"的明显印记。朱刚从博士学位论文《唐宋四大家的道论与文学》开始,就密切关注唐宋"古文运动",陆续撰作了十余篇相关论文,在学界产生一定的影响,获得了同道的好评。《唐宋"古文运动"与士大夫文学》一书即是他多年来钻研"古文运动"的集中展示,他标举"士大夫文学",敏锐地抓住了唐宋"古文运动"与之前、之后文学"运动"的不同,强调科举制度产生的士大夫精英构成的唐宋社会与文学的特殊性。论著对传统"古文运动"有所反思,拓宽了"古文运动"的研究视野。所着重阐明的"古文运动"与新儒学、贤良进卷、苏辙与"古文运动"的关系等命题,均有独到的见解。

李贵《中唐至北宋的典范选择与诗歌因革》历时十余年的修订,较之其博士论文,有了很大的增改和深入。在他刚刚撰写博士论文的时候,关于这个论题,学界相关论著还比较少,若干年过去了,"中唐—北宋"的诗歌研究取得了长足的进步,这对学界来说是学术发展的必然,值得庆贺,对李贵来说恐怕却是无形的压力。不过这部书稿雄辩地证明,好学深思的他在广泛吸取海内外研究成果的基础上,有力地推进了该领域的研究。该书不仅在诗歌研究领域呼应了"唐宋变革论",而且通过分析陶渊明、杜甫、韩愈、白居易、李商隐等对宋诗进程的影响,深化了典范选择与诗歌因革的关系研究,更细致而深刻地描述出唐宋诗之嬗变轨迹,突出了中唐到北宋文学的内在连续性和一致性。

成玮《制度、思想与文学的互动——北宋前期诗坛研究》与李贵的论题有些重合,但却表现出不一样的面貌。他在上编抓住诗学观念、文人分布和诗体发展三个重要因素,从制度、思想和文学的互动关系入手,清晰地描述出宋初三朝诗坛的具象图景。在下编则选取欧阳修作为描述框架,通过辨析欧阳修与时代之间的契合或疏离,展现出仁宗朝诗坛的历史现场。这对于深化北宋诗歌研究,特别是对于探源北宋诗文革新运动,具有重要的学术价值。

金甫暻、陈湘琳、侯体健的著作则是个案研究与专题研究的结合,分别涉及苏轼、欧阳修和刘克庄三位宋代重要的文学家。虽然都是个案研究,他们的方法却完全不同,甚至可以说代表了个案研究的不同范式。金甫暻是韩国学者,他选取的切入点比较小,《苏轼"和陶诗"考论——兼及韩国"和陶诗"》一书就苏轼"和陶诗"的形式、内容、背景、影响等问题进行了细致分析,获得了不少与前人同题研究不同的具体结论。其中对韩国"和陶诗"相关资料的辑录和论述,更给国内学界提供了崭新的研究资料,这对于认识东亚汉字圈的文化交流,有着特殊的意义。

陈湘琳《欧阳修的文学与情感世界》一书表现出女性学者特有的敏感和视角,注重"美感经验"的发掘,对面向内心的欧阳修的情感体验、地域记忆、空间书写、生命底色、文化风度等问题,进行了全面的解读。该书大处着眼,小处着笔,运思精细,阐微发覆,以"细读"和"体察"的方法,从大量文献中摹画出一个有血有肉、有情有感的欧阳修,并将这种生命个体的内心世界与北宋文化整体的发展局势暗自勾连,跳出了原有研究窠臼,是近年来欧阳修研究的一大收获。

如果说陈湘琳的个案研究是"内省式",侯体健的则可以说是"外烁式"。《刘克庄的文学世界——晚宋文学生态的一种考察》一书,吸收了当前学界的最新研究成果,关注到相邻学科的前沿与热点,从"晚宋文学生态"的大背景入手,展开对刘克庄周围世界与环境的多方面、多角度的探讨和研究,凸现出刘克庄文学世界构成中的时代的、政治的、社会的、文化的复杂因素或基础,这在研究理念和方法上是一个重大的突破,在刘克庄和晚宋文学研究中可谓独辟蹊径、另具手眼。该书的研究框架和目录设置,也别出心裁,在同类著作中较为少见,是个案研究模式的新探索。

学术研究的推陈出新,无非在新材料、新方法、新视野与新观点。本套丛书除了朱刚的之外,其余五部都是以博士毕业论文为基础修订而成的,是他们的处女作,也是他们向学界交出的第一份答卷。这六部书稿自然不是十全十美之作,许多问题还有待进一步探讨。老师审读学生辈文稿,本应优点说全,以资鼓励,缺点讲透,俾便精进。这篇序文信笔写来,却多为褒饰之语,不免自夸之嫌。但我自信并非空洞赞扬,未违"修辞立其诚"的古训。希望读者能够看到他们所作的可贵的学术努力,在新材料的发掘、新方法的运用、新视野的拓展、新观点的提出诸方面,均已提供的不宜轻视、值得玩索的学术内涵。

我和六位作者都有师生之谊,都曾在不同时期的复旦园中共探学问之道,往事历历,犹如昨日。如今,我们或隔海相望,或同系共事,看到他们取得的成绩,我备感欣慰。不过,治学如逆水行舟,不进则退,希望他们戒骄戒躁,持之以恒,假以时日,一定能够取得更大的成绩。

目 录

绪论 …………………………………………………………… 1
  第一节 "中唐—北宋":从"唐宋变革"论到
         "宋元明变革"说 ………………………………… 1
    一、日本和美国的"唐宋变革"论 ………………………… 1
    二、中国的"唐宋变革"论 ………………………………… 13
    三、对"唐宋变革"论的反思 ……………………………… 22
  第二节 文学史上的"中唐—北宋"连贯说 …………………… 27
  第三节 北宋的古典主义诗学与师古—创新模式 …………… 39

第一章 白居易、贾岛与唐末五代宋初的白描诗风 ………… 46
  第一节 "晚唐两诗派"说略考 ………………………………… 46
  第二节 乐天体:在朝与近道 …………………………………… 50
    一、白居易的追随者 ……………………………………… 50
    二、从白集流传看白体流行 ……………………………… 57
    三、白体诗人与道教 ……………………………………… 61
  第三节 贾岛格:在野与近佛 …………………………………… 65
  第四节 徐铉对宋诗的先导作用 ……………………………… 74
    一、忠义志节 ……………………………………………… 75
    二、以道自守 ……………………………………………… 79
    三、以诗自持 ……………………………………………… 83
  第五节 王禹偁的意义 ………………………………………… 89
  第六节 在诗歌的家园里栖居:苦吟的意义及影响 ………… 96
    一、怀着诗歌寻找家园 …………………………………… 96

二、通过苦吟思考存在 ………………………… 100

第二章　李商隐与北宋诗 ………………………… 103
第一节　富贵态与贵族味：选择李商隐 ………… 103
第二节　甜美而有用：西昆派的诗歌理论与实践 …… 113
第三节　类书的诗化：以才学为诗 ……………… 122
第四节　雄文博学的意义及影响 ………………… 130

第三章　韩愈与"宋调运动" ……………………… 138
第一节　天圣尊韩与宋调初兴 …………………… 138
第二节　言尽意论：中唐—北宋的语言观念与诗歌艺术
　　　………………………………………………… 158
　　一、韩愈与刘禹锡：语言能"妥帖""明百意" …… 159
　　二、北宋的语言乐观主义 …………………… 163
　　三、中唐—北宋禅宗的"语言学转向" ……… 170
　　四、言尽意论与诗歌语言大变局 …………… 172
第三节　以文为诗："出位之思"与文体革新 …… 175
　　一、术语"出位之思"的中外来源及内涵 …… 175
　　二、"以文为诗"的含义和表现 ……………… 183
　　三、"以文为诗"的文体学背景和文学意义 … 187

第四章　杜甫与中唐—北宋诗的大变局 ………… 200
第一节　庆历尊杜与宋调成熟——以杜集从写本
　　　　到印本的转向为中心 …………………… 202
　　一、庆历前后的杜集诸写本 ………………… 203
　　二、写本异文与庆历学杜 …………………… 212
第二节　杜甫苦热诗的新天地 …………………… 225
　　一、苦热诗的现实性 ………………………… 226
　　二、苦热诗的审美形态和诗人意志 ………… 231
　　三、杜甫苦热诗的历史地位 ………………… 235

第三节　中唐—北宋苦热诗的再出发 ………………… 237
　　　一、中唐到五代的发扬 ………………………………… 237
　　　二、北宋的创造 ………………………………………… 242

第五章　陶渊明与宋调的自赎 ……………………………… 251
　第一节　元丰尊陶与宋调自赎——以北宋后期的
　　　　　陶渊明崇拜为中心 ……………………………… 251
　　　一、从唐代到北宋陶渊明祠的建置 …………………… 253
　　　二、北宋后期陶渊明祭祀的国家化及其社会功能 …… 260
　第二节　从陶杜并尊到独尊渊明：北宋后期的陶渊明
　　　　　圣化与宋学转向 ………………………………… 271
　第三节　奇趣：北宋后期诗的美学特质 …………………… 279
　　　一、陶诗与北宋后期的奇趣理论 ……………………… 279
　　　二、北宋后期诗的奇趣 ………………………………… 286

结语 …………………………………………………………… 297
参考文献 ……………………………………………………… 305
后记 …………………………………………………………… 344

绪　　论

本书将打破王朝界限,在唐宋变革的理论框架中考察唐诗之变与宋诗之兴,从典范选择的视角建构中唐到北宋的诗学转型,重点探讨北宋诗歌变迁的历史细节与文化意义。

第一节　"中唐—北宋":从"唐宋变革"论到"宋元明变革"说

把"安史之乱"(755—762)当作唐王朝乃至整个中国历史的一个转捩点,这已是学术界的共识。在此基础上,很多学者进一步打破王朝界限,把中唐到两宋连接起来看待,视为近代的开端,或把中唐到北宋作为一个连续的历史阶段看待,这在国际汉学界尤其流行,所谓"唐宋变革"论就是其中最为典型的一个假设。

一、日本和美国的"唐宋变革"论

关于唐宋之际的社会变革及其历史效果,中国古代已有若干见解,但能基于国际视野和现代性语境有针对性地明确提出论题、并对世界范围内的中国史研究产生重大影响的,首推日本现代学者内藤湖南的论述,故这里仍从"内藤假设"谈起。

内藤虎次郎(Naitō Torajirō,1866—1934),字炳卿,号湖南(Konan),别号黑头尊者。1907年起在京都大学任教,1909年升任教授,1926年到龄退休。作为京都学派的主要奠基人之一,内藤湖南在日本史和中国史两大领域均成就卓著。在通贯中国历史的基础上,通过与日本史和西洋史比较,他提出了独到的唐宋时代观"宋代近世说",产生广泛影响,至今不绝。其观点,东亚学术界通常概括为"唐宋变革"论(说)①,欧美学术界一般称为 The Naitō Hypothesis(内藤假设)②,有时也叫做 Naitō's Thesis(内藤命题)③。

中国学人对内藤湖南的学问并不陌生。1927 年,陈寅恪《王观堂先生挽词》在赞扬王国维的学术成就时,曾列举与他交游的海内外诸大家,以作彰显:"当世通人数旧游,外穷瀛渤内神州;伯沙博士同扬搉,海日尚书互倡酬。东国儒英谁地主?藤田狩野内藤虎。"陈寅恪曾对蒋天枢口述,最后两句指的是日本学者藤田丰八、狩野直喜和内藤虎次郎,三人之中,内藤之学最优;之所以把内藤放在最后,是出于押韵的需要④。可见陈寅恪对内藤之学问评价甚高。1934 年,内藤湖南刚去世,尚在燕京大学本科求学的周一良即撰文评述其生平和学术成果,内容偏重于中国上古史、清初史地、史学方法及中国史学史⑤,这是最早向中国评述内藤史学的文章。改革开放初期,夏应元依据《内藤湖南全集》,撰文评述内藤的中国史研究,特别是其中的历史分期法⑥。此后,内藤湖南的论著在中国日益受到重视,特别是他

---

① 参见谷川道雄《内藤湖南の唐宋変革論とその継承》,名古屋:河合文化教育研究所编《研究论集》第 1 集,2005 年 9 月,第 77—82 页;李华瑞主编《"唐宋变革"论的由来与发展》,天津:天津古籍出版社,2010 年。
② 宫川尚志对内藤学说的介绍对欧美学术界影响最大,见 Miyakawa Hisayuki, "An Outline of the Naitō Hypothesis and Its Effects on Japanese Studies of China", *Far Eastern Quarterly*, Vol. 14, No. 4:533-552, Aug., 1955。
③ 如 John King Fairbank(费正清)& Merle Goldman, *China: a new history* (2nd. Enl. Ed.), Cambridge, Mass.: Harvard University Press, 2006(1992 年初版), p. 126; Pamela Kyle Crossley, *What is global history?*, Cambridge, UK: Polity Press, 2008, pp. 95-96.
④ 《陈寅恪集·诗集》,北京:三联书店,2009 年,第 15 页。
⑤ 周一良《日本内藤湖南先生在中国史学上之贡献——〈研几小录〉及〈读史丛录〉提要》,原载《史学年报》第 2 卷第 1 期,1934 年 9 月,收入《周一良集》第 4 卷《日本史与中外文化交流史》,沈阳:辽宁教育出版社,1998 年,第 467—513 页。
⑥ 夏应元《内藤湖南的中国史研究》,《中国史研究动态》1981 年第 2 期,收入北京市中日文化交流史研究会编《中日文化交流史论文集》,北京:人民出版社,1982 年,第 310—340 页。

的"唐宋变革"论,影响到多个专业领域的学者。2005年,张广达发表长篇评论《内藤湖南的唐宋变革说及其影响》①,对世界范围内的相关学术史作了全面回顾,准确详尽而富有学术启发性,足资参考。故以下只就与本书"中唐—北宋连贯说"相关的若干问题作些梳理和补充。

关于内藤唐宋变革论提出的时间,中国大陆学术界多说是1910年,究其原委,大概是大陆翻译出版其《概括性的唐宋时代观》(中译本径照日文作《概括的唐宋时代观》)一文时,译者说该文出自"《历史与地理》第九卷第五号,一九一〇年"②,引用者未加复核,径据以立说。其实这是错误的,日本的《历史与地理》(歴史と地理)杂志由史学地理学同考会主办,创刊于1917年11月,1910年尚未创办,绝无可能刊载该文。事实上,该文于1922年5月刊登在《历史与地理》第9卷第5号,收入不同文集时编者均有明确说明③。而且,在此之前,内藤已经公开提出了他关于唐宋变革的主要观点。

据内藤湖南哲嗣内藤乾吉介绍,1909年,内藤在京都大学讲授"支那近世史"课程(按,当时"支那"并非对中国的蔑称),并撰写备课笔记。保留下来的当年度讲义的"绪言"开宗明义提出:"说到近世史应从何时开始,这应当说是宋以后。"接着从五个方面简述宋以后的变化:第一,在政治上,皇位变得超然独立,再无篡夺弑逆,对君主权力的限制变得更加困难。第二,与邻国关系上,不再是大一统,宋朝从一开始就承认自己只是对立诸国之一。第三,权力斗争方面,宋代的朋党基本是和平争夺权力。第四,国

---

① 原载《唐研究》第11卷,2005年12月,收入《张广达文集》第3辑《史家、史学与现代学术》,桂林:广西师范大学出版社,2008年,第57—133页。
② 刘俊文主编《日本学者研究中国史论著选译》第1卷,黄约瑟译,北京:中华书局,1992年,第18页。
③ 此文先收入内藤虎次郎《东洋文化史研究》,内藤乾吉、内藤戊申编,东京:弘文堂书房,1936年,第125—138页;最后收入《内藤湖南全集》第8卷,神田喜一郎、内藤乾吉编,东京:筑摩书房,1969年,第111—119页。

家与社会关系方面,宋代以前,是彻底改造社会以符合国家目的;宋代则是适应社会现实,或者在稍加修正的基础上建设国家。第五,文化上,宋代的学术思想和文艺皆出现新倾向,在唐代萌芽,至北宋成型;这些发展与西洋的文艺复兴、宗教改革相似,均以复古为名,其实是以自由研讨为基础。"这些都是在政治文化上包含近世意义的变化。故而,不仅从时代的方便上,而且从思考的价值上,都应当说北宋以后是近世史。"内藤湖南讲义里的这些论述虽然简略,有些还不够准确,但正如内藤乾吉所说,作为湖南史学标识之一的"宋以后近世说",在此时已经阐明①。讲义的最终稿于1947年由东京弘文堂出版,书名《中国近世史》;收入《内藤湖南全集》第10卷时,恢复原初的书名《支那近世史》。"国际汉学警察"杨联陞评价《中国近世史》说,此书书名可能会引起一些学者的误解,但其意义恰就在于作者对中国历史上"近代"时期的定义②。前后比较,此书的中心内容即是1922年先行提炼出来发表的《概括性的唐宋时代观》③。由此,可以说,内藤湖南明确提出"宋代近世说"(即"唐宋变革"论)的时间在1909年④。

应当指出,"宋代近世说"并非内藤首倡。1900年,远藤隆吉著《支那哲学史》,将中国哲学史分为三大阶段,汉代以前是古代哲学,汉代至唐代为中古哲学,两宋至明代为近世哲学⑤。这样的

---

① 《内藤湖南全集》第10卷内藤乾吉"后记",第523—530页。与内藤湖南交往的日本史学者内田银藏在1918年的演讲《近世的日本》中也提出,宋元明的文化是中国近世的文化。见葭森健介《唐宋变革论于日本成立的背景》,马彪译,《史学月刊》2005年第5期,第20—23页。

② Lien-sheng Yang, Review of Chūgoku Kinseishi and Shina Shigakushi by Naitō Torajirō, *Far Eastern Quarterly*, Vol. 12, No. 2:208-210, Feb.,1953.

③ 《内藤湖南全集》第8卷内藤乾吉"后记",第493页;第10卷《支那近世史》内藤乾吉"跋",第521—522页。

④ 中日关于内藤湖南"唐宋变革"论提出时间的讨论,参见李庆《关于内藤湖南的"唐宋变革论"》,《学术月刊》2006年第10期,第116—125页;牟发松《"唐宋变革说"三题——值此说创立一百周年而作》,《华东师范大学学报》2010年第1期,第1—10页。

⑤ 远藤隆吉《支那哲学史》,东京:金港堂书籍株式会社,1900年。

历史分期对内藤应该是有启发的。

内藤湖南更明晰的论述来自随后的论著。1914年,宇野哲人出版《支那哲学史讲话》,以汉代以前为上古,两汉至唐代为中世,两宋至清代为近代,沿用了远藤的历史分期①。同一年,内藤湖南出版《支那论》。此书对中国历史的探究源自现实的刺激。内藤有感于当时中国的时局如走马灯似的急转变化,不知中国将来会走向君主制还是共和制,遂从历史中寻找解决问题的关键。他认为,西洋史和日本史中所谓上古、中古、近世的历史分期也同样适用于中国,中国从唐代中期开始,到五代、北宋时期,已经逐渐过渡到近世②。此书初版时,书前图版的最后一页是熊希龄致内藤湖南的书信手迹③,亦可见此书与现实、与熊希龄内阁的关联④。日本学者甚至指出,《支那论》是内藤与君主独裁宿命论的"对决":针对当时国际上广泛传播的"中央集权的君主独裁制是中国的宿命"的看法,内藤在书中希望并相信中国当时的帝制复辟不会成功,作为宋代以后近世社会的潜流发展、积累的结果,君主制最终会结束使命,共和制的时代终会到来⑤。1922年,他发表《概括的唐宋时代观》,把唐代中叶作为分界线,简明扼要地指出:"唐代是中世的结束,而宋代则是近世的开始,其间包含了唐末至五代一段过渡期。"⑥1928年,他做了题为《近代支那的文化生活》的公开演讲,围绕近代文化生活的五个要素再次阐明宋代的近世特性⑦。傅佛果(Fogel)认为:"《支那论》很可能是20世纪论述中国历史和文化最有影响的作品。没有其他学术论著曾如此深远地

---

① 东京:大同馆,1914年。
② 《内藤湖南全集》第5卷,第291—408页。
③ 内藤湖南《支那论》,东京:文会堂书店,1914年。
④ 见陶德民《内藤湖南における『支那論』の成立ち——民國初期の熊希齡內閣との關連について》,《东方学》108:84—104,2004年7月。
⑤ 沟上瑛《内藤湖南》,江上波夫编《東洋学の系譜》,东京:大修馆书店,1992年,第49—59页。
⑥ 刘俊文主编《日本学者研究中国史论著选译》第1卷,第10—18页。
⑦ 《内藤湖南全集》第8卷,第120—139页。

影响到中国史的学术领域。"①宫崎市定则总结说,奠定内藤"宋代近世说"基础的是《概括的唐宋时代观》和《近代支那的文化生活》这两篇论文②。追本溯源,这三部论著的内容都源自内藤1909年《支那近世史》的讲义。

在上述四部论著中,最集中而鲜明地反映出内藤"宋代近世说"内容的,当数《概括的唐宋时代观》一文。论文通过分析唐和宋在文化性质上的显著差异,揭示唐宋之际"中国从中世转移到近世的变化情形"。试将该文所述差异简列如下:

> 政治上,(一)贵族政治式微,君主独裁出现。六朝至唐中叶,是贵族政治最盛的时代;在唐末至五代的过渡期,贵族政治式微,代替的是君主独裁政治;此制度在宋代以后逐渐发达,到明清时期形式完备。(二)在贵族政治时代,政治属贵族全体专有,政权由天子和世家郡望共同控制;君主独裁政治兴起后,贵族失势,君主不再是贵族团体的私有物,而是直接面对全体臣民,成为绝对权力的主体。(三)在贵族政治时代,人民被贵族整体视为奴隶;隋唐时期,人民从贵族手下解放出来,由国家直接统治,成为贵族团体的佃农;到唐代中期,租庸调制崩坏而改为两税制,人民开始摆脱奴隶佃农地位;到宋代,人民有了处置土地收获的自由,拥有土地所有权。(四)宋代开始,科举普遍化,官员的选拔制度发生改变,

---

① Joshua A. Fogel, *Politics and Sinology: The Case of Naitō Konan (1866-1934)*, Cambridge, Mass.: Harvard University Press, 1984, p. 165. 对傅佛果著作的评价及指瑕,见 Chalmers Johnson 书评, *The China Quarterly*, No. 103: 544-545, Sep., 1985; Miles Fletcher 书评, *The Journal of Japanese Studies*, Vol. 12, N. 1: pp. 199-204, Winter 1986;日译本"译者后记",见 J. A. フォーゲル《内藤湖南:ポリティックスとシノロジ-》,井上裕正译,东京:平凡社,1989 年,第 296—300 页;砺波护《今なぜ内藤湖南か》,收入其《京洛の学風》,东京:中央公论新社,2001 年,第 182—193 页;大谷敏夫《内藤史学における中国文化的アイデンティティ》,追手门学院大学亚洲文化研究会编《他文化を受容するアジア》,大阪:和泉书院,2000 年,第 79—105 页。

② 《宫崎市定全集》第 9 卷《五代宋初·自跋》,东京:岩波书店,1992—1994 年,第 448 页。

庶民也获得出仕除官的均等机会。(五)政治的实际情况变化,特别是朋党,唐代朋党以贵族为主,专事权力斗争,宋代朋党则是不同政见之争。

经济上,(六)在宋代,货币开始大量流通,货币经济盛行。

学术文艺亦即文化上,(七)唐代中叶以前,经学以义疏为主,疏不破注;此后疑古疑经,自创新解。(八)六朝至唐流行四六文;唐代中叶兴起散文体的古文,文章由重形式变为重自由表达。盛唐诗风大变,唐末,词又发展起来,打破五七言格局,形式更加自由。(九)六朝隋唐盛行壁画,以彩色为主,五代至两宋变为屏障画,金碧山水衰退,墨绘日益流行。(十)唐代以舞乐为主,服务于贵族;宋代以后,通俗艺术较盛,日益以平民趣味为依归,南宋时表现得最为突出。

以上从政治、经济、文化三大领域十个方面阐发了唐宋之际的社会变化。最后犹强调:"总而言之,中国中世和近世的大转变出现在唐宋之际,是读史者应该特别注意的地方。"除了没有论及中唐到北宋诗的转型,内藤的确全面考察了中国社会的各种现象,从而作出富有穿透力的学理概括。

内藤的假设曾受到质疑,但得到门生宫崎市定强有力的支持。宫崎自述,"我的宋代史研究是以内藤湖南先生的宋代近世说为基础的"①,内藤的学说有其限度,"但湖南留给后世的最大影响,就是关于中国史的时代区分论"②。宫崎起初对乃师学说抱有怀疑,但后来深感有理,转而大力证成师说,从社会经济史、政治史、制度史、教育史、思想史和科技史等诸多方面充分论证并发展了唐宋变革论。1940到1941年,他发表《东洋的文艺复兴与西洋的文艺复兴》,从哲学、文学、印刷术、科学和艺术等五方面列举了

---

① 《宫崎市定全集》第9卷《五代宋初·自跋》,第447页。
② 宫崎市定《内藤湖南とシナ学》,《宫崎市定全集》第24卷《随笔(下)》,第238—249页。

唐代后期到北宋的发展变化,并与西方的文艺复兴现象作对比,指出北宋时期已经出现了与后来西方类似的文艺复兴①。1950年,在《东洋的近世》里,他从交通、社会经济、政治、国民主义和文化等诸多方面论述唐中叶以后到宋元明清的发展,特别是宋代成型的各种变化,再次强调"宋代近世说"②。随后,在《宋代以后的土地所有形态》(1952年)和《从部曲到佃户——唐宋间社会变革的一面》(1971年)两文中③,他分析说,魏晋南北朝隋唐时期土地所有制是庄园制,从唐末开始到五代宋初,中世的庄园制衰落,宋代的土地经营是小规模、零星化的,农业劳动者的身份从过去的"部曲"(贱民,不自由民)走向全新的"佃户"(契约人,自由民),可称作近世资本主义性质的经营方式。1965年,他强调说:"根据湖南的观点,在宋代成型的中国新文化,一直不变地延续到现代。换言之,宋代人的文化生活和清末的文化生活几乎没有变化。正是由于如此先进的宋代文化,所以把宋代以后命名为近世。"④1980年,他把一篇文章题作《宋元的文化世界第一》⑤,直接明确地高度赞扬了宋元这两个长期被轻视的王朝。他指出,对国家的评价标准不能只限于"武力国家",还要着眼于"经济国家"、"文化国家",关注国民的幸福;宋朝首次实现了经济国家、文化国家的理想。"宋元这个时代,在中国历史上是稀有的伟大的时代,是民族主义极度昂扬的时代。军事上萎靡不振,取而代之的是,中国人民的意气专门集中于经济、文化方面,并加以发扬,取得了出色的成果。"

与乃师一样,宫崎市定的成就也为世所公认。"东京学派"代表人物之一前田直典曾批判内藤学说,主张唐末为止为古代,宋代以后为中世,但也在批评性的论文中承认:"内藤博士以后,宫

---

① 《宫崎市定全集》第19卷《东西交涉》,第3—50页。
② 《宫崎市定全集》第2卷《东洋史》,第133—241页。
③ 《宫崎市定全集》第11卷《宋元》,第80—118页;第3—79页。
④ 宫崎市定《内藤湖南とシナ学》,《宫崎市定全集》第24卷,第238—249页。
⑤ 《宫崎市定全集》第12卷《〈水浒传〉》,第25—42页。

崎市定是京都学派中最卓越的中世论者。"①"文革"以前,中国大陆曾选译宫崎的论文作为"内部读物"出版,分为上卷(1963年)和下卷(1965年),供高级干部和专家阅读。编选者虽然批判宫崎市定"反动透顶",但也说他是"思想反动而影响较大的'东洋史学家'之一"②,承认其影响。如今,中国和西方普遍意识到宫崎市定对内藤湖南学说的发展及其独特贡献。王水照总结道,内藤、宫崎等人的宋代近世说,以唐宋之际"转型论"为核心,又自然推导出"宋代文化顶峰论"和"自宋至清千年一脉论"③,这无疑是符合实情的概括。

从普世价值和中国人的立场出发,内藤湖南和宫崎市定的某些国民主义言行必须受到批判,但从学术的角度看,他们的唐宋时代观确有其合理性和启发性,故后来日本和西方中国学多吸纳其说。法国谢和耐1972年首版的《中国社会史》认为安史之乱后中国开启了"向近代的过渡","从中唐和8世纪末开始出现了巨大变化,这些变化在11世纪时产生了一个与6~7世纪完全不同的社会",两宋是中国的"文艺复兴","11~13世纪期间,在政治、社会或生活诸领域中没有一处不表现出较先前时代的深刻变化。……一个新的社会诞生了,其基本特征可以说已是近代中国特征的端倪了"④,明确地把中唐到两宋看作一个连续的历史阶段。从社会定型的角度看,"新社会"在11世纪也即北宋时已发展成熟,谢和耐实际上接受了宫崎市定的中唐—北宋转型说和文艺复兴说。次年,美国费正清等人编写的教科书《中国:传统与变革》第六章明确标作"唐代后期与宋代:中国文化的繁荣",书中评论道:

---

① 前田直典《古代东亚的终结》,刘俊文主编《日本学者研究中国史论著选译》第1卷,黄约瑟译,第135—152页。
② 中国科学院历史研究所翻译组编译《宫崎市定论文选集》上卷"前言",北京:商务印书馆,1963年,i—xi页。
③ 王水照《重提"内藤命题"》,《文学遗产》2006年第2期,第8—11页。
④ 谢和耐《中国社会史》,耿昇译,南京:江苏人民出版社,1997年,第218、199、255、257页。

> 六朝和唐代前期在许多方面是古代中国历史的最后阶段；唐代后期与在此之后的宋代（950—1276）组成后来中国历史的最初阶段。事实上人们可以称这一时期为"近代早期"阶段，因为这时的文化直至20世纪初都是中国的典型文化。其中许多东西在以后的一千年中证明是中国最典型的东西，至少在唐代后期开始萌芽，而在宋代开始繁荣。①

王朝界限被打破，文化标准被引入，历史的脉络因此变得很清晰：六朝和唐代前期自成一段，是古代后期阶段；唐代后期和两宋亦自成一段，可称作"近代早期"阶段。此处"近代早期"（early modern）或"前近代"（pre-modern），亦即内藤所谓"近世"。据傅佛果描述，在20世纪80年代，内藤湖南的历史分期论已经作为常识融入欧美的教科书②。20世纪末，近藤一成回顾宋史研究时也评价说："由内藤湖南提倡、宫崎市定等人展开的所谓中国史从唐到宋在政治、经济、社会、文化等所有领域经历了重大变化的唐宋变革论，是日本的中国史研究所取得的最重要的成果之一，现在仍然是考察这个时代的坐标轴。"③张广达则以其宏阔的学术史视野评价说，内藤湖南的治学是采取增渊龙夫分析出来的"内在的理解"方式，"也就是做到了深刻体验过去，所以他的学说富于发明和创见"，对今后的国学研究仍有启发意义："今天，在多元文化的世界，中国文化作为一个源远流长的独特传统，仍然需要从中国的内在发展理路考察它的过去。从内在理路思考中国的历史，是内藤先生开创的内藤史学对中国史研究的至大贡献。百年来内藤的唐宋变革说在唐宋史研究上所起的作用充分证明了这一点。

---

① 费正清、赖肖尔《中国：传统与变革》，陈仲丹等译，南京：江苏人民出版社，1996年，第117页。
② Joshua A. Fogel, *Politics and Sinology: The Case of Naitō Konan (1866-1934)*, p. 166.
③ 近藤一成《宋代士大夫政治の特色》，桦山纮一等编集《岩波讲座世界历史》第9卷《中華の分裂と再生：3—13世紀》，东京：岩波书店，1999年，第305—326页。

这是我们从内藤先生治学得到的第一点启示。"①

内藤湖南、宫崎市定的学说传播开后,日本学者通过探究中唐到两宋不同地域间存在的差异来完善"唐宋变革"论②,而美国学者则对内藤假设进行了修改。1969 年,刘子健和戈兰斯合编的论文集,书名《宋代中国的变化:创新抑或翻新?》,承认内藤—宫崎假设的先导作用,把宋代视为"中国的近代早期社会"(China's early modern society),其各方面的发展对形成直到 20 世纪的中国面貌有极大的促进作用。书中所收的论文围绕宋代的转变而展开,探讨这种转变究竟属于"创新"(innovation)或者仅仅是"翻新"(renovation),对内藤假设或支持,或反驳,揭开了北美宋史新研究的序幕③。1974 年,刘子健出版专著《中国转向内在》,提醒说,不同文化的演进并没有一个放诸四海而皆准的模型,将宋代视为"近代初期"的观点是将欧洲历史当成了度量衡;不应当将宋代视为"近代初期",因为近代后期并未接踵而至,甚至直到近代西方来临之时也没有出现;对于宋代,至关重要的是观察南宋与北宋之间的区别。中国在"南宋初期发生了重要的转型。这一转型不仅使南宋呈现出与北宋迥然不同的面貌,而且塑造了此后若干世纪中中国的形象"④。因此,该书集中揭示了南北宋之间的转型,从而提出:中国从南宋开始逐步转向内在。1982 年,郝若贝(Robert M. Hartwell)发表长篇论文《中国的人口、政治与社会的转型:750—1550》,在唐宋变革问题上提出了与内藤不同的阐释模式。据介绍,英美学者在论及内藤的唐宋变革论时,使用的是 Transition 一词,此词含有发展、进化的意思,其背后隐藏着一

---

① 张广达《内藤湖南的唐宋变革说及其影响》,《张广达文集》第 3 辑《史家、史学与现代学术》,第 112 页。
② 如柳田节子《宋元鄉村制の研究》,东京:创文社,1986 年;佐竹靖彦《唐宋變革の地域的研究》,东京:同朋舍,1990 年。
③ James T.C. Liu & Peter J. Golas, eds., *Change in Sung China: Innovation or Renovation?* Lexington, Mass.: Heath, 1969.
④ 刘子健《中国转向内在——两宋之际的文化内向》,赵冬梅译,南京:江苏人民出版社,2002 年,"序言"第 2,2—4 页。

个历史目的论的预设：现代化。而郝若贝的论文，题目用的是Transformation，此词也指变化，但不含有发展进化的意义。该文最基本的一个立场是：唐宋间的变革并不具有进化的意义，而只是由一种形态转向另外一种形态，两种形态间也是一种平等的关系①。郝若贝发现，以唐代中期为起点，到两宋时期，区域之间相对优势的变化和整体上财富与人口的增长，导致行政困难，引发中央权威下放地方，具体表现为"路"之出现和"县"的独立性之加强。主要统治阶层从唐代的世袭精英阶层转变到北宋的职业精英（官僚）阶层，再变而为南宋的地方性士绅家族。由此，郝若贝对内藤的宋代以后君主成为绝对权力的主体、君权无限加强的说法提出反驳，并且特别强调了南宋和北宋的差异②。在此基础上，韩明士（Robert P. Hymes）的专著研究了两宋江西抚州的官宦（statesmen）与绅士（gentlemen）这两个精英阶层，通过分析国家角色和精英角色的转变，总结道，一方面，对南宋精英而言，出仕朝廷、跻身庙堂不再是至关重要的，他们转向奉行地方主义策略，关注地方基地；另一方面，国家在地方事务上的弱化也为士绅在本地的社会行动提供了建设性的有利空间，从而使地方主义策略本身更为可行和更为可敬③。包弼德（Peter K. Bol）则通过研究士的转型和文学材料的思想史意义，揭示了中唐—北宋士人寻求价值观基础的思想历程，士人的身份从唐代的贵族转变成北宋的中央精英，到南宋又转换为地方精英④。

郝若贝和韩明士的理论常被称作郝—韩假设（Hartwell-

---

① 罗祎楠《模式及其变迁——史学史视野中的唐宋变革问题》，《中国文化研究》2003年夏之卷，第18—31页。
② Robert M. Hartwell, "Demographic, Political, and Social Transformations of China, 750—1550", *Harvard Journal of Asiatic Studies*, Vol. 42, No. 2:365—442, Dec., 1982.
③ Robert P. Hymes, *Statesmen and Gentlemen: The Elite of Fu-chou, Chiang-hsi, in Northern and Southern Sung*, Cambridge: Cambridge University Press, 1986, pp. 5、209.
④ 包弼德《斯文：唐宋思想的转型》，刘宁译，南京：江苏人民出版社，2001年。

绪论　　　　　　　　　　　　　　　　　　　　　　　　　13

Hymes hypothesis)或地方化假设(localist hypothesis),他们的研究划出了北宋和南宋的分野(split/division),内藤—宫崎的唐宋变革论强调中唐—两宋的变革延续,郝若贝—韩明士的唐宋转型论则强调南宋和北宋的断裂及转向。

二、中国的"唐宋变革"论

内藤湖南的"唐宋变革"论虽然影响最大,但此论的发明权却不属于他。诚如有的学者发现,至迟在南宋,郑樵就已经言简意赅地指出了唐末五代到宋代的社会变化和延续①。清叶燮对中唐枢纽地位的认识更是创辟:"不知此'中'也者,乃古今百代之中,而非有唐之所独得而称中者也……后此千百年,无不从是以为断。"②不过古代的言论大多只是出自直觉的把握或笼统的感受,比及20世纪,中国学者才在新的时代环境中使用新的学术话语对唐宋之际的变革问题展开热烈讨论。

最早提出"宋代近世"说的学者大概是夏曾佑。清光绪二十八年(1902),他应商务印书馆之邀,编撰《最新中学教科书·中国历史》,三十年(1904)出版第一册,三十二年(1906)出版第二、三册。原计划写五册,但实际只写了这三册。商务印书馆1933年重新出版此书,并改名为《中国古代史》,图书性质也由中学教科书升为"大学丛书"之一种。是书在分析中国"古今世变之大概"时说:

> 中国之史,可分为三大期:自草昧以至周末,为上古之世;自秦至唐,为中古之世;自宋至今,为近古之世。……近古之世,可分为二期:五季宋元明为退化之期,清代二百六十一年为更化之期。③

---

① 张邦炜《"唐宋变革"论的首倡者及其他》,《中国史研究》2010年第1期,第11—16页。
② 叶燮《百家唐诗序》,《己畦集》卷八,《四库全书存目丛书》影印清康熙刻本,集部第244册第82页。
③ 夏曾佑《中国古代史》,《民国丛书》第二编第73册,上海:上海书店,1990年,第5页。

此处视宋以后为近古之世,将唐和宋断开,并视五代为变化之期,宋朝因之。论者指出,此书是"划分古代与近代历史的首次尝试"①。现在看来,这已经是直接明确地提出了"唐宋之际变革"、"宋代以后为近世"、"宋元明清延续"等观点,比内藤湖南要早。据钱婉约研究,内藤在1902年会见过夏曾佑,不仅赞赏夏曾佑的学问,也从他的书中"获得了某些启发,引起了思想共鸣"②。准此而论,内藤湖南的"唐宋变革"、"宋代以后为近世"等学说受到了夏曾佑的影响。

在20世纪初,对中国历史的时代区分是个热门话题。1918年,傅斯年在思考中国历史的分期问题时,批评当时流行的桑原陟藏分期论的谬误,强调分期所持标准必须单一(按:即遵守逻辑上的同一律),然后提出他本人的见解:中国的中世共分两期,第一期是从陈亡隋兴到五代结束,第二期是两宋时期;近世则从元代开始。并且指出:"就统绪相承以为言,则唐宋为一贯,就风气异同以立论,则唐宋有殊别,然唐宋之间,既有相接不能相隔之势,斯惟有取而合之。"③所谓"唐宋之间""有相接不能相隔之势",是注意到了中唐到北宋的转型和延续问题。吕思勉1923年出版了《白话本国史》,在作于1920年的"序例"里,他把周及以前断为上古;秦统一到盛唐作为中古;"近古"分为三段,上段为唐中叶以后到五代,中段为北宋,下段为南宋;元代及以后是"近世"④。这是更加明确地把中唐到两宋看作是一个连贯发展的、与前后不同的历史阶段。

前面提到,宫崎市定1940年撰文,认为北宋时期出现了类似西方的文艺复兴。其实在他之前,胡适就持此看法。1920年左

---

① 朱维铮《跋夏曾佑致宋恕函》,《复旦学报》1980年第1期,后改题《神州长夜谁之咎?》,并增加"附记",收入其《音调未定的传统》,沈阳:辽宁教育出版社,1995年,第251—261页。
② 钱婉约《内藤湖南研究》,北京:中华书局,2004年,第88、99页。
③ 傅斯年《中国历史分期之研究》,原载《北京大学日刊》1918年4月17—23日,收入《傅斯年全集》第4册,台北:联经出版事业公司,1980年,第176—185页。
④ 吕思勉《白话本国史》,上海:商务印书馆,1933年,第1册"序例",第10—11页。

右,胡适在与日本学者诸桥辙次笔谈时谈到:"宋代承唐代之后,其时印度思想已过'输入'之时期,而入于'自己创造'之时期。天台、华严、禅宗三宗皆中国人自己融化印度思想之结果。唐末宋初又有道教之复兴,其影响及于政治,又及于学术。当此之时,儒学吸收佛道二教之贡献,以成中兴之业,故开一灿烂之时代。"①盛赞宋代文化的伟大成就。1923年,胡适发表英文论文,标题直接名为《中国的文艺复兴》。文章指出,宋代已经是文艺复兴的时期,印刷术的发明和学校的普及造就了一个思想成熟的时代,这是中国的文艺复兴的第一期;第二期是明代,清代是第三期,当时的新文化运动则是第四期②。在同年4月3日的日记里,胡适重申这篇英文论文的要旨:

> 用英文作一文,述"中国的文艺复兴时代"(The Chinese Renaissance)。此题甚不易作,因断代不易也。……我以为中国"文艺复兴时期"当自宋起。宋人大胆的疑古,小心的考证,实在是一种新的精神。印书术之发达,学校之广设,皆前此所无有。北宋自仁宗至徽钦,南宋自南渡至庆元党禁,皆是学术思想史极光荣之时代。……王学之兴,是第二期。……清学之兴,是第三期。……近几年之新运动,才是第四期。③

在胡适看来,宋代文化创新性极为明显,是中国的文艺复兴的首要阶段,延续至今;他所提倡的学术研究方法"大胆的假设,小心的求证",正来自宋人。他1934年出版的英文演讲著作,仍取名《中国的文艺复兴》,除了继续讲述宋代所表现出的文艺复兴特征,又追溯到唐代,指出唐代伟大诗人的涌现、同步发展的古文运动和禅宗的发

---

① 《胡适与诸桥辙次的笔谈》,《学术集林》第10卷,上海:上海远东出版社,1997年,第1—6页。
② 胡适,"The Chinese Renaissance",《胡适全集》第35卷《英文著述(一)》,合肥:安徽教育出版社,2003年,第632—681页。
③ 《胡适全集》第30卷《日记(1923—1927)》,第5—6页。

展共同代表了中国文艺复兴的第一个阶段①。这就把唐代后期到两宋贯通起来观察了。1958年5月4日,胡适发表中文演讲时,继续强调中国的文艺复兴运动是从北宋开始②。胡适的宋代观常被忽略,这与他长期只在英文论著而不在中文著述里讨论宋代有关。为何胡适之前一直不在中文世界里谈论中国的文艺复兴是从宋代开始的?据欧阳哲生推测,这是出于新文化运动策略的考虑:"当'整理国故'主张已产生争议,甚至被人非议时,胡适意识到'中国的文艺复兴'思想根本就不宜在中文世界发表。而在英文世界的语境里,胡适则不用担心发生这种情况,所以他完全可以从容不迫地展现自己的思想。"③这个判断合乎情理。

胡适之后,文化史领域的研究也反映出中唐到两宋延续发展的观点。柳诒徵1932年初版的《中国文化史》谓:"故自唐室中晚以降,为吾国中世纪变化最大之时期,前此犹多古风,后则别成一种社会。"④这与内藤湖南的看法一致。钱穆1939年完成《国史大纲》,也以"安史之乱"为分界线,指出"中唐以来中国政治、社会走入一新境"⑤。1941年,复撰《中国文化史导论》,关于中国史分期,划分先秦以上为第一期,秦汉、隋唐为第二期,宋元明清为第三期,认为宋元明清是"中国的近代史",相较而言"自成一个段落"⑥。后来又在1952年的一次公开讲演中总结他多年来关于唐宋变革的判断:"唐宋时代,也是中国文化一个大变动的时代。……唐宋时代之大变动尤其显见的是从安史之乱到五代十国。安史之乱以前之唐代是一个样,五代后之宋另是一个样。而

---

① 胡适,Chinese Renaissance,《胡适全集》第35卷《英文著述(三)》,第15—162页。
② 胡适《中国文艺复兴运动》,《胡适作品集》第24册《胡适演讲集(一)》,台北:远流出版事业股份有限公司,1986年,第177—196页。
③ 欧阳哲生《中国的文艺复兴——胡适以中国文化为题材的英文作品解析》,《近代史研究》2009年第4期,第22—40页。
④ 柳诒徵《中国文化史》,上海:东方出版中心,1988年,第488页。
⑤ 钱穆《国史大纲》,《钱宾四先生全集》第27册,台北:联经出版事业公司,1998年,"引论"第51页。
⑥ 钱穆《中国文化史导论》,《钱宾四先生全集》第29册,第183页。

从安史之乱到五代,则是其蜕变期。"①钱穆这些论述,与内藤湖南可谓不谋而合。

经史学家蒙文通在柳诒徵之后有更深入的论述。1935年,他评刘咸炘《学史散篇》时指出:

> 中国学术,建安、正始而还,天宝、大历而还,正德、嘉靖而还,并晚周为四大变局,皆力摧旧说,别启新途。……有天宝、大历以来之新经学、新史学、新哲学,而后有此新文学(古文)。……唐之新经学、新史学,其理论皆可于古文家之持说求之,是固一贯而不可分离者。……有唐之古文以反六朝之俪体,而开宋之古文,有唐之新经学、新史学以反唐初正义、五史一派,而下开宋之经、史学,其义一也。……大历以还之新学虽枝叶扶疏,而实未能一扫唐之旧派而代之,历五代至宋,风俗未能骤变也。旧者息而新者盛,则在庆历时代,然后朝野皆新学之流。②

把中唐视为重大变化开始的时期,中唐到北宋是连贯发展的阶段,成熟期则在宋仁宗庆历年间(1041—1048)。这与吕思勉的见解相近,也是蒙文通研治经史的一贯态度。1938年,蒙文通在讲义中再次申述古代中国四大变局说,指出:"宋之为宋,学术文章,正足见其立国精神之所在,故于宋史首应研学术,则知宋之所以存,次制度,则知宋之所以败。"③历史研究通常以制度为首要,而蒙文通针对宋朝的特点,提出应首先研究其学术文化,允称别具只眼。在1957年发表的长篇论文《中国历代农产量的扩大和赋役制度及学术思想的演变》里,他回顾了早年关于中国古代学术文化剧变四阶段的观点,以农业生产力发展四阶段、赋役制度演

---

① 钱穆《唐宋时代的中国文化》,《钱宾四先生全集》第19册《中国学术思想史论丛(四)》,第391—404页。
② 蒙文通《评〈学史散篇〉》,原载《大公报·图书副刊》,转载于《图书季刊》中文本第2卷第2期(1935年6月),收入《蒙文通文集》第3卷《经史抉原》,成都:巴蜀书社,1995年,第402—413页。
③ 蒙文通《〈宋史〉叙言》,《蒙文通文集》第5卷《古史甄微》,第398页。

变四阶段进行验证,发现这三大领域的情况密切符合,从而作出全面总结:"而这四个阶段中,又以唐前唐后之变最为剧烈,而且也更为全面。""秦以来二千多年的中国历史,就巨大变化来看,可以唐前唐后分为两大段;就其显著的段落来(看),可以魏晋、中唐、晚明分为四段。"在文学和文化上:

> 唐代中叶,虽然在学术上发生了一次革新运动,无论在经学、文学、史学、哲学各方面都发生了反对旧传统的新学术,而为宋代一切学术的先河,但这一新学术,终唐以至五代,都还没有能够成为学术界的主流……及至宋仁宗庆历以后,新学才走向勃然兴盛的坦途,于是无论朝野都是新学的天下了。但是新学的幼苗,却是发芽和生长在中唐时期。①

这是蒙文通明确而简要的"中唐—北宋连贯说",涵盖了农业发展、赋役制度和学术文化三大领域。另外,他在授业过程中一再教导学生要注意文化相对独立于王朝的延续性:"论学术,不能根据王朝来谈。宋的学术是从唐中叶开始的,经五代到宋初,在宋仁宗时形成。""经过元到明初,仍是宋的学术。直到正德、嘉靖才转变,首先要推翻宋人学术。……因此,讲宋学的始末,应自大历至正德前。"②这都值得研治古代文化者引为镜鉴。蒙文通的"中唐—北宋连贯说"久被忽略,故在这里特为表出。

较早就中唐—两宋的转型延续问题作具体概括的中国学者还有陈寅恪。1942年,陈寅恪作《朱延丰突厥通考序》云:"考自古世局之转移,往往起于前人一时学术趋向之细微。迨至后来,遂若惊雷破柱,怒涛振海之不可御遏。"③他对唐宋之际历史的关注,殆亦出于对"世局转移"视角的敏感。翌年在《邓广铭宋史职官志

---

① 原载《四川大学学报》1957年第2期,收入《蒙文通文集》第5卷《古史甄微》,第257、260、372页。
② 见胡昭曦《谆谆教导,受用终生——缅怀文通师》,收入其《巴蜀历史文化论集》,成都:巴蜀书社,2002年,第390、392页。参见胡昭曦《蒙文通先生与宋史研究》,《四川大学学报》2004年第6期,第89—97页。
③ 《陈寅恪集·寒柳堂集》,第162—163页。

考证序》里说:"华夏民族之文化,历数千载之演进,造极于赵宋之世。后渐衰微,终必复振……由是言之,宋代之史事,乃今日所亟应致力者。此为世人所共知。"①对宋代文化崇高历史地位所作的判断,与内藤湖南、宫崎市定一致。陈寅恪特别强调要重视宋代研究的看法是"世人所共知",亦可见出当时学术界之风气。1954年,他发表《论韩愈》一文,论述韩愈之历史功绩后总结道:

> 然退之发起光大唐代古文运动,卒开后来赵宋新儒学新古文之文化运动,史证明确,则不容置疑者也。综括言之,唐代之史可分前后两期,前期结束南北朝相承之旧局面,后期开启赵宋以降之新局面,关于政治社会经济者如此,关于文化学术者亦莫不如此。退之者,唐代文化学术史之承先启后转旧为新关捩点之人物也。②

1964 年写给蒋天枢的《赠蒋秉南序》则呼应了早年的论断:

> 欧阳永叔少学韩昌黎之文,晚撰《五代史记》,作《义儿》、《冯道》诸传,贬斥势利,尊崇气节,遂一匡五代之浇漓,返之淳正。故天水一朝之文化,竟为我民族遗留之瑰宝。③

论述中国后期文化学术的发展,以中唐为起点,以两宋为瑰宝,以韩愈为先驱,以欧阳修为主将,中唐—北宋转型之轮廓明矣。综合陈先生的论述,这个"新局面"、"造极"实指中唐—北宋儒学复古运动之成功,就中包括古文运动、以文为诗等文学革新。前文论及,夏曾佑的《中国古代史》1933 年由商务印书馆再版,属于"大学丛书"之一。而陈寅恪时任"大学丛书"的审查委员④,想必熟悉

---

① 《陈寅恪集·金明馆丛稿二编》,第 277—278 页。
② 陈寅恪《论韩愈》,原载《历史研究》1954 年第 2 期,收入《陈寅恪集·金明馆丛稿初编》,第 319—332 页。
③ 《陈寅恪·寒柳堂集》,第 182 页。
④ 夏鼐《夏鼐日记》1933 年 11 月 12 日,上海:华东师范大学出版社,2011 年,卷一,第 201 页。此则材料乃张求会最先发现,见其《〈夏鼐日记〉里的"陈寅恪话题"》,《东方早报·上海书评》2011 年 11 月 19 日。

夏著的观点,可能受到其影响。陈寅恪又或受内藤影响①,而其相关论断则逐渐成为学界共识。

就在陈寅恪重评韩愈之后,中国的历史学界兴起了打破王朝界限考察历史变迁的讨论。侯外庐运用唯物史观探讨中国封建社会分期,力主秦汉之际到唐代中叶(公元前2世纪到公元8世纪中叶)是封建社会前期,唐代中叶以后是后期,中唐至明代中叶是后期的一个阶段,"唐代则以建中两税法为转折点,处在由前期到后期的转变过程中。"②这是以中唐到明中叶作为一个连贯的历史阶段。胡如雷从阶级斗争的变化、地主政权与地主之间斗争形式的演变以及地主土地所有制的变化去考察唐宋之际的社会变革,主张根据这个变革"把中国封建主义时代划分为前后两个不同的历史时期",总结说:"唐宋之际的历史变革阶段可以从公元八世纪中叶,即开元、天宝间均田制基本破坏算起,直到公元十世纪末叶,即北宋建立和王小波、李顺起义提出'均贫富'口号为止。"至于在这二百多年的过渡阶段中,所谓前期和后期应当在哪里断限?胡如雷认为应该"以960年北宋的建立为断限","只有到北宋建立以后,主客户制度才正式确立,这件事集中反映了土地制度、佃客地位的变化,所以北宋的建立并非一般的革代易姓,而是标志着历史时代的转折,具有特殊的社会意义。"③在他看来,从中唐到五代末是变革的过渡阶段,北宋的建立标志着变革的完成,此后中国进入了后期阶段。这也是另外角度的"中唐—北宋连贯说"。

---

① 见王水照《陈寅恪先生的宋代观》,《王水照自选集》,上海:上海教育出版社,2000年,第258—276页。
② 侯外庐《中国封建社会前后期的农民战争及其纲领口号的发展》,《历史研究》1959年第4期,第45—59页;侯外庐主编《中国思想通史》第4卷上册第一章"中国封建社会的发展及其由前期向后期转变的特征",北京:人民出版社,1959年,第1—107页。
③ 胡如雷《唐宋之际中国封建社会的巨大变革》,原载《史学月刊》1960年第7期,收入其《隋唐五代社会经济史论稿》,北京:中国社会科学出版社,1996年,第324—344页。参见同书所载《从汉末到唐中叶的封建土地所有制形式》,第266—282页。

台湾学者有关"唐型文化"和"宋型文化"的区分也触及唐宋变革的深层次问题。傅乐成从"中国本位文化建立"的角度论证安史之乱前后唐代文化和宋代文化的最大不同:

> 唐代文化,上承魏晋南北朝。魏晋南北朝时代的文化对唐代文化直接发生影响的重要因素,不外三端:即老庄思想、佛教和胡人习俗。其中后两种因素自外族传入,而且是经历数百年的流播而形成的。唐代对这三种文化因素的承袭,也以后两种为主。在有唐三百年的大半时间中,它们是文化的主流,造成唐代文化的异彩特色。至于中国传统文化的儒学,从魏晋开始,即受这三种文化因素的压制,日渐衰微;在唐代大半时间的情形,仍是如此。直到唐代后期,儒学始开启复兴的机运。……大体说来,唐代文化以接受外来文化为主,其文化精神及动态是复杂而进取的。唐代后期的儒学复兴运动,只是始开风气,在当时并没有多大作用。到宋,各派思想主流如佛、道、儒诸家,已趋融合,渐成一统之局,遂有民族本位文化的理学的产生,其文化精神及动态亦转趋单纯与收敛。南宋时,道统的思想既立,民族本位文化益形强固,其排拒外来文化的成见,也日益加深。宋代对外交通,甚为发达,但其各项学术,都不脱中国本位文化的范围;对外来文化的吸收,几达停滞状态。这是中国本位文化建立后的最显著的现象,也是宋型文化与唐型文化最大的不同点。①

傅先生从类型上探析唐宋文化各自不同的特质,确为精警有见,尽管在内容的界定和性质的判断上不无可议之处,但"唐型文化"与"宋型文化"的划分无疑敏锐地指出了唐宋之际的社会变化及其深远的历史意义。

20世纪90年代以后,中唐—北宋转型的视角已经成为思想史研究的基本模式。如陈来《宋明理学》注意到:"在文化的'近世

---

① 傅乐成《唐型文化与宋型文化》,原载《国立编译馆馆刊》第1卷第4期(1972年12月),收入其《汉唐史论集》,台北:联经出版事业公司,1977年,第339—382页。

化'过程中,中唐到北宋前期学术之间看上去似乎超历史的联结十分引人注目。古文运动中'唐宋八大家'的提法,最好地说明了北宋前期文化与中唐的嬗延关系。新儒家运动也是同样,韩愈和他的弟子李翱提出的复兴儒家的基本口号与发展方向,确乎是北宋庆历时期思想运动的先导。而庆历时期思想运动又恰为道学的产生奠定了基础。"①徐洪兴《思想的转型》突破了传统以朱熹《伊洛渊源录》为框架的单维理学发生说,在更为广阔的文化和历史背景下分析了中唐—北宋理学发生的过程②。葛兆光对中唐到北宋重建国家权威与思想秩序这一理想主义思潮的描述也体现出新的观察视角和研究取径③。

三、对"唐宋变革"论的反思

如前所述,20世纪史学领域的"唐宋变革"论,夏曾佑是先驱,内藤—宫崎假设和郝若贝—韩明士假设是在国际上影响最大的两大学说,蒙文通最早明确提出了"中唐—北宋连贯说"。自20世纪70年代以来,中外学术界已经普遍以"唐宋变革"论为逻辑起点或者理论模式讨论公元8世纪以后的中国社会,而对其学说展开的质疑和反思也从未停止。

包弼德回顾了日本和美国的宋史研究之后指出,内藤湖南对唐宋变化的时代区分是可信的,但其关于唐宋转型的阐释,是以历史目的论观点为基础的,因此,既要认同内藤的时代分期,也要抛弃内藤将宋代与西方近世相比拟、以欧美式近代为依归的目的论④。与此相似,柳立言提出"史实"与"史观"的区分:

---

① 陈来《宋明理学》,沈阳:辽宁教育出版社,1991年,第20页。
② 徐洪兴《思想的转型——理学发生过程研究》,上海:上海人民出版社,1996年。
③ 葛兆光《中国思想史》第二卷《七世纪至十九世纪中国的知识、思想与信仰》,上海:复旦大学出版社,2001年,第3册第134—140、183—184页。
④ 包弼德《唐宋转型的反思——以思想的变化为主》,刘宁译,《中国学术》第3辑,北京:商务印书馆,2000年,第63—87页。

可以看到,这个"中国从中古过渡至近世是发生在中唐至宋初这段时期"的时代观是由两部分构成的:史实和史观。史实是指内藤和宫崎指出的某些根本或革命性的巨变,很多学人都不约而同地注意到了;史观是指不但注意到这些巨变,而且抽出它们的共同意义,提出研究者对历史发展的看法,对内藤和宫崎来说,就是"中古的文化形态→唐宋变革过渡期→近世的文化形态"。史实与史观互相影响……无容讳言,史观带有知识甚至价值判断,会因人而异。东京学派既修正内藤和宫崎提出的部分史实,也不同意他们的史观,认为宋代只是中古的开始。我们可以不接受京都和东京两派的史观,但史实仍在,不能否认宋代是君主独裁制,统治阶级主要是由平民出身的既得利益者所构成,社会出现有着独特文化的市民阶级和地位大幅上升的商人阶级,工商和家庭手工业盛况空前,个人权利的观念甚为发达,反映在法令之多如牛毛和官司之丛脞……还有更多大小不等的转变。[①]

简而言之,内藤湖南、宫崎市定的"唐宋变革论"对唐宋转型的描述基本上是客观存在、符合史实的,尽管对这种转变的性质有着争议,但中唐到北宋的历史延续性不容否认。譬如精英阶层的唐宋变革就体现为门阀士大夫向科举士大夫的转变,中唐以前以门阀士大夫为主,中唐到两宋则是科举士大夫为主。

美国的宋史研究在观点上主要体现为两个结论:第一,南宋和北宋差异甚大,断裂大于延续。第二,南宋的精英越来越"地方化"。

针对第一点,余英时研究发现,南宋朱熹时代,宋代士大夫的政治文化"在熙宁时期所呈现的基本型范开始变异,但并未脱离原型的范围",而是进入"后王安石的时代","神宗时代的政治文化在南宋的延续是显而易见的";"两宋士大夫的政治文化虽略有

---

① 柳立言《何谓"唐宋变革"?》,《中华文史论丛》第 81 辑,2006 年 3 月,第 125—171 页。

变异,但王安石时代重建秩序的精神在南宋已由理学家集体承担了下来"①。邓小南重建北宋政治文化的著作不是讨论"唐宋变革"的,但有关"祖宗之法"对两宋政治的影响也挑战了"南宋北宋断裂说"②。

　　针对第二点,何晋勋研究了两宋时期鄱阳湖周边的几个家族的居、葬地和婚姻网络的持续与变化,以翔实的结果表明,以"全国性"、"地方性"来划分两宋精英家族的生活网络过于简单,分别以外向、内向来概括北宋、南宋,虽有一定说服力,但当时人们的生活经验未必全部如此③。张剑也以澶州晁氏为例对"南宋精英地方化"之说提出质疑④。包伟民则从史料不足、个案的典型性不足和长时段考察的困难三方面反驳了韩明士的研究⑤。黄宽重也认为现存资料未必能反映历史全貌:"从参与地方事务的角度来看,士人参与乡里活动早有渊源,非南宋独盛。只是南宋的文集或地方志的资料较多,记录乡里活动、人际关系的资料较集中,以致让后人觉得南宋士人家族是以乡里为重,忽视中央或全国性的事务,这实在是一种误解。所以稍有轩轾者,是由于时政的发展与资料的倾向所致。"⑥不过,学术界对郝若贝—韩明士假设似乎有些误解。事实上,此假设更强调的是精英们的态度和策略,而不是实际的行动和效果,即强调与北宋相比,南宋精英们更倾向于奉行地方主义的策略。万安玲的研究值得注意。她以明州楼氏家族的兴起、发展为个案,以义庄、婚姻及人际网络为内容,探

---

① 余英时《朱熹的历史世界——宋代士大夫政治文化的研究》,北京:三联书店,2004年,上册"自序二"第8—9、第14—15页,下册第897—898页。
② 邓小南《祖宗之法:北宋前期政治述略》,北京:三联书店,2006年,第422—518页。
③ 何晋勋《宋代鄱阳湖周边士族的居、葬地与婚姻网络》,《台大历史学报》第24期(1999年12月),第287—328页。
④ 张剑《宋代家族与文学——以澶州晁氏为中心》,北京:北京出版社,2006年,第266—282页。
⑤ 包伟民《精英们"地方化"了吗?——试论韩明士〈政治家与绅士〉与"地方史"研究方法》,《唐研究》第11卷(2005年12月),第653—671页。
⑥ 黄宽重《宋代的家族与社会》,台北:东大图书股份有限公司,2006年,第259页。

讨家族如何凭借科举、婚姻等方式以获得、维系乃至巩固其在地方上的名望,最后指出,科举、出仕、婚姻纽带对于南宋精英来说具有同等的重要性①。这个结论较为平允。

在"唐宋变革"的众多研究方法中,可以找出以下共同的关键词:长时段、士大夫、地方史(区域史)、家族(宗族)、婚姻网络。尽管各家具体的论述思路和研究结论未必令人信服,"微观史"与"宏观史"的关系难以处理,但这些问题意识和研究方法却富于创见,予人启发。譬如,克拉克聚焦福建木兰溪流域,描述该社区自晚唐迄两宋的社会、文化和宗族结构,就指出韩明士的研究模式仍然可以成立,不过需要修正②。此书对族谱的使用和分析对其研究的展开帮助甚大,但族谱资料本身的真实性和可信度值得怀疑③。邓乔彬对南宋文人画相对于北宋的变化与转型的研究也在艺术史领域提醒人们注意南宋与北宋的差异④。

"唐宋变革"当然不是研究后期中国历史的唯一视角,但已被充分证明是重要的、有效的视角。清代戴震论治学"但宜推求,勿为株守"⑤,胡适赞扬这八个字是"清学的真精神"⑥,其实何止是清学的真精神,根本是治学的真途径。欲度越前说,必得转换视角。2003年,史乐民(Paul Jakov Smith)和万志英(Richard von Glahn)主编的会议论文集《中国历史上的宋元明变革》就体现出新的研究取向。"唐宋变革"和"明清变革"都是史学界关注的重

---

① Linda Walton, "Kinship, Marriage, and Status in Song China: A Study of the Lou Lineage of Ningbo, C. 1050—1250", *Journal of Asian History*, Vol. 18, No. 1 (1984), pp. 35-77.
② Hugh R. Clark, *Portrait of a Community: Society, Culture and Structures of Kinship in the Mulan River Valley (Fujian) from the Late Tang through the Song*, Hong Kong: The Chinese University Press, 2007, pp. 123-167.
③ 参见许齐雄书评,《汉学研究》第26卷第1期(2008年3月),第281—287页。
④ 邓乔彬《宋代绘画研究》,开封:河南大学出版社,2006年,第295—302页。
⑤ 戴震《与王内翰凤喈书》,《东原文集》卷三,《戴震全书》第6册,合肥:黄山书社,1995年,第278页。
⑥ 胡适《清代学者的治学方法》,《胡适作品集》第4册,第185页。

点,相比之下,元代在中国历史上的桥梁作用被忽略了。万志英在其长篇导论中指出,不应孤立地看待唐宋变革或者明清变革,而应当考察宋元明变革中蕴含的前近代或近代因素。所以该书特别提出要将宋代——特别是南宋——和元明接续起来加以贯通研究,即综合考察大约从1100年到1500年这四百年的变革时期[①]。葛兆光也反思道,在文化史和思想史领域,不妨"将历来习惯于唐宋对比的方法,转向注重宋明连续的思路",从关注"创造性思想"的唐宋转向研究"妥协性思想"的宋明[②]。应当指出的是,"宋元明变革"的视角主要是在强调从南宋起所发生的变化及其在元明清的延续,反过来证明了"中唐—北宋延续"说和"南宋北宋断裂说"。

针对"宋元明变革"说强调南宋是明清诸多因素的滥觞,日本学者伊藤正彦将"唐宋变革"论的视野延伸至更长时段,从宋代及其以后的历史出发,考察明初里甲制度的形成过程,指出唐宋变革期生成的新原理,经过宋元至明初,达致全面化和彻底化[③]。

以上回顾了20世纪中外历史学界对"唐宋变革"问题的宏观论述,兼及一些重要的具体研究。尽管对"唐宋变革"论的具体内涵存在争议,但以下判断基本得到公认:安史之乱后,中国社会逐渐产生重大变化,到北宋时期,这些变化大体成型,中唐到北宋的社会具有历史延续性,属于同一个历史转型阶段。这是本书的逻辑起点。

---

① Paul Jakov Smith & Richard von Glahn, eds., *The Song—Yuan—Ming Transition in Chinese History*, Cambridge, Mass.: Harvard University Press, 2003. 参见中岛乐章《宋元明移行期論をめぐって》,《中国—社会と文化》第20号,2005年6月,第482—500页。
② 葛兆光《"唐宋"抑或"宋明"——文化史和思想史研究视域变化的意义》,《历史研究》2004年第1期,第18—32页。
③ 伊藤正彦《宋元郷村社会史論:明初里甲制体制の形成過程》,东京:汲古书院,2010年。

第二节 文学史上的"中唐—北宋"连贯说

关于"中唐—北宋连贯"说,文学史领域的探讨可能是最早的。其实,唐宋诗歌的转型早在宋代就有人注意到了,此后历代均有评论。诗、文均受韩愈沾溉的苏轼较早发现:"诗之美者,莫如韩退之,然诗格之变自退之始。"①把韩愈以前的诗史视作一段,而把韩愈到苏轼当时之诗视为另一段。宋末刘辰翁在论及"散语"即以文为诗的问题时说:"杜虽诗翁,散语可见。惟韩、苏倾竭变化,如雷霆河汉,可惊可快,必无复可憾者,盖以其文人之诗也。诗犹文也,尽如口语,岂不更胜!"②指出以文为诗滥觞于杜甫,大成于韩愈、苏轼,实已触及中唐—北宋诗同一类型的问题。金赵秉文曰:"昌黎以古文浑灏,溢而为诗,而古今之变尽。"③以韩诗为古今诗歌之转折点。元袁桷也认识到:"诗至于中唐,变之始也。"④把苏轼的单个诗人视角扩大到整个时代的风气转变,更进了一步。清叶燮肯定了中唐的枢纽地位:"不知此'中'也者,乃古今百代之中,而非有唐之所独得而称中者也……后此千百年,无不从是以为断。"⑤又指出:

> 唐诗为八代以来一大变,韩愈为唐诗之一大变,其力大,其思雄,崛起特为鼻祖。宋之苏、梅、欧、苏、王、黄,皆愈为之发其端,可谓极盛。⑥

---

① 胡仔《苕溪渔隐丛话》前集卷一七,廖德明校点,北京:人民文学出版社,1962年,第109—110页;又见《王直方诗话》,郭绍虞《宋诗话辑佚》本,北京:中华书局,1980年,第4—5页。
② 刘辰翁《赵仲仁诗序》,《须溪集》卷六,《豫章丛书》本。
③ 赵秉文《与李天英书》,《闲闲老人滏水集》卷一九,《四部丛刊》本。
④ 袁桷《书汤西楼诗后》,《清容居士集》卷四八,《四部丛刊》本。
⑤ 叶燮《百家唐诗序》,《己畦集》卷八,第82页。
⑥ 叶燮《原诗》卷一《内篇上》,丁福保《清诗话》本,上海:上海古籍出版社,1978年,第570页。

认为韩愈之前的唐诗(即初盛唐诗)是六朝以来的一大变化,韩愈及其后的诗歌是唐诗的变革,以韩愈为诗歌转型的发端,以北宋诸大家为其后继,这其实就是把中唐和北宋连作诗歌史的一段。赵翼的论断较简略:"以文为诗,自昌黎始;至东坡益大放厥词,别开生面,成一代之大观。"①这是继承了刘辰翁的观点,明确地把"以文为诗"作为中唐—北宋诗歌的重大发展。诸家所论,皆以韩愈为古今诗变之始,而续以北宋诸大家,以为极盛。

晚清以降,随着宋诗运动的兴起,中唐诗歌的中枢地位和中唐—北宋诗的连贯性质日益受到重视。在诗歌史的分期上,同光体诗人兼理论代表陈衍的"三元说"最值得关注。1912年,陈衍发表《石遗室诗话》,公开提出了之前与友人讨论的诗有"三元"说:

> 子培有《寒雨积闷,杂书遣怀,襞积成篇,为石遗居士一笑》诗,八十馀韵。余与君论诗语,略具其中。诗云……盖余谓诗莫盛于三元:上元开元、中元元和、下元元祐也。君谓三元皆外国探险家觅新世界,殖民政策开埠头本领,故有"开天启疆域"云云。余言今人强分唐诗、宋诗,宋人皆推本唐人诗法,力破馀地耳。庐陵、宛陵、东坡、临川、山谷、后山、放翁、诚斋,岑、高、李、杜、韩、孟、刘、白之变化也;简斋、止斋、沧浪、四灵、王、孟、韦、柳、贾岛、姚合之变化也。故开元、元和者,世所分唐、宋人之枢斡也。若墨守旧说,唐以后之书不读,有日蹙国百里而已。故有"唐馀逮宋兴"及"强欲判唐、宋"各云云。②

子培即沈曾植,"寒雨积闷"一诗见其本集③。陈衍及沈曾植年谱均载,光绪二十五年(1899),陈衍与沈曾植、郑孝胥在武昌(今湖

---

① 赵翼《瓯北诗话》卷五,郭绍虞编选《清诗话续编》本,富寿荪校点,上海:上海古籍出版社,1983年,上册第1195页。
② 陈衍《石遗室诗话》卷一,郑朝宗、石文英校点,北京:人民文学出版社,2004年,第6—7页。
③ 沈曾植《寒雨闷甚杂书遣怀襞积成篇为石遗居士一笑》,钱仲联校注《沈曾植集校注·海日楼诗注》卷二,北京:中华书局,2001年,第260—274页。

北鄂州)谈诗论文,陈衍提出诗有"三元"说,得到沈曾植和郑孝胥的首肯①。陈衍认为古典诗歌最繁盛的时期是"三元",即唐玄宗开元(713—741)、唐宪宗元和(806—820)、宋哲宗元祐(1086—1094)年间,这三个时期的诗作创新性最明显,成就最高。沈曾植表示同意,且以当时探险家寻觅新世界、各帝国开拓殖民地比喻"三元"诗歌的创新性。在陈衍看来,开元、元和是古典诗歌转变的枢纽,时人看不到宋诗与唐诗的联系,而强以朝代区分唐诗、宋诗,不知宋人皆本唐人诗法而推陈出新。陈衍后来进一步说:"自咸、同以来,言诗者喜分唐、宋,每谓某也学唐诗,某也学宋诗。余谓唐诗至杜、韩而下,现诸变相。苏、王、黄、陈、杨、陆诸家,沿其波而参互错综,变本加厉耳。"②这就具体指明了北宋诗与中唐诗的延续性和连贯性。他1912年公开"三元"说,翌年在为宋谦诗集所作《剑怀堂诗草叙》中再次申明此意,并从人类进化历史的角度指出学古而有变化、有变化而能至于无穷③。反对强分唐诗、宋诗的疆界,关注元和诗歌的枢纽作用,阐明中晚唐诗与北宋诗的内在联系,推崇元祐诗歌的突出成就,这是陈衍一以贯之的诗学思想。他晚年仍然说:"宋唐区画非吾意,汉魏临摹是死灰。"④在无锡国专,有学生向他请教:"唐宋之诗,其严格之分别何在?世

---

① 陈声暨、王真编《石遗先生年谱》卷四"屠维大渊献(按即己亥年)四十四岁",沈云龙主编《近代中国史料丛刊》第28辑,台北:文海出版社,1968年,第124—125页;王蘧常《寐叟年谱》"光绪二十五年己亥",王云五主编《新编中国名人年谱集成》第70辑,台北:台湾商务印书馆,1982年,第35—36页。按,沈曾植弟子王蘧常称"三元说"系陈衍、沈曾植和郑孝胥三人共同创立,这是误解了相关材料。陈衍弟子王真《续编陈侯官年谱跋》反驳王蘧常,坚持"三元"说系乃师一人所独倡,其言可信。详见钱仲联主编《清诗纪事》光绪宣统朝卷,南京:江苏古籍出版社,1989年,第12815—12816页;前引沈曾植诗钱仲联注释,钱仲联校注《沈曾植集校注·海日楼诗注》卷二,第260—262页。
② 陈衍《石遗室诗话》卷一四,第226页。
③ 陈衍《剑怀堂诗草叙》,陈步编《陈石遗集·石遗室文集》卷九,福州:福建人民出版社,2001年,上册第522—523页。
④ 陈衍《仲英寄七言古诗数十韵推挹逾量勉报一律》,《陈石遗集·石遗室诗续集》卷二,上册第373页。

谓唐诗主情,宋诗主理,其说然否?"他回答说:

> 唐宋诗佳者,无大分别。真能诗者,使人不能分其为唐为宋。使人能分出者,非诗之至者也,自家之诗而已;其次,乃似某大家。①

要点不在于是唐诗还是宋诗,而在于是否是佳作。后来钱锺书谈论中国诗说:"中国诗只是诗,它该是诗,比它是'中国的'更重要。"②其标准在陈衍这里已可见端倪。终其一生,陈衍都在强调元和对元祐的影响、元祐对元和的发扬。1930年,刘咸炘在论及书法演变时谈到:"书之多变与诗文同,故其派别风势,亦可以论诗文者论之……故眼广气平者,多兼取唐、宋,亦正与近世言中唐、北宋诗者同意。"③所指论诗文者,当即陈衍。亦可见陈衍的"三元说"当时已被视为诗歌史上的中唐—北宋说。

沈曾植曾对陈衍的"三元说"表示认同,但晚年又提出了自己的"三关说"。1918年,他在致弟子金蓉镜的《与金甸丞太守论诗书》里说:"吾尝谓诗有元祐、元和、元嘉三关,公于前二关均已通过,但着意通第三关,自有解脱月在。元嘉关如何通法,但将右军兰亭诗与康乐山水诗,打并一气读。"④陈衍"三元说"里的盛唐"开元"被沈曾植置换成南朝宋文帝元嘉年间(424—453)。"三关"原是禅宗描述修行证悟过程的术语,把破执开悟的过程分为三个关所,进道程度逐级递升,最后一关为最高境界。至于禅门三关具体谓何,各宗派的理解和解释并不一致,其中最有影响的公案是北宋禅师黄龙慧南的接引话语"黄龙三关"⑤。宋末元初方回借

---

① 陈衍《答陈光汉诗学阙疑七则》,钱仲联编校《陈衍诗论合集·石遗室论诗文录》,福州:福建人民出版社,1999年,下册第1088页。
② 钱锺书《谈中国诗》,《钱锺书集·人生边上的边上》,北京:三联书店,2002年,第159—168页。
③ 刘咸炘《弄翰馀沈》,杨代欣评注,成都:巴蜀书社,1991年,第10页。
④ 钱仲联辑注《沈曾植未刊遗文(续)》,《学术集林》第3卷,上海:上海远东出版社,1995年,第116—118页。
⑤ 详见周裕锴《百僧一案》,上海:上海古籍出版社,2007年,第182—183页。

"三关"以论诗,评价陈与义《对酒》时说:"此诗中两联俱用变体……此非深透老杜、山谷、后山三关不能也。"①沈曾植此处亦借禅学术语以论诗,视元祐、元和、元嘉为学诗过程中的三大关口,长期被尊为顶峰的"开元"诗坛被排除在外,诗学的最高境界则是元嘉。这与陈衍"三元说"推尊中唐—北宋诗的原意已相去甚远,是陈、沈二人诗学分途之所在。比较而言,"三元说"是顺流而下,探讨诗歌发展演变的大势,着眼于中唐诗的枢纽作用和宋诗对中晚唐诗的继承发扬,强调三元之间的内在联系,是对严羽"以汉、魏、晋、盛唐为师,不作开元、天宝以下人物"②的主张以及明代"诗必盛唐"论的反驳,是就诗论诗、以艺论诗;"三关说"是逆流而上,探讨学诗的进阶路径以及诗与道之关系,强调三关之间的内在差异,着眼于创作者的主体修为与能动选择,是以禅喻诗、以道论诗。二说有联系,但学术内涵和诗学旨趣的差异也是十分明显的③。

此后,马一浮综合陈衍和沈曾植的主张,提出"四关说":

> 近代论诗,沈寐叟实为具眼。"三关"之说,同时与寐叟游者,皆习闻之。予亲见其与香严书,言之如是。当时曾与香严论此,戏谓当更增一元,以元和已变盛唐,当增开元以摄李杜。寐叟意以元嘉摄颜谢,元和摄韩柳,元祐摄苏黄。鄙意苏多率易,不如易以荆公以摄山谷。透得颜谢,则建安以来作略俱有之,则予无间然矣。④

"香严"即金蓉镜,字学范,号殿臣,又作甸丞,晚号香严居士。马氏所见,就是上述沈曾植《与金甸丞太守论诗书》。马一浮多次言

---

① 方回选评、李庆甲集评校点《瀛奎律髓汇评》卷二六,上海:上海古籍出版社,2005年,中册第1147页。
② 严羽《沧浪诗话·诗辨》,郭绍虞校释《沧浪诗话校释》,北京:人民文学出版社,1983年,第1页。
③ 关于"三元说"及"三关说"的联系、区别和学术史意义,参见查屏球《唐学与唐诗——中晚唐诗风的一种文化考察》,北京:商务印书馆,2000年,第310—347页。
④ 丁敬涵编注《马一浮诗话》,上海:学林出版社,1999年,第45页。

及类似看法,而文字稍异。如以下说法:"沈培老论诗有'三元'之说。'三元'者,元嘉、元和、元祐也。余为增开元,成'四元'。元嘉有颜、谢,开元有李、杜,元和有韩、柳,元祐有王、黄。透此四关,向上更无馀事矣。"而有时又说:

> 沈培老论诗有"三元"之说。"三元"者,开元、元和、元祐也。余为增元嘉,成"四元"。元嘉有颜、谢,开元有李、杜,元和有韩、柳,元祐有王、黄。透此四关,向上更无馀事矣。……太白天才极高,古风至少三分之二皆好,然学力不到。老杜则深厚恳恻,包罗万象。……总之,李杜文章,光焰万丈,但使文字不灭,精气亦长存人间。①

综合陈衍、沈曾植和马一浮的言论,可以发现,针对陈衍的"三元说",马一浮补充了"元嘉";针对沈曾植的"三关说",马一浮增加了"开元"。鉴于他推崇沈曾植的"三关说",并曾与金蓉镜专门展开讨论,因此,他的补充可看作是对陈衍和沈曾植的综合,是为"四关说"。不过,他并非从诗歌演变的历史角度着眼,而且对开元、对李杜的推尊乃传统观点,与本书关系不大。要之,陈衍的三元说、沈曾植的三关说和马一浮的四关说都与严羽的《沧浪诗话》有渊源,陈衍反驳了严羽"不作开元、天宝以下人物"的态度,推重元祐;沈曾植深化了严羽对"元嘉体"的论述,推重元嘉;马一浮继承了严羽"以汉、魏、晋、盛唐为师"的号召,推重开元,但不取其"不作开元、天宝以下人物"的告诫。

就在陈衍、沈曾植这些传统派诗人反思诗学历史的时候,革新派学者也在从历史中寻找文学革新的经验。前曾提及,1918年,傅斯年在思考中国历史分期时注意到中唐到北宋的转型和延续问题。第二年,他对文学史分期也提出了新的看法。他把中国文学史分成四期,第三期为近古,自盛唐之始至明中叶,视作"新文学代兴期",此后直到作文当时为"近代"。"近古"是"数种新文

---

① 《马一浮先生语录类编·诗学篇》,《马一浮集》第3册附录,马镜泉等校点,杭州:浙江古籍出版社、浙江教育出版社,1996年,第1023页。

学发展期",分为两类,一是"不通俗的新文学",包含复古性质;二是"通俗之新文学"①。胡适则出于新文学运动的需要,于1928年出版了《白话文学史》上卷。与傅斯年不同,胡适指出,安史之乱后,"时代换了,文学也变了。八世纪下半的文学与八世纪上半截然不同了。最不同之点就是那严肃的态度与深沉的见解。……这个时代的创始人与最伟大的代表是杜甫"②。他分析杜甫《早秋苦热堆案相仍》、《九日》等诗"都是有意打破那严格的声律,而用那说话的口气。后来北宋诗人多走这条路,用说话的口气来作诗,遂成一大宗派。其实所谓'宋诗',只是作诗如说话而已,他的来源无论在律诗与非律诗方面,都出于学杜甫"。"李白、杜甫并世而生,他们却代表两个绝不同的趋势。李白结束八世纪中叶以前的浪漫文学,杜甫开展八世纪中叶以下的写实文学。"③关于韩愈,胡适评价道,韩愈"作诗如作文"的方法,"最高的地界往往可到'作诗如说话'的地位,便开了宋朝诗人'作诗如说话'的风气。后人所谓'宋诗',其实没有什么玄妙,只是'作诗如说话'而已"。谈到韩诗《山石》,他说:"这真是韩诗的最上乘。这种境界从杜甫出来,到韩愈方才充分发达,到宋朝的苏轼、黄庭坚以下,方才成为一种风气。故在文学史上,韩诗的意义只是发展这种说话方式的诗体,开后来'宋诗'的风气。"④胡适倡导新诗的写作应该"作诗如说话",就把杜甫、韩愈、元稹、白居易及宋诗的表述方式也说成是"作诗如说话",未必符合实情,但他把杜甫从"盛唐"阶段抽离,并把杜甫、韩愈、元稹、白居易、苏轼、黄庭坚等诗人放在同一个历史阶段考察,确实抓住了8到11世纪文人诗歌创作的内在联系,对后来诗歌发展史上的中唐—北宋连贯说有先导作用。

历史学界从20世纪70年代起关注南宋和北宋的差异问题,

---

① 傅斯年《中国文学史分期之研究》,原载《新潮》第1卷第1号(1919年1月),收入《傅斯年全集》第4册,第64—70页。
② 胡适《白话文学史》上卷,《胡适作品集》第20册,第80—81页。
③ 胡适《白话文学史》上卷,《胡适作品集》第20册,第118、121页。
④ 胡适《白话文学史》上卷,《胡适作品集》第20册,第169、172页。

文学史家则早在40年代已注意及此。闻一多1943年发表的《文学的历史动向》说：

> 从西周到宋，我们这大半部文学史，实质上只是一部诗史。但是诗的发展到北宋实际也就完了。南宋的词已经是强弩之末。就诗本身说，连尤、杨、范、陆和稍后的元遗山似乎都是多余的，重复的，以后的更不必提了。我们只觉得明清两代关于诗的那许多运动和争论，都是无味的挣扎。每一度挣扎的失败，无非重新证实一遍那挣扎的徒劳无益而已。……中国文学史的路线南宋起便转向了，从此以后是小说戏剧的时代。①

闻一多以诗人的敏感和史家的眼光捕捉到文学长河的流动趋势，指出南宋以前是诗的时代，南宋以后是小说戏剧的时代，在文学体裁创新这一层面上的确观察到了波澜曲折之处。近年内山精也所探讨的宋代诗学文化中的"近世"因素，基本出现在南宋，最早也是从北宋后期发轫②，亦可见出南宋文学与北宋文学的分途。

游国恩在1957年发表的文章里综合了傅斯年、胡适和闻一多的观点，把中国古典文学史分成六个时期，第三期是建安到盛唐（3世纪到8世纪），第四期是中唐到北宋末（9世纪到12世纪初），第五期是南宋到鸦片战争（12世纪初期到19世纪中叶）。盛唐开元天宝之际，李白、杜甫是诗歌的两座顶峰。"从此以后，文学的浪头开始向另一个方向冲击"，散文方面出现了古文运动，诗歌方面涌现了各种派别不同的作风，涌现了元稹、白居易等关心人民疾苦的诗人，出现了新体诗——后来叫"词"，小说方面出现了新型作品"传奇"，还出现了寺院的"俗讲"和民间曲子词。这些

---

① 原载《当代评论》第4卷第1期（1943年12月），收入《闻一多全集》第10卷，武汉：湖北人民出版社，1993年，第18页。参见同卷所收《四千年文学大势鸟瞰》，第22—36页。
② 内山精也《宋诗能否表现近世？》，朱刚译，《国学学刊》2010年第3期，第109—121页；《宋代刻书业的发展》，朱刚译，《东华汉学》第11期（2010年6月），第123—168页。

文学上的新发展经过五代而进入北宋,各派诗歌、词及古文都继承了中晚唐的遗绪而发展,其中词的变化尤为显著。这就是中唐到北宋的文学大势,是中国古典文学的第二次转变时期①。管见所及,游先生应当是文学史分期问题上明确而完整地提出"中唐—北宋"说的第一人。如前所述,蒙文通明确提出中国历史发展"中唐—北宋连贯说"的论文也发表于1957年,这个有趣的巧合在一定程度上反映出当时文史学界的共同视角,只不过蒙先生认为北宋成型的学术文化延续到明初,而游先生或许受到闻一多启迪,主张南宋文学与北宋文学分野殊途。

此后,不少具体的个案研究都在不同程度上验证了文学史上的"中唐—北宋"说。黑川洋一于1970年提出了中唐至北宋末杜诗的"发现"问题,详细考察了此时期的杜甫接受过程:杜甫的价值在中唐被发现,到北宋确立了大诗人的地位,最终被社会全体所接受,新的诗作也随之产生②。这证明,在某种程度上可以说,中唐至北宋的诗歌历程就是杜诗的发现、接受过程。受到傅斯年和游国恩的启发,倪豪士(William H. Nienhauser)在1974—1975年发表的论文里考察了从盛唐到中唐《王昭君》和《少年行》两个乐府主题的变化,认为傅斯年提出的分期法比传统的初、盛、中、晚四分法更能说明文学发展的一贯性③。林继中《文化建构文学史纲(中唐—北宋)》继承了游国恩的分法,首次专为这一段文学写了"宏观"的历史④,在"重写文学史"方面起了先导作用。

文学是人学,人是社会中的人,既是自然存在,又是社会存在,

---

① 游国恩《对于编写中国文学史的几点意见》,收入《游国恩学术论文集》,北京:中华书局,1989年,第526—539页。
② 黑川洋一《中唐より北宋末に至る杜詩の發見について》,原载《四天王寺女子大学纪要》第3号(1970年12月),收入其《杜甫の研究》,东京:创文社,1977年,第235—280页。
③ 倪豪士《八至九世纪两个乐府主题的发展——对唐代文学史的启示》,收入他编选的《美国学者论唐代文学》,黄宝华等译,上海:上海古籍出版社,1994年,第191—215页。
④ 林继中《文化建构文学史纲(中唐—北宋)》,西安:三秦出版社,1994年。

不同时空语境中的自然存在和社会存在又各有其异同,传达这些存在的文学遂亦各有异同,因此学科交叉的研究颇为常见,亦不得不然。王水照在前述傅乐成的基础上,通过阐明中唐到两宋的"宋型文化",提出了"宋型文化与宋代文学"的崭新课题,概括出文人集团、文化性格、尊体与破体、中唐—北宋枢纽论等重要命题①,在宋代文学研究界影响深远。朱刚的专著以韩愈、柳宗元、欧阳修、苏轼为个案,旁及相关作家、流派,深入剖析了中唐—北宋"道"论的发展与"文以载道"、"以文为诗"、"以诗为词"诸种文学现象的关联,揭示出中唐—北宋文学中的理性精神②,所涉既广,所论尤深。韩经太的著作也论及中唐到北宋理学酝酿、奠基与文学演变的关系③。刘宁考察了"元和体"在中晚唐和宋初的影响和接受,找出促使中晚唐到宋初政治环境变化的主要原因在于文官政治的兴起和门阀政治的衰落④,这也印证了"唐宋变革论"中"门阀士大夫向科举士大夫的转变"的概括。近年一些受到称道的文学通史著作在分期方面都参考了"唐宋变革论"及中唐—北宋连贯说,普遍把中晚唐文学和两宋文学看成属于同一个历史阶段⑤。

　　汉语史的研究也支持并解释了文学史上的中唐—北宋说。平田昌司发现,从唐到北宋真宗时代,期间辈出的古文作家几乎都是北人,南人和北人对古文的态度不同。就科举与文学的关系而言,从中唐到北宋,科举进士科的重点从诗赋转到经义策论,也可说北方系统的"学术"取代了南方系统的"文学"。这种变化为

---

① 详见王水照主编《宋代文学通论》,开封:河南大学出版社,1997年,第1—33页;《王水照自选集》,上海:上海教育出版社,2000年;王水照《重提"内藤命题"》,《文学遗产》2006年第2期,第8—11页。
② 朱刚《唐宋四大家的道论与文学》,北京:东方出版社,1997年。
③ 韩经太《理学文化与文学思潮》,北京:中华书局,1997年,第1—95页。
④ 刘宁《唐宋之际诗歌演变研究——以元白之元和体的创作影响为中心》,北京:北京师范大学出版社,2002年。
⑤ 如章培恒、骆玉明主编《中国文学史新著(增订本)》,上海:复旦大学出版社、上海文艺出版总社,2007年,上册第17—18页;袁行霈主编《中国文学史》,北京:高等教育出版社,1999年,第1卷第12页、第2卷第199页、第3卷第3页。

什么在中唐到北宋仁宗、神宗的时代发生？北方人为什么要改用古文？他从汉语南北方言对立的角度解答了这些问题。在唐宋时期，汉语北方方言的音韵发生了两大变化，一是全浊上声跟去声合流，二是入声韵尾弱化甚至消失，而南方方言可能没有发生这些音变。在平仄的辨别以及押仄声韵（特别是入声韵）的问题上，北方人明显比南方人要困难得多。这种困难到了北宋已经达到不能再忽视的地步，因此王安石在神宗熙宁三年（1070）把科举进士试的重点从唐以来的诗赋改为经义策论，有消除南人北人方言条件上的不平等的意图。六朝以来流行的骈文要求句末平仄相谐，北方人逐渐感觉到难以把握，很多人认为改用古文写作比较有利，这可能也是古文运动得以成功的一个背景，也可以解释后代的骈文名家多出自南方方言地区[①]。平田氏的研究结合了汉语史、文学史、科举史和文化地理学的视角和方法，为解释科举改革跟古文运动的关系提供了比较合适的线索，对今后的文学史和文化史研究都很有启发意义。

经过近百年的探讨，国内外学术界在"中唐—北宋转型"的问题上已形成比较一致的看法。从文学上看，中唐兴起的儒学复古思潮至北宋扩大成文化复兴运动，此时期知识、思想与信仰世界的思考或先在文学作品中出现，或被引入文学领域，成为熔铸于文学中的时代精神，并逐渐融入古文、诗、词等各体文学的创作与评论，有力地促进了中国古代文学的新变。具体到各体文学，从中唐到北宋，古文运动的内在联系比较清晰，文人词的前后连贯也相当清楚，学术界对古文的成功、文人词的兴起与繁盛都作了充分的研究[②]。诗歌方面，葛兆光曾从诗歌语言演变的角度揭示

---

① 平田昌司《唐宋科举制度转变的方言背景——科举制度与汉语史第六》，载《吴语和闽语的比较研究》，上海：上海教育出版社，1995年，第134—151页。参见同氏《〈切韵〉与唐代功令——科举制度与汉语史第三》，潘悟云主编《东方语言与文化》，上海：东方出版中心，2002年，第327—359页。
② 参见陈幼石《韩柳欧苏古文论》，上海：上海文艺出版社，1983年；村上哲见《唐五代北宋词研究》，杨铁婴译，西安：陕西人民出版社，1987年；孙康宜《晚唐迄北宋词体演进与词人风格》，李奭学译，台北：联经出版事业公司，1994年。

了中唐诗、宋诗、现代白话诗之间的内在联系①,浅见洋二围绕诗学中的风景与绘画、诗与画、诗与再现(形似与神似)、诗与历史、诗人与他者及世界等五大专题,考察唐宋的诗歌观念和诗歌文本,揭示出中国诗学的"唐宋转型"②,所论均较前人更为深入。"唐音"的变异广受关注③,"宋调"的确立则仍待深究。

　　至此,我们已经回顾了文学史、政治史、制度史、经济史、社会史、文化史、思想史、汉语史等诸多领域的"唐宋变革"研究,其中的方法、模式值得深思。不管研究哪个历史时期,都需要往前追溯其根源,往后追踪其流变,此之谓"瞻前顾后"。不管研究什么领域,都需要借助左右相关领域,此之谓"左顾右盼"。不管采用何种方法、研究何种专题,都需要充分合理地进行论证,如胡适所谓"大胆的假设,小心的求证"④,"有几分证据,说几分话。有一分证据只可说一分话"⑤,傅斯年所谓"上穷碧落下黄泉,动手动脚找东西"⑥,此之谓"上天入地"。研究中国的问题,需要与外国的问题互相比较映照;而在全球化时代研究学术,又需要了解多国的研究现状,开展国际对话,此皆谓之"东鸣西应"。要之,瞻前顾后,左顾右盼,上天入地,东鸣西应,此四者殆即围绕"唐宋变革"论学术史得出的方法论总结,对今后各个领域的学术探讨皆具借鉴意义。反思之余,需要对过于整齐圆满的理论框架和分析模式

---

① 葛兆光《汉字的魔方》,沈阳:辽宁教育出版社,1999年,第194—232页。
② 浅见洋二《距离与想象——中国诗学的唐宋转型》,金程宇、冈田千穗译,上海:上海古籍出版社,2005年。
③ 详见陈贻焮《从元白和韩孟两大诗派略论中晚唐诗歌的发展》,收入其《唐诗论丛》,长沙:湖南人民出版社,1980年,第325—408页;川合康三《终南山の变容——中唐文学論集》,东京:研文出版,1999年;吴相洲《中唐诗文新变》,台北:商鼎文化出版社,1996年。
④ 胡适《清代学者的治学方法》(1921年),《胡适作品集》第4册,第155—185页;《治学的材料与方法》(1928年),《胡适作品集》第2册,第345—358页,又第11册第143—156页;《治学方法》(1952年),《胡适作品集》第24册,第1—13页。
⑤ 胡适《致罗尔纲》(1936年6月23日),《胡适全集》第24卷《书信(1929—1943)》,第310页。
⑥ 傅斯年《历史语言研究所工作之旨趣》(1928年),《傅斯年全集》第4册,第264页。

保持警惕,美国的汉学论著通常以新方法、新模式见长,其胜在此,其病亦在此。胡适曾经告诫学生:"凡治史学,一切太整齐的系统,都是形迹可疑的,因为人事从来不会如此容易被装进一个太整齐的系统里去。"①治史如此,治其他学术又何尝不是如此。就"唐宋变革"或"宋元明变革"的论域而言,要找到一个融摄一切、一劳永逸、大而化之的"大判断"恐怕很困难,比如文学上的"近世"和史学上的"近世"就未必同步,典雅文艺、通俗文艺、不同的文学体裁之间,它们的流动波澜也都需要仔细分疏。

第三节　北宋的古典主义诗学与师古—创新模式

毫无疑问,在中唐—北宋文学承传问题上,我们既要找出中晚唐文学里宋代文学的因素,也要找出宋代文学里中晚唐文学的因素。就诗歌而言,既要追溯中晚唐诗歌里的新变因子,也要追踪这些因子在宋诗里的继承程度和发扬轨迹。宋诗是怎样"发生"的?中唐到北宋的诗歌变迁具有怎样的连续性和一致性?换言之,我们为什么能把中唐到北宋的诗歌历程当作文学史连续的一段来看待?前人的研究主要侧重于"追溯",本书将在此基础上重点做"追踪"的工作,探讨北宋诗歌是如何、在多大程度上沿袭并发展了中晚唐诗歌的新变,此即宋调发生过程研究。

因此,首要的问题便是:"宋调"的核心要点是什么?最著名的答案无疑是严羽《沧浪诗话·诗辨》里对宋诗的批评:"近代诸公乃作奇特解会,遂以文字为诗,以才学为诗,以议论为诗。"②研读宋诗的学者对这几句话全都耳熟能详,但未必能真切理解其涵义。"以才学为诗"是指过多借用书本材料,崇尚学力学问;"以议论为诗"指注重理性思维,崇尚思理意度。二者尚好理解。至于"以文字为诗",以往颇多误解,周裕锴从严羽以禅喻诗的语境出

---

① 胡适《致罗尔纲》(1936年6月29日),《胡适全集》第24卷,第314页。
② 郭绍虞《沧浪诗话校释》,第26页。

发,认为这是作为禅宗"不立文字"的对立面提出的(早期禅宗要求"不立文字",北宋禅宗则变成"不离文字"),是指"写诗时把注意力放到文字的选择安排、推敲琢磨上"①,最得严羽本意。因此"以文字为诗"就是指注重语言文字的工巧,专在句法格律等形式美学方面下功夫。至于严羽的"本朝人尚理,唐人尚意兴"诸语,则道出了宋诗的理性化特征。朱熹云:"杨大年诗巧,然巧之中犹有混成底意思,便巧得来不觉。及至欧公,早渐渐要说出来。"②"说出来",就是要清楚地表达思理。欧阳修是宋调面目的确立者之一,清吴乔由此说到整个宋诗的表达特点:"宋人作诗,欲人人知其意,故多直达。"③从言尽意的角度出发,"直达"也是学习韩愈以文为诗的结果。缪钺论"唐诗以韵胜,宋诗以意胜"④,钱锺书称"唐诗多以丰神情韵擅长,宋诗多以筋骨思理见胜"⑤,马一浮说"宋诗兼融禅学,理境过于唐诗,惟音节终有不逮"⑥,所论也指向"传意"、"尚理"。综合诸家所论,典型的宋诗具有以下核心要点:尚意尚理,理性化色彩浓厚;题材广泛,无意不可入诗,无事不可入诗;资书以为诗,以才学为诗;语言以尽意为旨归,注重文字工夫,追求语言形式上的美感。这些要点在中晚唐诗里已经孕育,宋人以之为学习榜样,继承下来,并发扬光大。这中间的血脉相连,靠的是北宋诗人对中晚唐典范的选择。

众所周知,宋人论诗偏重学古。以经典作品为典范、强调审美理想的继承性之古典主义艺术观念在中国古代一直存在,比及两宋,前代积累的文学遗产已无比丰富,宋人的文学典范意识也

---

① 周裕锴《〈沧浪诗话〉的隐喻系统和诗学旨趣新论》,《文学遗产》2010年第2期,第28—37页。
② 黎靖德编《朱子语类》卷一四〇,王星贤点校,北京:中华书局,1986年,第8册第3334页。
③ 吴乔《围炉诗话》卷一,《清诗话续编》本,上册第473页。
④ 缪钺《论宋诗》(1940年首发),收入其《诗词散论》,上海:上海古籍出版社,1982年,第35—51页。
⑤ 钱锺书《谈艺录》(1948年初版),北京:中华书局,1984年,第2页。
⑥ 《马一浮先生语录类编·诗学篇》,《马一浮集》第3册,第1003页。

走向成熟①,师古—创新模式成了论诗者的老生常谈和吟诗者的不二法门②。在西方掀起了一场诗歌革命的杰出诗人和评论家艾略特(T. S. Eliot)在《传统与个人才能》里说,成熟的诗人作品中最好的部分,而且最具有个性的部分,很可能正是先辈们"最有力地表现了他们作品之所以不朽的部分",诗人需要寻找、借鉴传统,这就要求诗人具备历史意识。人们对一个诗人的评价,就是对他与已故诗人、艺术家之间关系的评价。"你不可能只就他本身来对他作出估价;你必须把他放在已故的人们当中来进行对照和比较"③。换言之,过往的诗歌也是诗人个性的一部分,诗人需要获得传统才能真正做到创新,而研究诗人的作品则需要研究他与传统的关系。布鲁姆(Harold Bloom)从精神分析学的角度研究诗人对诗人的影响,指出所有后代作者都是在前代作家的影响和压力下进行创新的,认为:"诗的历史是无法和诗的影响截然区分的。因为,一部书的历史就是诗人中的强者为了廓清自己的想象空间而相互'误读'对方的诗的历史。"④根据艾略特和布鲁姆的研究结果,诗的历史就是诗的影响史,后代诗人选择哪些作家作为典范、哪些作品作为经典将影响到他们的历史归依。因此,研究诗人们对诗学典范的选择过程可以发现他们与前代历史的关系。这成为本书的理论框架。

就宋代而言,诗人集体选择的创作范式主要来自中晚唐诗人。北宋人已认识到这一点。蔡启说唐末诗坛:

> 唐末五代,流俗以诗自名者,多好妄立格法,取前人诗句

---

① 详见高小康《中国古典艺术精神的形成》,《中国社会科学》2001年第1期,第160—169页。
② 详见周裕锴《宋代诗学通论》,上海:上海古籍出版社,2007年,第164—173页。
③ 《艾略特文学论文集》,李赋宁译注,南昌:百花洲文艺出版社,1994年,第1—11页。
④ 哈罗德·布鲁姆《影响的焦虑》,徐文博译,北京:三联书店,1989年,第3页。参见其《西方正典》,江宁康译,南京:译林出版社,2005年。按:布鲁姆认为衡量经典的准则应当是纯艺术的,与政治无关;但事实上作家是否成为典范常常受到美学以外因素的制约,诸如政治形势、文化情境等等。

为例,议论锋出,甚有师子跳掷,毒龙顾尾等势,览之每使人抚掌不已。大抵皆宗贾岛辈,谓之贾岛格,而于李、杜诗不少假借。

又简述当时学诗典范变迁说:

> 国初沿袭五代之馀,士大夫皆宗白乐天诗,故王黄州主盟一时。祥符、天禧之间,杨文公、刘中山、钱思公专喜李义山,故昆体之作,翕然一变,而文公尤酷嗜唐彦谦诗,至亲书以自随。景祐庆历后,天下知尚古文,于是李太白、韦苏州诸人,始杂见于世。杜子美最为晚出,三十年来学诗者,非子美不道,虽武夫女子皆知尊异之,李太白而下殆莫与抗。①

两段话连到一起,就是简要的中唐到北宋诗歌变迁史,而其观察的视角就是"典范选择",拈出诗人们学习的典范先后是贾岛、白居易、李商隐、杜甫。至于说庆历后古文兴起,诗学典范该谈到韩愈,此处不提韩愈,却提到李白、韦应物,殊为可怪,但主要的线索都被揭示了。又《竹庄诗话》引永叔《馀话》云:

> 学者品藻当今名贤诗,方之唐人,皆云王元之似乐天,欧阳永叔似退之,梅圣俞似东野,苏子美似李正封,王禹玉似元微之,石曼卿似杜牧之。或以斯言为中的。②

王安石以前北宋的重要诗人都谈到了,所比拟的对象皆为中晚唐诗人③。这些都说明当时人已意识到北宋诗与中晚唐诗的内在联系,而且也是从典范选择的视角着眼。

南宋以后,类似议论也不绝如缕。叶适《徐斯远文集序》说:

---

① 蔡启《蔡宽夫诗话》,郭绍虞《宋诗话辑佚》本,第 410、398—399 页。
② 何汶《竹庄诗话》卷一,常振国、绛云点校,北京:中华书局,1984 年,第 12 页。
③ "晚唐"是一个很复杂的概念,这里采用文学史上的通常说法,即"四唐说"中的晚唐。参见张宏生《关于江湖诗派学晚唐的若干问题》,《中华文史论丛》第 51 辑,上海:上海古籍出版社,1993 年,第 75—92 页;黄奕珍《宋代诗学中"晚唐"观念的形成与演变》,《宋代文学研究丛刊》第 2 期,高雄:丽文文化事业股份有限公司,1996 年,第 225—245 页。

"庆历、嘉祐以来,天下以杜甫为师,始黜唐人之学,而江西宗派章焉。"①学习杜甫之后就去除了"唐人之学"。这是把杜甫排除在"唐型文化"之外,而尊他为"宋型文化"的祖师。严羽《沧浪诗话·诗辨》说:"国初之诗尚沿袭唐人:王黄州学白乐天,杨文公、刘中山学李商隐,盛文肃学韦苏州,欧阳公学韩退之古诗,梅圣俞学唐人平淡处。至东坡、山谷始自出己意以为诗,唐人之风变矣。山谷用工尤为深刻,其后法席盛行,海内称为江西宗派。"②从韩愈到苏、黄,从中唐到北宋,此间诗学典范的转移路径甚为清晰。宋末元初方回针对南宋永嘉四灵诗学贾岛、姚合而有一段著名的论断:

> 诗学晚唐,不自四灵始。宋刬五代旧习,诗有白体、昆体、晚唐体。白体如李文正、徐常侍昆仲、王元之、王汉谋;昆体则有杨、刘《西昆集》传世,二宋、张乖崖、钱僖公、丁崖州皆是;晚唐体则九僧最逼真,寇莱公、鲁三交、林和靖、魏仲先父子、潘逍遥、赵清献之父。凡数十家,深涵茂育,气极势盛。③

清人宋荦《漫堂说诗》云:

> 唐以后诗派,历宋元明至今,略可指数。宋初晏殊、钱惟演、杨亿,号西昆体。仁宗时,欧阳修、梅尧臣、苏舜钦,谓之欧梅,亦称苏梅,诸君多学杜、韩。王安石稍后,亦学杜、韩。神宗时,苏轼、黄庭坚,谓之苏黄。又黄与晁补之、张耒、陈师道、秦观、李廌称苏门六君子。庭坚别开江西诗派,为江西初祖。南渡后,陆游学杜、苏,号为大宗。又有范成大、尤袤、陈与义、刘克庄诸人,大概杜、苏之支分派别也。其后有江湖、

---

① 《水心文集》卷一二,《叶适集》,刘公纯等点校,北京:中华书局,1961年,第214页。
② 郭绍虞《沧浪诗话校释》,第26—27页。
③ 方回《送罗寿可诗序》,《桐江续集》卷三二,台湾商务印书馆《景印文渊阁四库全书》本,第1193册第662页。以下凡引此丛书版本,均只注"《四库全书》本",以省篇幅。

> 四灵徐照、翁卷等专攻晚唐,五言益卑,卑不足道。①

方回、宋荦所指北宋人师法的典范,都来自中晚唐。前人这些论述揭示出宋人自觉的典范意识,启发我们注意从典范选择的视角考察中唐—北宋的诗歌变迁,但他们过于关注"体派",谈论诗歌之因袭有余,分析诗歌之革新则不足。

宋人成熟的典范意识或曰诗学上的古典主义原则指导着他们的诗歌创作,共同选择的作诗典范则维系着中唐—北宋的诗歌血脉。北宋后期诗人陈师道云:

> 学诗当以子美为师,有规矩故可学。退之于诗,本无解处,以才高而好尔。渊明不为诗,写其胸中之妙尔。学杜不成,不失为工。无韩之才与陶之妙,而学其诗,终为乐天尔。②

这段话既是对北宋典范选择与诗歌因革历程的简述,也可扩大到整个中唐—北宋时期,陶渊明、杜甫、韩愈和白居易都是一时偶像。如果补充陈师道的看法,可以说:宋调在北宋成熟、定型,而随着文化的衰落、初兴、繁盛,白居易与贾岛、李商隐和韩愈或先或后、或浅或深地影响了北宋的诗学理论和实践,中晚唐诗人的诗学精神贯穿于北宋的诗学历程,并促进了"宋调"的最终确立。而开创中唐—北宋诗歌新局面的先锋则是杜甫。此外,在中唐到北宋的诗学时空里,始终存在着一个共同的、有时甚至是最高的创作典范,那就是陶渊明。研究中唐—北宋人对这些诗学典范的选择、学习、创新过程将是本书的分析路径。梁昆《宋诗派别论》注意到了宋诗几乎所有流派都以唐人为榜样的事实:

> "香山体"出自白乐天,"晚唐体"出自贾阆仙,"西昆派"出自李义山,"昌黎体"出自韩退之,"荆公体"出自杜工部,"东坡体"出自白乐天韩退之杜工部陶渊明,"江西派"出自

---

① 宋荦《漫堂说诗》,《学海类编》本,第64册,第6页B—7页A。
② 陈师道《后山诗话》,何文焕辑《历代诗话》本,北京:中华书局,1981年,上册第304页。

"西昆""昌黎""荆公""东坡"诸体,"四灵派"出自"晚唐体","江湖派"出自"江西""四灵"二派,而"晚宋体"又出自"江湖派";惟"理学体"乃自创者,无所依傍。①

但一则他没有从中晚唐北宋连贯性的角度去看待,二则他对北宋诗人对中晚唐诗歌里新变因素的因袭和革新部分尚未加以详细论证,因此本书将就"因革"的问题重点展开讨论。文学艺术与其他科学技术不同,不存在单向线性的进化必然性,前作未必低劣,后出未必转精,带有浓厚进化论色彩的"发展"(development)一词固然不符合文学历史的实情,"演变"(evolution)一词包含"演进、进化"的涵义,用来概括文学的历史也并不十分合适。所以本书宁可采用"变迁"(shift/change)一词,探讨中唐到北宋典范选择与诗歌变迁的深层关联。

学术的进步不在于大体系的建立,而在于真问题的解决,诚如钱锺书所总结的,在思想史上,"许多严密周全的思想和哲学系统经不起时间的推排销蚀,在整体上都垮塌了,但是它们的一些个别见解还为后世所采取而未失去时效"②。职是之故,本书不求周到全面,只求相关专题的探讨,对学术界论之已详的问题不再涉及,或只作简要评述,对前人未言或未详言之处则不惮词费,此即吕祖谦所谓"若他人所详者我略,他人所略者我详"③。出于影响—接受—革新视角的需要,本书有限度地采用比较文学常用的两种研究方法:一是影响与模仿的研究(Influence & Imitation Study),注意发掘北宋诗歌与中晚唐诗歌的"事实联系"及变异;二是平行研究(Parallel Study),着重分析两者的共通性,并引入西方的有关论述作映照,阐发研究对象的历史意义和理论深度。基于文学是语言艺术的信念,本书对文学研究的语言视角持有特别的兴趣。宋初诗风基本是唐末五代的因袭,因此以下将从唐末五代说起。

---

① 梁昆《宋诗派别论》,长沙:商务印书馆,1938年,第175页。
② 钱锺书《读〈拉奥孔〉》,《钱锺书集·七缀集》,第34页。
③ 魏天应编选、林子长笺解《论学绳尺·行文要法》引,王水照编《历代文话》本,上海:复旦大学出版社,2007年,第1册第1077页。

第一章　白居易、贾岛与唐末五代宋初的白描诗风

唐宣宗大中十二年(858),唐代最后一位大诗人李商隐病逝。在他生前,唐王朝已如日薄西山,"夕阳无限好,只是近黄昏"①,社会改造再也看不到任何希望。在他死后第二年的十二月,浙东爆发了裘甫领导的农民起义。从此,宦官专权、藩镇割据的唐朝政权又遇上了此起彼伏的农民起义洪流。社会进一步堕入乱世深渊,时局益发不可收拾,流露着黄昏情绪的末世之音充斥诗坛。故文学史上所说的"唐末"通常从李商隐卒后算起。此后,清奇僻苦的贾岛诗大行其道,李商隐素不喜欢的白居易诗也广受作诗者礼拜②,而典丽深婉的义山诗将暂时被边缘化。

第一节　"晚唐两诗派"说略考

关于唐末五代宋初的诗风,一直有所谓"晚唐两诗派"说。此说的明确提出始自明代杨慎。其《升庵诗话》卷一一"晚唐两诗派"条指出:

> 晚唐之诗分为二派:一派学张籍,则朱庆馀、陈标、任蕃、

---

① 李商隐《乐游原》,刘学锴、余恕诚集解《李商隐诗歌集解·未编年诗》,北京:中华书局,2004年,第5册第2168页。
② 李商隐《刑部尚书致仕赠尚书右仆射太原白公墓碑铭并序》,洋洋千余言,却只字不提白诗。《全唐文》卷七八〇,上海:上海古籍出版社影印本,1990年,第3610—3611页。参见钱锺书《中国诗与中国画》注(37),《七缀集》,上海:上海古籍出版社,1994年,32页;罗宗强《隋唐五代文学思想史》,北京:中华书局,1999年,第323页。

第一章　白居易、贾岛与唐末五代宋初的白描诗风

章孝标、司空图、项斯其人也；一派学贾岛，则李洞、姚合、方干、喻凫、周贺、九僧其人也。其间虽多，不越此二派……二派见《张洎集》序项斯诗，非余之臆说也。①

九僧乃宋初诗人，杨慎此论其实包括了唐末五代宋初的情况。所谓五代张洎《项斯诗集序》已有此说，今覆按张文不见②，杨慎所言或系误记。事实上，张洎只谈到了其中的一派，他把张籍、朱庆馀、项斯、司空图等人列为一派，而以张籍为宗。宋末元初方回在此基础上把"韩门诸人"分成两派，即"张籍之派"与"贾岛之派"③，杨慎所论或即本此。清李怀民《重订中晚唐诗主客图》沿袭了这种认识，认为中唐以降，近体诗分为两派，一为清奇雅正派，以张籍为代表，包括朱庆馀、王建、于鹄、项斯、许浑、司空图、姚合、赵嘏、顾非熊、任翻、刘得仁、郑巢、李咸用、章孝标、崔涂；一为清奇僻苦派，以贾岛为代表，包括李洞、周贺、喻凫、曹松、马戴、裴悦、许棠、唐求、张祜、郑谷、方干、于邺、林宽④。所列诗人颇嫌混乱，列入张籍一派的诗人，不少也有苦吟的特点，与张籍流畅平易的语言风格差别很大，如姚合、司空图，其诗风更接近贾岛。

更值得注意的是宋人的看法。蔡启说：

唐末五代，流俗以诗自名者……大抵皆宗贾岛辈，谓之贾岛格。

这说的是学贾岛一派，方回、杨慎、李怀民等人的说法源出此处。蔡启又指出了另外一派：

国初沿袭五代之馀，士大夫皆宗白乐天诗，故王黄州主

---

① 杨慎《升庵诗话》卷一一，丁福保辑《历代诗话续编》，北京：中华书局，2006年，中册第851页。
② 张洎《项斯诗集序》，《唐文拾遗》卷四七，上海：上海古籍出版社影印《全唐文》附，1990年，第238页。
③ 《瀛奎律髓汇评》卷二〇，方回选评，李庆甲集评校点，上海：上海古籍出版社，2005年，中册第754页。
④ 李怀民《重订中晚唐诗主客图》，清嘉庆十八年(1813)刻本。

盟一时。①

既云"沿袭五代之馀",即五代宋初都存在学白居易一派。蔡启显然是认为唐末五代存在两大诗派,一派学贾岛,一派学白居易,后者至宋初仍流行。"流俗"、"士大夫"这些用语也揭示出两大诗派在野和在朝的区别,北宋欧阳修记及的"白乐天体"诗人皆为达官贵人②,蔡启之说其来有自。诗有学白居易一派,唐末张为已拈出论列,其《诗人主客图》尊白居易为诗坛的"广大教化主"③,足见白居易诗在唐末影响之大。至于"贾岛格",宋初仍沿袭其风,而谓之"晚唐体",如方回说"组织华丽,盖一变晚唐诗体、香山诗体,而效李义山,自杨文公、刘子仪始",又说"宋初诗人惟学白体及晚唐"④,明确指出宋初诗派只有两个:白体和晚唐体。"有九僧体,即晚唐体也"⑤。"晚唐体则九僧最逼真",包括寇准、林逋、魏野、潘阆等⑥。晚唐体实以贾岛为作诗榜样,在方回之前,南宋刘克庄已指出林逋和魏野与贾岛诸人的渊源关系⑦;在方回之后,明胡应麟亦谓九僧诗入贾岛、周贺之格⑧。南宋牟𪩘云:"世之为晚唐者,不锻炼以为工,则糟粕以为淡,刻鹄不成,诗道日替。"⑨认为当时学晚唐的诗作呈现两种风格,亦即指出了唐末五代诗坛的两大诗派,前者显然是贾岛苦吟精工的语言风格,后者则近似白居易浅切平易的诗歌特点。此论实可视作对蔡启之说的补充。综合蔡

---

① 蔡启《蔡宽夫诗话》"宋初诗风"条,郭绍虞《宋诗话辑佚》,北京:中华书局,1980年,第398页。
② 见欧阳修《六一诗话》,何文焕辑《历代诗话》,北京:中华书局,1981年,上册第264、266页。
③ 张为《诗人主客图》,《历代诗话续编》本,上册第70页。
④ 《瀛奎律髓汇评》卷三、二二,上册第124、中册第925页。
⑤ 《瀛奎律髓汇评》卷一,上册第18页。
⑥ 方回《送罗寿可诗序》,《桐江续集》卷三二,《四库全书》本。
⑦ 见刘克庄《江西诗派小序》,《后村居士集》卷二四,北京:线装书局《宋集珍本丛刊》第79册影印宋淳祐刻本;《后村诗话》后集卷一,王秀梅点校,北京:中华书局,1983年,第52页。
⑧ 见胡应麟《诗薮》外编卷五,上海:上海古籍出版社,1979年,第209页。
⑨ 牟𪩘《潘善甫诗序》,《牟氏陵阳集》卷一四,《四库全书》本。

启、牟巘、方回的意见,即唐末五代宋初主要存在两大诗派:贾岛格和白乐天体。

由此看来,历代批评家的共识是:唐末五代宋初主要流行两大诗派,其中一派是"贾岛格";不同之处在于:有人认为另外一派学张籍,有人则认为是学白居易。从当时的文化状况和诗歌的内容以及语言风格来看,后一种观点更接近事实。

关于唐末的社会政治状况,时人刘允章在《直谏书》中概括为:食禄之家有八入,国有九破,苍生有八苦。政法黑暗腐败,官吏苛刻残暴,税役繁多沉重,民生苦不堪言,"天下百姓哀号于道路,逃窜于山泽。夫妻不相活,父子不相救"①。社会动荡,民不聊生,"自僖、昭以还,雅道陵缺",前引张洎《项斯诗集序》的这句评述表明唐末的文教事业也已衰落下去。

五代备极乱世之弊,军阀割据,战乱频仍,武人跋扈,文士罹祸,文教衰落之状较唐末有过之而无不及。牛运震《五代诗话序》云:"五代之乱极矣,政纪解散,才士凌夷,干戈纷攘,文艺阙如。如诗歌间有之,亦多比于浮靡噍杀,嗷然亡国之音者皆是也,乌睹所谓风雅者乎!"②大潮如此,虽偶有人标榜儒道风雅,亦流于空言,难挽颓势。

赵宋王朝收拾了五代的割据混乱,但在太祖到真宗的六十多年间,经济和文化仍处于恢复重建阶段,整个社会、尤其一般诗人的文化素质并不高。淳化三年(992)进士考试,"太宗以词场之弊,多事轻浅,不能该贯古道,因试《卮言日出赋》,观其学术。时就试者凡数百人,咸瞪眙忘其所出,虽当时驰声场屋者亦有难色"。连第一名的孙何、第二名的朱台符都不知出处,只有第三名的路振知道出自《庄子》。北宋进士科考试,诗赋题本来是不具出

---

① 《全唐文》卷八〇四,第 3745—3746 页。
② 王士禛《五代诗话》,郑方坤删补,戴鸿森校点,北京:人民文学出版社,1989 年,第 1 页。

处的,自此以后,"所试进士诗赋题,皆明示出处"①。此次淳化试题事件充分说明了北宋初期士子文人文化素质低下的时代状况。宋继五代后周之鼎,宋初诗人多为由割据政权入宋的文官词臣或经历乱世的僧徒士人,他们入宋的同时也带来了五代的诗风。与后来文化高涨期博学的文人相比,这些诗人的文化格局相对狭小,文化素养相对低下,对"雄文博学"之类的诗歌普遍兴趣不大。

总而言之,从唐末、五代到宋初,整个社会长期处于混乱不堪的无序状态,精神文化贫瘠虚弱。在朝文人多数以白居易为典范,白居易诗的随遇而安、感伤自适对乱世文人是莫大的慰藉,偶有关注现实民生者,亦皆效法白居易的讽谕诗及其批判锋芒;在野士人多亲贾岛,贾岛诗的牢骚绝望、孤寂清冷恰好合乎沉沦下僚者的欣赏趣味;而白居易诗的浅切,贾岛诗的苦吟,还有他们共同的白描手法,对读者文化素质的要求都不太高,因而广受欢迎、推崇,成了文化废墟上的宠儿。无论是达官贵人、平民百姓,还是士人隐士、禅客僧徒,悉皆讽诵模拟,或师乐天,或宗贾岛,或兼两家,于是"白乐天体"和"贾岛格"这两种诗体风靡诗坛,风行百年。宋人对唐末五代宋初诗歌主流的描述更接近当时的诗坛实况:诗学典范主要是白居易和贾岛,诗歌风格主要是在朝的白乐天体和在野的贾岛格。

第二节　乐天体:在朝与近道

一、白居易的追随者

白居易的诗歌在他生前就非常流行。在他身后,虽然有李戡(李飞)、杜牧贬斥元白诗风②,白居易诗仍然广受欢迎。从唐末、五代到北宋初期,有相当多的人标举白诗、师法白诗。陈友琴编

---

① 《宋史》卷四四一《路振传》,北京:中华书局,1977年,第13060页;吴曾《能改斋漫录》卷一,上海:上海古籍出版社,1979年,上册第14页。
② 详见杜牧《唐故平卢军节度巡官陇西李府君墓志铭》,《樊川文集》卷九,《四部丛刊》本。

辑的资料书对此提供了多条线索①。贺中复研究发现,"五代诗风最盛者当推宗白一派",就此时期主要诗人七十家计,诗风学习白居易的不下五分之三,在今存诗二百首以上的十一家中,可归为此派者多达八家,且均为五代著名诗人;白体诗人所覆盖的地域,较之集中于楚之衡山、吴之庐山的贾、姚派要广泛得多,"南方前后蜀、吴越、闽、南唐和中原后唐、后周都涌现出规模不一的创作群体,集中体现着五代诗人群体性特征";而且,当时的宗白诗人由于"据有一定政治地位、文学主张明确、创作活跃而具有较大凝聚力、感召力"②。所论甚是。王水照主编的著作概论宋初诗学白体或诗近白体的作者(包括早年近白而后来改变的诗人),计有徐铉、李昉、李至、王禹偁、苏易简、张咏、舒雅、刁衎、晁迥、李维、张秉、李宗谔、魏野、杨亿等十四人③。根据王运熙的研究,晚唐五代赞美、肯定白居易诗歌的主要是皮日休、黄滔、张为、韦縠、《旧唐书》史臣等人④。据张兴武所论,唐末五代宋初,效白居易为诗、或有意标榜白诗者主要有十家:张为、吴融、黄滔、郑谷、卢延让、孙鲂、冯道、陶谷、李昉和王禹偁⑤。今综合诸家之说,更作增删补订,考其显著如下,无可补充者则从略。

唐末皮日休。其《七爱诗》六篇⑥,分别赞美他热爱的房玄龄杜如晦二相国、李晟、卢鸿、元德秀、李白、白居易,于文学最爱白居易。《七爱诗序》说"为名臣者必有真才,以白太傅为真才焉"。《李翰林》篇重在盛赞李白的真放俊逸,《白太傅》篇则极力推崇白居易的文学成就:"吾爱白乐天,逸才生自然。谁谓辞翰器,乃是经纶贤。欸从浮艳诗,作得典诰篇。立身百行足,为文六艺全。"在他看来,流行的乐府诗大多浮艳,白居易却能用乐府诗体写出

---

① 陈友琴编《古典文学研究资料汇编·白居易卷》,北京:中华书局,1962年。
② 贺中复《论五代十国的宗白诗风》,《中国社会科学》1996年第5期,第140—152页。
③ 王水照主编《宋代文学通论》,开封:河南大学出版社,1997年,第82—90页。
④ 王运熙《元白诗在晚唐五代的反响》,《文学研究》第5辑,南京:南京大学出版社,1997年,第180—195页。
⑤ 张兴武《五代作家的人格与诗格》,北京:人民文学出版社,2000年,第218—222页。
⑥ 《皮子文薮》卷一〇,上海:上海古籍出版社,1981年,第104—106页。

如《尚书》典、诰一般雅正的讽谕诗,自然值得敬仰。所以,他为元稹、白居易诗遭李戡(李飞)、杜牧攻击感到不平,认为"元白之心,本乎立教,乃寓意于乐府雍容宛转之词,谓之'讽谕',谓之'闲适'",仿效者"师其词,失其旨",流于浮靡艳丽,"非二子之心也"①。应当指出,皮日休的看法是片面的。元白作诗,有时在于立教(讽谕),有时也在于遣怀娱乐(闲适诗、艳体诗)。皮氏的片面辩解正说明他对白诗的偏爱。

唐末黄滔。黄滔对白居易诗评价极高,其《答陈磻隐论诗书》认为"大唐前有李杜,后有元白,信若沧溟无际,华岳干天",推元白为李杜以后最杰出的诗人。与皮日休一样,黄滔也不同意"李飞数贤,多以粉黛为乐天之罪"的指责,起而为之作偏袒性的辩解②。宋洪迈评其诗曰:"清淳丰润,若与人对语,和气郁郁,有贞元、长庆风概。"③"长庆体"指元稹、白居易首创的以长篇铺叙为主要特色的七言歌行体,洪迈此语即是说黄滔诗入白体。

唐末郑谷。郑谷转益多师,而以受贾岛、姚合、白居易的影响为最著④。观其诗风,浅切明白,宋初时"以其易晓,人家多以教小儿"⑤,"盖其辞意清楚明白,不俚不野故然"⑥,可知谷诗与乐天为近。清汪师韩《诗学纂闻》论诗歌语言风格时,以白居易、郑谷对举,云"香山《长庆集》,必老妪可解也;郑谷《云台篇》,必小儿可教也"⑦,正是此意。

---

① 皮日休《论白居易荐徐凝屈张祜》,《全唐文》卷七九七,第3705页。按此文自"祐元和中作宫体诗"至"从可知矣"未必是皮日休语,辨详陈尚君《再续劳格读〈全唐文〉札记》,收入其《唐代文学丛考》,北京:中国社会科学出版社,1997年,第79—123页。
② 《唐黄御史文集》卷七,《四部丛刊》本。
③ 洪迈《唐黄御史集序》,《唐黄御史文集》卷首。
④ 参见赵昌平《从郑谷及其周围诗人看唐末至宋初诗风动向》,收入《赵昌平自选集》,桂林:广西师范大学出版社,1997年,第198—213页。
⑤ 欧阳修《六一诗话》,《历代诗话》本,上册第265页。
⑥ 祖无择《都官郑谷墓表》,《郑谷诗集笺注》附录四,严寿澂等笺注,上海:上海古籍出版社,1991年,第479页。
⑦ 汪师韩《诗学纂闻》,《清诗话》本,上海:上海古籍出版社,1978年,第441页。

第一章 白居易、贾岛与唐末五代宋初的白描诗风

五代孙鲂。郑谷唐末避乱江淮,孙鲂从之游,尽得其诗歌体法①。郑谷诗风近乐天,孙鲂师从郑谷,则孙鲂诗亦学乐天。又,鲂诗以《题金山寺》为最著,《唐才子传》谓之"骚情风韵,不减张祜"②,《十国春秋》称其与张祜《金山寺》诗"前后并称,一时以为绝唱"③;而张祜诗风近白居易,唐末张为《诗人主客图》在"广大教化主"白居易下列张祜为"入室"④,则鲂诗与白诗之关系可知矣。

五代吴僧匡白。其《江州德化东林寺白氏文集记》盛赞白居易诗文"无不以讽谏为旨,黜陟为事,使谄谀奸诡所不能隐匿矣","缅彼乐天,其真古贤。才器天付,辞华世传","言其婉丽,理且渊元",阅白集"曾不释手"⑤。

五代胡抱章、后蜀末杨士达。《南部新书》载:"四明人胡抱章作拟白氏(白居易)讽谏五十首,亦行于东南。"又谓杨士达作拟白居易讽谏五十篇,"颇讽时事"⑥。

五代宋初徐铉。其《江州新建尚书白公祠堂之记》指出,"古今以来"文词广受重视、广为人知的文人"未有如白乐天者","观乐天之文,主讽刺、垂教化、穷理本、达物情,后之学者服膺研精,则去圣何远?其为益也,不亦多乎!"⑦表明他对白居易诗的重视。方回谓徐铉"诗有白乐天之风"⑧,不为无据。详见本章第四节所论。

---

① 参见马令《南唐书》卷一三本传,《四库全书》本;吴任臣《十国春秋》卷三一本传,徐敏霞等点校,北京:中华书局,1983年,第1册第446页。
② 《唐才子传校笺》卷一〇,辛文房撰,傅璇琮主编校笺,北京:中华书局,1990年,第4册469页。
③ 吴任臣《十国春秋》卷三一,第1册第446页。
④ 张为《诗人主客图》,《历代诗话续编》本,上册第74页。
⑤ 《全唐文》卷九一九,第4246页。按:此文错简一大段,岑仲勉《论〈白氏长庆集〉源流并评东洋本〈白集〉》已作校正,可从,见《岑仲勉史学论文集》,北京:中华书局,1990年,第26—167页。
⑥ 钱易《南部新书》卷一〇,《四库全书》本,第263页。
⑦ 徐铉《江州新建尚书白公祠堂之记》,《徐公文集》卷二八,《四部丛刊》本。"江州"原误作"洪州",据目录和内容改。
⑧ 见《瀛奎律髓汇评》卷一六,中册第625页。

宋初李昉、李至。李昉曾用白居易的诗句讽谏宋太宗①,可见他对白集颇有会心。据北宋人记载:

> 李文正公罢相为仆射,奉朝请,居城东北隅昭庆坊,去禁门辽远,每五鼓则兴,置《白居易集》数册于茶镣中,至安远门仗舍,然烛观之,俟启钥,则赴朝。②

李昉每天五鼓起床,在开封安远门仗舍内燃烛阅读《白居易集》,等候开门时间到后赴朝,对白居易作品的喜爱程度一至于此。《宋史》本传说李昉"为文章慕白居易,尤浅近易晓"③,王禹偁《司空相公挽歌》三首其二悼昉则云:"须知文集里,全似白公诗。"④《青箱杂记》亦指出:"昉诗务浅切,效白乐天体,晚年与参政李公至为唱和友,而李公诗格亦相类,今世传《二李唱和集》是也。"⑤《二李唱和集》乃李昉罢相后与李至尽日唱和的诗作合集,参与唱和者尚有其他官员,但为李昉所不取。二李效仿中唐白居易分别与元稹、刘禹锡唱和之盛事,创作时亦多学白居易诗。李至在诗里自述寡于交游:"出门何所适,他处迹皆疏。不是陪端揆,多应访老徐。"⑥"老徐"下自注:"今左省常侍。"端居好静,倘若出门,不是陪故相李昉(端揆),就是访恩师徐铉。徐铉、李昉和李至,三位推崇白居易、效法白体诗的高官词臣,组成一个稳定的"铁三角",在内部频繁交往唱酬,在外部辐射影响文坛。

宋初田锡。其《览韩偓郑谷诗因呈太素》认为作诗"顺熟合依元白体",《寄宋白拾遗》又赞扬别人有元白之才,可见其诗学取向。田锡诗作颇多古风、歌行,不仅学效元白唱和,也兼顾其他方面,如《华清宫词》仿效白居易的《长恨歌》,《李薿吹笛歌》模拟《琵琶行》,《送

---

① 详见王称《东都事略》卷三二,《四库全书》本。称,一作"偁"。
② 宋敏求《春明退朝录》卷中,诚刚点校,北京:中华书局,1980年,第32页。
③ 《宋史》卷二六五《李昉传》,第9138页。
④ 《小畜集》卷一〇,《四部丛刊》本。
⑤ 吴处厚《青箱杂记》卷一,李裕民点校,北京:中华书局,1985年,第3页。
⑥ 李至《节假之中风气又作……》其三,《全宋诗》,北京:北京大学出版社,1991年,第1册第566页。此则材料承朱刚教授见告,谨致谢忱。

第一章　白居易、贾岛与唐末五代宋初的白描诗风

春》《琢玉歌》用"三三七七七"体,《苦寒行》学习讽谕诗,都有明显的学白痕迹①。周密说田锡《咸平集》"中多佳语",从他所称引的诗句看,多是浅切流畅一类②,近于白居易的语言风格。

真宗、仁宗朝胡令仪。曾任淮南转运使、陕西转运使,致仕后聚书教子孙,自适乐林泉,常吟诵白居易诗"以怡性情"③。

真宗、仁宗朝陈从易。欧阳修谓"其诗多类白乐天"④。《全宋诗》录其诗三首⑤,用字皆平直流畅,诗意皆浅切露尽,确系乐天体。王钦若罢相,知杭州朝士作诗送行,陈从易有"千重浪里平安过,百尺竿头稳下来"之句,最得钦若喜爱⑥。二句亦为乐天风格。

真宗、仁宗朝杨崇勋。累官群牧使,拜同平章事。最嗜白居易诗,将白居易自三十岁至七十五岁所著歌诗凡八十一篇进行次序编排,名为《白氏编年集》,杨崇勋自制其序,又手写其集,流传于世⑦。

仁宗朝孙可九。据《青箱杂记》载,可九不仅"好吟咏,效白乐天格",而且对白居易顶礼膜拜,"尝为陕西驻泊,为乐天搆祠堂于郡城大阜之顶,中安绘像,仍缮写平生歌诗警策之句,徧于旧墉"⑧,此种偶像崇拜把学习白居易推向了极端。

仁宗朝数达官。据《六一诗话》载,仁宗朝有数达官以诗知名,"常慕'白乐天体',故其语多得于容易"⑨。

----

① 所引田锡诗分别见《全宋诗》第1册第457、473、479—480、484—485、486、487—488、490页。白居易新乐府爱用"三三七七七"体,详见陈寅恪《元白诗笺证稿》第五章,上海:上海古籍出版社,1978年,第117—299页。
② 周密《浩然斋雅谈》卷中,《四库全书》本。
③ 范仲淹《宋故卫尉少卿分司西京胡公神道铭》,《范文正公集》卷一一,《四部丛刊》本。
④ 欧阳修《六一诗话》,《历代诗话》本,上册第266页。
⑤ 《全宋诗》第2册第1257页。
⑥ 江休复《江邻几杂志》,朱易安等主编《全宋笔记》,郑州:大象出版社,2003年,第1编第5册第143页。
⑦ 宋祁《杨太尉墓志铭》、《杨太尉行状》,《景文集》卷六〇、六一,清光绪二十五年(1899)广雅书局重刊《武英殿聚珍版丛书》本。
⑧ 吴处厚《青箱杂记》卷一〇,第109页。
⑨ 欧阳修《六一诗话》,《历代诗话》本,上册第264页。江少虞《宋朝事实类苑》卷六五亦引此条,而谓出自《玉壶清话》,疑误。

此外，根据方回的意见，宋初白体作者尚有徐锴、王奇①。

至于被张兴武列入"效白居易为诗"行列的卢延让，则难说是白体诗人。卢延让作诗曾师法薛能②，而薛能于唐人独许贾岛"解诗"，对白居易诗则颇多讥刺③。受乃师影响，延让想必不会效白居易为诗，反而会追随贾岛。事实上，卢延让以苦吟著名，自称"吟安一个字，撚断数茎须"④，虽多著寻常容易语⑤，但"业癖涩诗"，"词意入僻"，在诗学精神上恰与贾岛相通。吴融称其诗"去人远绝，自无蹈袭，非寻常耳"⑥，所评容或过誉，却可见出延让诗近于贾岛格而远于白乐天体。

综合以上各家记载及评论，可知唐末五代宋初诗学白居易或标榜白诗者众多，其中显著者计有三十三人：皮日休、张为、吴融、黄滔、郑谷、孙鲂、僧匡白、韦縠、胡抱章、杨士达、冯道、陶谷、徐铉、徐锴、李昉、田锡、李至、晁迥、王禹偁、苏易简、魏野、李维、胡令仪、陈从易、杨崇勋、李宗谔、舒雅、刁衎、张咏、张秉、杨亿、王奇、孙可九。此外还有后晋《旧唐书》史臣、宋仁宗朝数达官等若干人。

值得注意的是，上述白体诗人除极少数而外，大多数都是在朝的官吏词臣，尤其是陶谷、徐铉、李昉、王禹偁等人，身为朝廷重臣，也是文坛宗匠⑦，他们对白居易的褒扬、他们的白体诗风都会影响整个诗坛的风气，从而影响宋初诗歌的走向。一般说来，在朝诗人凭借自身的文学成就和显赫地位，极易影响社会的、尤其

---

① 方回《送罗寿可诗序》，《桐江续集》卷三二。
② 见王定保《唐摭言》卷六，北京：中华书局，1959年，第64页；计有功撰、王仲镛校笺《唐诗纪事校笺》卷六五，北京：中华书局，2007年，第1746页。
③ 见薛能《嘉陵驿见贾岛旧题》、《荔枝诗序》，《全唐诗》卷五六〇、五六一，上海：上海古籍出版社影印本，1986年，第1433、1435页。
④ 卢延让《苦吟》，《全唐诗》卷七一五，第1801页。
⑤ 参见王仲镛《唐诗纪事校笺》卷六五，第1744页。
⑥ 傅璇琮主编《唐才子传校笺》卷一〇，第4册408—409页。
⑦ 陶谷见宋释文莹《湘山野录·续录》，郑世刚点校，北京：中华书局，1984年，第75页；魏泰《东轩笔录》卷一，李裕民点校，北京：中华书局，1983年第5页；徐铉见李昉《徐公墓志铭》，《徐公文集》附；李昉见王禹偁《谢仆射相公求致仕启》，《小畜集》卷二五；王禹偁见下引《蔡宽夫诗话》。

是门生弟子的诗学取向,门生弟子紧跟风潮而登上高位后,又会影响到又一批人的典范选择,正如当时人王操奉承李昉时所说的,"朝苑优游数十春,文章敌手更无人","年来得意知难绝,大半门生作侍臣"①。宋初"沿袭五代之馀,士大夫皆宗白乐天诗"②,其中就包含了这样的因素。白体的一些代表诗人先后多次知贡举,场屋举子为了迎合讨好主考官,当然也会用心研习白诗。

二、从白集流传看白体流行

由于白居易诗在此时期广受欢迎,白居易集也因此极受珍爱。现存唐代诸家文集,以白居易文集保存的文本材料最为丰富,其版本也在最繁杂之列。其原因正如郭英德所说:"《白氏文集》得以完整保存,首先应归功于它为社会欢迎的程度和作者本人对编集的重视。"③白居易生前精心编集的个人文集共五本,其中三本分置庐山东林寺、苏州南禅寺和东都圣善寺,两本分付侄龟郎及外孙谈阁童④。唐末五代,众多文人武夫皆欲一睹白氏文集原貌。譬如"雅好奇藻"的高骈,其诗"横绝常流,时秉笔者多不及之,故李氏之季,言勋臣有文者,骈其首焉"⑤。高骈镇淮南时咸取白集东林真本⑥,僧齐己献诗贺之⑦,可知白集之见重于时。五代乱世,兵火四起,白氏文集寺藏、家藏原本均无一幸免。后唐李从荣、吴国杨澈皆贵为王子,而激赏乐天,二三年间先后补写香

---

① 王操《上李昉相公》,《全宋诗》第1册第648页。
② 《蔡宽夫诗话》,郭绍虞《宋诗话辑佚》,第398页。
③ 谢思炜《白居易集综论》,北京:中国社会科学出版社,1997年,第4页。
④ 白居易《白氏集后记》,《白氏文集》卷七一,《四部丛刊》本。
⑤ 《太平广记》卷二〇〇引《谢蟠杂说》,汪绍楹点校,北京:中华书局,1961年,第4册第1507页。
⑥ 详见陈舜俞《庐山记》卷一,东京:内阁文库影印宋刊本,1957年,第21页A;宋敏求《春明退朝录》卷下,第42页。
⑦ 齐己《贺行军太傅得白氏东林集》,《全唐诗》卷八三九,第2054页。此诗受主不明,岑仲勉《论〈白氏长庆集〉源流并评东洋本〈白集〉》考定为高骈,见《岑仲勉史学论文集》,第40—43页。

山、东林两处白集①。杨澈更下令秘藏白集,严加守护,"无令出寺,勿借外人,又图白侯真于其壁,使人敬惮之,不敢苟违也"②,对白居易的崇拜一至于此。五代时期的白集传本相当丰富,它们通过各种途径存留至北宋③。宋初的白集除了通行的吴蜀摹本④,还有其他传本。例如,陈舜俞熙宁五年(1072)撰成的《庐山记》谓当时东林寺所藏白集"实景德四年诏史馆书校而赐者"⑤,而据陆游《入蜀记》称,东林本白集亡逸后,"真宗皇帝尝令崇文院写校,包以斑竹帙送寺"⑥,二人所言或系同一传本。最高统治者的喜好更刺激了白集的流行。据日本内阁文库藏《重钞管见抄白氏文集》卷末所载牒文,仁宗景祐四年(1037)又准许在杭州印行"《白氏文集》一部七十二卷",此本亦入藏崇文院⑦。钟爱白集者甚众,譬如李及,在杭州刺史任上"居官数年,未尝市吴物。比去,唯市白乐天集"⑧。白居易手定的五本文集先后亡佚,文本内容却相对完整地保存下来,这应当归功于宝爱白集的上述诸家,也说明白诗在唐末五代宋初广受欢迎,白居易广泛地影响了此时期的诗歌创作。释智圆(976—1022)《读白乐天集》云:"所以《长庆集》,于今满朝野。"⑨形象地描述出白居易集在宋初广泛流行的程度。

宋太宗时所编《文苑英华》对唐诗的选录情况也证明了这一

---

① 参见宋敏求《春明退朝录》卷下、僧匡白《江州德化东林寺白氏文集记》。后者所记抄补者难定何人,岑仲勉《论〈白氏长庆集〉源流并评宋洋本〈白集〉》、《补〈白集源流〉事证数则》考定为杨行密第六子杨澈,见《岑仲勉史学论文集》,第42—44、167页注(3)、168—169页。
② 僧匡白《江州德化东林寺白氏文集记》,参见前引岑仲勉校定文字。
③ 详见谢思炜《白居易集综论》,第11—21页。
④ 详见《岑仲勉史学论文集》第44—47页、谢思炜《白居易集综论》第11—16页。
⑤ 陈舜俞《庐山记》卷一,第21页A。
⑥ 陆游《入蜀记》,《渭南文集》卷四六,《四部丛刊》本。
⑦ 牒文见太田次男《内閣文庫藏〈管見抄〉について》,《斯道文库论集》第9号,1971年12月,191—262页。亦见山内润三等编《玉造小町壮衰书》附录《内閣文庫藏〈管見抄〉》。参见谢思炜《白居易集综论》,第46—47、16页。
⑧ 李焘《续资治通鉴长编》卷九八,北京:中华书局,1980年,第2276页。
⑨ 《全宋诗》第3册第1559页。

第一章 白居易、贾岛与唐末五代宋初的白描诗风

点。在唐代诗人中,此书选白居易诗最多,而此书主修李昉、徐铉、李至等恰恰都是"白乐天体"的作者①。为了解编选者的诗歌观念和审美趣味,不妨考察唐代诗人入选《文苑英华》的诗歌总数。兹将《文苑英华》选录唐人诗歌篇数(收在诗、歌行里)超过百首的情况列表如下:

传统的时代归属	诗人	篇数	排名
中唐以前	李峤	106	22
	宋之问	141	12
	张说	114	17
	张九龄	113	18
	王维	151	9
	李白	232	2
	杜甫	217	3
中唐以后	刘长卿	185	4
	卢纶	158	6
	张籍	126	15
	释皎然	157	7
	刘禹锡	161	5
	白居易	283	1
	贾岛	155	8
	刘得仁	112	19
	赵嘏	122	16
	许浑	137	14
	方干	112	19
	温庭筠	145	11
	罗隐	141	12
	张乔	109	21
	郑谷	151	9

---

① 《文苑英华》主修名单见《文苑英华·事始》所收《三朝国史艺文志注》、《国朝会要》,北京:中华书局影印本,1966年,第8页;王应麟《玉海》卷五四,南京:江苏古籍出版社等影印本,1988年,第1022页。

从上表看到①，二十二名唐代诗人中，白居易诗的数量高居榜首，诗风近白居易的郑谷也位列第九，足以说明在朝文士（编纂者大多是文人而非学者）对白居易诗的偏爱。安史之乱以前成名的诗人，只有七名，另外十五名都是安史之乱以后的诗人，说明编选者钟爱中晚唐诗，北宋诗是中晚唐诗的承继和革新。值得注意的是，编纂《文苑英华》的目的之一就是指导文人士大夫学习写诗作文②，多选白居易诗自然会影响时人作诗的风气。还应当指出，《文苑英华》在真宗景德四年（1007）经过了文臣的"芟繁补缺"，"卷数如旧"③，因此上述数字也可以说明真宗朝部分文士的诗学取向④。

真宗朝的白体风气也许还受到皇帝的激发。真宗素喜白居易，不但诏令写校白集（见前），而且在景德四年诏令以白氏后人为河南府助教，修奉白氏坟茔影堂⑤，又于大中祥符二年（1009）"命江州葺唐白居易旧第"⑥。这对白体的盛行也有推波助澜的作用。

---

① 同一首诗在不同分类里重复选录者，亦重复计数，因为重复选录正说明编次者的偏爱。统计时参考了两种书的作者和篇名索引，见前引中华书局影印本书后索引；《文苑英华索引》，台北：华文书局，1967年。中华书局影印本的底本用宋刊本一百四十卷，其他八百六十卷用明刊本。明刊本错误极多，与本统计有关联者在于诗题下的作者署名，从新发现的一册宋本（卷二七一至二八〇）看，明本有时会漏刻作者名或"前人"，见李宗焜《宋本文苑英华》，载同氏整理《文苑英华》，台北：中研院史语所，2008年，第30—31页。本统计已利用电子数据库确定作者归属。
② 参见金开诚、葛兆光《历代诗文要籍详解》，北京：北京出版社，1988年，第225页。
③ 参见王应麟《玉海》卷五四"雍熙《文苑英华》"条，第1022页；徐松辑《宋会要辑稿》崇儒四之三，北京：中华书局影印本，1957年，第3册第2231页。
④ 今天所见的《文苑英华》虽然不是宋初原貌，但在选录条目方面应不会相差太远。关于此书的流传情况，可参见王应麟《玉海》卷五四"雍熙《文苑英华》"条，第1022页；徐松辑《宋会要辑稿》崇儒四之三，第3册第2231页；前引中华书局影印《文苑英华》"出版说明"；前揭李宗焜《宋本文苑英华》。
⑤ 参见《宋大诏令集》卷一五六，司义祖校点，北京：中华书局，1962年，第586页；李焘《续资治通鉴长编》卷六五，第1446页。
⑥ 《续资治通鉴长编》卷七二，第1645页。

三、白体诗人与道教

唐宋之际道教思想的流行也促进了白居易的受宠。白居易本人对佛道两教均浸淫甚深。据陈寅恪的意见,白氏受道教的影响更深①。陈引驰作具体分疏,提醒道家与道教不同,白氏信仰道家知足之说,对道教的炼丹、成仙之类甚表怀疑,与佛教在交往的时间、范围、笃信及最后归依方面,均过于道教②。但白居易与道教关系颇深究亦属实。白体诗人、尤其是宋初的白体诗人恰好也多信仰道教,或者深受道家思想影响。可见在白居易和白体诗人之间,道家道教思想是联系他们的共同纽带。试略论宋初显著者如下。

徐铉"慕老子清净之教、庄周齐物之理"③,并著有《三家老子音义》一卷④。徐铉与道士交往频繁,文集里保存了二十多首酬赠道士、题咏道观之诗,还有道教《步虚词五首》。据诗中自述,他"平生心事向玄关",素以老庄宽怀,有过学道炼丹的亲身经历⑤。宋太宗搜集道经,徐铉与王禹偁参加了整理工作。与此相对应,据记载,"徐铉不信佛,而酷好鬼神之说",即使皇帝令他试读佛经,他也了无兴趣,始终"鄙斥浮屠之教"⑥。

徐锴与道士也有交往,撰有《茅山道门威仪邓先生碑》⑦,于道教神仙之事颇感兴趣,编有《灵仙赋集》二卷⑧。

李昉好道教神仙之事,其《仙客》诗以鹤为仙客,可见出他对

---

① 陈寅恪《元白诗笺证稿》,第 321—330 页。
② 陈引驰《隋唐佛学与中国文学》,南昌:百花洲文艺出版社,2002 年,第 82—101 页。
③ 李昉《徐公墓志铭》,《徐公文集》附。
④ 见顾櫰三《补五代史艺文志》,《二十五史补编》本,北京:中华书局股份有限公司,1955 年,第 7759 页。
⑤ 详见《徐公文集》卷四《晚憩白鹤庙寄句容张少府》、《题碧岩亭赠孙尊师》、《题白鹤庙》,卷二一《回至南康题紫极宫里道士房》,卷二二《和谭錬师见寄》、《送清道人归西山》。
⑥ 《杨文公谈苑》,上海:上海古籍出版社,1993 年,第 157 页。
⑦ 见《全唐文》卷八八八,第 4115—4116 页。
⑧ 见《宋史》卷二〇九,第 5394 页。

道教境界的向往,这方面的思想又见于《桐柏观》诗对道教宫观的描绘①。窦仪《贺李昉》诗云"仙才已在神仙地,逢见刘晨为指迷"②,以神仙之事贺受主,正可见出李昉的兴趣所在。李昉撰有《上方大洞真元图书继说终篇》,后收入《道藏》。

田锡青年时曾居骊山白鹿观读书数年③,对道教典籍当有会心。田锡与王禹偁交谊深厚,王氏深受道教思想影响(见后),其《酬赠田舍人》诗云"一言得意便定交,数日论文暗相许"④,可见两人信仰颇近。

李至"尝师徐铉,手写铉及其弟锴集,置于几案"⑤,受二徐的影响,当亦对道教有相当的兴趣,其诗歌充满了道家闲适享乐、全身养性的思想。

晁迥与白居易一样对佛教道教都感兴趣。据记载,晁迥"初学道于刘海蟾,得炼气服形之法","既老,居昭德坊里第。又于前为道院,名其所居堂曰'凝寂',燕坐萧然,虽弟子见有时","晚年耳中闻声","以为学道灵感之验",⑥其崇道如此。晁迥自道"爱乐天词旨旷达,沃人胸中",日以步拟乐天诗为乐,尝录白居易"遣怀之作",名曰《助道词语》,又"以公(白居易)为师,多作道情诗"⑦,这显然与他对道教的信奉密切相关。

王禹偁素爱道家道教思想,在京师时暇日已多披羽衣道服,贬商州后更是长不离身,并以《庄子》解闷⑧。在商州,王禹偁与著名的道教徒种放多有交往唱酬,还京后仍有诗赠种放⑨。在黄州,其《黄州新建小竹楼记》自述日常生活是:"公退之暇,披鹤氅,戴

---

① 《全宋诗》第 1 册第 188 页。
② 《全宋诗》第 1 册第 54 页。
③ 见范仲淹《赠兵部尚书田公墓志铭》,《范文正公集》卷一二。
④ 王禹偁《酬赠田舍人》,《小畜集》卷一二。
⑤ 《宋史》卷二六六《李至传》,第 9178 页。
⑥ 叶梦得《石林燕语》卷一〇,侯忠义点校,北京:中华书局,1984 年,第 153—154 页。
⑦ 晁迥《法藏碎金录》卷一、卷四至卷六、卷九,《四库全书》本。
⑧ 详见王禹偁《道服》、《上元夜作》,《小畜集》卷八。
⑨ 参见徐规《王禹偁事迹著作编年》,北京:商务印书馆,2003 年,第 125、132 页。

华阳巾,手执《周易》一卷,焚香默坐,消遣世虑。"俨然一位专修的道士。宋太宗搜集道经,王禹偁曾与徐铉参加整理工作①。

李维是晁迥的友人,性向近道,故录出白居易诗,名曰《养恬集》②。

李宗谔对道教素有研究,在谈及"枕边书"时,他以《老子》、《庄子》和白居易诗并提③,正见出他的欣赏趣味。李宗谔曾修定诸神祠坛制度,并参与修建昭应宫④。又遍游南方名山道观,撰成《龙瑞观禹穴阳明洞天图经》一卷,后收入《道藏》。

舒雅不喜荣宦而喜道情,知舒州时,"潜山灵仙观有神仙胜迹,郡秩满,即请掌观事","在观累年,优游山水,吟咏自乐,时人美之"⑤。

张咏与著名道士陈抟相交至深,亦信奉道教⑥。在道教的传承谱系中,张咏被列入钟吕系内丹一派,与种放同出陈抟门下⑦。

由此看来,白体诗人与道教的关系非常密切,道家道教思想的信奉者、爱好者往往心仪、模仿白居易的诗歌,其关系确如晁迥所说:"唐白氏诗中颇有遣怀之作,故近道之人,率多爱之。"⑧宋真宗对白居易其人其诗的喜好恐怕与他对道教的推崇不无关系。

道教对白体诗人的影响,不仅表现在他们的作品里多有道家道教思想,也表现在他们的表达理论上。在表达理论方面,白体诗人主张自然的表达方式。田锡《贻宋小著书》云:"禀于天而工拙者,性也;感于物而驰骛者,情也。研《系辞》之大旨,极《中庸》

---

① 关于王禹偁对道教的崇尚,参见王水照主编《宋代文学通论》,第337—340页。
② 见晁迥《法藏碎金录》卷五。
③ 见王禹偁《得昭文李学士书报以二绝》自注,《小畜集》卷八。
④ 见《宋史》卷二六五《李昉传附李宗谔传》,第9142页。
⑤ 《宋史》卷四四一《舒雅传》,第13041页。
⑥ 详见吴处厚《青箱杂记》卷一〇,第107—108页。
⑦ 《混元仙派之图》,李简易《玉溪子丹经指要》卷首,《道藏》本,北京:文物出版社等影印本,1988年,第115册405页。参见王水照主编《宋代文学通论》,第337—340页。
⑧ 晁迥《法藏碎金录》卷五。

之微言。道者,任运用而自然者也。"追求性情的自然。由此出发,又追求表达的自然:"若使援笔之际,属思之时,以情合于性,以性合于道,如天地生于道也,万物生于天地也,随其运用而得性,任其方圆而寓理。亦犹微风动水,了无定文;太虚浮云,莫有常态。则文章之有生气也,不亦宜哉!"要使构思、表达任性合道,以进入"不知文有我欤,我有文欤"的自然浑成境界①。田锡之意谓,行文如流水浮云,本无固定格式,应根据表现对象的审美特征而自然成文。尽管田锡自称其理论是从《易·系辞》和《中庸》里推导出来的,但事实上只有"微风动水"之喻出自《易·系辞》。其实,田锡关于表达的说法与《老子》及相关的王弼注更为相似。《老子》二十五章曰:"人法地,地法天,天法道,道法自然。"王弼注:"法自然者,在方而法方,在圆而法圆,于自然无所违也。自然者,无称之言,穷极之辞也。"②显然,这才是田锡"如天地生于道也"、"任其方圆而寓理"之说的哲学来源③。考虑到上述田锡与道家典籍的事实联系,这种判断是站得住脚的。

  自然的表达理论形成了白体诗歌的主要风格:流畅自然,浅切平易。《六一诗话》载,仁宗朝有数达官以诗知名,"常慕'白乐天体',故其语多得于容易"。因为模仿白乐天体,所以语言平易,也即白体诗歌本身的特点就是"得于容易"。这从前人对个别诗人的评论中也可以发现。如前引的材料,《宋史》本传说李昉"为文章慕白居易,尤浅近易晓",《青箱杂记》亦指出,"昉诗务浅切,效白乐天体,晚年与参政李公至为唱和友,而李公诗格亦相类,今世传《二李唱和集》是也"④。又,《彦周诗话》说王禹偁诗"大抵语迫切而意雍容","大类乐天也"⑤,四库馆臣评徐铉诗"流易有馀而

---

① 田锡《贻宋小著书》,《咸平集》卷二,宜秋馆刻《宋人集》丁编本。
② 《老子》二十五章,《二十二子》本,上海:上海古籍出版社影印本,1986年,第3页。
③ 参见王水照主编《宋代文学通论》,第362—363页。
④ 吴处厚《青箱杂记》卷一,第3页。
⑤ 许顗《彦周诗话》,《历代诗话》本,上册第388页。

深警不足"①,自然流畅、平易浅切是他们诗歌的共同特点。葛兆光认为:"受佛教影响的诗歌多偏向于自然流畅,与口语接近,受道教影响的诗歌则多表现出奇谲深涩,与古文仿佛,这种语言文字风格差异,恰巧也与两教所提倡的审美理想与生活情趣相吻合。"②此论似乎不符合白体诗歌的实际情况。

综上所述,白居易的诗歌在唐末五代宋初广受欢迎,白居易成了诗坛的典范,一大批知名和不知名的诗人学习、模仿、崇拜白居易,"白乐天体"成为风行一时的诗体,这种风气一直持续到宋仁宗朝。本来,白居易的诗歌有闲适、感伤、艳情、讽谕等丰富的内容,有自制、唱和等各种形式,有古风歌行、五七言律绝等诸种体式,而浅切流畅则是他主要的语言风格。如上所述,白体诗人除极少数而外,大多数都是在朝的官吏词臣,具备模仿白居易的物质条件和应酬资格。白体诗歌至少在题材、体式、语言上对白居易是亦步亦趋的。这使得宋初诗歌避免了某些朝代开国之初诗多典丽浮靡的弊病,而呈现出以意为主、浅切自然的特色③,尤其是其中占主导地位的唱和诗,上接白居易,下开元祐诸公,其过渡作用不言自明。"公暇不妨闲唱和,免教来往递诗筒"④,王禹偁这个建议体现了当时诗歌以交际为主要功能的创作真实,也是后来"元祐体"的重要特色。

第三节 贾岛格:在野与近佛

谈及贾岛,总会牵涉到姚合。严羽《沧浪诗话·诗辨》论江湖诗派的诗歌渊源已以姚贾并称⑤。宋人多以姚、贾合称,元辛文房

---

① 《四库全书总目》卷一五二《骑省集》提要,北京:中华书局影印本,1965年,下册第1305页。
② 葛兆光《中国宗教与文学论集》,北京:清华大学出版社,1998年,第57页。
③ 参见陈植锷《试论王禹偁与宋初诗风》,《中国社会科学》1982年第2期,第131—154页;《宋初诗风续论》,同上1983年第1期,第203—215页。
④ 王禹偁《官舍书怀呈罗思纯》,《小畜集》卷七。
⑤ 郭绍虞《沧浪诗话校释》,北京:人民文学出版社,1961年,第27页。

《唐才子传》也载姚合"与贾岛同时,号'姚、贾'"①。关于姚贾之间的关系,传统上多认为姚诗学贾,如方回就说:"晚唐诸人,贾岛开一别派,姚合继之。""姚合学贾岛为诗。"②对此,今人多有异议,岑仲勉认为此说不成立③,张宏生排比分析相关材料后总结说:"在姚贾的关系上,与其说姚学贾,不如说二人互相学习、互相影响更恰当些。"④在此情况下,本书仍然独以"贾岛格"命名唐末五代宋初的"姚贾诗派",是基于以下理由。

第一,虽然姚合诗学贾岛的说法未必符合历史实际,但在元和后期至长庆中,贾岛、姚合、朱庆馀、无可等人在京畿一带聚合成的诗歌集团中,贾岛确乎是这一新集团的盟主⑤,因此在某些情况下,独标贾岛之名是合适的。

第二,唐末以后人多认为姚合诗学贾岛,在谈及姚贾诗派时也多以贾岛为宗主,文学史研究应尽量贴近当时的本来面貌。

第三,唐末五代宋初诗人在取法姚、贾时或各有侧重,但在尊贾上则是一致的。刘宁认为,唐末五代诗人对贾姚的接受呈现出独特的艺术取向,他们积极仿效二人的苦吟态度,但在艺术旨趣上则偏向姚合而远离贾岛,形成了以苦吟来创造含蓄意味的表现特色。尽管如此,她也承认贾岛被派中诗人普遍当作师法对象的事实——尽管某些诗人口头上推尊贾诗而实践中多步武姚诗⑥。

在贾岛身后,有大批的诗人响应、追随乃至崇拜贾岛。《蔡宽夫诗话》载:"唐末五代,流俗以诗自名者……大抵皆宗贾岛辈,谓

---

① 《唐才子传校笺》卷六,第124—125页。
② 《瀛奎律髓汇评》卷一〇、一一,上册第338、339页。
③ 见岑仲勉《〈贾岛诗注〉与〈贾岛年谱〉》及附录,《岑仲勉史学论文集》,第282—305页。
④ 见张宏生《姚贾诗派的界内流变和界外馀响》,《唐代文学研究》第6辑,桂林:广西师范大学出版社,1996年,第148—168页。
⑤ 参见贾晋华《论韩孟集团》,《中华文史论丛》第51辑,上海:上海古籍出版社,1993年,第61—73页。
⑥ 刘宁《"求奇"与"求味"——论贾姚五律的异同及其在唐末五代的流变》,《文学评论》1999年第1期,第91—100页。

第一章　白居易、贾岛与唐末五代宋初的白描诗风　　　　　　　67

之贾岛格。"①晚唐五代,学贾岛为诗者难以数计。李嘉言据各家诗话断得晚唐学贾岛者二十二人:马戴、周贺、张祜、刘得仁、方干、李频、张乔、郑谷、林宽、张蠙、姚合、顾非熊、喻凫、许棠、唐求、李洞、司空图、尚颜、曹松、于邺、裴说、李中②。周裕锴认为晚唐五代诗人如李郢、崔涂、杜荀鹤、李克恭、卢延让、诗僧无可、栖白、可止、归仁、贯休、齐己、虚中、修睦等,都是贾岛的崇拜者或事实上的追随者;从齐己赠人的诗句中,又可知晚唐五代无数不知名的诗人都走的是贾岛的路子;此外,在晚唐五代迄至北宋初的各种诗格类著作中,贾岛的诗句被大量引用,作为学诗者仿效的典范,李洞所集《贾岛诗句图》一卷,也在晚唐五代流行一时③。张兴武又考得五代亲贾岛的苦吟诗人有孙晟、陈贶、刘洞、夏宝松、江为、皮光禹、刘昭禹、王元、扈载、孟贯,其作品有苦吟意味的诗人有李涛、欧阳詹、卞震等等④。

　　上述诗人以外,周朴也是唐末著名的苦吟诗人。周朴与师法贾岛的李频、方干为诗友,寄食僧寺,迂僻而贫,喜交山僧钓叟,性喜吟诗,尤尚苦涩,每遇景物,搜奇抉思,日暮忘返;为诗思迟,盈月方得一联一句,得必惊人,未暇全篇,已布人口⑤。其苦吟如此。欧阳修亦称周朴"构思尤艰,每有所得,必极其雕琢"⑥。又潘纬,咸通中登进士第,与何涓齐名,其《古镜诗》与何涓《潇湘赋》并为天下人传诵,时有"潘纬十年吟古镜,何涓一夜赋潇湘"之语⑦,可见潘纬也是苦吟派诗人。此外,王元的友人李韶,"郴州人,苦吟

---

① 郭绍虞《宋诗话辑佚》,上册第398页。
② 李嘉言《长江集新校》附录五《贾岛诗之渊源及其影响》,上海:上海古籍出版社,1983年,第209页。
③ 周裕锴《贾岛格诗歌与禅宗关系之研究》,衣若芬、刘苑如主编《世变与创化:汉唐、唐宋转换期之文艺现象》,台北:中研院中国文哲研究所筹备处,2000年,第425—458页。
④ 张兴武《五代作家的人格与诗格》,第226—230页。
⑤ 参见林嵩《周朴诗集序》,《全唐文》卷八二九,第3875页;《唐诗纪事校笺》卷七一,第1894—1895页。
⑥ 欧阳修《六一诗话》,《历代诗话》本,上册第267页。
⑦ 见《唐诗纪事校笺》卷六三,第1712页。

固穷"①,亦可视为贾岛一派。

据上引周裕锴文的粗略统计,在《全唐诗》中,晚唐五代诗人所作怀念前辈诗人以及追和其诗的篇什,贾岛高居首位,仅从诗题上明显看出怀念与追和贾岛的诗,就有三十馀首,远远高出于李白、杜甫、韩愈、白居易等人。需要补充的是,还有不少无名文人亦表达了对贾岛的无比仰慕②。贾岛之受到诗人的顶礼膜拜比白居易有过之而无不及,如李洞,"酷慕贾长江,遂铜写岛像,戴之巾中。常持数珠念贾岛佛,一日千遍。人有喜岛者,洞必手录岛诗赠之,叮咛再四曰:'此无异佛经,归焚香拜之。'"③又如南唐孙晟,长于诗,本为道士,却画贾岛像"置于屋壁,晨夕事之",被视为妖异而遭杖逐④。对贾岛的崇拜程度一至于此。

在晚唐五代宋初的各种诗格类著作中,诗句被引用最多的作者是贾岛,引用较多的其他诗人是郑谷、方干、周朴、刘得仁、齐己、贯休等⑤,除郑谷外,均属贾岛派诗人。可见贾岛格诗歌在此时期的流行。

基于以上考辨,有理由认定闻一多把晚唐五代称为"贾岛时代"⑥自有其独到之处。

比及宋初,贾岛的影响并未降低,"晚唐体"即以"贾岛格"为主体。关于晚唐体,宋末元初方回的《送罗寿可诗序》针对南宋永嘉四灵诗学贾岛、姚合而有一段著名的论断:

诗学晚唐,不自四灵始。宋划五代旧习,诗有白体、昆

---

① 阮阅《诗话总龟》前集卷一一,周本淳校点,北京:人民文学出版社,1987年,第124页。
② 例如阙名《题贾浪仙赞》、《又赞》,《唐文拾遗》卷二六一,《全唐文》附,1990年,第308页。
③ 傅璇琮主编《唐才子传校笺》卷九,第4册第213页。
④ 欧阳修《新五代史》卷三三,北京:中华书局,1974年,第365页。
⑤ 统计的对象包括从旧题贾岛的《二南密旨》到宋初桂林僧景淳的《诗评》,共十三种。诗格著作的年代和内容据张伯伟的考订,见其《全唐五代诗格汇考》,南京:江苏古籍出版社,2002年。
⑥ 闻一多《贾岛》,《唐诗杂论》,上海:上海古籍出版社,1998年,第32—37页。

第一章 白居易、贾岛与唐末五代宋初的白描诗风

体、晚唐体。白体如李文正、徐常侍昆仲、王元之、王汉谋;昆体则有杨、刘《西昆集》传世,二宋、张乖崖、钱僖公、丁崖州皆是;晚唐体则九僧最逼真,寇莱公、鲁三交、林和靖、魏仲先父子、潘逍遥、赵清献之父。凡数十家,深涵茂育,气极势盛。①

九僧包括希昼、保暹、文兆、行肇、简长、惟凤、惠崇、宇昭、怀古②。文中"鲁三交"、"赵清献之父"所指难明。刘壎《方紫阳序诗》的引文作"鲁三变"③,更生疑窦。今按,方回《瀛奎律髓》卷二八鲁三江《经秦皇墓》诗下云:"潼川人鲁交诗曰《三江集》,山谷称为鲁三江,今从之。"即"鲁三交"当为"鲁三江"之误。赵抃(谥清献)之父名亚才④,不以诗名;其祖湘则以诗名世。又同书卷一五赵叔灵(湘)《秋夜集李式西斋》诗下云:"太宗朝诗人多学晚唐。"是知方回把赵湘归入晚唐体。同书卷二三赵叔灵《赠张处士》下曰:"清献家审言诗如此,宜乎乃孙之诗,如其人之清,有自来哉!"同书卷四七赵叔灵《昭上人山房庭树》下曰:"中四句俱工细,赵清献之杜审言也。"⑤细味方回之意,乃谓赵抃与乃祖赵湘皆能诗(诗风入晚唐),犹如杜甫及其祖父杜审言皆工于诗。又赵湘为淳化年间进士,祥符中"诗名籍场屋中",而此期间正是魏野、林逋"风节文学名天下"之时⑥,可知与晚唐体寇准、魏野、林逋等诗人同时的是赵清献之祖湘而非其父亚才。然则"赵清献之父"当作"赵清献之祖"。四库馆臣称赵湘诗"源出姚合"⑦,指出了其诗与姚贾诗派的关系。

---

① 方回《送罗寿可诗序》,《桐江续集》卷三二。
② 见司马光《温公续诗话》,《历代诗话》本,上册第 280 页;周煇撰、刘永翔校注《清波杂志校注》卷一一,北京:中华书局,1994 年,第 482 页。
③ 刘壎《方紫阳序诗》,《隐居通议》卷六,《丛书集成初编》本,第 62 页。
④ 见苏轼《赵清献公神道碑》,《苏轼文集》卷一七,孔凡礼点校,北京:中华书局,1986 年,第 2 册第 517 页。
⑤ 以上所引《瀛奎律髓》方回语见《瀛奎律髓汇评》卷二八、一五、二三、四七,中册第 1240、上册第 544、中册第 998、下册第 1703 页。
⑥ 参见赵湘《南阳集》卷首宋祁序、卷末蔡戡跋,《四库全书》本;陆游《跋林和靖诗帖》,《渭南文集》卷三〇。
⑦ 《四库全书总目》卷一五二《南阳集》提要,下册第 1307 页。

其实,与赵湘同时而略早的晚唐体代表还有杨朴(一作璞)。杨朴字契玄,与魏野皆咸平、景德间隐士。朴居郑州,自号东里遗民,性癖能诗,与毕士安尤相善。杨朴"每欲作诗,即伏草中冥搜,或得之,则跃而出,适之者无不惊",又"尝杖策入嵩山穷绝处,构思为歌诗,凡数年,得百馀篇",可见其苦吟态度;其人不事王侯,其诗"放荡狂逸有山林气",与晚唐体的美学趣尚趋于一致①。

根据方回的意见,当时诗风入晚唐的尚有曹汝弼和王操。《瀛奎律髓》卷二二曹汝弼《中秋月》诗下云:"(曹汝弼)天禧、祥符间高蹈有声,与林和靖、魏野、潘阆等善,诗亦似之。"又卷四七同氏《怀寄披云峰诚上人》下说:"景德、祥符间诗人有晚唐之风。曹处士与种放、魏野、林逋往来,故其诗亦似之。"卷二三王正美《村家》诗下说:"宋初诸人诗皆有晚唐风味。此江南王操处士,太宗时授官,仕至殿中丞。"卷三〇同氏《塞上》诗下云:"亦可与晚唐诸人争先。"②曹汝弼为隐逸之士,自号松萝山人,好吟咏,"攻篇什篆隶",人谓其诗"体致高远,有王右丞、孟处士之风骨"③,其诗境界或不囿于晚唐体。

此外,宋初的王随、释智圆、释重显、唐仁杰及稍后的桂林僧景淳亦可视为晚唐体诗人。

王随雅嗜吟咏,应举时行卷所作"桑斧刊春色,渔歌唱夕阳"两句颇见锤炼功夫,亦具晚唐风致。王随"刻意于诗,以谓诗皆言志,不可容易而作",可见其苦吟之态度。仁宗天圣(1023—1031)中,王随以给事中知杭州,日与林逋唱和,亲访林逋隐庐,见其颓

---

① 参见叶梦得《岩下放言》,《四库全书》本;陈振孙《直斋书录解题》卷二〇,徐小蛮等点校,上海:上海古籍出版社,1987年,第588页;俞德邻《书杨东里诗集后》,庄仲方编《南宋文范》卷六二,清光绪十四年江苏书局刊本;《宋史》卷四五七《万适传附杨璞传》,第13428页。
② 分别见《瀛奎律髓汇评》卷二二、四七、二三、三〇,中册第918、下册第1700、中册第977、下册第1330页。
③ 见《弘治徽州府志》卷九《曹汝弼传》,上海:上海古籍书店影印《天一阁藏明代方志选刊》本,1982年。

第一章　白居易、贾岛与唐末五代宋初的白描诗风

陋,即为出俸钱新之①。王随与林逋为诗友,其诗亦似之。

孤山释智圆"与处士林逋为邻友,相好以诗文自娱"②。智圆与九僧之惟凤、保暹亦多交往唱和,《送惟凤师归四明》诗描述惟凤结交官员隐士,有云"度支司外计,夕拜临兹城"。后句自注:"太守王给事也。"③所指乃王随。王随于真宗天禧四年(1020)九月以给事中知杭州,乾兴元年(1022)二月离任,在杭近三年。诗续云:"二贤俱我旧,故得寻其盟。夏来西湖西,为邻乐幽贞。"诗句"朝登隐君堂"下自注"林公逋也","暮叩中庸扃"下自注"予之自号也",可知惟凤尝与智圆、林逋比邻而游,王随与他们交往频繁。智圆于道、文尊奉韩愈,④于诗则对白居易的讽谕诗推崇备至,认为李白、杜甫作诗只是"模山水",白居易则"崛起冠唐贤"⑤。但他自己作诗,受到释子身份、生活方式和交游圈子限制,仍然以模山范水居多,白描景物,苦吟成篇,格近晚唐⑥。《闲居编》共有十首诗直接提及"苦吟"或"吟苦",或称题赠对象,或指自己作诗,如《自遣三首》其一自述师法典范:"讲退时时学苦吟,人间声利已无心。"《答行简上人书》就日常作息回答友人:"偶依溪上居,三见改时候。来书问踪迹,行坐置怀袖。学道不加前,多愧还似旧。苦吟彻宵夜,闲眠消白昼。"皆可见出其苦吟成癖的作诗态度。

云门宗重显"盛年工翰墨,作为法句,追慕禅月休公"⑦,贯休诗学贾岛,则重显之诗可以想见。四库馆臣说重显某些五言诗句"皆绰有九僧遗意"⑧,正可见出其诗的晚唐体风格。

---

① 见吴处厚《青箱杂记》卷七、六,第74、61页。
② 释元敬、元复《武林西湖高僧事略·宋孤山圆禅师》,《续藏经》第77册。
③ 释智圆《闲居编》卷三八,《续藏经》第56册。
④ 见智圆《读韩文诗》,《闲居编》卷三九。参见晁说之《惧说赠然公》,《嵩山文集》卷一四,《四部丛刊》本;潜说友《咸淳临安志》卷七〇,《宋元方志丛刊》,北京:中华书局影印本,1990年,第4册第3988页。
⑤ 智圆《读白乐天集》,《闲居编》卷四八。
⑥ 类似的例子还有,宋初穆修于文首倡韩柳,作诗却无韩格,反近西昆体。详见本书第二章第一节。
⑦ 释惠洪《禅林僧宝传》卷一一,扬州:江苏广陵古籍刻印社影印本,1992年。
⑧ 《四库全书总目》卷一五二《祖英集》提要,下册第1313页。

唐仁杰乃全州人,以苦吟著称,宋人拈出其警句,放在九僧之一的惠崇和潘阆之间①。

释惠洪《冷斋夜话》载:"桂林僧景淳,工为五言诗。诗规模清寒,其渊源出于岛、可,时有佳句。元丰之初,南国山林人多传诵。"②据张伯伟考证,僧景淳在时代上当在元丰之前,稍后于惠崇③。

晚唐体的一些诗人对贾岛极为推崇。潘阆虽然得到了王禹偁的延誉,却对贾岛而不是白居易情有独钟。其《忆贾阆仙》云:"风雅道何玄,高吟忆阆仙。人虽终百岁,君合寿千年。骨已埋西蜀,魂应入北燕。不知天地内,谁为读遗篇。"至于《叙吟》(一作《苦吟》)诗"发任茎茎白,诗须字字清"的作诗自律,则俨然是贾岛的苦吟姿态。僧保暹亦独喜贾岛,所撰《处囊诀》强调"诗有眼",共举例句四联,前三联为贾岛诗,最后才是杜甫诗,而且以通常特指西汉贾谊的词语"贾生"称呼贾岛④,深致敬意。晚唐体诗人之间交往频繁,如潘阆与魏野、寇准、林逋,曹汝弼与魏野、林逋,王随与林逋,智圆与林逋、僧保暹,九僧与寇准、智圆,九僧之间,经常一起论文吟诗,彼此间相互影响,潘阆和僧保暹对典范的选择当会影响到其他诗人。

贾岛格(包括晚唐体)诗人的生活境遇颇为相同,除寇准、王随等极少数高官以外,他们绝大多数都是卑微的隐士僧侣、寒士小吏,生活贫苦,社会地位不高,在野是他们的共同特点。此外,他们普遍与佛教禅宗有着密切的关系。贾岛本人就曾出家为僧。上引周裕锴一文已论证了晚唐五代贾岛格诗歌、诗论与禅宗的关系,这里拟进一步揭示宋初贾岛格的非僧侣诗人与佛教的渊源。

---

① 阮阅《诗话总龟》前集卷一二,第 138 页。
② 《冷斋夜话》卷六,张伯伟编校《稀见本宋人诗话四种》,南京:江苏古籍出版社,2002 年,第 59 页。
③ 张伯伟《全唐五代诗格汇考》,第 499—500 页。
④ 僧保暹《处囊诀》,张伯伟《全唐五代诗格汇考》,第 497 页。本书所引唐宋诗格,均出此书,不另加注。

第一章　白居易、贾岛与唐末五代宋初的白描诗风　　73

　　赵湘爱结交僧人,以听山僧讲经为乐,于佛法多有体会,楚上人、平上人、国清处谦等都是他的方外好友,后者并与他相讨实相①。

　　王随性喜佛,深悟性理,撰有《玉英集》十五卷,乃删减杨亿编次的《景德传灯录》而成。尝谒临济宗首山省念禅师,得言外之旨。"自尔履践,深明大法"。临终作偈语曰:"画堂灯已灭,弹指向谁说? 去住本寻常,春风扫残雪。"②

　　寇准晚年被贬,至南海后,在几榻间环列经史老庄及佛经,时常看诵。由此也可知寇准早年的兴趣所在。及至雷州,得知郡东南门抵海岸凡十里,寇准迅即悟道:

　　　　准恍然悟曰:"吾少时有'到海只十里,过山应万重'之句,乃今日意尔。人生得丧,岂偶然耶?"自是色空梦幻,深诣谛法,危坐终日,寂无他营③。

寇准早年就与僧徒交游频繁,九僧即是他的座上常客。他既素染佛法,晚复遭贬,很容易走向佛教的色空解脱之途。寇准早年即偏好寂静清幽的意境,并将诗送给潘阆求教,潘阆亦有《寇员外准见示诗卷》诗。

　　宋初贾岛格的其他诗人也都与佛教、僧徒有着或深或浅的关系,如方回就曾指出"和靖于僧徒交游良多",并简析了林逋某些诗句与佛教的关系④。贾岛格诗人对贾岛诗风的接受,既出于个人的生活境遇,也得力于佛教禅宗的浸染,而王随、寇准这些高官

---

① 参见赵湘《登高》、《自乐》、《赠省安上人》、《会平上人夜话》、《赠水墨峦上人》、《观楚上人陈处士夜棋》、《寄国清处谦》,《全宋诗》第 2 册第 877、878、879、884、890 页。
② 参见吴处厚《青箱杂记》卷一〇,第 110 页;晁公武撰、孙猛校证《郡斋读书志校证》,上海:上海古籍出版社,1990 年,下册第 785 页;《嘉泰普灯录》卷二二,《续藏经》第 2 编乙第 10 套第 4 册;释普济《五灯会元》卷一一,北京:中华书局,1984 年,第 698 页;《宋史》卷三一一,第 10204 页。
③ 孙抃《莱国寇忠愍公旌忠之碑》,《忠愍公诗集》卷首,《四部丛刊》本。
④ 《瀛奎律髓汇评》卷四七,下册第 1706 页。

之所以诗入贾岛格,恐怕主要是因为佛教思想的影响。释文兆《寄行肇上人》云"诗禅同所尚",正可用以说明贾岛格诗人对诗歌和佛教的态度。因此不妨说:乐天体在朝,贾岛格在野;乐天体近道,贾岛格近佛。

第四节　徐铉对宋诗的先导作用①

徐铉(917—992)字鼎臣②,是五代宋初的博学名士,早年与韩熙载齐名,江南谓之"韩徐",与弟锴皆精于经学儒术③,人称"二徐"。李文泽撰文梳理徐铉的生平事迹,《唐五代文学编年史·五代卷》对徐铉入宋前的事迹和部分诗文的创作时间作了细致考证,金传道考察徐铉家世④,皆足资参考。徐铉博识多能,擅长诗文,精小学,善篆书,工隶书,通围棋,思尊儒、道,诗近乐天,平生著述颇多,奉诏参编《太平御览》、《太平广记》、《文苑英华》,奉诏校订许慎《说文解字》,遂成后世定本,个人著述包括《三家老子音义》、《江南录》、《稽神录》、《棋图义例》、《质论》等多种,个人文集为《骑省集》(又名《徐公文集》)三十卷。

作为由南唐入宋的文学重臣,徐铉在北宋初的文化地位举足轻重,其诗歌在当时深受重视。学术界已有的研究多关注徐铉诗歌的"乐天体"风格及用韵情况⑤,而从诗歌史角度讨论徐铉的先

---

① 本节内容曾在第五届宋代文学国际研讨会(2007年12月,广州)上发表,承蒙论文评议人巩本栋教授指示我增加具体论证徐铉晚年诗风变化的内容,谨致谢忱。
② 学术界对徐铉的生卒年小有争议,金传道综合多种材料证明:徐铉生于后梁末帝贞明三年丁丑(917),卒于宋太宗淳化三年壬辰(992)。详见金传道《徐铉生卒年考补证》,《文献》2007年第2期。
③ 吴任臣《十国春秋》卷二八《徐铉传》,第1册第400—403页。
④ 分别见李文泽《徐铉行年事迹考》,《宋代文化研究》第三辑,成都:四川大学出版社,1993年,第98—111页;贾晋华、傅璇琮主编《唐五代文学编年史·五代卷》,沈阳:辽海出版社,1998年;金传道《徐铉家世考》,《贵州教育学院学报》2007年第5期。
⑤ 详见贺中复《论五代十国的宗白诗风》;吕肖奂《宋诗体派论》,成都:四川民族出版社,2002年,第5页;倪文杰《徐铉诗韵考》,《广西大学学报》1987年第2期,第96—105页。

驱意义的论著则鲜见。

自来论者皆以王禹偁为宋诗的先驱,这当然是正确的。但徐铉对宋诗的先导作用却久被忽视,因而有必要重估徐铉的意义。关于这一点,前人也曾提及。比如《宋诗钞》就说过,徐铉后期诗"气稍衰恭矣。盖情郁为声,凄楚宛折,则难言之意多焉"①,注意到徐铉入宋后的难言隐痛。当代有学者认为,徐铉诗"隐含身仕两朝的特殊心境,在这方面开启了宋代士人以'道'自守的独立人格"②,明确指出徐铉对宋诗的先导作用。本节拟就此作进一步探讨,以深化对宋诗发展史的认识。鉴于张兴武已比较具体地分析了徐铉的生活道路和诗歌创作③,以下将重点论述他的坚守直道和锻炼诗艺。

一、忠义志节

据《四部丛刊》本《徐公文集》卷首陈彭年序,文集前二十卷为徐铉入宋前作,后十卷为入宋后作④。白居易的诗风在当时异常流行,徐铉亦染其调⑤。与同时代的许多词臣一样,徐铉的诗歌多为应酬之作。据统计,《徐公文集》里寄赠、唱和之作超过四分之三⑥。尽管如此,比起其他白体诗人,徐铉的诗歌在题材、体式上都要广泛得多。《寄饶州王郎中效李白体》学李白,《月真歌》、《梦游三首》、《观灯玉台体十首》写艳情,《柳枝辞十二首》仿民歌,古风歌行、五七言律绝皆各有可观。即使是寄赠唱和,也时见真情实感,不同于一般的应酬之作。徐铉诗歌的这些特点是与他的学

---

① 吴之振等《宋诗钞》,北京:中华书局,1986年,第68页。
② 王水照、朱刚《宋诗一百首》,上海:上海古籍出版社,1997年,第158页。
③ 张兴武《五代作家的人格与诗格》,第171—179页。
④ 徐铉文集编刻情况详见王岚《宋人文集编刻流传丛考》,南京:江苏古籍出版社,2003年,第1—8页。
⑤ 宋末元初方回谓徐铉"诗有白乐天之风",见《瀛奎律髓汇评》卷一六,中册第625页。参见程千帆、吴新雷《两宋文学史》,上海:上海古籍出版社,1991年,第3—4页;许总《宋诗史》,重庆:重庆出版社,1997年,第33—34页。
⑥ 陈植锷《试论王禹偁与宋初诗风》。

识和经历分不开的。

徐铉入仕甚早,十六岁即仕杨吴,为校书郎①。南唐李璟时,徐铉仕途并不顺利。从李昪到李璟保大末,是南唐历史上最稳定的时期。徐铉本该有所作为,却因触忤权贵和"专权不贷"而屡遭贬谪,虽才华横溢却难以施展②。其《春夜月》诗云:"幽人春望本多情,况是花繁月正明。竟夕无言亦无寐,绕阶芳草影随行。"终夜不寐,独自徘徊,隐约见出作者内心深处的苦闷与不甘。后主时,徐铉除礼部侍郎,历尚书右丞、兵部侍郎、翰林学士、御史大夫、吏部尚书,官运不可谓不亨通。但此时的形势与先前已不可同日而语,内则国主庸弱无为,国势日见衰弱;外则列国连年征伐,宋师虎视眈眈。当此之时,遇此国君,士大夫欲有所作为,比登天还难。

徐铉入宋以前的仕宦经历大致如此,其为人则以忠义守道著称。

据李昉《徐公墓志铭》载,徐铉幼则成孤,与弟锴皆苦节自立。为人居中守正,嫉恶如仇,以得士见称于时,为春官精鉴无私,当官执法,无所屈挠。正因为这一以贯之的直道自持,才会有徐铉日后的忠义之举。首先是宋师围建业时冒死使宋的壮举:

> 王师之渡江也,公将本君之命使于朝廷,且乞缓师以奉祭祀。太祖引见……公因慷慨铺陈自古成败之道,表明后主忠孝之节。太祖亦为之动容,厚礼之,遣归。初,大军已围建业,后主思命于交兵之间,左右咸有难色,公欣然请行。后主谓之曰:"尔既往,即当止上江救兵,勿令东下。"公曰:"是行非全策,今城中所恃者救兵,奈何以臣此行止之?"后主曰:"比以和解为请,复用决战,即是自相矛盾,于尔得不危乎?"公曰:"今岂以一介之微而忘社稷之重,但置臣于度外耳。"后

---

① 李昉《徐公墓志铭》,《徐公文集》附。
② 详见吴任臣《十国春秋》卷二八《徐铉传》。徐铉升降之系年详见该书卷一六《元宗本纪》;陆游《南唐书》卷二《元宗本纪》,《四库全书》本。王世贞《艺苑卮言》卷八发挥"诗能穷人"之说,总结"文章九命"之论,其五为"流贬",徐铉即被列入其中。见丁福保辑《历代诗话续编》,中册第 1085 页。

主抚之泣下,曰:"时危见节,汝有之矣。"①

五代乱世,士大夫多苟且偷生者,徐铉能砥砺名节,为一偏安小国而置生死于度外,可谓士人中之守道者。其次是归宋时激辩忠义。据《玉壶清话》载,当宋太宗苛责徐铉不能讽李煜早献图贡时,徐铉对曰:"臣闻四郊多垒,卿大夫之辱也。为人谋国,当百世不倾,讽主纳疆,得为忠乎?"太宗亦为之动容②。而据前引《十国春秋》的记述,面对太祖的厉声责问,徐铉的回答更加大胆壮烈:"臣为江南大臣,国亡,罪当死,不当问其他。"太祖叹曰:"忠臣也!事我当如李氏。"最后是入宋后,徐铉并不对李煜落井下石,反而在受太宗之命而撰写的李煜神道碑里"存故主之义",不言后主之过,只是推言历数有尽、天命有归而已,太宗也不得不叹赏其忠义③。这一切都证明徐铉具有极高的志节和极大的勇气。

但后世对徐铉也不乏批评意见,此处稍作辨析。王安石认为,徐铉《江南录》对于李煜行事的叙述是妥当的,近似《春秋》、箕子之义;但与潘佑相比,徐铉品格显得低下:

> 故散骑常侍徐公铉奉太宗命撰《江南录》,至李氏亡国之际,不言其君之过,但以历数存亡论之。……吾闻铉与佑皆李氏臣,而俱称有文学,十馀年争名于朝廷间。当李氏之危也,佑能切谏,铉独无一说;佑见诛,铉又不能力争,卒使其君有杀忠臣之名、践亡国之祸,皆铉之由也。④

把南唐亡国之由、潘佑见诛之因全推到徐铉一人身上,显然毫无道理。如果徐铉没有忠义之心,缺乏守道之节,他断不会在形势一触即发之际冒死使宋,慷慨陈辞,更不会拂逆太宗旨意而不言

---

① 李昉《徐公墓志铭》,《徐公文集》附。参见马令《南唐书》卷二三《徐铉传》。
② 释文莹《玉壶清话》卷八,北京:中华书局,1984年,第79页。
③ 参见魏泰《东轩笔录》卷一,北京:中华书局,1983年,第3—4页;翟耆年《籀史》,《四库全书》本。
④ 王安石《读〈江南录〉》,《临川先生文集》卷七一,上海:中华书局上海编辑所,1959年,第757页。

后主之过。据晁公武记载,"世多以介甫之言为然",唯独史学大家刘恕(字道原)得到潘佑子潘华所上其父事迹,与徐铉《江南录》所书同,才证实徐铉并无欺诬之处①。徐铉与潘佑之矛盾,事出多方,远非王安石所谓"争名"那么简单。据历史学家考察,徐铉可谓体现了南唐地主士大夫道德的典型人物,受到多数人拥戴的徐铉遭到少数派潘佑的挑战。围绕土地政策,南唐的三股势力长期角力:以潘佑为代表的皇权派,力主土地国有集权化;以徐铉为代表的地主官僚派,属于现状维持派;还有一部分地主富农和农民(直接耕作者),他们的利益受到皇权派损害,因此也反对潘佑的改革②。知人论世,其难如此。

今人张兴武对徐铉的忠义颇为怀疑③。张先生提出,"入宋以后,徐铉首先面临如何对待旧主、怎样侍奉新主的难题"。这无疑是合情合理的。但他认为,"徐铉自知奉承新主只能招人轻视,故时时以'忠义'的姿态,巧辩过关",则似乎难以说通。历史上无数大臣因为"忠义"之言行而被杀,也有大量旧臣因为奉承新主而得宠,面对龙颜大怒的太祖太宗,倘若徐铉实无忠义之心,他绝不会为此忠义之事,因为这是在以生命作赌注,可供选择的、正当的理由还很多,他完全没必要冒此风险。张先生又认为,徐铉对李煜的"忠义"并不完全可信,因为他所撰《吴王神道碑》是在太宗允许下才"存故主之义"的,而且他把后主"当时悔杀却潘佑"之叹归告太宗,遂致后主有牵机药之祸。其实,"存故主之义"是徐铉的自觉行为。据前引《东轩笔录》和《籀史》的记载,李煜卒后,太宗诏侍臣撰吴王神道碑。时有欲中伤徐铉者向太宗推荐了他。徐铉泣曰:"臣旧侍李煜,陛下容臣存故主之义,乃敢奉诏。"太宗始悟让者之意,许之。徐铉当知,让者欲加害于己,太宗深恶李煜,此事动辄会引来杀身之祸。以徐铉之明智,此举当非出于矫情伪饰。事实并非先有太宗之许、后有徐铉之为,而是先有徐铉的主

---

① 孙猛《郡斋读书志校证》卷七,上册第 280 页。
② 佐竹靖彦《唐宋變革的地域的研究》,东京:同朋舍,1990 年,第 347—353 页。
③ 张兴武《五代作家的人格与诗格》,第 171—179 页。

动泣请、后有太宗的允许,这一主动请求足以证明徐铉的忠义志节①。至于后主之祸,实乃复杂的政治斗争而起,绝非其一句悔恨哀叹招致②,所以,说徐铉的转告导致了李煜的被毒死,确实难以让人信服。张先生的批评似乎欠妥。据研究,宋初存在着数量庞大的"贰臣"群体,约有二百二十人之多。徐铉以贰臣身份仕宋近二十年,当时士人对他不仅没有贬责之意,反而赞其为风范人物。其原因既由于徐铉本人的道德、思想、学问和文学水平,也在于贰臣群体的社会心理和价值取向,他们觉得赵宋王朝的一系列政策符合了他们的需求,实践了儒家的"大道"③。从这个角度观察徐铉的忠义志节,或许更能切合历史情势。

二、以道自守

徐铉饱读诗书,"博通今古"④。对历史上国家的兴衰成败、个人的荣辱浮沉当有深刻的理解,加之雅好道家思想,"性恬淡无矫伪"⑤,所以面对挫折,他更多的是保持随遇而安的平静和知足常乐的自慰,这在精神上接近白居易,徐铉表达这种心情的《自题山亭三首》从主题到用语都可见出白居易《中隐》、《和裴相闲行》等诗的影子。但徐铉并非没有是非标准,他心里自有"直道"在,这在他的诗文里常可见到。与权贵作斗争失败后,他在《寄蕲州高郎中》里感叹说:"直道未能胜社鼠,孤飞徒自叹冥鸿。"《观人读春

---

① 《徐公文集》卷二八《大宋左千牛卫上将军追封吴王陇西公墓志铭》有云:"庶九原之可作,与缑岭兮相期。"缑岭即缑氏山,典出刘向《列仙传·王子乔》,仙人王子乔见桓良曰:"告我家:七月七日待我于缑氏山巅。"有学者认为,徐铉用此典故实际是在暗示李煜被毒死在太平兴国三年(978)七月七日这一事件,见高兰、孟祥鲁《李后主评传》,济南:齐鲁书社,1985年,第51页。此说若成立,则徐铉的忠义勇气更有过人之处。
② 古今许多学者都认为,李煜之死实由其诗词中的故国之念引起,太宗为人异常刻毒,他毒死李煜是为了斩草除根。详见刘维崇《李后主评传》,台北:黎明文化事业股份有限公司,1978年,第84—96页;高兰、孟祥鲁《李后主评传》,第55—57页。
③ 周军《徐铉其人与宋初"贰臣"》,《历史研究》1989年第4期,第120—132页。
④ 释文莹《湘山野录·续录》,第70页。
⑤ 王称《东都事略》卷三八。

秋》对儒门冷落、臣子无行的时风感到激愤:"日觉儒风薄,谁将霸道差。乱臣无所惧,何用读《春秋》!"《贬官泰州出城作》自述首次被贬的心情:

> 浮名浮利信悠悠,四海干戈痛主忧。三谏不从为逐客,一身无累似虚舟。满朝权贵皆曾忤,绕郭林泉已遍游。唯有恋恩终不改,半程犹自望城楼。

为国进谏换来的是被诬遭贬,但徐铉没有堕入虚无,因为他心存忠义,历劫不改,正如《过江》诗所说:"此心非橘柚,不为两乡移。"《行园树》名为咏物,实为言志:"松节凌霜久,蓬根逐吹频。群生各有性,桃李但争春。"李煜朝君庸臣奢,徐铉感到"时危道丧"(《避难东归依韵和黄秀才见寄》),却无法实现抱负,故虽身居高位,却没有志得意满,反而牢骚满腹,比如《病题二首》:

> 性灵慵懒百无能,唯被朝参遣凤兴。圣主优容恩未答,丹经疏阔病相陵。脾伤对客偏愁酒,眼暗看书每愧灯。进与时乖不知退,可怜身计谩腾腾。
>
> 人间多事本难论,况是人间懒慢人。不解养生何怪病,已能知命敢辞贫。向空咄咄烦书字,与世滔滔莫问津。金马门前君识否?东方曼倩是前身。

东方朔素有志向,但始终被汉武帝当俳优看待,难有作为。徐铉虽然受后主优待,但也是不得其用,难免不平、不满、不甘,自然会想到类似遭际的东方朔。两人的遭遇其实也是中国古代文人的普遍遭遇,徐铉的牢骚代表了多数文人的心声。

入宋后,徐铉仍时时不忘直道,文章里多次提及"君子有志于道",强调"士君子"守道理民的必要性。徐铉在日常生活中也以道自守,为了谨守"儒者"礼节,甚至坚持"盛寒入朝未尝衣毛衫"①。徐铉被时人目为"有道之士"②,足见其为人。《宋史》本传

---

① 翟耆年《籀史》。
② 李昉《徐公墓志铭》。

载他临终时绝笔"道者,天地之母"①,表明了他毕生对"道"的追求与自守。虽然在具体论述时或有儒家之道与道家之道的区别,但他常常融合两家而归之于"直道"。《出处论》申言君子见时乱有待于己则出,时治无待于己则藏,"岂独洁其身乎?"似乎在为自己的行为作辩解。身仕两朝者将何以自持?徐铉认为,关键在于士人自身要体道、守道,《连珠词五首》其二就说:"运不常偶,体道者无忧;时不常来,抱器者无滞。"晚年遭诬告而被贬静难军行军司马后,徐铉"端居不出,铭其斋以自箴",铭曰:

> 爰有愚叟,栖此陋室。风雨可蔽,庭户不出。知足为富,娱老以佚。貂冠蝉冕,虎皮羊质。处之恬然,永终尔吉。②

有了对道的体认和坚守,就不会受外在功名利禄的影响。与其冒险追求,不如知足常乐。这里有道家思想的影子,也有白居易的痕迹。对徐铉来说,这种自足自慰的处世哲学与其说是主动的追求,毋宁说是无奈的选择。

很显然,身仕两朝的徐铉面临一种尴尬的处境,既要效忠新朝,心里又不忘故主。尴尬的处境引发了特殊的心境:

> 叹息曾游处,江边故郡城。清襟空皓首,往事似前生。绿绶君重绾,华簪我尚荣。年衰俱近道,莫话别离情。(《送王监丞之历阳》)

世变时移,年衰人老,虽然身居高位,却流露出对人生的深沉无奈。这首诗的心境很淡泊,另一首则颇为感慨:

> 闻子东征效远官,行行春色黯离魂。中途辍棹寻吴苑,西向登楼望海门。鹏舍曾嗟经岁谪,灵光空念岿然存。陵迁谷变今如此,为我停骖尽酒罇。(《送阮殿丞之静海》)

---

① 《宋史》卷四四一《徐铉传》,第 13045 页。
② 释文莹《玉壶清话》卷八,第 79 页。参见《徐公行状》,《徐公文集》附录。按此行状为徐铉弟子胡克顺所撰,辨详李文泽《〈徐铉行状〉撰人考》,《古籍整理研究学刊》1990 年第 2 期,第 16—17 页。

面对沧海桑田的变化,徐铉也不能总保持道家淡泊名利、全身保真的境界,有时也不免黯然神伤,毕竟,他仍然怀念故国旧主,他自称"遗老",感叹"岂怜感旧之遗老,心如灰兮鬓如丝"(《感旧赋送陈殿丞西使》)。出于对现实的不满,徐铉作了长篇五古《咏史》,愤激地批评了见利忘义、趋炎附势、苟且偷生的行为,独于扬雄有异代知己之感。徐铉对扬雄素有好感,早年所作《寒食日作》结句云"京都盛游观,谁访子云家",借扬雄的受冷落感叹士风不振。《咏史》末尾道:

> 寂寞杨子云,口吃不能辞。著书述圣道,徒许俗人嗤。汉室已久坏,往事垂于兹。眇然千载下,慷慨有馀悲。

王莽称帝后,扬雄虽被召为大夫,却心念汉室,依旧埋头悉心著述。徐铉表面上在感念扬雄,实际上是在表达自己身仕两朝的特殊心境。这种悲伤感慨的心境在为后主所写的《吴王挽词》里表现得尤为沉痛:

> 倏忽千龄尽,冥茫万事空。青松洛阳陌,荒草建康宫。道德遗文在,兴衰自古同。受恩无补报,反袂泣途穷。(其一)
>
> 土德承馀烈,江南广旧恩。一朝人事变,千古信书存。哀挽周原道,铭旌郑国门。此生虽未死,寂寞已消魂。(其二)①

徐铉应诏撰《江南录》,故有"信书"之句。一直以来压抑于心的感旧、感慨、无奈和伤悲借着哀挽故主的机会发泄出来。今人陈寅恪力主并躬行"独立之精神,自由之思想",对徐铉此诗亦深持"同情之了解"②。结合《咏史》一诗,我们有理由相信,徐铉归顺宋朝的目的近于扬雄默存于新的做法,是为了"著书述圣道",要亲手

---

① 见魏泰《东轩笔录》卷一,第4页。
② 陈寅恪1927年《春日独游玉泉静明园》诗颈联云:"回首平生终负气,此生未死已销魂。"自注:"徐骑省南唐后主挽词:此身虽未死,寂寞已销魂。"见蒋天枢《陈寅恪先生编年事辑》(增订本),上海:上海古籍出版社,1997年,第65—66页。

第一章　白居易、贾岛与唐末五代宋初的白描诗风

撰述先朝故主的事迹。从他所撰李煜神道碑以及《江南录》来看，他达到了目的。

年寿有时而尽，王朝不断更替，功名利禄如过眼云烟，恒久不变者惟"道"为大。徐铉能在天翻地覆的世俗变化中保持独立不阿，首先是因为他追求的不是形而下的世俗目标，而是形而上的终极直道。正是有了对直道的体认和坚守，徐铉的人格才不会随帝王的更迭而变化，才会在动荡多变的转型时期以道自守，斥责浇漓之风，践履忠义之事。当然，徐铉的诗歌中也有不少奉承的应制诗和赞扬皇恩的语句，但这在古代诗歌里是常见的惯例，不必苛责。

三、以诗自持

徐铉慕老庄、崇道教，并进而向往白居易的自持自适、知足常乐，虽然他赞扬白的诗文题材广义理深，但他自己的诗却没有学白诗广泛的题材，而侧重于学其平易浅切的语言、流畅自然的语势①，不写民生疾苦，多效元白唱和。他作诗为文追求速成，自谓"速则意壮敏，缓则体势疏慢"②，故诗歌多"流易有馀而深警不足"③，此或与学白有关。

不过，徐铉的创作在入宋后发生了一些变化。近道与尽酒，事宋与感旧，仕进与退隐，种种矛盾在徐铉心里纠缠斗争，道可自守，义将永存，而年衰世移，事终难为，于是知足娱老，智转入道，思化为诗，"只有闲情搜景物，不将容鬓惜流年"，"往往冥搜宵不寐，时时任性昼仍眠"（《奉和武功学士舍人纪赠文懿大师净公》），作诗成了晚年徐铉的重要寄托④。其创作态度也从一向的"率意而成"⑤，转向深思苦想，近似晚唐体的苦吟。释文莹评论道：

---

① 王水照主编《宋代文学通论》，第83页。
② 李昉《徐公墓志铭》。
③ 翟耆年《籀史》。
④ 张兴武《五代作家的人格与诗格》，第171—179页。
⑤ 李昉《徐公墓志铭》。

铉晚年于诗愈工,《游木兰亭》云:"兰舟破浪城阴直,玉勒穿花苑树深。"《观水战》云:"千帆日助阴山势,万里风驰下濑声。"《病中》云:"向空咄咄频书字,与世滔滔莫问津。"《谪居》云:"野日苍茫悲鹏舍,水风阴湿敝貂裘。"《陈秘监归泉州》云:"三朝恩泽冯唐老,万里江关贺监归。"《宿山寺》云:"落月依楼角,归云拥殿廊。"①

所引诗句与本集文字稍异:本集卷一《重游木兰亭》:"兰桡破浪城阴直,玉勒穿花苑树深。"卷二《和元帅书记萧郎中观习水师》:"千帆日助江陵势,万里风驰下濑声。"《病题二首》其二:"向空咄咄烦书字,与世滔滔莫问津。"卷三《和张先辈见寄二首》其二:"野日苍茫悲鹏舍,水风阴湿弊貂裘。"卷五《送陈秘监归泉州》:"三朝恩泽冯唐老,万里乡关贺监归。"卷二《和明道人宿山寺》:"落宿依楼角,归云拥殿廊。"这些都是徐铉入宋前的作品,但文莹说徐铉晚年"诗愈工"则属实。试读卷二二《送曾直馆归宁泉州》:

> 常怜客子倦征岐,谁似曾郎得意归。厅琐石渠封简册,手持仙桂拜庭闱。舟横剑浦凌清濑,马过猿岩点翠微。却笑辽东千岁鹤,下来空叹昔人非。②

全诗几乎句句用典。首句用《荀子·王霸》"杨朱泣岐"之典,指曾氏多年在外求取功名,世道崎岖。次句以唐末禅宗高僧雪峰义存比曾氏。义存俗姓曾,也是福建泉州人,有"曾郎"之称。这种"切姓用典"之法,杜甫诗中已多见,宋人更成惯技,清赵翼说宋人诗:"与人赠答,多有切其人之姓,驱使典故,为本地风光者。"③所举乃苏轼、黄庭坚诸作。徐铉此处亦为佳例。第三句以西汉皇室藏书

---

① 释文莹《玉壶清话》卷八,第79页。
② 此诗当作于端拱二年(989),徐铉去世前三年,受主系泉州晋江人曾会(952—1033),字宗元,公亮父,端拱二年进士,释褐并授光禄大夫寺丞直史馆,未几即谒告省亲。参见张方平《赠金紫光禄大夫太师中书令兼尚书令楚国公神道碑铭》,吕荣哲、潘英男编《南安碑刻》,北京:作家出版社,2003年,第215—220页。
③ 赵翼《瓯北诗话》卷一二,《清诗话续编》本,上册第1342页。

第一章　白居易、贾岛与唐末五代宋初的白描诗风　　85

之处"石渠阁"点明受主"直馆"之职。第四句点出题目"归宁"之行，既说明曾氏科举高中，也抬高其父母。语意与张九龄《送苏主簿赴偃师》"羡君行者乐，从此拜庭闱"类似，句式则与李白《庐山谣》"遥见仙人彩云里，手把芙蓉朝玉京"相同，以仙气烘托高官归省父母的气氛。颈联想象曾氏探亲路上虽然道路艰险，舟车劳顿，但仍然豪迈轻快。剑浦（今福建南平）之名源自《晋书·张华传》所记宝剑事。尾联反用丁令威成仙后化鹤归来的典故，意指曾氏功成名就，衣锦还乡，不必感慨。颈联炼字炼意。以"剑浦"指代河流，突出仙气，又与"横"、"凌"二字烘托豪气；"猿岩"极写山之险峻，骑马翻越之艰辛只用一"过"字，益见其轻松愉快。"点"字更加形象地描写出归宁高官春风得意、摇曳自由的形象。全诗以仙桂、剑浦、清濑、猿岩、翠微、化鹤等一系列词语，着力营造出清闲得意的归省场面，一片飘逸仙气。语势依旧流走，意思依旧明畅，但用语已相当讲究。他如卷二一《奉和武功学士舍人纪赠文懿大师净公》："旧国荒凉成黍稷，故交危脆似琉璃。""荒凉"、"危脆"皆为叠韵词，"国"、"故"、"交"皆属见母，"旧"字属群母，都是牙音，属对工整。再加以末尾的双声词"琉璃"，两句多用双声叠韵，以复沓吞声的音韵传达故国亡废、旧交零落的沧桑之感。卷二二《和渊少卿雪》"瑶花散乱纷临席，玉树晶荧烂满川"的"散乱"、"晶荧"也是叠韵相对，属对工巧。徐铉晚年作诗，日益注意声韵、对偶、下字及用事①，在艺术的锤炼过程中寻找寄托，安顿心灵，自持自适。

　　徐铉入宋后的某些诗可视为元祐诗风的滥觞。如前引五律《送王监丞之历阳》，起笔即以"叹息"二字通贯而下，奠定全诗的情感基调。试与初唐诗比较。初唐王勃代表作《送杜少府之任蜀州》也是送别五律，二诗的动机都是因官事奔忙而别离，最后都以开解离别之情作结，但王诗气势开张，情感豪爽外扬，对人生充满

---

① 前引倪文杰的论文总结道，徐铉全部诗作的用韵，已超出唐代功令所规定的范围（特别是古风的用韵较宽），总体上是合流的多，这正反映了语音的实际变化。

信心,透露出朝气和壮志,重在表现自我感受;徐诗则情调低沉,情感淡泊内敛,流露出对人生深沉的感慨与无奈,充满了暮气和反思,重在"君"、"我"交流、表达情感。作者心境的变化和言说方式的变革导致了唐宋两种诗歌类型的风格差异,这在起点处已早露端倪。周裕锴曾指出,苏轼文人集团的唱酬诗具有"我"与"君"的关系模式,几乎都按照诗人"我"(吾)与酬赠对象"君"(公、子、汝、先生、公子)之间的关系的模式展开,独白变成了交谈①。徐铉的先导之功于此可见一斑。

纵观徐铉,其诗于乱世之时独能摈弃声色,在迎来送往、奉和寄赠当中以浅切自然的语言写出个人身世之感、天下道丧之悲,尤其是入宋以后的诗歌,隐含身仕两朝的特殊心境,感旧伤怀,以道自守,其独立人格实可视为宋代士风的先声。《宋诗钞》谓徐铉"诗冶衍遒丽,具元和风律,而无洇涊纤阿之习",所论甚是。从中唐元和到北宋元祐,这是中国古典诗歌新的转型和成熟时期,徐铉是这个历史链条中有过渡作用的一环。例如,魏泰注意到,梅尧臣《赠朝集院邻居诗》云:"壁隙透灯光,篱根分井口。"徐铉早有《喜李少保卜邻》云:"井泉分地脉,砧杵共秋声。"徐铉之句"尤闲远也"②。南宋黄昇(号玉林)进一步指出,梅、徐之句皆本自唐人于鹄《题邻居》诗:"蒸梨常共灶,浇薤亦同渠。"③于鹄卒于元和九年前④。从于鹄到徐铉再到梅尧臣,同一诗意的起源与流变,恰可见出中唐到北宋诗歌的渊源关系和转型过程,徐铉在其中的过渡意义不容忽视。

徐铉的诗论体现出他的自觉选择。其《成氏诗集序》云:

> 诗之旨远矣,诗之用大矣,先王所以通政教、察风俗,故

---

① 周裕锴《诗可以群:略论元祐体诗歌的交际性》,《社会科学研究》2001年第5期。
② 魏泰《临汉隐居诗话》,何文焕辑《历代诗话》,上册第323页。
③ 见魏庆之《诗人玉屑》卷八,五仲闻点校,北京:中华书局,2007年,上册第264页。
④ 详见周祖譔主编《中国文学家大辞典·唐五代卷》,北京:中华书局,1992年,第8—9页;傅璇琮主编《唐才子传校笺》卷四,第2册第146—149页;又1995年,第5册第194—196页。

第一章　白居易、贾岛与唐末五代宋初的白描诗风

> 有采诗之官,陈诗之职,物情上达,王泽下流。及斯道之不行也,犹足以吟咏情性,黼藻其身,非苟而已矣。若夫嘉言丽句,音韵天成,非徒积学所能,盖有神助者也。

此序作于南唐昇元二年(938)。在条件充分时,要发挥诗歌的政治功能,即通政教、察风俗;倘若形势不允许,即"斯道之不行"时,也不能随波逐流,苟且偷生,而应发挥诗歌的心理功能,即吟咏情性、砥砺自身。《萧庶子诗序》又说:

> 人之所以灵者,情也。情之所以通者,言也。其或情之深,思之远,郁积乎中,不可以言尽者,则发为诗。诗之贵于时久矣。

此序作于南唐保大十五年(957)。内心的深情幽思不能直接表达,即可在诗中抒发。徐铉的论述不仅揭开了宋代诗学重教化讽谏的序幕,而且为崇尚自持自适的诗观埋下伏笔[①]。五代乱世,难以达到以诗讽谏的目的,唯有以诗自持;难言之隐、怀旧之情为时所忌,唯有在诗中隐约抒发。而且,诗的传播自有其内在规律,它不受一朝一姓、一时一事的限制,可以长久流传下去,以至"不朽"。由此可见,徐铉诗歌的内容和形式是他自觉选择的结果。说他入宋以后的诗歌,隐含身仕两朝的特殊心境,感旧伤怀,以道自守,这样的评论当不是牵强附会。

此种人格见于文论,则是徐铉《故兵部侍郎王公集序》所言,强调"不悖圣人之道","华采繁缛"只是馀力所致;发为文章,亦淹雅冠绝,所作李后主墓志铭"婉微有体",颇受宋人称赏[②],四库馆臣说得好,其文虽"沿溯燕许,不能嗣韩柳之音,而就一时体格言之,则亦迥然孤秀"[③];形作小篆,则"笔实而字画劲,亦似其文章。

[①] 参见周裕锴《宋代诗学通论》,上海:上海古籍出版社,2007年,第33页;罗宗强《隋唐五代文学思想史》,北京:中华书局,1999年,第406页。
[②] 陈振孙《直斋书录解题》卷一七,第488页。
[③] 《四库全书总目》卷一五二《骑省集》提要,下册第1305页。

至于篆籀,气质高古,几与阳冰并驱争先"①。其字画言行也透露出他独立人格和志节勇气的消息。

徐铉以其始终如一的忠义志节在宋初赢得了士人的尊敬,也在一定程度上影响了士风。太宗淳化二年(991),富有权势的尼姑道安诬告徐铉,王禹偁为徐铉辩护雪诬,抗疏论道安诬告罪,触怒太宗,坐贬商州团练副使②。王禹偁为人刚直不阿,"以雄文直道,独立当世"③,其辩诬相救之举足以见出徐铉在正直士人心中的地位。曾拜相位的宋庠作《左散骑常侍东海徐公》诗:

> 徐公真丈夫,不独文章伯。江南兵未解,主忧臣惨戚。公愿纾其难,苦求使上国。庶获一言伸,少息苞茅责。其君惊且叹,执手涕沾臆。谓言知尔晚,何此忠义激。天子叱在殿,诮让雷霆赫。公亦从容对,曾不渝神色。仁者必有勇,斯亦古遗直。书大略其小,我有《春秋》癖。所以此诗中,不言公翰墨。庶警事君心,勉旃希令德。④

尊徐铉为文坛宗匠,着重赞扬徐铉的仁义忠勇。同时称赞一位"贰臣"对故国的忠义和对新朝的令德,并推尊为"事君"的榜样,宋庠的评价是耐人寻味的。徐铉卒后,名相李至为作挽词,有"吾道亡宗匠,明时丧大儒"之语⑤,赞扬他的匡时守道。清四库馆臣论及徐铉所撰李后主墓志铭时,将他与元末明初的杨维桢作比较:"以视杨维桢作明《鼓吹曲》,反颜而诋故主者,其心术相去远矣。然则铉之见重于世,又不徒以词章也。"⑥实已指出徐铉的人格志节对后世的影响。真宗朝主盟文坛的杨亿尝摘录徐诗佳句,

---

① 不著撰人《宣和书谱》卷二,《四库全书》本。
② 《宋史》卷二九三《王禹偁传》,第9794页。参见徐规《王禹偁事迹著作编年》,第5、103页。
③ 苏轼《王元之画像赞并叙》,《苏轼文集》卷二一,第2册第603页。
④ 《全宋诗》,第4册第2148页。
⑤ 李至《东海徐公挽歌词》,《徐公文集》附录。
⑥ 《四库全书总目》卷一五二《骑省集》提要,下册第1305页。

并尊徐铉为宋初少数"能诗者"之一①,可见徐铉在北宋诗坛影响不小。近人李维认为:"徐铉诗文,在宋初诸家之上。"②所论容或过当,但毕竟提醒我们要注意徐铉的作品在宋初的重要地位。徐铉入宋后之诗隐含身仕两朝的特殊心境,感旧伤怀,以道自守,其独立人格是后世史家所艳称的宋代士风的先声③,其诗论中的讽谏教化、自持自适意识开掘了宋代诗学中功能探讨的先路,其诗"你"、"我"对举对话的言说方式,他入宋后对诗歌精工的讲求,也露出了宋诗精神的苗头。论及宋诗,不应忽略徐铉的先导作用。

第五节　王禹偁的意义

太宗淳化二年(991),徐铉遭妖尼道安诬告,被贬静难军行军司马。王禹偁因为徐铉辩护,被贬商州团练副使。此后,他的诗风发生了很大的变化,而宋初诗风也为之一变。学术界对此论述颇多,以下只补充讨论若干问题。

据王禹偁《不见阳城驿》诗序,他从小就阅读元白文集。早年作诗也和当时许多白体诗人一样,仿效元白唱和,《酬安秘丞见赠长歌》明确颂扬白居易"吟玩情性"的闲适诗和唱酬诗,在朝中奉和御制,在长洲与罗处约日以诗什唱酬,在商州与冯伉往来唱和,编成《商于唱和集》。也就在淳化年间,在商州贬所,王禹偁的创作起了变化,一是从学白居易晚年的闲适唱和上推到学他早年的批判讽谕,二是由学白进而学杜甫。这与他的人格精神和诗歌主张密切相关。

王禹偁抱负远大,这在他的《吾志》诗里有明确的表白。作于

---

① 《杨文公谈苑》,李裕民辑校,上海:上海古籍出版社,1993年,第80页。
② 李维《诗史》(1928年初版),北京:东方出版社,1996年,第168页。
③ 关于宋代士风刚正守道的一面,参见顾炎武撰、黄汝成集释《日知录集释》卷一三"宋世风俗"条,栾保群、吕宗力校点,上海:上海古籍出版社,2006年,中册第758—763页;宫崎市定《宋代の士風》,《宫崎市定全集》第11卷,东京:岩波书店,1992年,第339—375页。

商州贬所的《谪居感事》则是他的心路纪程,他坚信自身"清直","消息还依道",批评朝政不计利害,"遇事难缄默,平居疾喔咿"。为了自遣,他"琴酒图三乐,诗章效《四虽》",像白居易那样度日、作诗,降格求次,称心易足①。但他相信道未穷尽,道行有时,"吾道宁穷矣?斯文未已而!"与徐铉一样,王禹偁谨守"直道",《东观集序》云"士君子者道也",《谪居》诗云"直道虽已矣,壮心犹在哉",并不因一己之贬而怀疑、放弃直道。他对唐末迄宋初的士风很不满,《送孙何序》云:"咸通以来,斯文不竞,革弊复古,宜其有闻。国家乘五代之末,接千岁之统,创业受文,垂之十载,圣人之化成矣,君子之儒兴矣。然而服勤古道,钻仰经旨,造次颠沛,不违仁义,拳拳以立言为己任,盖亦鲜矣。"认识到士风未曾根本转变而思有以改之,故在言行上躬行直道,在诗歌里转向学白居易讽谕诗,提高诗的社会功能:宜其为徐铉辩护也。他关注民生疾苦,作于右拾遗直史馆时的《对雪》既反映了人民的徭役之苦,也表明了他忧国忧民的情怀和自励自责的精神。贬官商州、滁州后,他更加坚定了以道自守的决心,同时由于接触了地方实际,也就更加同情百姓生活。在此期间他创作了大量讽谕诗,如《畲田词》、《金吾》、《秋霖二首》、《感流亡》、《竹 》、《乌啄疮驴歌》、《对雪示嘉祐》和《射弩》等,使当时的白体走出了一味闲适唱和的误区,开始兼学白居易诗反映民生疾苦的内容,从以诗应酬走向以诗讽谕,同时增加了古调歌诗的数量,这些在当时都引起了强烈反响②。"放达有唐唯白傅,纵横吾宋是黄州"③,林逋的赞叹不仅说明了王禹偁在宋初诗坛的重要地位,也指出了王禹偁与白居易的继承关系。而如果没有这些反映现实、忧国忧民的诗篇,王禹偁在学白上与其他白体诗人并无二致,其诗史地位恐怕要随之

---

① 王禹偁《除夜》诗亦道此意。参见钱锺书《管锥编》,北京:中华书局,1986年,第1册第125—126页。
② 参见程千帆、吴新雷《两宋文学史》,第7—8页;王水照主编《宋代文学通论》,第84页。
③ 林逋《读王黄州诗集》,《林和靖先生诗集》卷三,《四部丛刊》本。

第一章　白居易、贾岛与唐末五代宋初的白描诗风　　　　　　　　　91

下降。

关于王禹偁从学白居易进而学杜甫，宋人有一段著名的记载：

> 元之本学白乐天诗，在商州尝赋《春居杂兴》云："两株桃杏映篱斜，装点商山副使家；何事春风容不得，和莺吹折数枝花！"其子嘉祐云："老杜尝有'恰似春风相欺得，夜来吹折数枝花'之句，语颇相近。"因请易之。元之忻然曰："吾诗精诣，遂能暗合子美耶？"更为诗曰："本与乐天为后进，敢期子美是前身。"卒不复易。①

"本与乐天为后进"是对以往学白的总结，"敢期子美是前身"则是对以后学杜的期许。这两句是他一首七律的颈联，诗题是《前赋〈春居杂兴〉诗二首，间半岁，不复省视，因长男嘉祐读〈杜工部集〉，见语意颇有相类者，咨于予，且意予窃之也。予喜而作诗，聊以自贺》。此诗自注云"予自谪居，多看白公诗"，又，作于商州的《七夕》诗自道心事，"自念一岁间，荣辱两偏颇。赖有道依据，故得心安妥"，以直道自持，学白公作诗，《除夜》明显是模仿白居易的《吟四虽》，《放言诗五首》则明言系仿元、白的同题诗②，从以诗应酬走向以诗讽谕，有白居易作典范似乎也已足够。王禹偁之所以进而选择杜甫，是因为他对诗歌有更高的要求。淳化三年（992），他在《冯氏家集前序》里明确提出自己的诗歌主张是"词丽而不冶，气直而不讦，意远而不泥"。这三条标准，特别是最后一条，其意伤于太露太尽的白诗③并不符合，他需要另寻出路。也就在这一年，发生了上引《蔡宽夫诗话》所录的佚事。这说明他选择杜甫是出于对诗歌艺术新境界的追求。他在《送丁谓序》里说丁

---

① 蔡启《蔡宽夫诗话》，郭绍虞《宋诗话辑佚》，第 405 页。
② 白居易《放言五首》、《吟四虽》分别见《白居易集笺校》卷一五、卷二九，朱金城笺校，上海：上海古籍出版社，1988 年，第 952—955、2031—2033 页。
③ 见张戒《岁寒堂诗话》卷上，《历代诗话续编》本，上册第 459 页；翁方纲《石洲诗话》卷二，《清诗话续编》本，下册第 1392 页。

谓"诗效杜子美",《赠朱严》自称"谁怜所好还同我,韩柳文章李杜诗",《日长简仲咸》更是歌颂"子美集开诗世界",极为推崇杜诗。他因为诗句与杜甫暗合而欣喜,并且说"敢期子美是前身",表明在他心目中杜甫是高于白居易的,"精诣"二字则透露他师法杜甫的目的是为了修炼诗歌艺术。作于这一时期的古体长篇《怀贤诗三首》、《五哀诗五首》效法杜甫的《八哀诗》,《甘菊冷淘》模仿杜甫的《槐叶冷淘》。至于自序曰"一百六十韵"的长篇五排《谪居感事》,更是着力学杜的结果,此即《沧浪诗话·诗体》作为典型例子标举的"有律诗至百五十韵者"。严羽自注云:"少陵有百韵律诗,白乐天亦有之,而本朝王黄州有百五十韵五言律。"①三者并提,王诗学白、学杜的线索非常明显。

王禹偁的大部分诗歌,正如《彦周诗话》所说,"大抵语迫切而意雍容","大类乐天也"②,但同时也暴露出松散直露的弱点,而杜诗的凝炼沉郁正好疗救此病,这也是王禹偁对诗歌艺术的自觉追求。他学杜最出色的当数那些借景抒情、咏物感怀的律绝小诗,如以下几首:

> 露莎烟竹冷凄凄,秋吹无端入客衣。鉴里鬓毛衰飒尽,日边京国信音稀。风蝉历历和枝响,雨燕差差掠地飞。系滞不如商岭叶,解随流水向东归。(《新秋即事》三首其一)
>
> 马穿山径菊初黄,信马悠悠野兴长。万壑有声含晚籁,数峰无语立斜阳。棠梨叶落胭脂色,荞麦花开白雪香。何事吟馀忽惆怅?村桥原树似吾乡!(《村行》,个别字从《全宋诗》)
>
> 红芳紫萼怯春寒,蓓蕾粘枝密作团。记得观灯凤楼上,百条银烛泪阑干。(《杏花》七首其一)

陈植锷对这些诗歌的艺术特色及与杜诗的关系作过很好的分

---

① 郭绍虞《沧浪诗话校释》,第 73 页。按王诗实一百六十韵,严羽显系误记。
② 许顗《彦周诗话》,《历代诗话》本,上册第 388 页。

析①,兹不赘述。在字句锤炼、意象经营、章法安排和意境构造诸方面,王禹偁的这些诗歌都超过了他早期的作品,也远非宋初其他白体诗人可比。

这样看来,通常所说"王禹偁是宋诗的先驱"可以从四方面理解:

一是王禹偁忧国忧民、躬行直道,与徐铉一样开启了宋人以"道"自守的独立人格。王禹偁富于自励自责的精神,遇事敢于直言,以至于宋太宗不得不告诫宰相说:"禹偁文章,独步当世,然赋性刚直,不能容物,卿等宜召而戒之。"②但皇帝的不快和接二连三的贬逐并不能使王禹偁屈服,他在《三黜赋》里感叹自己"一生几日?八年三黜",但仍坚持"屈于身兮不屈其道","守正直兮佩仁义"。后人所艳称的"宋代士风",禹偁亦有开创之功。

二是宋诗以文为诗的艺术手法可以说是从王禹偁开始的。如作于淳化三年(992)的《感流亡》:

> 谪居岁云暮,晨起厨无烟。赖有可爱日,悬在南荣边。高舂已数丈,和暖如春天。门临商于路,有客憩檐前:老翁与病妪,头鬓皆皤然。呱呱三儿泣,惸惸一夫鳏。道粮无斗粟,路费无百钱;聚头未有食,颜色颇饥寒。试问何许人,答云"家长安,去年关辅旱,逐熟入穰川。妇死埋异乡,客贫思故园。故园虽孔迩,秦岭隔蓝关。山深号六里,路峻名七盘。襁负且乞丐,冻馁复险艰。惟愁大雨雪,僵死山谷间"。我闻斯人语,倚户独长叹。尔为流亡客,我为冗散官。左宦无俸禄,奉亲乏甘鲜。因思筮仕来,倏忽过十年。峨冠蠹黔首,旅进长素餐。文翰皆徒尔,放逐固宜然。家贫与亲老,睹翁聊自宽。

叙事详尽清楚,议论直截痛快,诗风平易自然,无疑是以文为诗的路数。又如作于次年的《对雪示嘉祐》有云:

---

① 陈植锷《试论王禹偁与宋初诗风》。
② 李焘《续资治通鉴长编》卷三四,第752页。

……秋来连澍百日雨,禾黍漂溺多不收。如今行潦占南亩,农夫失望无来麰。尔看门外饥饿者,往往殭踣填渠沟。峨冠旅进又旅退,曾无一事裨皇猷。俸钱一月数家赋,朝衣一袭几人裘。安边不学赵充国,富民不作田千秋。胡为碌碌事文笔,歌时颂圣如俳优。一家衣食仰在我,纵得饱暖如狗偷。况我眼昏头渐白,安能隐几勤校雠。何时提汝归田去,卖马可易数只牛。深耕浅种苟自给,藜羹豆粥充饥喉。黍畦锄理学元亮,瓜田浇灌师秦侯。素餐免作疲人蠹,开卷免对古人羞。未行此志吾戚戚,对酒不饮抑有由。斯言不敢向人道,语尔小子为贻谋。

通篇近于直说。与白居易的讽谕诗一样,王禹偁用古体的体式、朴实无华的语言把自己的感情痛快淋漓地表达出来,自然流畅,明白如话,实开宋人以文为诗的先声。

三是王禹偁从当时学白居易闲适唱和的风气中解脱出来,进而学白居易的讽谕,并转而学习杜甫,成为宋代尊杜学杜的先行者。

四是王禹偁的道德文学确实为后来者景仰,对后来者产生了影响。在理论上,王禹偁倡导学习杜甫,《答张扶书》又提出了"传道而明心"的文章理论,要求"句易道,义易晓",是宋代提出同类主张的第一人。在实践上,王禹偁身体力行,继承了白居易讽谕诗的精神,并在艺术上师法杜甫,其文章"古雅简淡","不愧一时作手"①,其创作实绩为后来的欧阳修等人提供了成功的经验。无怪乎欧阳修谈到王禹偁时也自愧弗如:"想公风采常如在,顾我文章不足论。"② 苏轼热烈称许他"以雄文直道,独立当世","耿然如秋霜夏日,不可狎玩,至于三黜以死",感动之馀,苏轼感叹"愿为执鞭而不可得"③。黄庭坚赞叹道:"世有斫泥手,或不待郢工。

---

① 《四库全书总目》卷一五二《小畜集》提要,下册第1307页。
② 欧阳修《书王元之画像侧》,《居士集》卷一一,洪本健《欧阳修诗文集校笺》,上海:上海古籍出版社,2009年,上册第334页。
③ 苏轼《王元之画像赞并叙》,《苏轼文集》卷二一,第2册第603页。

第一章　白居易、贾岛与唐末五代宋初的白描诗风

往时王黄州,谋国极匪躬。朝闻不及夕,百壬避其锋。九鼎安盘石,一身转秋蓬。"①充分赞扬了王禹偁的文学成就和政治才干。北宋诗文大家的推崇足以证明王禹偁对后世的影响。

《宋诗钞·小畜集钞》小序把王禹偁置于"西昆之体方盛"之时,无疑颠倒了年代先后,但以下评价则正确地概括了王禹偁的历史地位和影响:"元之独开有宋风气,于是欧阳文忠得以承接流响。文忠之诗,雄深过于元之,然元之固其滥觞矣。穆修、尹洙为古文于人所不为之时,元之则为杜诗于人所不为之时者也。"从王禹偁《览照》诗"他年《文苑传》,应不漏吾名"的自我期许来看,这种地位和影响也是他自觉追求的结果。

白居易深刻地影响了唐末五代宋初的诗歌走向。比及北宋中期,宋诗大家苏轼为人、为诗皆有得于白居易②,苏门弟子张耒亦以白诗为法③。可见白居易对宋诗的影响不仅在其草创期,也在其繁盛期。终宋一代,喜读白集、偶学白诗的诗人不绝如缕,重要诗人的不少作品都和白居易有渊源关系④。白居易与北宋诗歌的关系,一是自然的表达方式,宋人在发觉精妙工巧过度的弊端后往往采用白居易式的自然来补救⑤。二是详尽表达和以文为诗,许学夷指出,白居易诗"叙事详明,议论痛快,此皆以文为诗,实开宋人之门户耳"⑥。三是白居易省分知足、随缘自适的心理调节机制在宋代成为主导性的人生观,从而产生了诗歌中的重理节

---

① 黄庭坚《题王黄州墨迹后》,《豫章黄先生文集》卷二,《四部丛刊》本。
② 参见洪迈《容斋随笔·三笔》卷五,上海:上海古籍出版社,1996年,第474—475页;严恩纹《东坡诗渊源之商榷》,《文史杂志》1945年第1、2期合刊,第65—71页。
③ 参见钱锺书《宋诗选注》,北京:人民文学出版社,1989年,第79页。
④ 如葛立方《韵语阳秋》卷一云:"近观山谷黔南十绝,七篇全用乐天《花下对酒》、《渭川旧居》、《东城》、《寻春》、《西楼》、《委顺》、《竹窗》等诗,馀三篇用其诗略点化而已。"《历代诗话》本,下册第489—490页。参见朱易安《白居易与诗歌批评视野的嬗变》,《文学研究》第4辑,南京:南京大学出版社,1996年,第162—180页。
⑤ 参见周裕锴《宋代诗学通论》,第386—394页。
⑥ 许学夷《诗源辩体》卷二八,杜维沫点校,北京:人民文学出版社,1987年,第271—278页。

情现象①。这中间的过渡是由白体诗人完成的。徐铉、王禹偁以道自守的独立人格是后世史家所艳称的宋代士风的先声,其诗论中的讽谏教化、自持自适意识开启了宋代诗学中功能探讨的先路。宋诗从一开始就接续了中唐的血脉,并将一直延续下去。

第六节 在诗歌的家园里栖居:苦吟的意义及影响

众所周知,贾岛酷爱吟诗,作诗以苦吟著名。唐末五代宋初的晚唐体继承了这一特点,诗人们大多嗜诗如命,苦吟成篇。然而,这样做并不能保证作品的成功,能够流传久远的优秀篇什在他们的诗歌中也确实不多。那么,他们的苦吟在文学史上到底有何意义?对后世的读者又有何影响?本节试图解答这些问题。前引周裕锴的论文《贾岛格诗歌与禅宗关系之研究》已论证了晚唐五代贾岛格诗人对诗歌的酷爱和苦吟态度,以下仅就宋初晚唐体的情况加以论述。

一、怀着诗歌寻找家园

晚唐体诗人对于诗歌有一种异乎寻常的虔诚和热爱,这可以从他们对诗歌作用的重视反映出来。赵湘自称素有诗癖,其《王象支使甬上诗集序》云:

> 诗者,文之精气。古圣人持之摄天下邪心,非细故也。由是天惜其气,不与常人。虽在圣门中,犹有偏者。故文人未必皆诗。游、夏,文学人也,仲尼以为始可与言者,与夏而不与游,游不预焉,则于文而偏者不疑矣。然则用是为泠风,以除天下烦郁之毒,功德不息,故其名远而且大也。……湘既好学,复有癖于其间,因不敢辞,聊为精气君子之说,题于

---

① 参见林继中《文化建构文学史纲(中唐—北宋)》,西安:三秦出版社,1994年,第115—152页;王水照主编《宋代文学通论》,第18—26页。

第一章　白居易、贾岛与唐末五代宋初的白描诗风

集之初。①

诗是文的精气的结晶,因此常人不能为诗,甚至"文人未必皆诗"。在孔子的学生中,子游、子夏皆号文学人,但孔子认为只有子夏"始可与言诗",可见子游虽是圣人门徒,也偏于文而不知诗。诗是富于天赋者的专利。诗不是可有可无的点缀物,它能摄邪除毒,"非细故也"。然则爱诗、写诗不仅不是无用末事,反而是功德无量。"诗者,文之精气"的定义体现了赵湘对诗歌特有的热爱,"文人未必皆诗"的看法则开了南宋后期严羽、刘克庄等人反对学者之诗、文人之诗,提倡别材别趣、诗人之诗的先声②。保暹《处囊诀》述诗之用云:

> 夫诗之用,放则月满烟江,收则云空岳渎。情忘道合,父子相存。明昧已分,君臣在位。动感鬼神,天机不测,是诗人之大用也。
>
> 夫诗之用也,生凡育圣,该古括今,恢廓含容,卷舒有据,有诗之妙用也。
>
> 诗有五用:一曰其静莫若定;二曰其动莫若情;三曰其情莫若逸;四曰其音莫若合;五曰其形莫若象。③

夸张的描述背后隐藏着诗人对诗歌的偏爱。从保暹列举的五大作用看,他主要视诗为陶冶性情之具,从而诗歌也就成了爱诗者每日的功课。此书偏在论述艺术技巧,亦可见出保暹探索诗歌艺术规律的不懈追求。

诗歌是晚唐体诗人的至爱。为了读诗、写诗、唱酬,他们可以停止其他一切活动,即使开展其他活动,也必然伴随着诗歌,或者活动的举办就是为了诗歌。他们似乎只是为诗而活着,诗歌是他们存在的家园,他们就栖居在诗歌的家园里。这些人的传记材料都有"啸咏终日"、"喜为诗"或类似的字眼。前引《宋史》卷四五七

---

① 《全宋文》卷一七〇,上海:上海辞书出版社等,2006年,第8册第356—357页。
② 参见周裕锴《宋代诗学通论》,第13页。
③ 张伯伟《全唐五代诗格汇考》,第497页。

《万适传附杨璞》记载,为了吟诗,杨朴"尝杖策入嵩山穷绝处,构思为歌诗,凡数年,得百馀篇"。林逋《深居杂兴六首》序则自述一生"但能行樵坐钓,外寄心于小律诗"。翻开《全宋诗》,可见到晚唐体作者都在诗中直接表达以诗为本、以诗为用的毕生追求:

> 高吟见太平,不耻老无成。发任茎茎白,诗须字字清。搜疑沧海竭,得恐鬼神惊。此外非关念,人间万事轻。(潘阆《叙吟》)
>
> 万事不关虑,孤吟役此生。(寇准《书怀寄韦山人》)
> 酒中宁有感,诗里觉无厌。(魏野《咏怀》)
> 日于诗雅转沉迷,尤爱凭阑此构题。(林逋《水轩》)
> 诗禅同所尚,邂逅在长安。(文兆《寄行肇上人》)
> 禅社因吟往,晴来坐彻宵。(行肇《酬赠梦真上人》)

只要能终日高吟,世俗功业一无所成也不以为耻。什么都可以不关心,但不能不关注诗;万事万物总有令人厌烦的一天,只有诗让人永不餍足、永不腻烦。这些人是一群诗痴,活着为诗,为诗活着,喜怒哀乐全为诗。他们在诗中共同反复选用的字眼就是"吟"和"诗",以"吟踪"、"吟身"自认或许人。"一卷诗成二十年,昼曾忘食夜忘眠"①,沉醉于诗而废寝忘食。"约缚隐囊聊阁膝,忘怀未得是微吟"②,即使在病中,最放不下的仍是诗。"心散暂因酒,鬓斑多为诗"③,岁月在诗歌长河里流淌,白发悄悄爬上行吟者的头,而诗痴无怨无悔。

五代乱世,贾岛的追随者仕进无望,沉沦下僚,唯有借诗苦熬穷困清寒的生活,安顿无聊痛苦的心灵,正如南宋人所说:"唐祚至此,气脉浸微,士生斯时,无他事业,精神技俩,悉见于诗。"④诗歌帮助他们忘却现实的苦难,引渡他们走向精神的天国。宋初社

---

① 潘阆《书诗卷末》,《逍遥集》,《知不足斋丛书》本。
② 林逋《病中》其二,《林和靖诗集》卷二。
③ 惟凤《赠维阳阳吕为处士》,《全宋诗》第3册第1463页。
④ 俞文豹《吹剑录全编》,张宗祥校订,上海:古典文学出版社,1958年,第32页。

会稳定,但贾岛格诗人们的社会地位并无太大改变,不会有白体诗人"陛下既以文学知臣,臣敢不以文字报答陛下"①那种文学效时报国心理。尤其重要的是,他们与前代同志者一样都是精神上的漂泊者,生活的无聊、心理的敏感和灵魂的无依仍旧存在,并不因现实处境的不同而稍减。凡俗生活的烦恼和无聊缠绕着每一个人,而诗歌可以帮助实现日常生活的诗性消解,"使穷贱易安,幽居靡闷,莫尚于诗矣"②。欧阳修说赵湘"方其屈于一时,其所以自乐而忘忧者诗也"③,可为明证。哲学家谢林指出:"超脱凡俗生活只有两条出路:诗和哲学。"④佛教禅宗是贾岛格诗人的救赎哲学,五言律诗则是他们的拯救诗学。心理学家弗洛伊德认为,躲避痛苦的重要办法就是转移利比多(libido),而艺术创作正是利比多转移、本能升华的结果,"艺术家从创作和塑造他幻想中的东西中得到快乐"⑤。如果摈弃弗氏利比多主要指性欲的原始定义而采用荣格利比多作为一般的生命能量的代称的观点⑥,就会发现,贾岛格诗人的诗歌创作正是利比多在凡俗生活中发生移置作用(displacement)的结果。对他们来说,诗歌不是世界的回声,而是心灵的保姆。诗歌是他们的第二生命,是生活的唯一内容,是不幸而无聊的人生旅途中的唯一慰藉。因此,他们不像某些白体诗人那样走向十字街头,充当时代的吹鼓手、人民的代言人,而是躲进艺术的象牙塔,或者"在古老的禅房或一个小县的廨署里","为各人自己的出路,也为着癖好,做一种阴黯情调的五言律诗"⑦;或者体察山水风云、赏玩星月禽鸟,贵白描,"忌用事,谓之

---

① 田锡《进文集表》,《咸平集》卷二三。
② 钟嵘撰、曹旭集注《诗品集注·序》,上海:上海古籍出版社,1994年,第47页。
③ 欧阳修跋语,《南阳集》卷末,《四库全书》本。
④ 谢林《先验唯心论体系》,梁志学、石泉译,上海:商务印书馆,1977年,第17页。
⑤ 弗洛伊德《文明及其缺憾》,傅雅芳等译,合肥:安徽文艺出版社,1987年,第19—20页。
⑥ 详见荣格《现代灵魂的自我拯救》,黄奇铭译,北京:工人出版社,1987年。
⑦ 闻一多《唐诗杂论·贾岛》,上海:上海古籍出版社,1998年,第32—37页。

'点鬼簿',惟搜眼前景而深刻思之"①。社会留待别人拯救,他们且去念佛参禅、模山范水,怀着诗歌寻找家园。

二、通过苦吟思考存在

一方面是生活愁苦、嗜诗如命,另一方面却是才学有限,贵白描、少用事而题材狭窄,于是苦吟就成了贾岛格诗人抵达诗歌家园的唯一渡轮。苦吟有两层含义:一是吟诗艰苦,二是诗歌内容愁苦、意境清苦。与唐末五代乱世文人的作品相比,宋初贾岛格诗多了点盛世前期的气象,在清苦寒瘦之外时见冲淡闲逸之趣,在苦吟中加进了闲吟,诗人自身也有意于此,如寇准《寓居有怀》云"独坐闻鸿远,闲吟见月高",希昼《送惟凤之终南山》曰"静息非同隐,闲吟忽背樵",怀古《草》云"漠漠更离离,闲吟笑复悲"。但是,"苦"依然是这些诗人的共同特点,有关记载和评论每言及此②,他们自己在诗中也一再表明苦吟的态度和行为:

> 病多添药债,吟苦避虫喧。(赵湘《会平上人夜话》)
> 应笑苦吟头白者,二南章句转衰微。(潘阆《寄赠柳殿院开授崇仪赴边上》)
> 禅馀静对江亭月,吟苦凉生海树风。(潘阆《送崇教大师惠思归山》)
> 苦吟题壁上,欲改更慵能。(魏野《夏日雨中题谔师房》)
> 苦吟空自叹,风雅道由衰。(寇准《水阁夜望书怀》)
> 劳寻苦吟伴,独入乱山行。(寇准《喜吉上人至》)
> 算吟千万首,方得两三联。(林逋断句③)
> 遥知林下客,吟苦夜禅忘。(希昼《寄怀古》)

---

① 杨慎《升庵诗话》卷一一,丁福保辑《历代诗话续编》,中册第851页。
② 如王禹偁在《潘阆咏潮图赞序》里列举了潘阆的许多诗句后评论说:"寒苦清奇,多此类也。"《小畜外集》卷一〇,《四部丛刊》本。晁公武《郡斋读书志》卷一九说魏野"为诗精苦"。《郡斋读书志校证》,第1035页。钱锺书说林逋"用一种细碎小巧的笔法来写清苦而又幽静的隐居生涯",见《宋诗选注》,第10页。
③ 见《全宋诗》第2册第1246页。

> 素瑟沈幽意,寒螿共苦吟。(希昼《送朱宬》)
> 吟苦人成癖,年衰自长慵。(保暹《秋居言怀》)

如果说诗歌是贾岛格诗人存在的家园,那么苦吟就是他们在此家园里借以诗意地栖居下去的劳作。当苦吟纯粹是为了诗歌艺术本身的时候,它就超越了现实人生和功利目的,其精神与宗教实质相通。通过苦吟,诗人体会到一种先苦后甜的推敲喜悦;同时,苦吟也让诗人暂时忘却时代的苦难和个人的不幸,从而达到解脱痛苦、安顿心灵的效果。不仅如此,苦吟是贾岛格诗人的自觉意识和不懈追求,苦吟的行为也表明了对语言的极端重视,这与现代西方的语言哲学有着深刻的相似之处。海德格尔认为:"语言是存在之家。人居住在语言的寓所中。思想者和作诗者乃是这个寓所的看护者。只要这些看护者通过他们的道说把存在之敞开状态(Offenheit des Seins)带向语言并且保持在语言中,则他们的看护就是对存在之敞开状态的完成。"① 苦吟的过程其实就是语言的思考过程,对语言的思考就是对存在的思考,苦吟者在苦吟的过程中完成了对存在的超越,其存在也因苦吟而变得敞亮。苦吟的过程其实也是语言的选择、锤炼过程,其中包含了极大的理性精神,这与宋诗的尚理、尚意是相通的。就对诗歌语言、诗歌技巧的极度重视和深刻锤炼而言,贾岛格、韩愈、梅尧臣、黄庭坚及江西诗派并无二致。

贾岛及其追随者的诗歌对宋诗有很深的影响。游国恩认为晚唐体"苦吟之精神""实山谷所尚","但山谷之苦吟冥搜,不专限于近体,更不专限于五律耳"②。张宏生也指出,贾岛诗的思幽格僻,一定程度上实符合江西诗派的去俗说③。吴淑钿则通过贾岛诗重意重理的创作精神论证了"杜韩之外,贾诗是宋诗风格另一

---

① 海德格尔《路标·关于人道主义的书信》,孙周兴译,北京:商务印书馆,2000年,第366页。
② 游国恩《论山谷诗之渊源》,《游国恩学术论文集》,北京:中华书局,1989年,第432页。
③ 张宏生《江湖诗派研究》,北京:中华书局,1995年,第188页。

始创者"的观点①。古人所概括的贾岛诗的特点,其实也是宋诗的特点。金圣叹谓贾岛:"先生作诗,不过仍是平常心思,平常格律,而读之每每见其别出尖新者,只为其炼字炼句,真如五伐毛,三洗髓,不肯一笔犹乎前人也。"②说的是求奇出新、锻炼深刻。方岳谓岛诗"特于事物理态,毫忽体认"③,侧重于事物内部的"理"。卢文弨说:"长江诗虽不合雅奏,然尚有古意,读之可以矫熟媚绮靡之习。"④强调了不熟、不媚。总体而言,贾岛格诗在尚意、尚理、求新出奇、避熟避俗等方面与宋诗有着精神上的一致。事实上,宋诗的"开山祖师"梅尧臣就是从晚唐体阵营里成长起来的,"他一生苦吟以及以平淡为主调的诗风、细密的观察力都留下了早年学晚唐体的印痕"⑤。

---

① 吴淑钿《贾岛诗之艺术世界》,《唐代文学研究》第7辑,桂林:广西师范大学出版社,1998年,第636—647页。
② 《金圣叹选批唐诗》,杭州:浙江古籍出版社,1985年,第257页。
③ 胡震亨《唐音癸签》卷七引,上海:上海古籍出版社,1981年,第66页。
④ 卢文弨《题贾长江诗集后》,《抱经堂文集》卷一三,《四部丛刊》本。
⑤ 王水照主编《宋代文学通论》,第96页。

第二章　李商隐与北宋诗

宋太宗在完成心目中的全国统一大业后，逐渐转向"以文德致治"[①]，进一步推进宋太祖的"右文"政策。至真宗、仁宗朝，封建文化得到初步振兴。全国政局稳定，经济发展，印刷术的进步和印刷业的发达极大地推动了学术文化的繁荣，公私藏书日益丰富，官学、私学大兴，整个社会的文化素质有了很大提升，太宗、真宗朝《太平御览》、《太平广记》、《文苑英华》、《册府元龟》等四大书的编纂，就是北宋文化建设的初步成果，其中《太平广记》在真宗朝校订、校勘各一次，《文苑英华》于景德四年（1007）、大中祥符二年（1009）校勘两次，《册府元龟》也由真宗诏修。"国朝祥符中，民风豫而泰"[②]，人们逐渐对自然浅切的白体和寒苦清奇的晚唐体感到不满，富贵典雅的西昆体遂应运而生。

第一节　富贵态与贵族味：选择李商隐

西昆体选择了李商隐作为诗学典范。

[①] 李攸《宋朝事实》卷三，《四库全书》本。
[②] 石介《石曼卿诗集序》，《徂徕石先生文集》卷一八，陈植锷点校，北京：中华书局，1984年，第212页。此文又见《苏舜钦集》卷一三，沈文倬校点，上海：上海古籍出版社，1981年，第165页。按，宋魏齐贤、叶棻编《五百家播芳大全文粹》卷一〇七收此文，题石守道作（石介字守道）。不著编辑者姓名《宋文选》（《四库全书总目》卷一八七谓集于宋室南渡前）卷一七收此文，亦题石守道作。刘克庄《后村诗话》续集卷一载其晚得苏舜钦集，"石徂徕作序，称其与穆参军以古文自任，而曼卿尤豪于诗"，内容与今传序文同，可见宋人多以为石介作。参见傅平骧、胡问涛《苏舜钦集编年校注·前言》，成都：巴蜀书社，1991年，第8页。不过，苏集乃欧阳修手编，当不致误收石介文。要之石介、苏舜钦均为宋仁宗朝人，此文作者究系何人，都不影响对真宗朝民风的概括。

李商隐诗,《新唐书·艺文志》著录《玉溪生诗》三卷①,然宋初已不可得,只知其名而不见其书。据考证,宋人在《文苑英华》编成前尚未刊刻李诗,北宋人编纂李商隐诗为三卷,并定集名《李义山诗》,当距杨亿、钱若水搜辑李诗不远②。换言之,杨、钱二人对《李义山诗》的编集居功甚伟。

杨亿很早就喜爱李商隐。他曾自述搜辑李诗的过程:

> 至道中,偶得玉溪生诗百馀篇,意甚爱之,而未得其深趣。咸平、景德间,因演纶之暇,遍寻前代名公诗集,观富于才调,兼及雅丽,包蕴密致,演绎平畅,味无穷而炙愈出,钻弥坚而酌不竭,曲尽万态之变,精索难言之要,使学者少窥其一斑,略得其馀光,若涤肠而换骨矣。繇是孜孜求访,凡得五七言长短韵歌行杂言共五百八十二首。唐末,浙右多得其本,故钱邓师若水未尝留意捃拾,才得四百馀首。钱君举《贾谊》两句云:"可怜夜半虚前席,不问苍生问鬼神。"钱云:"其措意如此,后人何以企及?"余闻其所云,遂爱其诗弥笃,乃专缉缀。鹿门先生唐彦谦慕玉溪,得其清峭感怆,盖圣人之一体也,然警绝之句亦多。予数年类集,后求得薛廷珪所作序,凡得百八十二首。世俗见余爱慕二君诗什,夸传于书林文苑,浅拙之徒,相非者甚众。噫!大声不入于俚耳,岂足论哉!③

对义山诗极尽赞美之能事,甚而至于推为"圣人",对李商隐的崇拜真是五体投地。《韵语阳秋》有一段类似的记载,并评论杨亿诗:"是知文公之诗,有得于义山者为多矣。"④至道(995—997)中,正是白体、晚唐体流行之时,杨亿才二十多岁,可见他倡导学

---

① 《新唐书》卷六〇,北京:中华书局,1975年,第1612页。
② 黄世中《李商隐诗版本考》,《文学遗产》1997年第2期,第28—37页。
③ 江少虞《宋朝事实类苑》卷三四,上海:上海古籍出版社,1981年,第435页。炙愈出,难言,警绝之句,原作"久愈出"、"推言"、"警之之句",据《四库全书》本改。
④ 葛立方《韵语阳秋》卷二,何文焕辑《历代诗话》本,北京:中华书局,1981年,下册第499页。

第二章 李商隐与北宋诗

习李商隐是酝酿已久的事情。他对李商隐的接受,是一个自觉的选择过程。从他的选择标准来看,是要求博学典雅、华丽含蓄的,所以他面对"措辞寓意,如此深妙"的李诗时"感慨不已"①,对后者为文"多检阅书册,鳞次堆积,时号獭祭鱼"的传说也颇感兴趣,而他对李商隐"雕篆"的感叹也透露出对雄文博学、雕章丽句的偏爱②。

正如有学者分析的,杨亿的择师标准"显示了一种浓厚的贵族情趣"③。这种贵族味无疑来源于他少年得志的仕宦经历、养尊处优的馆阁生活以及博极群书的知识修养。后人每论及西昆体的富贵态,多指其中金玉锦绣的语汇和生活。实质西昆体的富贵态既包括诗歌意象和生活状态,也包括诗人的学术涵养和诗歌的雕摘故实。富贵态的后一个含义是宋人的共识。南北宋之交李清照批评秦观"专主情致,而少故实,譬如贫家美女,虽极妍丽丰逸,而终乏富贵态"④。此处"富贵态"便指学富五车的人文资质。正是词臣本身的富贵态与贵族味导致真宗朝的达官贵人最终选择了李商隐。

杨亿从一开始就并不孤单,当时即有钱若水做他的同道。刘筠也是李商隐的追随者,他"画义山像,写其诗句列左右"⑤,崇拜程度与杨亿比有过之而无不及。

唐彦谦博学多才、诗学李商隐,杨亿诸人也对他深致好评。上引文记杨亿称赞唐彦谦"慕玉溪,得其清峭感怆,盖圣人之一体也,然警绝之句亦多",即是显例。宋人亦载:"杨大年刘子仪皆喜

---

① 计有功撰、王仲镛校笺《唐诗纪事校笺》卷五三,北京:中华书局,2007年,第1450页。
② 《杨文公谈苑》,杨亿口述,黄鉴笔录,李裕民辑校,上海:上海古籍出版社,1993年,第23、97页。
③ 尚学锋等《中国古典文学接受史》,济南:山东教育出版社,2000年,第273页。
④ 胡仔《苕溪渔隐丛话》后集卷三三引,廖德明校点,北京:人民文学出版社,1962年,第254页。
⑤ 刘攽《中山诗话》,《历代诗话》本,上册第288页。

唐彦谦诗,以其用事精巧,对偶亲切。"①与此相反,沉郁顿挫的杜甫则不受欢迎,杨亿就不喜杜诗,谓为"村夫子",虽然他似乎也默认自己为"江汉思归客"作的对句不如杜甫的原句"乾坤一腐儒"②。杨亿对杜甫的偏见正说明他对李商隐的偏爱。

诗法典范既定,待到杨、刘诸人齐聚馆阁编纂类书,公馀唱和,模仿李商隐便达到高峰。学术界爱以杨亿为真宗朝诗风新变的先行者,其源盖出于宋人田况的记载:"杨亿在两禁,变文章之体,刘筠、钱惟演辈皆从而效之,时号杨刘。三公以新诗更相属和,极一时之丽。"③不过,据杨亿本人自述,首变诗风的不是他而是钱、刘二人。在评论雍熙以来文士诗时,杨亿对此二人尤加赞语,说"钱惟演、刘筠特工于诗,其警策殆不可遽数";在另一场合,他又专门说明"近年钱惟演、刘筠首变诗格,学者争慕之,得其标格者,蔚为嘉咏",并强调"二君丽句绝多",标举以表扬④,可见杨亿对先行者的敬重;其《西昆酬唱集序》也先提钱、刘"并负懿文,尤精雅道,雕章丽句,脍炙人口",再自称"予得以游其墙藩而咨其模楷"。可知先是钱惟演、刘筠首变诗格,其后杨亿跟进,诗坛风气大变。《韵语阳秋》称"咸平景德中,钱惟演刘筠首变诗格",而杨亿"诗格与钱刘亦绝相类,谓之'西昆体'","文公钻仰义山于前,涵泳钱刘于后"⑤,可为旁证。诗坛的这种新变是在北宋文化初兴的背景下,由不满乐天体、贾岛格而喜爱李商隐的博学词臣所开展的智力竞技活动。

关于西昆派成员,历来有不同说法。《西昆酬唱集》收录杨亿、刘筠、钱惟演、李宗谔、陈越、李维、刘骘、丁谓、刁衎、张咏、钱

---

① 叶梦得《石林诗话》卷中,《历代诗话》本,上册第416页。又,蔡启《蔡宽夫诗话》称杨亿"尤酷嗜唐彦谦诗,至亲书以自随",见郭绍虞《宋诗话辑佚》,北京:中华书局,1980年,上册第398页。
② 刘攽《中山诗话》,《历代诗话》本,上册第288页。
③ 田况《儒林公议》卷上,《丛书集成初编》本,第2页。
④ 《杨文公谈苑》,第81、86页。
⑤ 葛立方《韵语阳秋》卷二,《历代诗话》本,第499页。

第二章　李商隐与北宋诗

惟济、任随、舒雅、晁迥、崔遵度、薛映、张秉等共十七人的作品①，后人对于西昆派的人数又有增减。刘攽载："祥符天禧中，杨大年、钱文僖、晏元献、刘子仪以文章立朝，为诗皆宗尚李义山，号'西昆体'，后进多窃义山语句。"②晏殊与钱、杨、刘不同年辈，不宜同列，不过，视晏殊为派中一员者远非刘攽一人。方回把李虚己、晏殊、宋庠、宋祁都视作西昆派。前引《送罗寿可诗序》即云："昆体则有杨、刘《西昆集》传世，二宋、张乖崖、钱僖公、丁崖州皆是。"《瀛奎律髓》卷一八李虚己《建茶呈使君学士》下评曰"八句佳，三、四'昆体'也"，卷四二同氏《次韵和内翰杨大年见寄》下评为"酷有'昆体'"，卷一〇宋庠《闰十二月望日立春禁中作》、晏殊《春阴》、卷一五宋祁《腊后晚望》下皆评为"昆体"，卷一七晏殊《赋得秋雨》下解释说："此亦昆体。盖当时相尚如此。"卷二七宋祁《落花》下更明确说宋庠与宋祁："其诗学李义山。杨文公集为《西昆酬唱集》，故谓之'昆体'云。"又，王士禛认为西昆体自杨、刘之后尚有文彦博、赵抃、胡宿三家，"其工丽妍妙，不减前人"③。穆修之诗也被人目为西昆体，如钱锺书就指出："宋之穆参军，于文首倡韩柳，为欧阳先导；而《河南集》中诗，什九近体，词纤藻密，了无韩格，反似欧阳所薄之'西昆体'。"④对本章来说，西昆派——诗人固然重要，但西昆体——具体的诗歌作品更为重要，因为诗派中人不一定所作皆备本派特色，纪昀早已注意及此，他在评论宋祁《长安道中怅然作三首》时就说："宋公固'西昆派'，此三诗则非'西昆体'也。"⑤这是在提醒我们注意体和派的区别。从总体上说，西昆体

---

① 旧尚有阙名一人，且张秉常误作刘秉，今从今人之说，详见郑再时《西昆酬唱集笺注》上册，济南：齐鲁书社，1986年，第80、87—88页；王仲荦《西昆酬唱集注》，北京：中华书局，1980年，第337页；陈植锷《西昆酬唱诗人生卒年考》，《文史》第21辑，北京：中华书局，1983年，第207—218页。
② 刘攽《中山诗话》，《历代诗话》本，上册第287页。
③ 王士禛《渔洋诗话》卷中，《清诗话》本，上海：上海古籍出版社，1978年，第194页。
④ 钱锺书《谈艺录》，北京：中华书局，1984年，第302页。
⑤ 《瀛奎律髓汇评》卷三，李庆甲集评校点，上海：上海古籍出版社，2005年，上册第92页。

诗人除了《西昆酬唱集》里的十七位作者，尚有李虚己、晏殊、宋庠、宋祁、文彦博、赵抃、胡宿等七人。

李虚己与杨亿交往颇密，二人也有诗唱和。从《建茶呈使君学士》、《次韵和内翰杨大年见寄》诗看，其特点是典故堆砌、辞藻华丽、对仗工整。除此之外，他还追求字句响亮。他曾与曾致尧唱和，被后者评为"子之诗工矣，而其音独哑"。乃"退而精思"，悟沈约浮声切响之说，再缀诗时，"得之矣"①。这些都与杨亿等人对诗歌技巧的精益求精相一致。

晏殊早岁受教于岳父李虚己，得其诗法②。十三四岁即为李虚己赏识，荐于杨亿，杨亿爱其才并为拔擢，当亦受杨亿影响。景德二年(1005)，西昆酬唱开始，十五岁的晏殊也被赐同进士出身，登上文坛。既习岳父诗法，又得杨亿赏识，适逢际会的晏殊自然会受西昆影响。他有些诗明显在模仿李商隐。如《赋得秋雨》：

点滴行云覆苑墙，飘萧微影度回塘。秦声未觉朱弦润，楚梦先知薤叶凉。野水有波增淡碧，霜林无韵湿疏黄。萤稀燕寂高窗暮，正是西风玉漏长。

整首诗作法、尤其尾联酷似李商隐的悲愁诗《王十二兄与畏之员外相访，见招小饮，时予以悼亡日近不去，因寄》。纪昀评此诗说："通首学义山逼真。结句虽太迫义山'秋霖腹疾俱难遣，万里西风夜正长'意，而意境自佳。"③正确指出了二诗的渊源关系。又如晏殊的《七夕》：

百子池深涨绿苔，九光灯迥绿浮埃。天孙宝驾何年驻，阿母飙轮此夜来。空外粉筵和露湿，静中珠幌彻明开。秋河不断长相望，岂独人间事可哀。

---

① 《瀛奎律髓汇评》卷四二，下册第1512页。
② 李虚己以诗法授晏殊，晏殊授宋祁，见陆游《老学庵笔记》卷五，李剑雄等点校，北京：中华书局，1979年，第69页。
③ 《瀛奎律髓汇评》卷一七，中册第692页。

第二章　李商隐与北宋诗

试与李商隐的《瑶池》比较：

> 瑶池阿母绮窗开，黄竹歌声动地哀。八骏日行三万里，穆王何事不重来？

二诗的构思、句式与用词都很相似。此外，晏殊的《春阴》也被纪昀评为"真'昆体'"，赞曰"殊有情致，可云逼肖义山，非干挦撦"①。钱锺书也指出："从他现存的作品看来，他主要还是受了李商隐的影响。"②当然，据说他喜读韦应物诗，爱它"全没些脂腻气"③，也许正是这个原因使他的诗歌比其他昆体诗人要活泼轻快一些。

宋庠、宋祁均受到主考官刘筠的赏识与教诲，又俱为晏殊门下士，与西昆派的核心成员关系密切。宋庠论诗的意识指向通于李商隐，他评友人之诗说：

> 凡人之情，必假物以充其欲。是以欢心出于金匏，厚味发于盐梅，目得朱蓝之采则留，神遇椒兰之馨则悦。苟一不备，则其好慊然。若君之于诗，不金匏而欢，靡盐梅而味，去朱蓝而采，摈兰芷而馨。足乎中而不囿于物，可谓得其理矣。④

咏物而"不囿于物"，则是内心意念超越于物质世界，不局限于眼前景物，不区区于刻画逼真。"不囿于物"四字，"可谓宋诗人内省精神的重要写照"⑤，近似李商隐诗的主观化⑥。这种重主观的创作倾向使西昆体的咏物诗不重在直接描摹，而注重间接比拟，出以己意。宋祁写给刘筠的《座主侍郎书》表达了与杨、刘等人相同

---

① 《瀛奎律髓汇评》卷十，上册第 367 页。
② 钱锺书《宋诗选注》，北京：人民文学出版社，1989 年，第 12 页。
③ 吴处厚《青箱杂记》卷五，李裕民点校，北京：中华书局，1985 年，第 47 页。
④ 宋庠《尚书工部郎中太原王君诗序》，《全宋文》卷四三〇，上海：上海辞书出版社等，2006 年，第 20 册第 423 页。
⑤ 参见周裕锴《宋代诗学通论》，上海：上海古籍出版社，2007 年，第 86 页。
⑥ 李商隐诗的描写偏重主观化，详见董乃斌《李商隐的心灵世界》，上海：上海古籍出版社，1992 年，第 126—140 页。

的创作主张，也有意识地袭用了李商隐的观点（详见下文）。他不止一次地赞扬西昆前辈的文学成就，如称颂杨亿"以雄浑奥衍革五代之弊"，与刘筠、陈越"推而肆之，故天下靡然变风"①，杨亿诗文"采缛闳肆，汇类古今，气象魁然，如贞元、元和，以此倡天下而为之师"，刘、陈数人"推毂趣和之，既乃大变景德祥符间，号令彬彬，谓之尔雅，而五代之气尽矣"②，最早认识到杨亿及西昆派拯救斯文的作用。到了晚年，诗文革新运动兴起，他仍坚持认为天圣以后的诗人惟晏殊、钱惟演、刘筠"数人而已"，而对大变宋诗风貌的苏、梅则评价不高："石延年、苏舜钦、梅尧臣皆自谓好为诗，不能自名矣。"③始终钟情西昆。其《落花》诗云：

> 坠素翻红各自伤，青楼烟雨忍相忘。将飞更作回风舞，已落犹成半面妆。沧海客归珠迸泪，章台人去骨遗香。可能无意传双蝶，尽付芳心与蜜房。

颔联向为人称道，单从字面上看也很出色。李商隐《和张秀才落花有感》颔联云："落时犹自舞，扫后更闻香。"④宋祁句意由此化出，而更深一层⑤，此其一；其二，"回风舞"与"半面妆"不仅对仗工稳，而且均有来处，十分精确⑥。纪昀虽不满宋祁颔联，但其"结乃神似玉溪，余皆貌似也"的总评仍承认此诗与李商隐的承传关系⑦。

由此看来，西昆体主要诗人之间都有密切的关系，或者是密

---

① 宋祁《石太傅墓志铭》，《景文集》卷五九，清光绪二十五年（1899）广雅书局重刊《武英殿聚珍版丛书》本。
② 宋祁《石少师行状》，《景文集》卷六一。
③ 宋祁《宋景文公笔记》，朱易安等主编《全宋笔记》，郑州：大象出版社，2003年，第1编第5册第48页。
④ 刘学锴、余恕诚《李商隐诗歌集解·未编年诗》，北京：中华书局，2004年，第1774页。
⑤ 参见方回的评论，见《瀛奎律髓汇评》卷二七，中册第1186页。
⑥ 详见胡仔《苕溪渔隐丛话》后集卷二〇，第141—142页。
⑦ 《瀛奎律髓汇评》卷二七，中册第1186页。

友,日与唱酬,或者是师生,夜半传衣。他们有共同的知识背景、社会地位和欣赏趣味。西昆派诗人主要都出生于宋朝立国以后,在稳定的环境中成长。与前代文士相比,这些新生代的文化素养和知识水平明显更高。读书既是他们谋取功利的手段,也是他们一生的嗜好,发达的经济、稳定的环境、丰富的藏书和普遍的教育则为他们求学读书提供了良好的条件。欧阳修记载了钱惟演的读书习惯:

> 钱思公虽生长富贵,而少所嗜好。在西洛时,尝语僚属言:"平生惟好读书,坐则读经史,卧则读小说,上厕则阅小辞,盖未尝顷刻释卷也。"①

这段记录有三点值得注意,一是"生长富贵",环境优裕;二是涉猎广博,无所不读;三是"惟好读书",手不释卷。钱惟演这种生活环境和读书习惯在同派诗人中很具代表性,他们大都生活无忧,仕途顺利,读书勤奋。《西昆酬唱集》的十七人在《宋史》中的相关传记都突出了传主的文化教养,如杨亿"务学昼夜不息",钱惟演"博学能文辞","于书无所不读,家储文籍侔秘府",李宗谔"藏书万卷,工隶书",陈越"少好学,尤精历代史",李维"博学","至老,手不废书",丁谓"至于图画博弈音律,无不洞晓",舒雅"好学,善属文",崔遵度"纯介好学",薛映"好学有文,该览强记"②。恰恰李商隐也属"博学强记"的诗人③。知识渊博、著述宏富的读者自然要选择遍布故实的诗歌。另外,杨亿、刘筠、钱惟演、李宗谔、李维、晁迥、晏殊、宋庠、宋祁、胡宿等都先后任翰林学士,在文学和学术中心,生活优裕、清闲,以舞文弄墨为专职工作。身为大臣贵族,他们的诗学趣味与山野草民截然不同。

---

① 欧阳修《归田录》卷二,李伟国点校,北京:中华书局,1981年,第24页。
② 《宋史》卷三○五、三一七、二六五、四四一、二八二、二八三、四四一、三○五,北京:中华书局,1977年,第10079、10342、9142—9142、13067、9542、9570、13041、13063、10091页。
③ 《旧唐书》卷一九○《李商隐传》,北京:中华书局,1975年,第5078页。

要言之,西昆诸人学富五车,生活显贵,充满富贵态与贵族味的诗歌是他们的首选。因此他们对李商隐心摹手追,甚或"多窃义山语句",至有"挦撦"之讥①。

他们也喜好《文选》。李商隐深受六朝诗人的影响,在《文选》的作者里,李商隐直接提到的师承有任昉、范云、徐陵、庾信四家②。相应地,西昆体诗人也属意绮靡用典的"选体"。且北宋之初,本尚《文选》,陆游谓庆历以后,始洗厥习③,王应麟谓熙丰而还,乃废其学④,皆为明证。淳化三年(992),十九岁的杨亿"拟《文选·两京赋》,作东西京赋二道以进,太宗览而嘉之"⑤,"命试翰林,赐进士第"⑥。《二京赋》成,好事者多为传写,或书其门曰:"孟坚再生,平子出世。《文选》中间,恨无隙地。"⑦可见杨亿与《文选》的渊源。宋祁与《文选》的关系更为突出。传说宋祁因母梦朱衣人携《文选》而生,故小字"选哥";后来并自称"手钞《文选》三过,方见佳处"⑧。

充满书卷气的西昆体出现前后,正是全社会读书风气渐浓之时,杨亿就说过,"江州庐山白鹿洞,李公择常聚书籍","自江南北,为学者争凑焉,常不下数百人"⑨,文化振兴之象于此可见一斑。李商隐的受宠和在朝西昆体的出现客观上反映了北宋大一统格局和文化初兴的堂皇气象,高度华丽、工整、典雅的西昆风格受到不少朝廷大臣的青睐,而尚白描、少用事的乐天体和贾岛格

---

① 见刘攽《中山诗话》、葛立方《韵语阳秋》,《历代诗话》本,上册第287、下册第499页。
② 详见吴调公《李商隐研究》,上海:上海古籍出版社,1982年,第157、168—172页。
③ 陆游《老学庵笔记》卷八,第100页。
④ 王应麟《困学纪闻》卷一七,《四部丛刊》本。
⑤ 徐松辑《宋会要辑稿》选举九之一,北京:中华书局影印本,1957年,第5册第4397页。按徐辑原文将杨亿献赋事系于十二岁,误。
⑥ 《宋史》卷三〇五《杨亿传》,第10080页。
⑦ 袁褧《枫窗小牍》卷上,《丛书集成初编》本,第2页。
⑧ 王得臣《麈史》卷中,上海:上海古籍出版社,1986年,第32页。
⑨ 《杨文公谈苑》,第148页。

均与此时的文化氛围不太协调,所以,"自《西昆集》出,时人争效之,诗体一变"①。

第二节 甜美而有用:西昆派的诗歌理论与实践

真宗朝,不少馆阁文士集矢于白体和晚唐体。就诗学理论与实践以及对李商隐的态度而言,西昆体的代表诗人是钱惟演、刘筠、杨亿、晏殊、宋庠和宋祁,以下将重点考察这六位诗人,也兼顾其他作家。

杨亿早年曾写过一首《读史学白体》:"易牙昔日曾蒸子,翁叔当年亦杀儿。史笔是非空自许,世情真伪复谁知。"但他对这种浅切白描的风格并无兴趣,其《故蕲州王刑部阁老挽歌五首》对曾主盟一时的白体诗人王禹偁的诗风诗名不置一词,证明他对白体不感兴趣。王禹偁及同时诗人应制奉和时不能和险韵、难韵②,恐怕也为博学多闻、善于唱和的昆体作家所不屑。杨亿向人称赞徐锴"嗜学该博","欲注《樊南集》,悉知其用事所出",独不知《代王茂元檄刘稹书》"投戈散地,灰钉之望斯穷"的灰钉事。但杨亿紧接着自己把出处讲明,言语间流露出一种相对于白体诗人的才学上的优越感③。

张咏则不满晚唐体诗风。其《许昌诗集序》云:

> 文章之兴,惟深于诗者,古所难哉!以其不沿行事之迹,酌行事之得失,疏通物理,宣导下情,直而婉,微而显,一联一句,感悟人心,使仁者劝而不仁者惧,彰是救过,抑又何多?可谓擅造化之心目,发典籍之英华者也。泊诗人失正,采诗官废,淫词嫚唱,半成谑谈。后世作者,虽欲立言存教,直以业成无用,故留意者鲜。有如山僧逸民,终老耽玩,搜难抉

---

① 欧阳修《六一诗话》,《历代诗话》本,上册第 270 页。
② 详见王禹偁《谪居感事》诗及自注,《小畜集》卷八,《四部丛刊》本。
③ 《杨文公谈苑》,第 97 页。

奇,时得佳句,斯乃正始之音,翻为处士之一艺尔。又若才卑不能起语,思拙困于物象,兴咏违于事情,讽颂生于喜怒,以此较之,果无用也。其中浅劣之尤者,体盗人意,用为己功,衒气扬声,略无愧耻。呜呼!风雅道丧,若是之甚欤。①

很明显,张咏所蔑视的"山僧逸民"的"处士之一艺",就是指潘阆、魏野、林逋、九僧诸人的晚唐体。"搜难抉奇,时得佳句"是指他们苦吟求奇而有句无篇,"思拙困于物象"指的是他们题材狭窄,所咏无非山水风云而已。这个批评抓住了晚唐体的要害。欧阳修记述九僧某次作诗情况:

> 当时有进士许洞者,善为词章,俊逸之士也。因会诸诗僧分题,出一纸,约曰:"不得犯此一字。"其字乃山、水、风、云、竹、石、花、草、雪、霜、星、月、禽、鸟之类,于是诸僧皆阁笔。②

可见,除却自然景物的题材,晚唐体很难写出其他方面的内容,这种"搜难抉奇,困于兴象"的寒俭之态消解了诗歌的教化功用和社会关怀,不能体现文化繁荣的局面,也难以吸引博学重臣的目光。张咏对晚唐体的缺乏书卷气也很不满。《宋史·寇准传》,张咏在成都听到寇准入相的消息,谓下属曰:"寇公奇材,惜学术不足尔!"尝以临别赠言的方式,劝寇准读一读《汉书·霍光传》。寇准一时未会意,归家取书以观,传中赫然有"不学无术"四字,乃恍然大悟:"此张公谓我矣。"③张咏与寇准同年登进士第,尝赞后者"面折廷争,素有风采",引为同榜之光荣④。他对寇准的微讽当非出自私怨,而是由于对文士学术素养的不满。其序言表现出恢复风雅之道、正始之音的强烈愿望,希望诗歌有深厚的文化内涵,强调

---

① 《张乖崖集》卷八,张其凡校点,北京:中华书局,2000年,第87—88页。
② 欧阳修《六一诗话》,《历代诗话》本,上册第266页。
③ 《宋史》卷二八一《寇准传》,第9533—9534页。
④ 陈均《皇朝编年纲目备要》卷八,许沛藻等点校,北京:中华书局,2006年,上册第162页。

的是诗歌的"有用"。

同样是主张诗歌有用,张咏是从政治关怀的角度出发,杨亿则限以社会功用和道德规范的双重标准。《送人之宣州诗序》云:

> 君以治剧之能,奉求瘝之寄,所宜宣布王泽,激扬颂声,采谣俗于下民,辅明主于治世,当使《中和》《乐职》之什,登荐郊丘;岂但"皋亭"、"陇首"之篇,留连光景而已?①

在他看来,诗歌并非仅仅为了留连光景,更重要的是为了宣扬风化、上情下达、辅主治世,这虽然有歌功颂德的倾向,但根本还在诗歌的社会功用。《温州聂从事云堂集序》则从道德规范的方面着眼:

> 若乃《国风》之作,骚人之辞,风刺之所生,忧思之所积,犹防决川流流,荡而忘返,弦急柱促,掩抑而不平。今夫聂君之诗,恬愉优柔,无有怨谤,吟咏情性,宣导王泽,其所谓越《风》、《骚》而追二《雅》,若西汉《中和》、《乐职》之作者乎!②

将诗歌的旨归定位为"吟咏情性,宣导王泽"。这种论调也颇有歌功颂德的嫌疑,但主要是由于不满"风刺"、"忧思"之作,所以崇二《雅》而抑《风》、《骚》。宋人诗学强调"性情之正",故论诗时多取《雅》、《颂》而不取《风》、《骚》,或者取《诗经》而不取《楚辞》。杨亿此语实乃首创之论③。无论是张咏恢复风雅之道、正始之音的愿望,还是杨亿"吟咏情性,宣导王泽"的主张,都是要求诗歌有为而作,既能教化讽谏,又能明道见性,同时要做到"直而婉,微而显"、"无有怨谤",有用、含蓄而不堕偏激。杨亿对《离骚》的不满在很大程度上代表了西昆派的态度,如宋庠的《屈原》诗、宋祁的《反骚》诗均不同意屈原离楚不归的极端行为④。

---

① 杨亿《送人之宣州诗序》,《武夷新集》卷七,《四库全书》本。《中和》、《乐职》皆王褒"宣风化"之作;"亭皋"、"陇首"乃梁朝柳恽诗"亭皋木叶下,陇首秋云飞",见《南史》卷三八《柳元景传》附《柳恽传》。
② 《武夷新集》卷七。
③ 参见周裕锴《宋代诗学通论》,第46页。
④ 宋庠《屈原》,《元宪集》卷一五,《武英殿聚珍版丛书》本;宋祁《反骚》,《景文集》卷七。

杨亿的这种诗学主张跟他的人生目标密切相关。他毕生"以斯文为己任"①,自称"励精为学,抗心希古"②。欲达此目的,既要让文、诗具备社会功用和道德规范,也需注重其传播效果。《西昆酬唱集序》"雕章丽句,脍炙人口"两句,其关系可以看作手段与目的之关联,正如曾枣庄的分析:"其实前一句讲文彩,后一句讲传播,讲究文彩正是为了传播。"③杨亿受命刊削道原的《佛祖同参集》而成《景德传灯录》,就是因为前者有内容而欠条理文笔,所以必须加以"纶贯"、"润色"。其《景德传灯录序》明确指出:"事资纪实,必由于善叙;言以行远,非可以无文。"晁公武关于此书的记载证实了这一点:"亿等润色其文,是正差缪,遂盛行于世。"④孔子曰:"言之无文,行而不远。"⑤这个告诫到杨亿手上就被推到了"雕章丽句,脍炙人口"的极端。文艺要"吟咏情性,宣导王泽",辅佐治世,文辞要富丽精工、宏博典雅、谐婉铿锵,杨亿的这种主张贯穿于他的诗、文理论中。在谈文时,他要求"文采焕发,五色以相宜;理道贯通,有条而不紊"⑥;在谈诗时,更是多次强调辞藻华美。除了《西昆酬唱集序》"雕章丽句,脍炙人口"的名句,《武夷新集》卷七的多篇序文均有涉及,如:

> 铺锦列绣,刻羽引商。(《广平公唱和集序》)
>
> 奇彩彪炳,清词藻缛。(《群公饯集贤侍郎知大名府诗序》)
>
> 藻绣纷敷,琳琅焜燿。(《送致政朱侍郎归江陵唱和诗序》)

---

① 范仲淹《杨文公写真赞》,《范文正公集》卷五,《四部丛刊》本。
② 杨亿《武夷新集自序》,《武夷新集》卷首。
③ 曾枣庄《论〈西昆酬唱集〉的作家群》,《文学遗产》1993第6期,第59—68页。
④ 晁公武撰、孙猛校证《郡斋读书志校证》卷一六,上海:上海古籍出版社,1990年,下册第784页。
⑤ 《左传·襄公二十五年》,《十三经注疏》本,上海:上海古籍出版社影印本,1997年,下册第1985页。
⑥ 杨亿《答并州王太保书》,《武夷新集》卷一八。

第二章 李商隐与北宋诗

其他诗文也表达了同样的想法,如《夜宴》诗云"巧笑倾城媚,雕章刻烛催",《武夷新集》卷一一《杨徽之行状》赞美其叔公的文辞是"凡游赏宴集,良辰美景,为有雕章丽句,传诵人口"。考虑到此前诗文的浅切寒苦和文化的粗野鄙俚,杨亿对"文"的极端重视实在大有功于重振斯文,包弼德以"文作为人的教养"来概括杨亿的人文思想是颇有见地的①。不过,杨亿也不赞成片面追求辞藻华美,他在咸平四年(1101)制策考试中就批评说:"笑穷经白首之徒,专篆刻雕虫之巧。婉媚绮错,既事于词华;敦朴逊让,罔求于行实。留连忘返,浸染成风。"②这说明在他心目中,"雕章丽句"是有一定限度的。

杨亿的诗学意见根源于他对诗歌语言的格外重视。《温州聂从事永嘉集序》云:

> 以为诗者,妙万物而为言也。赋颂之作,皆其绪馀耳。于是收视反听,研精覃思,起居饮食之际,不废咏歌;门庭藩溷之间,悉施刀笔。鸟兽草木之情状,风云霜露之变态,登山临水之怨慕,游童下里之歌谣,事有万殊,悉财成于心匠;体迨三变,遂吻合于天倪。③

从观察自然百态、苦心构思营造,到精心锤炼语言,最终形成"妙万物而为言"的艺术形式,这就是诗。"心匠"最终能与"天倪"吻合,其中介即语言。杨亿此论实质上认为诗歌必须以语言作为沟通心灵与宇宙的桥梁,这"已从审美的语言形式的角度认识到诗的艺术本质"④,也是他主张"铺锦列绣,刻羽引商"也即注重语言锻造的诗学认识论基础。为杨亿所重的钱惟演也十分重视语言的形式美,其《梦草集序》褒扬侄子钱守让作品之美为"涣水之锦,

---

① 包弼德《斯文:唐宋思想的转型》,刘宁译,南京:江苏人民出版社,2001年,第168—169页。
② 杨亿《咸平四年四月试贤良方正科策》,《武夷新集》卷一二。
③ 杨亿《温州聂从事永嘉集序》,《武夷新集》卷七。
④ 周裕锴《宋代诗学通论》,第12页。

不足称其妍;合浦之珠,不足称其媚",强调诗人要"摘华捴藻","藻丽不群"①。

西昆派作家鄙视晚唐体,恐怕也跟他们才思敏捷有关。杨亿本人写诗作文皆顷刻而成②,也常以才思敏捷许人③。刘筠即席赋诗,得真宗赏赐④。钱惟演"召试学士院,以笏起草,立就,真宗称善",薛映"下笔立成",张秉"属词敏速"⑤。显然,派中人既富于才辩,也敏于才思。而晚唐体诗人文思迟缓,常常殚精竭虑犹难得一联⑥,这种苦吟的窘态当然难入文思泉涌者的法眼。

从师承、时间和系统性上看,宋祁都算是西昆诗学的总结者。有意思的是,他在为晚唐体诗人赵湘的诗集作序时批评了西昆体以前的所有宋诗:"大抵近世之诗,多师祖前人,不弔奇博于少陵、萧散于摩诘,则肖貌于乐天,祖长江而摹许昌也。故陈言旧辞,未读而先厌。"⑦那么,什么样的诗才是好诗?宋祁《淮海丛编集序》认为,诗之本质是宇宙的逻辑同构:

> 诗为天地蕴,予常意藏混茫中,若有区所。人之才者,能往取之。⑧

诗蕴藏于天地之中,是天地元气的体现,要探取此宝藏,非"人之才者"不能为。这就把诗的本质上升到宇宙本体论的高度,也对

---

① 《全宋文》卷一九四,第9册第391—392页。
② 参见欧阳修《归田录》卷一,第16页;《宋史》卷三〇五《杨亿传》,第10083页。
③ 如《武夷新集》卷三《冬夕与诸公宴集贤梅学士西斋》诗序:"构思如涌,弄翰若飞,至于断章,曾未移晷。"卷七《温州聂从事永嘉集序》:"寓(遇)物必赋,援笔而成。与夫陈思《豆萁》之诗,止于七步;淮南《离骚》之传,不越食时,以敏言之,盖其伦矣。"
④ 李焘《续资治通鉴长编》卷七四,北京:中华书局,1980年,第1694页。
⑤ 《宋史》卷三一七、三〇五、三〇一,第10341、10091、9996页。
⑥ 如文莹《湘山野录》卷中载,寇准与惠崇"探阄分题",惠崇"默绕池径,驰心于杳冥以搜之,自午及晡",才成一首;寇准则犹未完成,"已四押之终未惬,不若且罢"。北京:中华书局,1984年,第34—35页。
⑦ 宋祁《南阳集序》,《景文集》卷四五。
⑧ 栾贵明辑《四库辑本别集拾遗》,北京:中华书局,1983年,上册第16页。

创作主体的才学和诗歌的文采提出了更高的要求:既然诗是天地的元气,那么诗人就应学究天人、穷极事理;既然"人之文"与"天之文"对应同道,那么诗歌就应调配五色、中和四声。由此出发,学识、典故、词藻、音韵等等所谓"形式"上的因素也就成了诗歌的应有之义,这当然也符合杨亿的上述理论。

在"诗为天地蕴"这种诗歌本质论的指导下,宋祁的爱好西昆体也就不难理解。集中体现宋祁诗学思想的文章是他在天圣二年(1024)举进士后呈给主考官刘筠的《座主侍郎书》:

> 窃惟吟咏之作,神明攸系。内导情性,旁概谣俗。造端以讽天下之事,变义以戛万物之蕴。音之急缓,随政之上下,大抵三百篇皆有为为之,非徒尔耳。后虽体判五种,时经三变,音制弥婉,体裁益緻,以浮声切响相镇,以雕章缛采相斜,然而大方之家,往往披华于沈宋之林,收实乎曹王之囿,窒其流宕,归之雅正。是以垂虹蜺、骑日月而不为怪,砺泰山、吞云梦而不为广,矜蟓首、状佩玉而不为丽,兴蜩螗、比朴樕而不为烦,道治世、语幽国而不为佞且怨。灵均以来,未有不睹斯奥而能垂名不朽者也。自唐德有荡,人文寖微,巷委其欲,披扇成俗。执古者过尧以入貉,徇今者袭鲁而成鱼。讪怒则呫呫逼人,幽忧则跕跕堕水;摘句则鹜离朱契诟之索,限局则均折杨皇荂之谣。衰微及国,无闻焉耳。至于幽人苾荔,遁世长往,短章悴句,时时投曲。然皆哇咬㱿音,局趣其韵,不足论也。伏惟侍郎明公……倡始多士,作为连章。钩深缔情,上薄于粹古;促节入律,下偶乎当世。……与夫订锦裹之品,诧篳袍之夸,赋韵竞病,咀父膏腴,一何区区哉! [1]

这篇文章比较完整地体现了西昆派的诗学主张,其观点甚至语言都近似于李商隐的《献侍郎巨鹿公启》等文章,诚如谢思炜所说,这"说明西昆派不仅在创作习气上深受李商隐影响,而且在创作

---

[1] 宋祁《座主侍郎书》,《景文集》卷五〇。

思想上也有意识地袭用李商隐的观点"①。宋祁重申了诗歌与天地神明的同构关系,既关注现实时政,又挖掘自然万物,还宣导内在情性。诗歌不仅是世界的回声,同时也是心灵的保姆。唐末以后,社会失范,斯文失坠,无论是乐天体的浅切闲吟,还是贾岛格的清奇苦吟,在他看来,都只是"哇咬𪢮音,局趣其韵",至于忧生嗟穷、讪怒抱怨之作,更是有失性情之偏,不合道德规范。而要创作出"雅正"之诗,就要"钩深缔情"、"促节入律",以典雅宏丽之词藻和不佞不怨之心态去表现治世气象。

大体上,西昆派对诗歌功能的探讨主要在两个向度上展开:一是要有用,即讽谏教化、明道见性、吟咏情性;二是要甜美,即"雕章丽句,脍炙人口"。这与西方的某些文论传统相近。美国学者认为,整个美学史几乎可以概括为一个辩证法,其中正题和反题就是贺拉斯所说的"甜美"和"有用",亦即:诗是甜美而有用的②。

由此,就不难理解《西昆酬唱集》实多讽谕之作了。西昆体的"有用"主要体现在《宣曲》、《南朝》、《汉武》、《明皇》、《始皇》等咏史篇什,借古喻今,讽谕宋真宗的掖庭私事和祀神求仙等劳民伤财的行为。宋真宗是读懂了这些诗的,大中祥符二年(1009)下诏,表面上是指斥浮艳文风、雕刻小技③,其实是因为杨亿诸人语含现实讽谕,如《宣曲》诗涉及真宗登基前任开封府尹时的一段私生活,劝诫文风之诏针对的罪名其实是泄露掖庭春光,而非诏令所指斥的"属词浮靡,不遵典式"④。事实上,真宗本人很喜欢杨、刘的典雅藻丽,即位后曾谓宰相曰:"朕在宫府,多令杨亿草笺奏,文理精当,世罕其匹。"甚至在下诏的第二年还赞赏刘筠的《瑞雪

---

① 谢思炜《宋祁与宋代文学发展》,《文学遗产》1989 第 1 期,第 71—79 页。
② 韦勒克、沃伦《文学理论》,刘象愚等译,北京:三联书店,1984 年,第 19 页。
③ 详见石介《祥符诏书记》,《徂徕石先生文集》卷一九,第 219 页;宋真宗《诫约属辞浮艳令欲雕印文集转运使选文士看详》,《宋大诏令集》卷一九一,北京:中华书局,1962 年。
④ 见李焘《续资治通鉴长编》卷七一,第 1598 页;陆游《跋西昆酬唱集》,《渭南文集》卷三一,《四部丛刊》本。

歌》《祀汾阴诗》"辞采颇赡",并赐绯鱼①。可见真宗下诏实质针对的并非西昆体的绮靡,而是它的微讽。关于《西昆酬唱集》的讽谕之意,郑再时《西昆酬唱集笺注自序》有简要的评述,全书也颇多发明,虽然难免穿凿附会之处,却也让我们了解了西昆体"有用"的主张是如何落实的②。不仅《西昆酬唱集》里的诗"有用",他们别的时期作的诗也有关时政,如钱惟演卒后,其外任时期的诗就被太常博士张瓌奏为"率多怨刺"③。

至于西昆体的"甜美",前修时贤论述甚多,窃以为可以"用事精巧、丰富藻丽"来概括。叶梦得载:"杨大年、刘子仪皆喜唐彦谦诗,以其用事精巧,对偶亲切。"④杨亿诸人给唐彦谦的评语正可移以自评;又,葛立方谓西昆体"大率效李义山之为丰富藻丽,不作枯瘠语"⑤,则抓住了他们的特出特征,而"枯瘠语"实可视作晚唐体拙劣之作的语言风格。简言之,西昆派诗人因不满唐末五代以来的粗鄙诗风而思有以改之,乃侧重走富丽精工、宏博典雅的路数,以"用事精巧"取代了白体的"得于容易"⑥,以"丰富藻丽"取代了晚唐体的"枯瘠语",满足了文化初兴期上层社会的审美趣味,故"自杨、刘唱和,《西昆集》行,后进学者争效之,风雅一变,谓'西昆体'"⑦。其后不久,田况就评论西昆体说:"虽颇伤于雕摘,然五代以来芜鄙之气,由兹尽矣。"⑧对西昆体的作诗缺点和文化意义都看得很准。四库馆臣说杨亿《武夷新集》"大致宗法李商隐,而

---

① 李焘《续资治通鉴长编》卷七四,第1694页。
② 郑再时《西昆酬唱集笺注》。
③ 徐松辑《宋会要辑稿》礼五八之八六,北京:中华书局影印本,1957年,第2册第1654页。张瓌,原作"张环",据《宋史》卷三一七《钱惟演传》改。
④ 叶梦得《石林诗话》卷中,《历代诗话》本,上册第416页。
⑤ 葛立方《韵语阳秋》卷二,《历代诗话》本,下册第499页。
⑥ 欧阳修《六一诗话》云:"仁宗朝,有数达官,以诗知名。常慕'白乐天体',故其语多得于容易。""得于容易"实可概括白体的风格特征。《历代诗话》本,上册第264页。
⑦ 欧阳修《六一诗话》,《历代诗话》本,上册第266页。
⑧ 田况《儒林公议》卷上,第2页。

时际升平,春容典赡,无唐末五代衰飒之气"①,点出了西昆体的诗学典范和文化意义。

第三节 类书的诗化:以才学为诗

唐初与宋初,在经济和文化发展到一定高度以后,其文学创作似乎都具有某种共同的特点,也即诗歌与类书的关系特别亲近。闻一多《类书与诗》一文,以唐初五十年的文学为对象,清理了章句的研究、类书的纂辑和诗歌的堆砌性三方面的关系②。至于宋初,周裕锴认为西昆体的咏物诗"尤近似类书的诗化"③。其实不独咏物诗,典型的西昆体诗都可说是类书的诗化,钱锺书批评宋人"那种捧住了类书,说到山水就一味搬弄山水的古典"的现象时,所举例子是西昆代表诗人刘筠对《初学记》的依恋④,这已隐约指出西昆体以类书为诗的特征。通常所谓西昆体以才学为诗,很大程度上表现为类书的诗化,其胜在此,其病亦在此。

首先,西昆诗人大都爱读类书、爱编类书。最直接、也是众所周知的证明是,《西昆酬唱集》本身就是钱惟演、刘筠、杨亿诸人在馆阁编纂大型类书《册府元龟》时唱和的产物。类书兼录故事与文辞,熟读者作诗时可以左右逢源,熟练地使事用典,词藻华美。据司马光《温公续诗话》记载,刘筠宝爱《初学记》,至谓:"非止初学,可为终身记。"刘筠对类书的这种热爱态度在同派作者中很有代表性。他们花费大量的时间精力去读类书、编类书,并且把类书上的典故和文辞用来写诗作文。《西昆酬唱集》里的十七人,杨亿、钱惟演、刁衎、李维、陈越、刘筠等六人都参加了《册府元龟》的编撰工作。杨亿是此书的实际负责人,"其序次体例,皆亿所定。

---

① 《四库全书总目》卷一五二,北京:中华书局影印本,1965年,下册第1307页。
② 闻一多《类书与诗》,《唐诗杂论》,上海古籍出版社,1998年,第1—8页。
③ 金净等主编《中国文学·宋金元卷》,成都:四川人民出版社,1999年,第231页。
④ 钱锺书《宋诗选注》,第44页。

第二章 李商隐与北宋诗

群僚分撰篇序,诏经亿审定方用之"①。前代类书在此时广泛流传,宋初编的亦复不少,据学者辑录,在馆阁诸人唱和前后,宋人编成的类书约有二十种,其中包括太宗朝编的大书《太平御览》和《太平广记》②。馆阁编书,当然少不了博观类书,杨亿就说从"历代类书《修文御览》之类"采择过材料③。除此之外,他们还各自编过其他一些类书。如《宋史·艺文志六》子部类事类著录有宋白、李宗谔的《续通典》二百卷,晏殊的《天和殿御览》四十卷、《类要》七十七卷,宋庠的《鸡跖集》二十卷④,篇幅都很大,其中晏殊的《类要》"分门辑经史子集事实",目的就是"以备修文之用"⑤。根据陈尚君对《类要》的研究⑥,可以发现,此书有三点值得格外留意:第一,采撷范围至为广泛,凡当日所得见之书,均曾泛览采及,可见西昆诗人才学之博;第二,此书人事各门,偏重于叙事,尤注意突出摘录文献中的隽语异辞,可见西昆诗人读类书与写诗歌的直接联系;第三,《类要》有相当部分文献系据各种类书转录,一部分注明所据,引录较多的有《艺文类聚》、《太平御览》、《册府元龟》、《太平广记》等常见大型类书,同时也引及其他一些今天罕见的类书,如《麟角》、《百叶书抄》、《文房百衲》、《群书丽藻》、《岁时广记》、《图书会粹》(疑即郑虔《会最》)等等,可见在西昆诗人生活的时代,各种类书广为传播,他们有机会泛览采撷,以为诗料。

西昆诗人师法李商隐,从类书的角度看,他们也继承了偶像的做法,因为李商隐本人就编过《杂纂》、《金钥》、《梁词人丽句》等

---

① 《宋史》卷二〇五《杨亿传》,第10082页。
② 张涤华《类书流别》,北京:商务印书馆,1985年,第52—53页。
③ 王应麟《玉海》卷五四"景德册府元龟"条,南京:江苏古籍出版社等影印本,1988年。
④ 《宋史》卷二〇七,第5299页。按:此处《类要》七十七卷,《郡斋读书志》卷一四作六十五卷,《玉海》卷五四作一百卷。
⑤ 《郡斋读书志校证》卷一四,上册第663页。
⑥ 详见陈尚君《晏殊〈类要〉研究》,《陈尚君自选集》,桂林:广西师范大学出版社,2000年,第298—322页。

类书,其中《金钥》"大略为笺启应用之备"①,也是为了写诗作文。热衷类书为西昆作者使事用典提供了可能性。四库提要评类书后果云:"此体一兴,而操觚者易于检寻,注书者利于剽窃。"②一语道破了类书便于写作者用典使事的实用功能。

其次,"资书以为诗"的创作手法把这种可能性转化成了现实性。杨亿《西昆酬唱集序》说他们作诗途径是"历览遗编,研味前作,挹其芳润",从前人作品中汲取典故词藻,重新排列组合。上引宋祁《座主侍郎书》云"大方之家,往往披华于沈宋之林,收实乎曹王之囿",也是根据前人作品写诗。"遗编"当然包括了类书。王仲荦的《西昆酬唱集注》就引了很多宋真宗朝以前的类书中的材料来注出典,由此可以发现许多诗人都用了类书里的故实,或与此故实有关。

上文提到刘筠宝爱《初学记》,这在他的诗歌中也可看出,如《李舍人独直》"独挥鸿笔坐西垣",典出该书卷一一;"偶怀多病岂旬休",典出该书释《汉律》;《致斋太一宫》"紫馆天神贵",典出卷二三引《玉皇玄圣记》、外国《放品经》;"直官琳札密",典出卷二三引《道君列记经》。其他诗人用事也多有采自《初学记》者,如杨亿《再次首唱题和》"五日归鞍跃紫骝",典出该书释《汉律》;《鹤》"怅望青田碧草齐",典出卷三〇引《永嘉郡记》;任随《鹤》"好陪清风饮澄流",典出卷三〇引《拾遗记》;杨亿《始皇》"沧波沃日虚鞭石",典出卷一五六引《齐地记》;《劝石集贤饮》"芸省繙经终寂寞",典出卷一二引鱼豢《典略》。

其他一些著名类书,包括《艺文类聚》、《白氏六帖》,以及昆体盛行时编成的《太平御览》、《太平广记》等。

《艺文类聚》,如钱惟演《南朝》"舴艋凌波朱火度",事见卷七

---

① 陈振孙《直斋书录解题》卷一四,徐小蛮等点校,上海:上海古籍出版社,1987年,第424页。《义山杂纂》,人或疑为伪作,但郑阿财《〈义山杂纂〉研究》认为,在无有力证据之前,似仍应视为李商隐之作,见《第一届国际唐代学术会议论文集》,台北:学生书局,1989年,第371—386页。

② 《四库全书总目》卷一三五,下册第1141页。

第二章 李商隐与北宋诗

一引《宋元嘉起居注》①;《汉武》"金芝烨煜凌晨见",事见卷九八引《抱朴子》;《鹤》"辽海烟波失旧期",事见卷七八引《搜神记》;刘隲《旧将》"分茅锡土传家牒",事见卷五一引《汉杂事》;刘筠《宣曲二十二韵》"厌火双鱼尾",见卷六二引《风俗通》;《无题三首》之三"琅玕馀旧实",事见卷九〇引《庄子》(佚文);《再赋》"尘劳笑菊丛",事见卷四引《续晋阳秋》;钱惟演《再赋七言》"青骨香销亦见寻",事见卷七九引《搜神记》;杨亿《始皇》"沧波沃日虚鞭石",见卷七九引《三齐略记》;钱惟演《苦热》"双文桃簟碧牙床",见卷六九引《东宫旧事》;杨亿《因人话建溪旧居》"雨墙阴湿长苔衣",事见卷八二引古诗。

《白氏六帖》,王仲荦亦多引此书作注,不少诗句出自此书同一典故,如刘筠《寄灵仙观舒职方学士》"石渠仙署久离群",晁迥《属疾》"仙署在瀛州",皆与该书"郎官"所载"粉署(仙署)"有关②;李宗谔《馆中新蝉》"短亭疏柳临官道",刘筠《送客不及》"短亭人散柳依依",钱惟演《许洞归吴中》"草薰风暖接长亭",均关涉"十里一长亭,五里一短亭";刘筠《戊申年七夕五绝》之四"鹊桥横绝饮牛津",钱惟演同题之一"乌鹊飞来接断云",源自"乌鹊填河成桥而渡织女"的记载;钱惟演同题之五"千门高切绛河秋",薛映同题之一"月放冰轮傍绛河",之五"银河耿耿露溥溥",皆语出"天河谓之银河,亦曰绛河"的说法。

《太平御览》,如杨亿《受诏修书述怀感事三十韵》"往圣容巢许",典出卷五〇六引《高士传》③,刘筠《休沐端居有怀希圣少卿学士》"草色相沿百带长",典出卷四二及卷九九四引《三齐略记》,《宣曲》"双钩映烛藏",典出卷三三引《辛氏三秦记》,《赤日》"尧厨荳莆频摇处",典出卷八七三引《孙氏瑞应图》,《无题三首》之三"琅玕馀旧实",典出《太平御览》卷九一五引《庄子》佚文(《艺文类

---

① 欧阳询《艺文类聚》卷二一,汪绍楹校,上海:上海古籍出版社,1982年,第1234页。
② 白居易《白氏六帖事类集》卷二一"郎官第二十五",北京:文物出版社影宋刊本,1987年,帖册五。
③ 李昉等编《太平御览》卷五〇六,《四部丛刊》本。

聚》卷九〇同），《荷花》"他日问支机"，典出卷八引《集林》。

《太平广记》，如李宗谔《汉武》"西母不来东朔去"，事见卷六"东方朔"条，出《洞冥记》及《东方朔别传》①；刘筠《灯夕寄内翰虢略公》"孟家惟信紫姑灵"，事见《太平广记》引刘敬叔《异苑》。

复次，西昆体诗"务积故实"②，"多用故事，至于语僻难晓"③，从而，最便于显示博学的咏史、咏物诗就成了他们的主要作品，近似类书的特点。"凡昆体，必于一物之上，入故事、人名、年代及金、玉、锦、绣等以实之"④，方回此语揭示出昆体的写作特色，其实也是类书的编纂方式。咏史的如《南朝》、《宣曲》、《汉武》、《旧将》，咏物的如《禁中庭树》、《柳絮》、《樱桃》、《馆中新蝉》，皆是如此。其他题材的诗歌也具此特点，如咏怀、无题、宴会酬唱。以下试把宋初三体的宴会酬唱律绝诗作一比较。《禁林宴会集》系白体诗人馆阁唱和之作，第一首即李昉诗《御书飞白"玉堂之署"四字，颁赐禁苑，今悬挂已毕，辄述恶诗一章，用歌盛事》：

> 玉堂四字重千金，宸翰亲挥赐禁林。地望转从今日贵，君恩无似此时深。宴回上苑花初发，麻就中宵月未沉。衣惹御香拖瑞锦，笔宣皇泽洒春霖。院门不许闲人入，仙境宁教外事侵？我直承明逾二纪，临川实动羡鱼心。⑤

晚唐体的宴会酬唱诗不易得，惠崇与寇准"探阄分题"而成之诗《池上鹭分赋得明字》可勉强算入：

> 雨绝方塘溢，迟徊不复惊。曝翎沙日暖，引步岛风清。照水千寻迥，栖烟一点明。主人池上凤，见尔忆蓬瀛。

林逋的江楼送别诗《即席送江夏茂才》亦可勉强作代表：

---

① 李昉等编《太平广记》卷六，汪绍楹点校，北京：中华书局，1961年，第1册第39—41页。
② 魏泰《临汉隐居诗话》，《历代诗话》本，上册第328页。
③ 欧阳修《六一诗话》，《历代诗话》本，上册第270页。
④ 《瀛奎律髓汇评》卷一八，中册第717页。
⑤ 洪遵编《翰苑群书》，《知不足斋丛书》本。

第二章 李商隐与北宋诗

> 与君未别且酣饮,别后令人空倚楼。一点风帆若为望,海门平阔鹭涛秋。

同是宴会酬唱,西昆体诗截然不同:

> 凉宵绮宴开,鄜渌湛芳罍。鹤盖留飞舄,珠喉怨落梅。薄云齐鬟腻,流雪楚腰迴。巧笑倾城媚,雕章刻烛催。盘空珠有泪,炉冷蕙成灰。巾角弹棋胜,琴心促轸哀。醉罗惊梦枕,愁黛怯妆台。风细传疏漏,犹歌起夜来。(杨亿《夜讌》)

> 玳押风帘薄,金徒漏箭长。食鱼齐上客,置醴汉元王。菹酱辛初和,萍齑冷乍尝。巢笙传曲沃,掺鼓发渔阳。吟烛唯忧尽,杯筹岂易防。齿犀融嗛雪,柏麝荐荀香。笑逐呼卢胜,歌随解佩狂。遗簪兼堕珥,流眄复回肠。彩凤随仙史,斑骓待陆郎。主欢殊未已,投辖在银床。(刘筠《夜讌》)

李昉之诗基本不用典故,全篇用语明白晓畅,不典不丽,至于"玉堂四字重千金"、"院门不许闲人入"等句,更是语近意浅。惠崇、林逋之诗去绝故实,只就眼前景物一路白描下来,诗味清淡,个别字句见出锤炼之功,诚如前引杨慎所说,晚唐诗派"忌用事,谓之'点鬼簿',惟搜眼前景而深刻思之"。杨、刘之作与前两派都不同,几乎句句用典,整首诗就像是把类书翻开,查找与夜宴有关的人物、故事、时间、地点、物象、诗文、辞藻,再加以重组,于是一首新"诗"诞生了,而且词藻典丽,"绮宴"、"芳罍"、"鹤盖"、"珠喉"、"齐鬟"、"楚腰"、"彩凤"、"银床",这些词语都可见出"雕章丽句"的痕迹。

昆体诗里的僻典,往往要借助类书来破译,这与诗人爱用僻典有关。如宋祁尝与人饮酒,举一物隶僻事,以多者为胜[①]。

类书多在一目之下,编列有关的人物、故事、时间、地点、物象、诗文、辞藻,颇像一则谜语,谜面是所罗列的东西,谜底则是该类目。西昆体的咏史、咏物诗也与此类似。如杨亿《汉武》:

---

① 许顗《彦周诗话》,《历代诗话》本,上册第384页。

> 蓬莱银阙浪漫漫,弱水回风欲到难。光照竹宫劳夜拜,露溥金掌费朝餐。力通青海求龙种,死讳文成食马肝。待诏先生齿编贝,那教索米向长安?

杨亿《泪二首》之一:

> 锦字梭停掩夜机,白头吟苦怨新知。谁闻陇水回肠后,更听巴猿拭袂时。汉殿微凉金屋闭,魏宫清晓玉壶欹。多情不待悲秋气,只是伤春鬓已丝。

钱惟演《泪二首》之一:

> 鲛盘千点怨吞声,蜡炬风高翠箔轻。夜半商陵闻别鹤,酒阑安石对哀筝。银屏欲去连珠迸,金屋初来玉筯横。马上悲歌寄黄鹄,紫台回首暮云平。

《汉武》一诗句句组织故实,都是有关汉武帝的故事:渴望蓬莱仙山,信奉鬼神,饮露以求仙,征伐西域求骏马,为方士所骗而执迷不悟,不重用东方朔那样的人才。通篇在说汉武帝,通篇皆无"汉武"字。两首《泪》诗亦然,句句都是关于泪的故事或语句,但始终不肯直说物名。这跟谜语实在无甚两样:谜面是诗句,谜底是诗题。王夫之斥杨亿"咏史诗如作谜",讥其《汉武》诗是一"汉武谜"①,其实《泪》诗亦与泪谜无异。王安石尝言:"诗家病使事太多,盖皆取其与题合者类之,如此乃是编事,虽工何益!"②典型的西昆诗法即近似"编事"。

就像类书只重典故辞藻、不管表情达意一样,多数西昆体诗只顾故实、华丽、雕饰,而缺乏意志情性,千人一面,几乎等于没有作者。美则美矣,却看不到"人"在,诚如钱锺书所言:"非不珠圆玉润,而有体无情,藻丰气索,泪枯烟灭矣。"③闻一多批评初唐虞

---

① 王夫之《夕堂永日绪论》,《谈艺珠丛》本。
② 见魏庆之《诗人玉屑》卷七引,王仲闻点校,北京:中华书局,2007年,上册第202页。
③ 钱锺书《谈艺录》,第437页。

世南、李百药诸人诗近类书,加以"用事而忘意"的案语①,失败的西昆体诗也当得起这一按语。

最后,西昆体在用语造词上也与类书近似。这主要体现在割裂成语、简省典故方面。钱锺书曾对此作过批评②,此处从类书的角度再补充论述。这种有害修辞早在《初学记》里就已出现。魏武帝曹操《短歌行》有"乌鹊南飞"之句,《初学记》就把此事缩成"魏鹊"③,唐人批评"斯甚疏阔"④。唐人类书滋长了这种习气,李商隐把它引入了诗坛。如《圣女祠》"楚国梦",典出楚襄王游阳台梦见巫山神女事;《喜雪》"曹衣",典出《诗经·曹风·蜉蝣》"麻衣如雪";《自桂林奉使江陵途中感怀》"秦痔",典出《庄子·列御寇》"秦王有病,召医……舐痔者,得车五乘"。西昆派诗人亦沾染此种习气。如杨亿《夜宴》"薄云齐鬓腻,流雪楚腰迴","楚腰"典出《韩非子·二柄》"楚灵王好细腰,而国中多饿人","齐鬓"是说鬓发薄如蝉翼,融合了两个典故,一是"魏文帝宫人绝所宠者,有莫琼树……四人,日夕在侧。琼树乃制蝉鬓,缥缈如蝉翼,故曰蝉鬓"。二是"齐王后忿而死,尸变为蝉,登庭树,嗟唳而鸣,王悔恨。故世名蝉曰齐女也"⑤。为了与"楚"字形成对仗,"鬓"字前面需用一个国名,"魏"字不合平声的要求,乃改用另一典故的"齐"字。可谓博学机智,亦可谓牵强割裂。杨亿又有《受诏修书述怀感事三十韵》"散质类庄樗",典出《庄子·逍遥游》:"吾有大树,人谓之樗。"刘筠《再赋》"月冷魏池空",典出曹植《游芙蓉池》:"逍遥芙蓉池,翩翩戏轻舟。""魏池"即用曹植诗意,谓芙蓉池也。刘筠又有《槿花》"楚梦不终朝",丁谓《代意》"楚云无定好伤情",晏殊《赋得秋雨》"楚梦",皆与李商隐《圣女祠》"楚国梦"如出一辙,典出楚襄王游阳台梦见巫山神女事。清卢文弨曾专门列举胡宿诗中此类

---

① 闻一多《类书与诗》,《唐诗杂论》,第6页。
② 钱锺书《宋诗选注》,第12—13页。
③ 徐坚等《初学记》卷一,北京:中华书局,1962年,第9页。
④ 李匡文(或误作李匡乂)《资暇集》卷上,《丛书集成初编》本,第6页。
⑤ 分别见崔豹《古今注》卷下《杂注》、《问答释义》,《四部丛刊》三编本。

用语，如"应庐"、"老台"、"诗户"，认为"皆生僻不可为训"，"宿诗佳处，固不减唐人，而斗凑之病，正当分别观之"①。

第四节　雄文博学的意义及影响

对西昆体的"务积故实"也"当分别观之"。典故是文学作品中的常见现象，也是文学理论和批评的习见话题，古今中外概莫能外。南北朝王褒《与周弘让书》："河阳北临，空思巩县；霸陵南望，还见长安。"短短十六字，有一半是地名，连用潘岳、王粲两个故实，人地、情事、音声配合无间，曲尽无限乡思。庾信《哀江南赋序》几乎句句用事，犹千古传诵；李商隐《无题》诸诗满纸典故，亦历来称颂。古希腊诗人品达（Pindar）将神话和神学传统与现实人事打通结合，独具一种"幽暗的诱惑"，引来无限景仰，一代又一代学者对其诗歌进行注疏解读②。英语诗人弥尔顿（John Milton）和艾略特（T. S. Eliot）故实繁密，其诗歌却是"西方正典"，后者的《荒原》更是多用僻典，以致需要作者"自注"才能理解。可见隶事用典足以展现诗人才华，如现代学者所论，"没有磅礴深邃的想像力和高超的技巧，决不能在貌似不相关联的事物之间看出联系，从而通过最鲜明简要的文词收到最扣人心弦的效果"，"在合理的范围之内用典应该看做使文字凝练丰富的一条重要途径"③。关键不在于典故的有无与多寡，而在于使用的正误与高下。

然则判断标准何在？王安石的态度是："若能自出己意，借事以相发明，变态错出，则用事虽多，亦何所妨！"宋人进一步提出

---

① 卢文弨《龙城札记》卷二，《丛书集成初编》本，第 11 页。
② 详见汉密尔顿《幽暗的诱惑：品达、晦涩与古典传统》，娄林译，北京：华夏出版社，2010 年。
③ 吴兴华《读〈国朝常州骈体文录〉》，《吴兴华诗文集·文卷》，上海：上海人民出版社，2005 年，第 163 页。

第二章 李商隐与北宋诗

"使事不为事使"的圭臬①。据周裕锴概括,在用事方面,宋人力求从四方面矫正六朝隋唐、五代宋初之诗风,要求用典做到:广博富赡,天然浑厚,精确深密,灵活变化②。现代学者又加入了具体的美学标准。刘永济指出:"文家用古事以达今意,后世谓之用典,实乃修辞之法,所以使言简而意赅也。故用典所贵,在于切意。切意之典,约有三美:一则意婉而尽,二则藻丽而富,三则气畅而凝。"③恰当地概括出用典的要求和艺术效果。葛兆光分析道,仅仅是表达意义的用典方式无补于诗的意境,不能增加语言的张力,如李商隐那样传递感受的用典方式才是一种独特而有效的诗歌语言手段,所用典故必须是:字面有一定的视觉美感,故事有一定的感情色彩,最好是典故中包含了古往今来人类共同关心与忧虑的"原型",比如生命、爱情、人与自然、人与自我等④。试以这些标准分析宋祁《落花》其二。据说,名臣夏竦守安州(今湖北安陆)时,当地人宋庠、宋祁兄弟以布衣游学,受到夏竦接见,席上各赋《落花》诗,夏竦认为二人有台辅器⑤。诗在当时也流传广远,脍炙人口⑥。宋祁诗云:

  坠素翻红各自伤,青楼烟雨忍相忘?将飞更作回风舞,已落犹成半面妆。沧海客归珠迸泪,章台人去骨遗香。可能无意传双蝶?尽委芳心与蜜房。

首联擒题,以颜色字"素"、"红"代指花,状花之娇艳,见春之绚丽。"坠"、"翻"点出"落"意,前者是由上而下直落,逗引第四句"已落";后者是左右前后飘飞,开启第三句"将飞"。首句从杜牧《金谷园》"落花犹似坠楼人"化出,坐实杜句而径直以拟人手法写花,

---

① 魏庆之《诗人玉屑》卷七,上册第 202—203 页。
② 周裕锴《宋代诗学通论》,第 516 页。
③ 刘永济《文心雕龙校释·丽辞》,北京:中华书局,1962 年,第 140 页。
④ 葛兆光《汉字的魔方——中国古典诗歌语言学札记》,沈阳:辽宁教育出版社,1999 年,第 143—151 页。
⑤ 《瀛奎律髓汇评》卷二七,中册第 1186 页。
⑥ 赵令畤《侯鲭录》卷二,孔凡礼点校,北京:中华书局,2002 年,第 59 页。

故云落花各自伤心。落花不仅由于凋谢零落而伤心,还因为不忍离开朝夕共处之青楼(富贵人家所居之华屋)中人。红白各色花在春天的蒙蒙细雨中翻飞坠落,视觉形象突出,落花伤心欲绝不忍离去,别有一种哀怨幽恨在暗中涌动。颔联向为人称道,乃从李商隐《和张秀才落花有感》颔联"落时犹自舞,扫后更闻香"化出,而更深一层。"回风舞"典出古小说集《洞冥记》:"武帝所幸宫人名丽娟,于芝生殿唱《回风》之曲,庭中花皆翻落。"李贺《残丝曲》"落花起作回风舞"将落花在风中回旋比拟为跳动《回风》舞蹈,已比原故事翻过一层。宋祁加入虚字"更",是在首联不忍离去的基础上递进,在时间上、情感上层递积累。此句以美人起舞形容落花离开枝头后不愿蘧然着地,仍然在空中辗转徘徊,手法有拟人、事典、语典。原故事中,丽娟身体轻柔,皮肤娇嫩,正好契合落花之娇艳轻飘。汉武帝宠幸呵护丽娟,青楼人欣赏珍惜春花,皆为有恩,以丽娟故事比拟落花飞舞,包含不忘恩幸之意,回应次句的"忍相忘",也回应作诗的场景——夏竦席上,暗指不忘夏公之恩,符合诗人造句用语之"忠厚"原则。宋祁一句而包含春花飘落、落花如美人起舞、不忘恩宠等三层意思,比李贺句要细腻,处于七律的承接处,在上下语境中艺术效果更为突出;又比李商隐句要深入,含蕴更加丰富。虚字的使用在这里作用明显。出句,"飞"是一层,用"将"字描绘花之将落未落,引起读者心理悬念,是又一层,再用"更"字递进,表现花离开枝头后回旋飞舞,读者视线聚焦其上,心理悬念得以落实,是第三层。对句,"落"是一层,用"已"字交代动作结果,是第二层,就在读者惋惜之际,用"犹"字转折,带出落花色泽尚存,情况峰回路转,读者获得意外惊喜,是第三层。尾联虚字"可能"、"尽"也具有这样使诗意细腻深入、委婉曲折的作用①。颔联出句写落花在空中翻飞之情,对句则写落花落地之状。"半面妆"典出《南史·后妃传》,徐妃以梁元帝少一目,"每知帝将至,必为半面妆以俟",此处形容落地的花瓣犹

---

① 关于古典诗中虚字的使用和作用,详见葛兆光《汉字的魔方》,第 156—175 页。

第二章　李商隐与北宋诗　　133

有艳丽的色泽残存。第五句事典出自张华《博物志》:"南海外有鲛人,水居如鱼,不废织绩,其眼能泣珠。"语典则出自李商隐《锦瑟》:"沧海月明珠有泪。"以"沧海客"拟暮春花,以客归去喻花落地,以珠流泪状雨打花,呼应首联"烟雨"之时。"迸泪"比李商隐"有泪"程度加强,"有"是一种状态,"迸"则是一个瞬间爆发的强有力动作,情感愈来愈浓,加大了雨打落花的视觉冲击力和听觉震撼力。南海鲛人的故事所指是蚌生珠,李商隐用指人流泪,宋祁融合二者,以喻雨打花,涵义愈加曲折丰富。第六句用唐代韩翃事。韩有爱姬柳氏,安史乱起,二人奔散,柳氏在长安出家为尼,韩使人带信给柳氏,诗云:"章台柳,章台柳,昔日青青今在否?纵使长条似旧垂,也应攀折他人手。"韩诗是以物(柳)指人(章台最初是长安一条繁华街道),宋祁这里是以人喻物,意谓花瓣化作尘土之后,仍然将花香遗留给人间。两句分别以沧海客、章台人比喻落花,上句写飘飞之时,下句写落地之后,皆见落花之精诚专一。清代龚自珍《己亥杂诗》其五"落红不是无情物,化作春泥更护花",即从此化出。颔联颈联四句,刻画落花不甘香消玉殒之志,翻过一层来表现出屈原《离骚》"亦余心之所善兮,虽九死其犹未悔"那种矢志不渝的执著精神。考虑到此诗是在地方高官的宴席上所作,那么这种刻画也表露出坚持实现儒生政治理想的心迹。尾联结题,写落花无意招引蝴蝶,其花蕊早已交与蜜蜂,进入蜜蜂的巢里,凝结到蜂蜜当中,予大众以甜蜜。这是歌颂落花风尚高洁,以人喻花,实亦因花见人,用花蕊成蜜之心意抒发个人济世之情怀,归结到晋见高官之宴席上来,如吴闿生所评:"收干乞之旨。"① 全诗本欲写落花,字面却写美人,实际是拟人以写落花,其中又寄托着个人情怀,后面三联和全诗整体都同时蕴含这三层意思。诗乃咏落花,紧扣题目,句句切题而不着题,状物而不滞于物,符合中国美学"遗貌取神"的最高要求,此之谓"得神"。诗以拟人、用典、虚字诸法咏物,若隐若现,欲露不露,反复缠绵,忠厚

---

① 高步瀛《唐宋诗举要》卷六引,上海:上海古籍出版社,1978年,下册第649页。

蕴藉,此之谓"得法"。各自、将、更、已、犹、可能、尽,在总共只有五十六字的七律里使用这么多虚字是少见的,也是冒险的,这样做很可能在做到意脉联属、语脉清晰、层次清楚、结构严整的同时,使诗意过于直白外露、单一乏味。但此诗通过虚字的使用既做到了详尽达意,又使诗意变得深广曲折,众多典故的灵活运用在其中起了关键作用。此诗是年轻的宋祁谒见高官时在宴席上所作,造语用语符合身份和场合,此之谓"得体"。得神,得法,得体,达到如此丰富的效果,其途径主要就是用典,"务积故实"在此诗是特点,更是优点,完全符合上述诸家的用典标准。

西昆体的雄文博学、务积故实自有其诗学价值,对后来的宋诗演变也独具影响。钱锺书认为西昆体"只有极局限、极短促的影响"[1],从典型诗作及西昆体作为一个整体的声势来说,这无疑是正确的。石介说仁宗天圣年间,昆体大盛于世,"父训其子,兄教其弟,童而朱研其口,长而组秀于手,天下靡然向风,浸以成俗"[2],此语或有夸大的成分。不过,若就西昆体诗歌的精神和部分作品、部分诗人而言,则西昆馀风不容低估。尽管石介极力批判杨亿诸人的"淫巧奢丽,浮华篆组"[3],但多数人并没有全盘否定李商隐和西昆体。欧阳修只是温和地批评过杨、刘的"时文"[4],对其诗歌则颇致好评,他带着缅怀的心情回忆"先朝杨刘,风采耸动天下"的时代[5],为刘筠的用典辩护,并从文化复兴的角度肯定西昆体胜于晚唐体:"盖其雄文博学,笔力有馀,故无施而不可,非如前世号诗人者,区区于风云草木之类,为许洞所困者也。"[6] 苏轼亦

---

[1] 钱锺书《宋诗选注》,第43—44页。
[2] 石介《上赵先生书》,《徂徕石先生文集》卷一二,第137页。
[3] 石介《怪说》,参见《与君贶学士书》,《徂徕石先生文集》卷五、一五,第60—64、第180—181页。
[4] 欧阳修《苏氏文集序》,《居士集》卷四一,洪本健《欧阳修诗文集校笺》,中册第1064页。
[5] 欧阳修语,刘克庄《后村诗话》前集卷二引,王秀梅点校,北京:中华书局,1983年,第22页。
[6] 欧阳修《六一诗话》,《历代诗话》本,上册第270页。

第二章 李商隐与北宋诗

不以石介之说为然,以致形诸奏牍①。西昆体的价值,正如学者所言:"西昆体堆砌典故,固是一病,但其'雄文博学'、'丰富藻丽'毕竟反映出宋代文化积累而初步繁荣的'升平格力'。"②西昆体的诗论接续了徐铉和王禹偁,并在许多方面开了后来宋代诗学的先声。轻视白描写景,崇尚资书用事,以才学为诗,以文字为诗,这是西昆体的典型特征,也是北宋诗学的重要走向。后来王安石、苏轼和黄庭坚及江西诗派把"以才学为诗"的习气推至顶点,用事成为宋调最鲜明的特点之一,西昆体与有力焉③。

通过西昆体的承传,李商隐对宋诗发生了深远的影响。北宋中期以后,正如朱易安论述的那样,诗家"褒扬李商隐的诗作,几乎都是从学杜的角度论述的"④。推尊杜甫的王安石虽然对杨、刘诸人仅仅醉心于李商隐的词采深感不满⑤,却屡屡称道李商隐诗。《蔡宽夫诗话》载:

> 王荆公晚年亦喜称义山诗,以为唐人知学老杜而得其藩篱,惟义山一人而已。每诵其……之类,虽老杜亡以过也。义山诗合处信有过人,若其用事深僻,语工而意不及,自是其短。世人反以为奇而效之,故昆体之弊,适重其失。义山本不至是云。⑥

这段话有两点值得注意:一是喜欢李商隐乃出于学杜的目的,二是"晚年"始称义山诗。关于王安石诗风的演变,叶梦得分析道:

---

① 苏轼《议学校贡举状》,《苏轼文集》卷二五,孔凡礼点校,北京:中华书局,1986 年,第 2 册第 724 页。
② 周裕锴《宋代诗学通论》,第 516 页。
③ 详见周裕锴《宋代诗学通论》,第 514—515 页。
④ 朱易安《"诗家"并非"总爱西昆好"》,《文学遗产》2000 年第 2 期。
⑤ 王安石《张刑部诗序》云:"杨、刘以其文词染当世,学者迷其端原,靡靡然穷日力以摹之。粉墨青朱,颠错丛庬,无文章黼黻之序,其属词藉事,不可考据也。"《临川先生文集》卷八四,上海:中华书局上海编辑所,1959 年,第 884 页。参见下引《蔡宽夫诗话》。
⑥ 蔡启《蔡宽夫诗话》,《宋诗话辑佚》本,上册第 399—400 页。

> 王荆公少以意气自许，故诗语惟其所向，不复更为涵蓄。如……之类，皆直道其胸中事。后为群牧判官，从宋次道尽假唐人诗集，博观而约取，晚年始尽深婉不迫之趣。①

结合两书记载，可以发现：正是通过学习李商隐，王安石除去了诗语过于直露的弊病。这对王安石乃至整个宋诗的发展都意义深远。西昆体之后的宋诗常犯粗率直露之病，李商隐诗的"包孕密致"对此恰有修正作用，这从诗文革新运动初起时宋祁的坚持已见即可看出②。从宋代文学发展史来看，一旦理过其辞，质胜于文，诗歌就会质木苦涩，味同嚼蜡，追求"文学性"的李商隐和西昆体有助于弥补纠正宋人在文道关系上的偏失。道学家吕祖谦是看到了这一点的，所以对欧阳修、苏轼很不满，甚至说"后欧阳公、苏公复主杨大年"③。文学家则放弃了道学的偏至，王安石从义山诗那里找到了疗救己病的良方，黄庭坚也试图通过学习李商隐来拯救日渐陷入熟、俗、媚、滥泥沼的宋诗。

与王安石一样，黄庭坚的师法义山也跟他的崇杜有关。朱弁最早言之，谓黄庭坚"独用昆体工夫，而造老杜浑成之地"④。指出了山谷经由义山别径抵达子美世界的事实。许顗以义山、山谷并举，谓学二家，"可去浅易鄙陋之气。"⑤方回更明确说："山谷之奇，有'昆体'之变，而不袭其组织。其巧者如作谜然，此一联亦雪谜也。"⑥又云："山谷诗本老杜，骨法有庾开府，有李玉溪，有元次山。"⑦揭示出《文选》、李商隐、西昆体和黄庭坚之间的内在联系。张戒论诗之"有邪思"者，亦举山谷以继义山，谓其"韵度矜持，冶

---

① 叶梦得《石林诗话》卷中，《历代诗话》本，上册第 419 页。
② 详见谢思炜《宋祁与宋代文学发展》。
③ 朱熹《五朝名臣言行录》卷一〇引《吕氏家塾记》，《四部丛刊》本。
④ 朱弁《风月堂诗话》卷下，陈新点校，北京：中华书局，1988 年，第 112 页。
⑤ 许顗《彦周诗话》，《历代诗话》本，下册第 401 页。
⑥ 《瀛奎律髓汇评》卷二一，中册第 886 页。
⑦ 方回《跋许万松诗》，《桐江集》卷四，南京：江苏古籍出版社影印《宛委别藏》本，1988 年，105 册第 287 页。

第二章 李商隐与北宋诗

容太甚"①。王夫之谓"西昆、西江皆獭祭手段"②,语含贬斥,却也说明李商隐、西昆体、黄庭坚及江西诗派在隶事用典方面的共通之处。至于王安石和黄庭坚对李商隐的具体扬弃,学界论之已详,兹不赘述③。

---

① 张戒《岁寒堂诗话》卷上,《历代诗话续编》本,北京:中华书局,1983年,上册第465页。
② 王夫之《夕堂永日绪论》。
③ 详见吴调公《李商隐研究》,第192—200页。

第三章　韩愈与"宋调运动"

西昆体典雅丽婉的风格受到不少朝廷大臣的青睐,却遭到上下两方面的责难,一方面,杨刘倡和《宣曲》诗,涉及最高统治者的隐私,招致宋真宗下诏指斥[①];另一方面,西昆体模仿太多、创新太少的弊病也不免成为社会上讽刺的对象,至被优人讥为"挦扯义山"[②]。比及仁宗朝,儒学复兴思潮大行,道统文学观日渐强化,"甜美"有余而不传古道的西昆体更成为众矢之的。随着北宋政治危机的不断加深,厉行改革、复兴儒学的呼声日益高涨,文化建设呈全面繁荣之势,宋诗也孕育出新的面貌,并初步确立了"宋调"的基本面目。无论是儒学复兴,还是宋调确立,其起因都离不开仁宗朝士人对韩愈的尊崇。

第一节　天圣尊韩与宋调初兴

宋诗这个突破性的进展大约始于宋仁宗天圣年间(1023—1032),在全社会的尊韩热潮中生发出来,先是在儒学领域倡导"古道",既而在散文领域推行古文,最后在诗歌领域多作古体诗。北宋文化在天圣年间出现转折,以推尊韩愈为契机和旗帜,而在文学领域,这是一个从古道、古文到古诗的演变历程。

关于北宋中叶的尊韩思潮,学术界已有不少述评,顾永新特

---

① 详见石介《祥符诏书记》,《徂徕石先生文集》卷一九,陈植锷点校,北京:中华书局,1984年,第219页;宋真宗《诫约属辞浮艳令欲雕印文集转运使选文士看详诏》,《宋大诏令集》卷一九一,北京:中华书局,1962年。
② 见刘攽《中山诗话》,《历代诗话》本,北京:中华书局,1981年,上册第287页。

第三章 韩愈与"宋调运动"

别指出,"最晚在天圣中,尊韩在北宋的士人阶层中已经初成风气"①。本节只补充分析天圣尊韩的文化背景和天圣尊韩与宋调初步兴起之关系。

天圣年间是北宋文化发展的重要转折期,其中科举制度的变革尤具决定性意义。首先是国家屡次下诏指导、规整科举考试和文风。天圣五年正月,仁宗诏礼部贡院,批评考试进士只以诗赋定去留,导致"学者或病声律而不得骋其才"的不良风气,今后要兼考策论,"诸科毋得离摘经注以为问目"。又下诏规定,进士奏名,勿过五百人,诸科勿过千人。六年九月,下诏敕学者禁浮华,使近古道,以陈从易与杨大雅并知制诰。二人皆好古笃行,无所阿附。朝廷欲矫文章之弊,故并进二人,以风天下。七年五月,诏礼部贡举。又诏曰:"朕试天下之士,以言观其趣向。而比来流风之敝,至于会萃小说,碟裂前言,竞为浮夸靡曼之文,无益治道,非所以望于诸生也。礼部其申饬学者,务明先圣之道,以称朕意焉。"②

其次,天圣间科举及第后御赐的经典也出现重要变化。南宋末王义山在《稼村书院(原注:甲戌秋课试)》中回顾道:

> 本朝自"道理最大"之言发于开国之元臣,而吾道之脉有所寄。迨至仁祖,宋兴已七十馀年矣,而斯道之在天下,既衍而昌,既沃而光,日以鸿庞。自天圣五年赐进士《中庸》篇、宝元元年赐进士《大学》篇,而后周、程、张之学始出。盛哉,仁祖之有功于斯道也!迨至理皇,又从而表章硕大之,而理学又大明于天下。③

---

① 顾永新《北宋前中叶的尊韩思潮》,《北大中文研究》第 1 辑,北京:北京大学出版社,1998 年。参见徐洪兴《思想的转型——理学发生过程研究》,上海:上海人民出版社,1996 年,第 372—375 页。
② 分别见李焘《续资治通鉴长编》卷一〇五、一〇六、一〇八,北京:中华书局,1979 年。参见欧阳修《谏议大夫杨公墓志铭》,《外集》卷一一,洪本健《欧阳修诗文集校笺》,上海:上海古籍出版社,2009 年,下册第 1618—1621 页。
③ 《稼村类稿》卷一五,《四库全书》本。

明确谓天圣五年御赐进士《中庸》。入元后,王义山作《宋史类纂》一书,自序云:

> 尝谓洙泗而下,理学之粹惟宋朝为盛。自国初"道理最大"之言一发,至仁宗天圣四年赐新进士《大学》篇,于后又与《中庸》间赐,著为式。自是而天下士始知有《庸》、《学》。厥后周、程诸子出焉,至晦翁而集大成。理学遂大明于天下后世。①

此篇说天圣四年赐《大学》,而后又与《中庸》间赐,亦即谓赐《中庸》在天圣五年,与前篇一致,至于赐《大学》的年份则前后矛盾②,但他梳理了有宋一代理学的演进脉络③,尤为重要者,他点出了科举考试和理学运动的转折时期在天圣年间。《大学》与《中庸》轮流"间赐",成为定例。这是《大学》与《中庸》在科举中"一次突破性的发展"④。此后,科举考试的重点逐渐从"五经"转向"四书"。天圣科举御赐《中庸》是一个意味深长的举措,它突出了《中庸》的地位,从而引导了士子的研读内容、思维方式和学术路径,影响到帝国后期的主流意识形态——理学的发生和发展。

欧阳修是中唐—北宋儒学复兴运动中继韩愈之后的又一座文化高峰,也是北宋繁盛期的文化领袖,其入仕经历恰与天圣年间文化转移过程同步。他幼喜韩文,所作多近古文,但其时古文尚未受欢迎,社会上流行的是"杨、刘风采"的时文。天圣元年(1023),十七岁的欧阳修首次在随州参加州试,因赋逸官韵被黜

---

① 王义山《宋史类纂序》,《稼村类稿》卷四。
② 据李焘《续资治通鉴长编》卷一○五记载,御赐《中庸》在天圣五年四月辛卯;卷一二二载,赐《大学》在宝元元年三月辛酉。比王义山小十岁的王应麟所说赐《中庸》的时间与李焘同,赐《大学》则在天圣八年四月丙戌,见其《玉海》卷三四,南京和上海:江苏古籍出版社、上海书店影印本,1997年。排比三家记载,赐进士《中庸》篇当在天圣五年(1027),赐《大学》篇当在宝元元年(1038)。
③ 参见邓小南《关于"道理最大"——兼谈宋人对于"祖宗"形象的塑造》,《暨南大学学报》2003年第3期。
④ 余英时《试说科举在中国史上的功能与意义》,《二十一世纪》2005年6月号。

第三章 韩愈与"宋调运动"

落,但有警句传诵。归家复取韩愈集阅读,立志中举后将尽力于斯文。五年,他应试礼部,又不中。为了中举做官以养亲,他不得不改习时文。六年,欧阳修的时文得到时任汉阳军长官胥偃的赏识,被留置门下。七年,欧阳修试于国子监,名列第一;赴国学解试,又第一。八年,终举进士甲科,授西京(今洛阳)留守推官①。欧阳修自此踏入仕途,开始了作为政治大家、文化领袖、文坛盟主和精神导师的杰出生涯。尤为重要者,他此后自觉抛弃时文,即使公事需要亦不复作②;而且,从天圣末年到洛阳开始,他就与尹洙等人"相与作为古文"③。

出身寒微、推尊韩愈的欧阳修长达八年的科举经历是富有象征意味的,其变化曲折折射出文化风气的新动向,他在天圣七年、八年考试得以名列榜首应该与前引天圣七年诏书有关,其最终中举入仕则揭开了北宋斯文传承的序幕。

把天圣年间作为学风、文风转变的分水岭,这在宋人笔下表述得十分明确。亲历其事的欧阳修就多次说到:

> 天圣之间……见时学者务以言语声偶擿裂,号为时文,以相夸尚,而子美独与其兄才翁及穆参军伯长,作为古歌诗杂文。

> 天圣中,天子下诏书,敕学者去浮华,其后风俗大变,今时之士大夫所为,彬彬有两汉之风矣。

> 自天圣以来,古学渐盛,学者多读韩文。

> 其后(按:指天圣八年以后)天下学者亦渐趋于古,而韩文遂行于世。至于今,盖三十馀年矣,学者非韩不学也,可谓盛矣。④

---

① 参见胡柯《庐陵欧阳文忠公年谱》,《欧阳文忠公文集》附录,《四部丛刊》本;东英寿《欧阳修的行卷》,收入其《复古与创新——欧阳修散文与古文复兴》,王振宇等译,上海:上海古籍出版社,2005年;刘德清《欧阳修纪年录》,上海:上海古籍出版社,2006年,第25—37页。
② 欧阳修《答陕西安抚使范龙图辞辟命书》,《欧阳文忠公文集·居士集》卷四七。
③ 欧阳修《记旧本韩文后》,《欧阳文忠公文集·外集》卷二三。
④ 分别见《欧阳文忠公文集》之《居士集》卷四一《苏氏文集序》,卷四七《与荆南乐秀才书》,《集古录跋尾》卷八《唐田弘正家庙碑》,《外集》卷二三《记旧本韩文后》。

欧阳修说天圣八年以后"天下学者亦渐趋于古,而韩文遂行于世",这正好是他考中进士的年份。他的回顾指出了两点,一是学风、文风在天圣以后逐渐转变,二是此转变根源于学习韩愈。宋人多持这一看法。与欧阳修同时的韩琦在为尹洙作墓表时指出:

> 天圣初,公独与穆参军伯长矫时所尚,力以古文为主,次得欧阳永叔以雄词鼓动之,于是后学大悟,文风一变,使我宋之文章将逾唐汉而蹑三代者,公之功为最多。①

南北宋之交的沈晦作《四明新本柳文后序》评价道:

> 国初文章,承唐末五代之弊,卑弱不振。至天圣间,穆修、郑条之徒唱之,欧阳文忠、尹师鲁和之,格力始回,天下乃知有韩、柳。②

南宋吕祖谦也说:

> 天圣以来,穆伯长、尹师鲁、苏子美、欧阳永叔始唱为古文,以变西昆体,学者翕然从之。③

由诸家论述可以看出,正是尊崇韩愈才导致了天圣中学风、文风的转变,而此转变也大体与天圣中的尊韩思潮同步。

钱锺书尝言:"韩昌黎之在北宋,可谓千秋万岁,名不寂寞矣。"④但天圣以前,尊韩者重在倡导古道和古文。柳开可称北宋尊韩第一人,同时或稍后的田锡、王禹偁、陈彭年、陈尧佐、姚铉等人也都发表过称许韩愈的意见,"圣裔"孔道辅还在孔氏家庙中构筑五贤堂,即孟子、荀子、扬雄、王通和韩愈,塑像而祠之⑤。他们

---

① 韩琦《故崇信军节度副使检校尚书工部员外郎尹公墓表》,《河南先生文集》附,《四部丛刊》本。
② 《增广注释音辨唐柳先生集》附,《四部丛刊》本。
③ 朱熹《五朝名臣言行录》卷一〇引《吕氏家塾记》,《四部丛刊》本。
④ 钱锺书《谈艺录(补订本)》,北京:中华书局,1984年,第62页。
⑤ 详见陈新璋《宋代的韩愈研究》,《华南师范大学学报》1997年第2期;何沛雄《宋代古文家的"尊韩"》,《清华大学学报》2002年第1期;杨国安《宋代韩学研究》,北京:中国社会科学出版社,2006年。

第三章 韩愈与"宋调运动"

尊崇韩愈的目的都在古道与古文,无暇顾及诗歌。这些尊韩先驱同时是北宋儒学的先驱,他们在不满时政、复兴儒学古道时祭出韩愈,而复兴古道又需要行之有效、行而远之的语言表达,探讨道与文之关系,因此韩愈的古文自然也成为师法的对象①。柳开以今之韩愈自居,以"乐古道"为志,要"开古圣贤之道于时",强调道须孔、孟、扬、韩之道,文亦须孔、孟、扬、韩之文,要求"凡为文者,皆有意于圣人之道",还专门指出了古文的特征和标准:

> 古文者,非在辞涩言苦,使人难读诵之,在于古其理,高其意,随言短长,应变作制,同古人之行事,是谓古文也。

其尊韩紧紧围绕古道与古文,而古文又是为古道服务的②。穆修在西昆体盛行之时鼓吹古文。他渴慕韩愈、柳宗元,对韩、柳集作过长时间的收集整理工作③。学韩偏于古文,作诗反近西昆体,如钱锺书发现:"宋之穆参军,于文首倡韩柳,为欧阳先导;而《河南集》中诗,什九近体,词纤藻密,了无韩格,反似欧阳所薄之'西昆体'。"④王禹偁是较早主张并实践写作平易古文的人,当时事实上存在一个以他为核心的古文家集团,但他的诗学典范先是白居易后是杜甫,在评价、赞扬他人作品时对文则以韩愈论,对诗则以杜甫较,而偏不提韩诗⑤。明道二年(1033)欧阳修所作《与张秀才第二书》的论述可视为北宋尊韩先驱们道—文关系论的总结:"君子之于学也,务为道。为道必求知古,知古明道,而后履之以身,施之于事,而又见于文章而发之,以信后世。其道,周公、孔子、孟轲

---

① 饶宗颐甚至认为:"宋世文章,实以韩愈为中心。"见其《宋代潮州之韩学》,韩愈学术讨论会组委会编《韩愈研究论文集》,广州:广东人民出版社,1988年。
② 详见柳开《东郊野夫传》、《补亡先生传》、《应责》,《河东先生集》卷二、卷一,《四部丛刊》本。参见杨庆存《宋代散文研究》,北京:人民文学出版社,2002年,第88—94页。
③ 详见穆修《唐柳先生集后序》,《河南穆公集》卷二,《四部丛刊》本。
④ 钱锺书《谈艺录》,第302页。
⑤ 详见东英寿《从行卷看北宋初期的古文复兴》,收入其《复古与创新——欧阳修散文与古文复兴》。

之徒常履而行之者是也；其文章，则六经所载至今而取信者是也。其道易知而可法，其言易明而可行。"①

据正统观念，"道"自然是最重要、最需要优先考虑的，文学只是"末事"，是求学体道、宣教辅道的工具，前引皇帝诏书所救即为明证；其中文、诗、词的地位又各有不同，功能地位逐级下降，由此，诗歌领域的新变稍为滞后，比道学、古文要晚，正如朱刚的分析，这是由于体裁的关系，"从历史进程来看，诗歌创作响应文化发展的整体步伐，是被古文带动起来的，其创作倾向可以由'以文为诗'一语来概括。"②北宋这些古道、古文的先行者虽然未在诗歌领域经由学韩而推陈出新，却带动了宋诗的新变。在他们的启发和影响下，天圣前后不少人学韩诗、出新作，其中理论上的鼓吹者当首推范仲淹。

范仲淹《述梦诗序》赞许韩愈"欲作唐之一经，诛奸谀于既死，发潜德之幽光"，又《尹师鲁河南集序》认为近世惟有"唐贞元、元和之间，韩退之主盟于文，而古道最盛"，推崇韩愈的道与文学。天圣三年（1025），范仲淹作《奏上时务书》，主张救文弊、复武举，重三馆之选，赏直谏之臣，革赏延之弊，提出一系列改革措施③。两年之后，天圣五年，正当高层统治者奉行黄老的"君人南面之术"、西昆体盛行之时，范仲淹即作《上执政书》，指出北宋王朝的潜在危机，初步阐明了全面改革的计划。他提出，要以儒家之

---

① 《欧阳文忠公文集·外集》卷一六。
② 朱刚《唐宋四大家的道论与文学》，北京：东方出版社，1997年，第203页。
③ 在论证"重三馆之选"时，范仲淹指出："先王建官，共理天下，必以贤俊授任，不以爵禄为恩，故百僚师师，各扬其职，上不轻授，下无冒进，此设官之大端也。"《范文正公集》卷七，《四部丛刊》本。余英时认为，士大夫与君主"共治天下"的主张是宋代士大夫"政治主体意识的显现"，此主张出现在熙宁变法时期。李存山则指出，"共治天下"的主张出自范仲淹，这篇《奏上时务书》所言"共理天下"即是。见余英时《朱熹的历史世界》，北京：三联书店，2004年，总序第3页、正文第210、230页；李存山《宋学与〈宋论〉——兼评余英时著〈朱熹的历史世界〉》，《中国思想史研究通讯》第6辑，2005年。窃以为，"政治主体意识显现"之论，似稍有拔高之嫌，以前历代皇帝和士大夫也常常是彼此期待"共理天下"的，见陈子昂《上军国利害事·牧宰》，《陈伯玉文集》卷八，《四部丛刊》本。

"道"取代黄老学说,以指导现实政治,反对政治腐败,而政治腐败的直接原因在于吏治不整:

> 今士材之间,患不稽古,委先王之典,宗叔世之文,词多纤秽,士唯偷浅,言不及道,心无存诚,暨于入(宫)〔官〕,鲜于致化……责其能政,百有一焉。

在范仲淹看来,吏治不整是因为士大夫弃儒学而尚文辞,故此选拔文官须重视"明经"和"策论",而整顿吏治的根本途径在于大兴学校教育,以彻底提高官员素质;学校应以儒家经典和"孔门四科"作为最主要的教育内容,"敦之以《诗》、《书》、《礼》、《乐》,辨之以文、行、忠、信"。应当指出,这是北宋文化复兴最初的一份全面纲领,在意识形态、行政操作、文化建设、文学创作诸方面都提出了具体方案,具有深远的历史意义。苏轼《范文正公文集叙》赞扬道:"为万言书以遗宰相,天下传诵。至用为将,擢为执政,考其平生所为,无出此书者。"①对此书的社会效应和延续性的评价可谓切中肯綮。这不仅是范仲淹改革规划的最早蓝图,也是他日后的施政纲领。

此后不久,宋仁宗屡下诏书指斥科举文风。天圣七年(1029)之诏,前文已引。明道二年(1033)又谕辅臣曰:"近岁进士所试诗赋多浮华,而学古者或不可以自进,宜令有司兼以策论取之。"②所斥乃针对西昆诗文而言,所倡则同于范仲淹的改革方案,所学即指向古道、古文、古诗。

范仲淹对晚唐体为文而造情的滥情主义倾向也深致不满。寇准贵为宰相,"然富贵之时,所作诗皆凄楚愁怨"③。范仲淹《唐异诗序》批评"华车有寒苦之述"的"不病而呻"的现象,似乎是针对寇准等晚唐体诗人"非穷途而悲,非乱世而怨"的伪寒士文学而发。既然对流行的西昆体、晚唐体都不满意,就需要另觅新路。

---

① 《苏轼文集》卷一〇,孔凡礼校点,北京:中华书局,1986年,第1册第312页。
② 李焘《续资治通鉴长编》卷一一三,第9册第2639页。
③ 释文莹《湘山野录》卷上,北京:中华书局,1984年,第8页。

范仲淹选择了韩愈为典范来寻找突破口。他对韩诗的学习,体现在大量制作古体诗,也体现在《四民诗·士》、《阅古堂诗》、《伍相庙》、《鄱阳酬泉州曹使君见寄》等诗中,正如陈荣照所分析,"以上这几首诗很明显的特点就是诗句的散文化和爱讲道理,发议论"①。

官员吕造在此时期也为宋诗新变作出了贡献。黄庶《吕造许昌十咏后序》称:"造天圣中为许昌掾,取境内古迹之著者为十咏。其时文章用声律最盛,哇淫破碎不可读,其于诗尤甚。士出于其间,为词章能主意思而不流者,固少而最难。"②如果说,范仲淹是天圣间诗歌新变的早期倡导者,吕造则是早期的实干家。

与范仲淹上书和宋仁宗下诏相呼应的,是师法韩诗群体的出现。天圣、明道年间,山东、汴京、西京几乎同时出现了三个文人小团体:范讽、石延年、刘潜、石介、杜默等人在山东,苏舜元、苏舜钦兄弟等人在汴京,梅尧臣、欧阳修等人在西京钱惟演幕府,宋诗新貌就在这些"新变派"成员的笔下孕育③。他们都不满西昆体和晚唐体,转而推崇韩愈,诗歌内容多写时事政治,形式多为古体诗,而韩诗成就最大的就是古诗。

关于石延年和杜默的诗歌,石介《三豪诗送杜默师雄》有过概括。序称"石曼卿之诗,欧阳永叔之文辞,杜师雄之歌篇,豪于一代矣",诗云"曼卿豪于诗",又云:

> 师雄二十二,笔距狞如鹰。才格自天来,辞华非学能。回顾李贺辈,粗俗良可憎。玉川月蚀诗,犹欲相凭陵。曼卿苟不死,其才堪股肱。

称赞石、杜之诗豪,笔力险重,又将二人与李贺、卢仝诸人相比,即是指出了石、杜与韩孟诗派的近似之处。石介序曰"师雄学于予",而他本人是推崇韩愈的,则在三豪和石介之间,学韩是他们

---

① 陈荣照《范仲淹研究》,香港:三联书店香港分店,1987年,第246页。
② 《伐檀集》卷上,《四库全书》本。
③ 参见王水照主编《宋代文学通论》,开封:河南大学出版社,1997年,第92—99页。

的共同倾向。

石延年《偶成》纯以议论为诗，《送穷》诗显系承韩愈《送穷文》而来。石延年诗，范仲淹《祭石学士文》称为"气雄而奇"，欧阳修《六一诗话》评为"诗格奇峭"，其《哭曼卿》又云："时时出险语，意外研精粗。穷奇变云烟，搜怪蟠蛟鱼。"从这些评价看，石延年诗近似"狠重险怪"的韩诗。

杜默诗以豪奇著称。最著者有云："头角惊杀虾蟹，学海波中老龙，爪距逐出狐兔，圣人门前大虫。"①求奇到了极端的地步。后来苏轼《评杜默诗》批评道："作诗狂怪，至卢仝、马异极矣。若更求奇，便作杜默。"②从批评的角度指出了杜默诗在求奇方面与韩孟诗派的一致性。

石介尊韩过度而至于偏激，《赠张绩禹功》自称"有慕韩愈节，有肩柳开志"。作古文一篇，直接标明《尊韩》，以韩愈超迈孟子、荀子、扬雄、王通而与孔子比肩。又作《怪说》三篇，排佛老，斥西昆，不遗馀力，在社会上引起很大反响，石介《怪说》等文章问世，"于是，新进后学不敢为杨刘体，亦不敢谈佛、老"③。石介之诗多古风，好以议论为诗，显系以韩愈为法。庆历三年（1043）作四言诗《庆历圣德颂》，显然是师法韩愈的《元和圣德诗》，清程学恂评韩愈此诗时已指出："后石介作《庆历圣德诗》，即本此。"④

苏舜元、苏舜钦兄弟从穆修游，受导师影响，当亦尊韩。苏氏兄弟爱作五言长篇联句、"古歌诗"，其古体诗改变了此前晚唐体、西昆体笼罩下近体诗泛滥的局面，引起时人非笑⑤。南宋晁公武谓苏舜钦"益读书，发其愤懑于歌诗。其体豪放，往往惊人"⑥，此

---

① 阮阅《诗话总龟》前集卷八，周本淳校点，北京：人民文学出版社，1987年，第93页。
② 《苏轼文集》卷六八，第5册第2131页。
③ 朱熹《五朝名臣言行录》卷一一引《吕氏家塾记》。
④ 钱仲联《韩昌黎诗系年集释》卷六《元和圣德诗》集说引，上海：上海古籍出版社，1994年，第651页。
⑤ 欧阳修《苏氏文集序》，《欧阳文忠公文集·居士集》卷四一。
⑥ 晁公武撰、孙猛校证《郡斋读书志校证》卷一九，上海：上海古籍出版社，1990年，下册第986页。

特征实近于韩愈。苏舜钦《往王顺山值暴雨雷霆》、《大雾》、《己卯冬大寒有感》、《大风》等诗学韩,《永叔月石砚屏歌》学卢仝,《长安春日效东野》学孟郊,对韩孟诗派可谓心摹手追。对韩愈某些诗的写法和意境,苏舜钦再三加以揣摩,清程学恂评韩愈《暮行河隄上》诗时指出了这一点:"此诗意兴萧骚,看似无味,而感最深。后来《苏子美集》中多拟之。"①苏舜钦与同时的梅尧臣并称"苏梅",二者风格同中有异,在学韩方面则是一致的,这一点早已被欧阳修看出,其《感二子》说苏、梅诗:

> 二子精思极搜抉,天地鬼神无遁情。及其放笔骋豪俊,笔下万物生光荣。古人谓此觑天巧,命短疑为天公憎。

这段话值得注意的有两点:第一,欧阳修称赞苏、梅诗穷尽物态,写出了造化的真相,这与他《六一诗话》称许韩愈诗"状物态""曲尽其妙"如出一辙,说明在他心目中,苏、梅诗与韩诗在状物方面有共同之处。第二,欧阳修借韩愈《答孟郊》"文字觑天巧"的理论来评价苏、梅诗,更是直接表明了他们之间的渊源关系,仿佛苏、梅就是按照韩愈的要求去作诗的。

不过,对宋诗新貌的形成作出更大贡献的是梅尧臣和欧阳修,而他们对"宋调"的开创之功就是在天圣末年建立的。关于天圣中的文学史意义,王水照《北宋洛阳文人集团与宋诗新貌的孕育》一文作了专题论述②,文章认为:

> 天圣九年(1031),梅尧臣、欧阳修的首次会见和洛阳文人集团的形成,这应该算是一个重要的文学年代。梅、欧的文学作品大都从这年开始收入集子,标志着他们文学事业的真正起点;以诗歌来说,从此进入了变唐时期,逐渐展现出宋诗的时代风貌和特殊个性,取得了与唐诗先后辉映的历史地位。而梅尧臣尤被推为宋诗的"开山祖师"。

---

① 钱仲联《韩昌黎诗系年集释》卷一《暮行河隄上》集说引,第115页。
② 《王水照自选集》,上海:上海教育出版社,2000年,第174—197页。

第三章　韩愈与"宋调运动"

天圣年间是他们创作的起点,而中唐的韩愈在其中充当了师范的角色。文章具体分析了梅尧臣作于天圣九年的《黄河》、欧阳修作于次年的《黄河八韵寄呈圣俞》、梅尧臣的《依韵和欧阳永叔黄河八韵》、欧阳修作于明道二年(1034)的《巩县初见黄河》和《代书寄尹十一兄、杨十六、王三》等五首黄河诗,揭示出这里面的"一个共同学韩的信息"。换言之,韩愈直接影响了宋诗新貌的形成。事实上,梅尧臣和欧阳修都是当时诗坛的学韩健将。

梅尧臣不满晚唐体和西昆体。作于庆历五年(1045)的《答裴送序意》诗云:

> 我于诗言岂徒尔,因事激风成小篇。辞虽浅陋颇刻苦,未到二雅未忍捐。安取唐季二三子,区区物象磨穷年。

这是批评晚唐体囿于风云草木的狭隘诗艺。次年所作《答韩三子华韩五持国韩六玉汝见赠述诗》云:

> 尔来道颇丧,有作皆言空。烟云写形象,葩卉咏青红。人事极谀诡,引古称辨雄。经营唯切偶,荣利因被蒙。遂使世上人,只曰一艺充,以巧比戏弈,以声喻鸣桐。嗟嗟一何陋,甘用无言终。

这两首诗被研究者视为北宋诗歌复古运动的纲领性主张[①],表达了引古道入诗歌的革新诉求。从合于"道"的观点出发,梅尧臣对晚唐体和西昆体均感不满,前者一味摹写物象,后者经营切偶、歌功颂德,皆无益于治道。相反,他对韩愈是很推崇的。其全集从天圣九年他三十岁起著录,这一年,他在洛阳,与钱惟演、谢绛、欧阳修、尹洙等人唱酬切磋。从他至和三年(1056,是年九月改元嘉祐)《依韵和王平甫见寄》的回忆看,他在天圣末已有意识地学韩:

> 文章革浮浇,近世无如韩,健笔走霹雳,龙虯奋潜蟠。飔风何端倪,鼓荡巨浸澜,明珠及百怪,容畜知旷宽。其后渐衰微,馀袭犹未弹,我朝三四公,合力兴愤叹。幸时构明堂,愿

[①] 周裕锴《宋代诗学通论》,上海:上海古籍出版社,2007年,第36页。

为栌与栾,期琢宗庙器,愿备次玉玕。谢公唱西都,予预欧尹观,乃复元和盛,一变将为难。

把韩文推为近世第一,赞赏它的豪健百怪。从"乃复元和盛"一语看,他也称许韩诗,而且希望继踵以韩诗为代表的元和诗风。天圣九年,梅尧臣作《子聪惠书备言行路及游王屋物趣因以答》,"尺书忽见遗,经由皆可纪"以下十六句,皆为杨愈(字子聪)来信内容的改写,无疑是诗歌散文化的一次尝试。作于次年的长诗《希深惠书言与师鲁永叔子聪几道游嵩山因诵而韵之》更是这种手法的大型实验,此皆有得于韩愈的"以文为诗"。明道二年,梅尧臣更作《余居御桥南……效昌黎体》,直接标明师法韩诗。

欧阳修学韩愈是历代学者的一致看法。欧阳修本人推崇韩愈的诸多言论,早已为研究者所熟悉,此不具引①。欧阳修在其当代就已被视为"宋之韩愈"。苏轼《六一居士集叙》一再提到欧阳修对韩愈的继承:"愈之后二百有馀年而后得欧阳子,其学推韩愈、孟子以达于孔氏。""士无贤不肖,不谋而同曰:'欧阳子,今之韩愈也。'""欧阳子论大道似韩愈。"②祝尚书指出,欧阳修将"圣人之道"明确表述为"古道",即周公、孔子、孟轲时代的"百事",远离了柳开、石介及其追随者的乖戾偏激,扭转了古文运动的航向,最终取得成功③;陈尚君认为,欧阳修学韩,主要在文学方面,而不在其儒学④。所论均是。北宋刘攽记欧阳修"不甚喜杜诗,谓韩吏部绝伦"⑤。南宋陈善指出欧阳修《菱溪大石》、《石篆》、《紫石砚屏歌》等诗都是模仿韩愈的《赤藤杖歌》⑥。欧阳修诗学众体,文集中

---

① 详见吴文治《韩愈资料汇编》(古典文学研究资料汇编)辑录的欧阳修部分,北京:中华书局,1983年,第1册105—116页。
② 《苏轼文集》卷一〇,第1册第316页。
③ 祝尚书《重论欧阳修的文道观》,《四川大学学报》1999年第6期。
④ 陈尚君《欧阳修与北宋文学革新的成功》,《陈尚君自选集》,桂林:广西师范大学出版社,2000年,第323—365页。
⑤ 刘攽《中山诗话》,《历代诗话》本,上册第288页。
⑥ 陈善《扪虱新话》上集卷一、下集卷二,《丛书集成初编》本,第1册第6页、第2册第61页。

有《太白戏圣俞》(一作《读李白集效其体》)、《刑部看竹效孟郊体》、《寄题刘著作羲叟家园效圣俞体》、《栾城遇风效韩孟联句体》、《拟玉台体七首》、《春寒效李长吉体》、《将至淮安马上早行学谢灵运体六韵》等作品,却没有直接标明效韩愈体的诗。究其原因,也许是他多学、常学韩愈,韩愈的风格已化入他自身的诗歌血肉里,难以一二首计,而学其他诗体只是偶一为之,故可以直接标明。清刘熙载对此早有认识。针对苏轼《六一居士集叙》说欧阳修"诗赋似李白",刘熙载反驳说:"然试以欧诗观之,虽曰似李,其刻意形容处,实于韩为逼近耳。"①对欧诗的主导风格及多面性有很深体会。这方面,以钱锺书的判断最为周全:"若以诗言,欧公苦学昌黎,参以太白、香山。"②欧阳修对北宋诗文革新运动的成功作出了重大贡献,是韩愈激发了他的创作起点。

整个北宋中叶,尊韩之风大盛,乃至释契嵩激而作《非韩》三十篇③,批评韩愈的思想,尤其是排佛言论。但据陈垣的观察,这位非韩的猛将也受韩风熏染,"文实学韩"④。纵观天圣至庆历前后,诗坛学韩蔚为风气⑤。

李觏对韩愈的道和文都很推崇。天圣十年(1032),李觏作《礼论》一组,系统论述他的儒家思想,其中的文明演进论直接受韩、柳的影响。而据谢善元的研究,李觏的论述与韩愈《原道》的相同处更多,在某些方面,"基本上是把韩的文章再说得详细一点"⑥。《答李观书》谓"退之之文,如大飨祖庙,天下之物苟可荐者,莫不在焉",对韩文推崇备至。李觏作诗亦从韩诗悟入,《读韩文公弩骥篇因广其说》诗则本于韩愈《弩骥赠欧阳詹》诗。钱锺书

---

① 刘熙载《艺概》卷二,上海:上海古籍出版社,1978年,第66页。
② 钱锺书《谈艺录》,第166页。
③ 《镡津文集》卷一七至一九,《四部丛刊》本。
④ 陈垣《中国佛教史籍概论》,上海:上海书店出版社,2005年,第92页。
⑤ 应当指出,北宋人的尊韩并非一味盲从,也未必终生不变,如柳开、欧阳修都是前期至尊韩愈,而后期颇有微词;石介态度过于偏激,欧阳修则平允得多。参见杨国安《宋代韩学研究》,第24—37页。
⑥ 详见谢善元《李觏之生平及思想》,北京:中华书局,1988年,第107—115页。

说他的诗"受了些韩愈、皮日休、陆龟蒙等的影响"①,颇为确当。

曾巩《杂诗五首》极力赞叹韩愈状物达意的"笔力",并表达了学习的愿望。其《冬望》、《写怀二首》、《山槛小饮》、《一鹗》等诗的结构、造句、气势均可见韩诗痕迹。特别在以文为诗方面,曾巩得于韩愈甚多,如《读书》用赋的手法,《读五代史》的命意谋篇完全与其《唐论》等议论文一样,《谒李白墓》"信矣"、"依然"等用语助作对偶。明何乔新评曾巩诗说"韩公殁已久,诗道日陵夷","寥寥数百载,夫子起绍之","岂知韩公后,何人能庶几"②,用语虽言过其实,却也道出了曾巩诗与韩诗的渊源关系。清方东树则谓曾巩诗"学陶、谢、鲍、韩工夫到地"③。韩诗多赋体,而元刘埙有言:"自曾子固不能作诗之论出,而无识者遂以为口实,乃不知此先生非不能诗者也。盖其平生深于经术,得其理趣;而流连光景、吟风弄月,非其好也。往往宋人诗体多尚赋,而比与兴寡,先生之诗亦然。故惟当以赋体观之,即无憾矣。"④盖亦持平之论。

王安石与韩愈的关系,有一段著名公案。欧阳修《赠王介甫》诗云:"翰林风月三千首,吏部文章二百年。老去自怜心尚在,后来谁与子争先?朱门歌舞争新态,绿绮尘埃试拂弦。常恨闻名不相识,相逢樽酒盍留连?"王安石回赠《奉酬永叔见赠》说:"欲传道义心虽壮,强学文章力已穷。他日若能窥孟子,终身何敢望韩公?抠衣最出诸生后,倒屣尝倾广坐中。只恐空名因此得,嘉篇为贶岂宜蒙?"在欧阳修看来,李白之诗,韩愈之文,分别是诗歌和文章的典范,故借以称美王安石的诗文,全诗也含有"付子斯文"之意。王安石的答诗则从传道方面回复,自谦学文无力而传道心壮,故此后将终身瓣香孟子而不再回顾韩愈⑤。然就诗论诗,王安石的

---

① 钱锺书《宋诗选注》,北京:人民文学出版社,1989年,第31页。
② 何乔新《读曾南丰诗》,《椒邱文集》卷二一,《四库全书》本。
③ 方东树《昭昧詹言》卷一,汪绍楹校点,北京:人民文学出版社,1961年,第16页。
④ 刘埙《隐居通议》卷七,《丛书集成初编》本,第74页。历代对曾巩的评论参见李震《曾巩资料汇编》,北京:中华书局,2009年。
⑤ 关于此二诗的历来争论和合理解读,详见王水照《嘉祐二年贡举事件的文学史意义》,《王水照自选集》,第198—243页。

第三章 韩愈与"宋调运动"

诗歌多有学韩愈处。李壁注引王俦语曰:"观介父'何敢望韩公'之语,是犹不愿为退之,且讥文忠公之喜学韩也。然荆公于退之之文,步趋俯仰,盖升其堂入其室矣,而其言若是;岂好学者常慕其所未至,而厌其所已得耶?"①钱锺书认为王俦之见"不免回护","且不知荆公诗法,亦若永叔之本于昌黎;忖他人之同学,欲独得其不传,遂如逢蒙挽射羿之弓,康成操入室之戈耳"。王安石于韩愈学术文章以及立身行事,皆有贬词,"殆激于欧公、程子辈之尊崇,而故作别调,'拗相公'之本色然欤"。"荆公诗语之自昌黎沾丐者,不知凡几","荆公五七古善用语助,有以文为诗、浑灏古茂之致,此秘尤得昌黎之传"②,以大量例证具体证明了王安石诗学习韩诗。

王令《月蚀》、《韩吏部》等诗对韩愈的功业和诗歌皆深致敬意,《送穷文》模拟韩愈同题之作,《效退之青青水中蒲》直接效法韩诗,至作《代韩退之答柳子厚示浩初序书》。王令赞扬过杜甫和白居易③,但并未深入学习,他明确表示要师法的是韩诗,《答束徼之索诗》曰:"世味久已谙,多恶竟少好。惟诗素所嗜,决切欲深造。……努力排韩门,屈拜媚孟灶。惟此二公才,百牛饱怀抱。我如饿旁者,眮眮不得犒。不知去几多,穷行竟未到。无门隔藩篱,发罅窥堂奥,爱之不可入,抵触发狂谫。"《甲午雪》、《原蝗》、《梦蝗》、《韩干马》、《卜居》、《寄题韩丞相定州阅古堂》、《八桧图》、《张巡》等诗明显取法韩诗。夏倪谓《假山》诗:"此诗奇险,不蹈袭前人,韩退之所谓'惟陈言之是去'者,非笔力豪放不能为也。"④正透出此诗学韩的消息。

吕惠卿对韩诗可谓独具慧眼。北宋魏泰记载,在一次讨论

---

① 《王荆文公诗笺注》卷三三,王安石撰,李壁笺注,高克勤校点,上海:上海古籍出版社,2010年,第416页。
② 钱锺书《谈艺录》,第62—64、69—76页。
③ 《读老杜诗集》赞扬杜诗"镂镵物象三千首,照耀乾坤四百春",《读白乐天集》赞扬白居易"后世声名高白日",均见《王令集》卷一一,沈文倬校点,上海:上海古籍出版社,1980年,第207页。
④ 张邦基《墨庄漫录》卷二引,孔凡礼点校,北京:中华书局,2002年,第73页。

中，沈括认为"韩退之诗，乃押韵之文尔"，吕惠卿则曰："诗正当如是。诗人以来，未有如退之者。"独赏韩愈的以文为诗，在场的黄庭坚舅父李常表示赞同①。吕惠卿五古《答逢原》，钱锺书谓为"学韩公可谓嚌胾得髓"，并总结大端："北宋学韩诗者，欧公、荆公、逢原而外，不图尚有斯人。"②

天圣前后，师法韩愈给宋诗带来的明显的新变就是古体诗的激增。此前的白体、晚唐体、西昆体均以五七言近体为主，《西昆酬唱集》250 首，全是近体诗。尊韩派对此甚为不满。早在真宗大中祥符四年（1011），姚铉编《唐文粹》，就在《文粹序》中称："止以古雅为命，不以雕篆为工，故侈言曼辞，率皆不取。"③文、赋只收古体，骈体不录；诗只收古体，五七言近体不取，是将近体诗与骈文一并当作"侈言曼辞"加以反对。天圣间的诗人把这个原则贯彻到创作实践中去。前引欧阳修《苏氏文集序》谓苏舜钦、穆修作"古歌诗杂文"，已指出此变化。梅尧臣不喜少作，其《宛陵集》从天圣九年起存稿④，在此宋诗新貌的孕育期，古体已多于近体。而最能体现其诗歌特色的也是古体，陆游《剑南诗稿》自称"学宛陵先生体"或"效宛陵先生体"者八处，都是五言古诗，可为明证。朱东润因此指出，要探索梅诗的特点，必须从五言古体入手，而作于天圣十年（1032）秋天的长篇五古《希深惠书言与师鲁永叔子聪几道游嵩因颂而韵之》更是最先值得注意的⑤。据陈植锷统计，梅尧臣《宛陵先生文集》60 卷，基本上是诗，其中作于天圣九年至明道二年的诗凡 125 首，含古体 68 首，近体 57 首，古体多于近体。今传欧阳修《居士集》50 卷、《居士外集》25 卷，共收诗 21 卷，凡 854 首，其中古诗 13 卷 365 首，近体 8 卷 489 首，以篇数计，比例已是

---

① 魏泰《东轩笔录》卷一二，李裕民点校，北京：中华书局，1983 年，第 141 页。
② 钱锺书《谈艺录》，第 33—34 页。
③ 《文粹》卷首，《中华再造善本》唐宋编集部影宋刻本，第 1 函第 2 册。
④ 详见朱东润《梅尧臣集编年校注》叙论四《原注和由原注引起的推测》，上海：上海古籍出版社，1980 年；李一飞《梅尧臣早期事迹考》，《文学遗产》2002 年第 2 期。
⑤ 朱东润《梅尧臣集编年校注》叙论一《梅尧臣诗的评价》。按，是岁冬十一月始改元明道。

四比五。《苏舜钦集》16卷,诗8卷,古诗5卷96首,近体3卷116首,比例与欧阳修的差不多。而此前注意及古风的王禹偁,其《小畜集》共收诗533首,包括古体96首,仅占六分之一①。又据王秀春统计,天圣明道年间,欧阳修、梅尧臣、苏舜钦三人的诗歌皆以五言古体为最多②。此外,范仲淹古体60馀首,近体诗170馀首。曾巩《元丰类稿》收诗歌8卷,其中古风5卷,191首;律绝3卷,220首。古文学韩愈的苏洵今存诗50首诗,其中古体就占35首,其《答陈公美》云:"新句辱先赠,古诗许见推。"可见他当时被人称许的也是"古诗"。黄庭坚之父黄庶的古文古质简劲,"颇具韩愈规格",近体诗不甚可观,"然集中古体诸诗,并戛戛自造,不蹈陈因",体现出学韩得来的"生新矫拔"③。

梁昆在论到宋诗派别时专立"昌黎派",认为它盛行于仁宗天圣至神宗熙宁间约四十馀年,穆修、石延年、余靖、石介、梅尧臣、苏舜卿、苏舜元、欧阳修等人的诗都以韩愈为宗,是为"古文诗派"④。我在前面已引钱锺书言,穆修之诗"了无韩格",梁氏所划过于扩大化,但所论则指出了天圣尊韩与宋诗新变的亲缘关系,特别是"昌黎派"和"古文诗派"二语富有启发意义,它们包含了这样一个事实:天圣前后的尊韩思潮促成了宋调的成型,这种变化是由古文运动带动起来的,其最初的成果体现在古体诗的创作上。

从复兴韩愈首倡的古道,到学习韩愈的古文,再到师法韩愈的诗歌尤其是古诗,北宋中叶儒学复古运动中的尊韩至此全面铺开,宋诗也借此逐渐显露自家面目,确立"宋调"特征。

仁宗嘉祐(1056—1063)以后,诗人们渐渐越过韩愈,进而学习杜甫,但韩愈的影响仍在,这也体现在宋诗两大代表诗人苏轼

---

① 陈植锷《北宋文化史述论》,北京:中国社会科学出版社,1992年,第440—441页。
② 王秀春《北宋天圣明道年间欧、苏、梅的诗歌创作》,《求索》2002年第6期。
③ 《四库全书总目》卷一五二《伐檀集》提要,北京:中华书局影印本,1965年,下册第1315页。
④ 梁昆《宋诗派别论》,长沙:商务印书馆,1938年,第39—51页。

和黄庭坚身上。苏轼尝言:"诗之美者,莫如韩退之,然诗格之变自退之始。"①对韩诗推崇备至,而且指出韩诗为古今诗歌一大变,独具诗史眼光。韩诗之变,主要体现在以文为诗上,此特征也见于苏轼诗歌。南宋末刘辰翁已注意到二者的继承、发展关系,认为杜甫诗中"散语可见",至韩、苏则"倾竭变化,如雷霆河汉,可惊可快,必无复可憾者"②。清赵翼则明确描述:"以文为诗,自昌黎始,至东坡益大放厥词,别开生面,成一代之大观。"③谢桃坊曾详细评述苏诗与韩诗的关系,并指出苏诗异于韩而又优于韩的地方④,足见苏轼学韩的事实与实绩。

黄庭坚学韩则有家族基因。其父黄庶、舅父李常都尊韩学韩,父辈的诗学思想自然影响到他,正如《四库全书总目》卷一五二《伐檀集》提要所言:"而庭坚之学韩愈,实自庶倡之。"黄庭坚于诗最重杜甫,但于韩愈亦未尝偏废,且注意由学韩达致学杜。《病起荆江亭即事》其七云:"文章韩杜无遗恨,草诏陆贽倾诸公。"黄庭坚所谓"文章",常常兼指诗文,此处即把韩愈与杜甫相提并论。此外,在谈到诗法典范时,黄庭坚常常并提李、杜、韩,如《与徐师川书四首》评徐俯诗云"其未至者,探经术未深,读老杜、李白、韩退之诗不熟耳",《书徐会稽禹庙诗后》论诗歌借韵之法云:"然魏晋人作诗多如此借韵,至李、杜、韩退之,无复此病耳。"关于黄诗与韩诗的渊源关系,清人李详《韩诗萃精序》比较说:

> 黄鲁直诗于公师其六七,学杜者二三。举世相承,谓黄学杜。起山谷而问之,果宗杜耶?抑师韩耶?悠悠千载,谁能喻之?⑤

---

① 胡仔《苕溪渔隐丛话》前集卷一七引,廖德明校点,北京:人民文学出版社,1962年,第109—110页;又见《王直方诗话》,郭绍虞《宋诗话辑佚》,北京:中华书局,1980年,上册第4—5页。
② 刘辰翁《赵仲仁诗序》,《须溪集》卷六,《豫章丛书》本。
③ 赵翼《瓯北诗话》卷五,《清诗话续编》本,上海:上海古籍出版社,1983年,第1195页。
④ 谢桃坊《论韩诗对苏诗艺术风格的影响》,《东坡诗论丛》,成都:四川人民出版社,1983年,第54—67页。
⑤ 钱仲联《韩昌黎诗系年集释》附录,第1357页。

认为黄庭坚学韩甚于学杜,此论容或过当,但毕竟揭示了韩诗对黄诗的深刻影响。今人莫砺锋曾详细论证过韩愈对黄庭坚的"一定的影响"①。陈师道《后山诗话》载有不少苏轼、黄庭坚非议韩诗的言论,但一则今传《后山诗话》未必全是陈师道所撰,其记载不尽可信;二则非议韩诗并不意味着尽废韩诗,只是表明他们在学习韩诗后犹不满足,继而向心目中更高的偶像、同时也是韩愈的偶像的杜甫取法。

要之,北宋中后期,诗人们深入反思韩愈和"以文为诗"的优劣,逐渐扬杜甫而抑韩愈,从王安石到苏轼、黄庭坚,从人格到诗艺,他们最终选择了杜甫作为新的诗歌典范,宋诗随之发展到高峰②。但天圣尊韩的文化潮流在宋调初起过程中所起的关键作用仍然被反复强调。

至此,宋调的演进历程渐次展开,其源头肇自天圣尊韩。论者指出,梅尧臣是宋诗的开山祖师,梅诗是宋诗第一阶段的代表,与范仲淹的文化复兴纲领、欧阳修的诗论相配。王安石在诗学上既有理论自觉,又备创作实绩,堪称宋诗第二阶段最杰出的代表。苏轼无疑是宋诗第三阶段的领袖,同时的高峰还有黄庭坚③。刘克庄概括道,元祐(1086—1093)以后,"诗人迭起,一种则波澜富而句律疏,一种则锻炼精而性情远,要之不出苏、黄二体"④。诗坛唯有苏、黄二体。在宋调的整个发展过程中,如前所述,韩愈和韩诗始终浸润其中,线索不断。要之,从苏梅到苏黄,从宋调面貌的基本确立到宋诗的双峰并峙,韩愈都起了至关重要的启发作用,韩诗成了他们的创作起点,并在长时间内成为他们的诗学典范。清叶燮云:

---

① 莫砺锋《江西诗派研究》,济南:齐鲁书社,1986年,第40—41页。
② 详见程杰《从陶杜的典范意义看宋诗的审美意识》,《文学评论》1990年第2期,第67—74、102页;马东瑶《论北宋庆历诗人对杜诗的发现与继承》,《杜甫研究学刊》2001年第1期,第62—73页。
③ 朱刚《唐宋四大家的道论与文学》,第217—228页。
④ 刘克庄《后村诗话》前集卷二,王秀梅点校,北京:中华书局,1983年,第26页。

> 唐诗为八代以来一大变,韩愈为唐诗之一大变,其力大,其思雄,崛起特为鼻祖。宋之苏、梅、欧、苏、王、黄,皆愈为之发其端,可谓极盛。①

对韩诗的评价无疑来自苏轼。从"大变"到"极盛",叶燮概括了一段连贯的中唐—北宋诗歌史,从结果与风格看,此诗歌历程不妨称作"宋调运动"②。这场运动滥觞于杜甫,崛起于韩、孟、李贺诸人,大盛于梅、欧、王、苏、黄诸家,与中唐—北宋的儒学复古和文化复兴运动同步,共同铸就了中国帝制社会后期的文化辉煌。叶燮的好友陈訏,诗学韩愈,所编《宋十五家诗选》十六卷,选录梅尧臣、欧阳修、曾巩、王安石、苏轼、苏辙、黄庭坚、范成大、陆游、杨万里、王十朋、朱熹、高翥、方岳和文天祥等两宋诗人共十五家之诗作。综合其自叙、发凡和每位诗人总论可知,陈訏选择诗人的标准主要是善于学习韩愈,青睐的风格是刻削瘦硬③,其诗选直可视为叶燮观点的具体延伸,是"韩愈与宋诗历程"论题的作品呈现。回溯这一过程,天圣年间的尊韩思潮是拨转历史方向的关键一步,从古道、古文到古诗的循序变动将盛宋文化的局面全部打开,其间蕴涵的历史细节、文化图景和文化史意义颇为丰富,值得作进一步的探讨。

第二节　言尽意论:中唐—北宋的语言观念与诗歌艺术

就诗歌而言,中唐到北宋最显著、最重要的事件就是唐诗之变与宋诗之兴,其实质是诗歌语言的变迁,如前所论,从结果与风

---

① 叶燮《原诗》卷一,《清诗话》本,上海:上海古籍出版社,1978年,第570页。
② 朱刚最早提出可以把"以文为诗"创作倾向的兴起"描述成一个运动",详见其《唐宋四大家的道论与文学》,第203页。
③ 陈訏《宋十五家诗选》,《四库全书存目丛书》影印本,集部第410册。参见孔凡礼《评〈宋十五家诗选〉》,《孔凡礼古典文学论集》,北京:学苑出版社,1999年。

格看,此诗歌历程不妨称作"宋调运动"。这场运动滥觞于杜甫,崛起于韩、孟、李贺诸人,大盛于梅、欧、王、苏、黄诸家,正如葛兆光所分析,这就形成"一种诗歌语言革新潮流","表现"型的唐诗遂转型为"表达"型的宋诗①。毫无疑问,诗歌语言转型的背后必定隐藏着诗人语言观的变化,诗人的语言观决定着诗歌的语言形式。相对而言,中唐以前的语言观念主流是"言不尽意",对语言的表达功能持怀疑态度,因而采取"立象以尽意"的方法,诗歌以意象的密集化和语序的省略错综为主要特征;中唐—北宋的语言观念主流是"言尽意论",对语言的表达功能持乐观态度,相信语言能够而且应该准确详尽地传达世界的真相和主体的意志情感,并把它树为创作的最高目标,因而常常"以文字为诗",写作重在与人交流沟通,诗歌尚意尚理,注重文字工夫。以下将具体论述中唐—北宋"言尽意论"的语言观念及其与诗歌艺术的关系。

一、韩愈与刘禹锡:语言能"妥帖""明百意"

早在先秦,人们就已发现语言与思想的联系和差别。道家、儒家、墨家、杂家都有自家的语言哲学,大体不出怀疑与信任两个理论向度,其中《周易·系辞上》"书不尽言,言不尽意"的语言观和"立象以尽意"的方法论对后世影响最为深远②。魏晋的言意之辨促进了玄学统系之建立,当时虽有西晋欧阳建持"言尽意"论,却无人喝彩,"言不尽意"论成为魏晋南北朝时期语言哲学的主潮③,并且被同时的诗学批评家所移用。陆机《文赋序》云:"恒患意不称物,文不逮意。盖非知之难,能之难也。"④为思维与存在、语言与思维之间的距离而倍感苦恼。刘勰《文心雕龙·神思》也

---

① 葛兆光《汉字的魔方》,沈阳:辽宁教育出版社,1999年,第194—210页。
② 详见李贵、周裕锴《语言:筌蹄与家园——庄子言意之辨的现代观照》,《四川师范大学学报》1997年第1期,第64—70页。按:由于疏忽,原文注解在引郭庆藩释文时未把"家世父"改成"郭嵩焘"。
③ 详见汤用彤《魏晋玄学论稿·言意之辨》,上海:上海古籍出版社,2005年,第19—37页。
④ 张少康《文赋集释》,北京:人民文学出版社,2002年,第1页。

有同样的体会:"方其搦翰,气倍辞前;暨乎篇成,半折心始。何则?意翻空而易奇,言征实而难巧也。"因此,面对丰富复杂的感性世界,刘勰就只有感叹诗人的无能为力了:"至于思表纤旨,文外曲致,言所不追,笔固知止。"[①]从六朝到盛唐,诗人们大都遵循"立象以尽意"的创作原则,通过呈现各种物象来表现世界与自我,不在乎情感与意义的完整清晰,只在乎感受与印象的"透彻玲珑,不可凑泊"[②]。很显然,立象尽意的背后是对语言的怀疑,也不排除诗人在语言表现力方面的欠缺。更有甚者,是一味求象而忽略情感与意义,如独孤及《检校尚书吏部员外郎赵郡李公中集序》所指:"作者往往先文字、后比兴,其风流荡而不返,乃至有饰其词而遗其意者,则润色愈工,其实愈丧。"[③]

处于盛中唐之交、与独孤及同时的杜甫也意识到这一点,并且力图加以改变。作为承前启后的大诗人,杜甫沾溉后人甚多,其中就包括他的诗学语言观。他相信言能尽意,《敬赠郑谏议十韵》主张语言能够"毫发无遗憾"地表现意思,《戏为六绝句》其一赞扬庾信"凌云健笔意纵横",其四批评"或看翡翠兰苕上,未掣鲸鱼碧海中",意味着他对语言的信任,对具有强大表现力、能够详尽地传情达意的诗歌语言的渴望和尝试。

杜诗在当时影响不大,到中唐始被人推崇,其中以韩愈学杜最为突出。安史之乱后,社会危机四伏,诗歌也走入了歧途,意象往往限于风花雪月,不及社会人生;语言陈旧卑弱,表现力不强。试图化解时代危机的韩愈也力图把诗歌引上新的发展道路。元和诗坛常被后世视为中国诗歌的一大转折,富有象征意味的是,集中体现韩愈诗论的《荐士》诗即作于元和元年(806)。韩愈在诗里有意识地论述了从《诗经》到唐朝的诗歌发展史,他批评六朝诗歌"搜春摘花卉,沿袭伤剽盗",借推介孟郊的诗表达了自己的诗

---

① 杨明照《增订文心雕龙校注》,北京:中华书局,2000年,上册第369—370页。
② 严羽撰、郭绍虞校释《沧浪诗话校释·诗辨》,北京:人民文学出版社,1961年,第26页。
③ 《全唐文》卷三八八,上海:上海古籍出版社影印本,1990年第2册第1746页。

学主张。这段话常见征引,用以说明韩孟诗派的语言风格。这当然是对的,但换一个角度考虑,这段话也反映了韩愈对言、意、物三者关系的看法。"冥观洞古今"是指作者的意,"象外逐幽好"指诗歌要表现的物,实质也包括在作者的意里,"横空盘硬语,妥帖力排奡"即指诗歌语言详尽准确地表达了作者的意。"横空",一作"纵横",合下句观之,则近似杜甫"凌云健笔意纵横"的追求。由此看来,韩愈是主张言能尽意的。许顗评"横空盘硬语,妥帖力排奡"两句云"盖能杀缚事实,与意义合,最难能之",指出了韩愈言与意合的主张。李光地说此诗未提及陶渊明,"与论文不列董、贾者同病,犹未免于以辞为主尔",虽意在批评,却也道出了韩愈着力提高语言表现力的诗学追求[1]。

韩愈的古文理论也包含了言能尽意的思想,《答刘正夫书》认为文章"无难易,惟其是尔"[2]。"是"义为正确、合理,恰到好处,亦即达意精确。然则语言应当而且可能精确地传达意志情感,关键在于主体驾驭语言的能力。

此认识根源于他的语言观。在《择言解》里,韩愈高度评价了语言的作用:"言起于微,而为用且博,能不违于道,可化可令,可告可训,以推于生物。"认为言通于道,语言能明道传意,把语言看作传情达意、化今传后的工具。语言既可用于传道化民,也就可以详尽达意。由于语言的作用极其重要,因此需要慎重选择用语,否则,"及其纵而不慎,反为祸矣","所以知理者又焉得不择其言欤?"推而论之,言不能尽意,并不是语言天生的不足,而是说话者择语不慎、用语不精,因此,不应该怀疑语言表情达意的能力,而应该加强自身修养,着力提高语言的表现力。韩愈尤其重视文学语言,《送孟东野序》称"人声之精者为言,文辞之于言,又其精也",文学语言作为精华中的精华,更需要创作主体

---

[1] 此段以上所引均见钱仲联《韩昌黎诗系年集释》卷五《荐士》诗及相关注语,第527—540页。本节所引韩诗均见此书。
[2]《韩昌黎文集校注·韩昌黎文集第三卷》,马其昶校注,上海:上海古籍出版社,1987年,第207页。本节所引韩文均见此书。

的锻炼琢磨。

韩愈言尽意的看法还散见于其他各处。《上襄阳于相公书》称赞对方：

> 故其文章言语与事相侔，惮赫若雷霆，浩汗若河汉，正声谐《韶》《濩》，劲气沮金石，丰而不馀一言，约而不失一辞，其事信，其理切。

认为言语和它表现的"事"之间存在同一性，强调用语的准确、得当和表现力。《送权秀才序》说"其文辞引物连类，穷情写物"，明确表达了同样的看法，着一"穷"字而完全推翻了言不尽意论。类似的看法在《进学解》、《答尉迟生书》、《贞曜先生墓志铭》、《答孟郊》等诗文中都有不同程度的表述。韩愈念念不忘的，一是相信语言能够表达思维，描述自然，二是动用理性的力量来打造语言，喜欢强劲的语言表现力，务求逼真吻合，"惟其是尔"，这是他毕生的追求[①]。到北宋中叶，韩愈的追随者在语言哲学领域高举的也是这两面大旗。更重要的是，正如季镇淮指出的，在诗的创作实践上，韩愈"似乎特别重视语言的创造"[②]。《荐士》诗赞扬孟郊的"横空盘硬语，妥帖力排奡"，《赠崔立之评事》批评对方"才豪气猛易语言，往往蛟螭杂蝼蚓"，钟情富于创造性和表现力的语言，不满轻率未工的言词，评判标准都是语言，诗歌的创新最终落实到语言而不是意象，此视角后来成为北宋大诗人的共同视域，而这也正是"宋调"的艺术本质。

---

① 朱熹说韩愈"第一义是去学文字"，"韩退之及欧苏诸公议论，不过是主于文词"，虽意在批评，却启发我们注意中唐—北宋儒学思想"语言学转向"的问题。见黎靖德编《朱子语类》卷一三七，王星贤点校，北京：中华书局，1986年，第8册第3273、3276页。此外，据孙昌武的研究，韩愈在诗文里经常谈"辞"、"文词"、"文辞"，多指经过加工的文学语言，其中"文辞"一语在其文章中出现二十多次，多是讲文学语言创造，而且韩愈以善文辞而自负。见孙昌武《唐代古文运动通论》，天津：百花文艺出版社，1984年，第140页。

② 季镇淮《韩愈的诗论和诗作》，《中华学术论文集》，北京：中华书局，1981年，第437—459页。

第三章　韩愈与"宋调运动"

从作品看,韩愈实践了他的理论,至少在晚唐、北宋人看来是如此。司空图论诗虽与韩愈异趣,却能欣赏异量之美的韩诗,《题柳柳州集后》说韩诗"驱驾气势,若掀雷扶电,撑抉于天地之间,物状奇怪",读之"不得不鼓舞而徇其呼吸也"①,点出了韩诗语言强劲的表现力。后来欧阳修等人也一致赞赏这一点,并重点指出韩诗意与言合的特点。

韩愈的同道刘禹锡也相信语言可以尽意。诚然,刘禹锡《视刀环歌》有名言:"常恨言语浅,不如人意深。"②在对男女之情难以尽传的感叹中表现出对传统"言不尽意"论的认同。钱锺书曾以之论证语言达意的困难③。但刘禹锡又在《董氏武陵集纪》里说:"片言可以明百意,坐驰可以役万景,工于诗者能之。"④此语被王世贞作为诗学隽语予以摘录⑤。"明"字是对语言达意功能的称许。在刘禹锡看来,能否传达清楚己意,关键在于作诗者的个人能力,即能否"工于诗"。刘禹锡两组诗文联结起来解读,意思是:常常对语言不能深入详尽地传达人意感到遗憾;但是,倘若才华和能力足够,即或只运用少许语言,也可以使己意明了。"明百意"肯定了诗歌语言在达意方面的"能动性和积极意义"⑥,其实已经提出了"言尽意"论。

二、北宋的语言乐观主义

至北宋,梅尧臣比韩愈更进了一步。《六一诗话》载梅尧臣语曰:

> 诗家虽率意,而造语亦难,若意新语工,得前人所未道

---

① 《司空表圣文集》卷二,《四部丛刊》本。
② 《刘禹锡集》卷二六,北京:中华书局,1990年,第339页。
③ 钱锺书《管锥编》,北京:中华书局,1986年,第2册第406页。
④ 《刘禹锡集》卷一九,第237页。
⑤ 王世贞《艺苑卮言》卷一,丁福保辑《历代诗话续编》本,北京:中华书局,2006年,中册第954页。
⑥ 周裕锴《中国古代阐释学研究》,上海:上海人民出版社,2003年,第330页。

> 者,斯为善也。必能状难写之景如在目前,含不尽之意见于言外,然后为至矣。

不尽之意可以从言外获得,其途径在"造语",也即言能尽意,只不过有言里言外之别,其座基仍在对语言表意潜能的乐观主义。至于"能状难写之景如在目前",则与韩愈《答孟郊》所谓"文字觑天巧"的精神相一致,都是相信语言刻画自然百态之功。因为相信言能尽意,所以需要在两方面用功,一是提炼诗意,追求"意新";二是锤炼语言,追求"语工"。梅尧臣把诗歌的发展归结为意度与语言,而又特别强调"造语"在状物和写意方面至关重要的作用,实质上是把诗歌创作和发展最终归结到语言上。活动于仁宗至神宗朝的桂林僧景淳在《诗评》里宣布:

> 诗之言为意之壳,如人间果实,厭状未坏者,外壳而内肉也。如铅中金、石中玉、水中盐、色中胶,皆不可见,意在其中。①

明确把诗歌语言当作诗人意念的外壳,肯定二者是不可分割的,具有同一性,这比梅尧臣的认识更加直接、明晰和彻底。下面还将谈到,苏轼也隐约有这种观点。现代西方的某些"新理论"与这种认识如出一辙。贝特森曾说:

> 我的论点是,一首诗中的时代特征不应去诗人那儿寻找,而应去诗的语言中寻找,我相信,真正的诗歌史是语言的变化史,诗歌正是从这种不断变化的语言中产生的。②

俄国形式主义在批判了传统的文学研究着眼于文学外因素而无异于隔靴搔痒之后,明确提出"诗句是一种具有语言学性质(句法的、词汇的和语义的性质)的话语特殊形式",诗歌"是一种困难的、扭曲的话语",进而认为诗歌的本质就在于以语言为内核的

---

① 此据张伯伟的考订,见其《全唐五代诗格汇考》,南京:江苏古籍出版社,2002年,第499—501页。
② 转引自韦勒克、沃伦《文学理论》,刘象愚等译,北京:三联书店,1984年,第186页。

"文学性",对诗歌的研究必须聚焦在具体的语言结构上①。梅尧臣"造语"理论、僧景淳言意合一之论的提出远在他们之前。

依照"语工"的标准,语意多歧就成了嘲笑的对象。《六一诗话》引梅尧臣语曰:

> 诗句义理虽通,语涉浅俗而可笑者,亦其病也。如有赠渔父一联云:"眼前不见市朝事,耳畔惟闻风水声",说者云患肝肾风。又有咏诗者云:"尽日觅不得,有时还自来",本谓诗之好句难得耳。而说者云:此是人家失却猫儿诗。人皆以为笑也。

这些诗病之所以可笑,是因为语言缺乏精确性和特殊性。要避免浅俗可笑,就必须做到"语工",即表达的精确高妙。

文学家梅尧臣"意新语工"的好诗标准得到了哲学家的认同。邵雍从言与意关系的角度重新阐释了作为儒家诗学纲领的"诗言志"说:

> 何故谓之诗?诗者言其志。既用言成章,遂道心中事。不止炼其辞,抑亦炼其意。炼辞得奇句,炼意得馀味。②

既然诗的本质是言志,那么"言"就应该、而且理所当然地能够道出"心中事"。显然,在邵雍看来,"言尽意"是"诗言志"命题的应有之义,诗人对此不应有异议,而只需要锤炼命意与言辞,也即梅尧臣所谓达到"意新语工"。

欧阳修诗学韩愈,诗学语言观也上承韩愈,而且有更大的发展。其《六一诗话》云:

> 退之笔力,无施不可……其资谈笑、助谐谑、叙人情、状物态,一寓于诗,而曲尽其妙。此在雄文大手,固不足论,而

---

① 参见艾亨鲍姆《"形式方法"的理论》、什克洛夫斯基《艺术作为手法》,载托多洛夫编选《俄苏形式主义文论选》,蔡鸿滨译,北京:中国社会科学出版社,1989年,特别是第56、77页。
② 邵雍《论诗吟》,《伊川击壤集》卷一一,《四部丛刊》本。

> 余独爱其工于用韵也……乃天下之至工也。

在标举诗学典范韩愈的"笔力"的同时,欧阳修也表达了自己对诗歌语言的看法:诗歌可以描写任何事物,诗歌语言任什么内容都能表达得好,关键在于诗人是不是"雄文大手",即是否具备驾驭语言的高超能力。"无施不可"①、"曲尽其妙"涉及了言、意、物三者之间的关系,表明了对诗歌语言达意写物的乐观态度,其实就是韩愈语言理论的集中概括。只不过,韩愈未在语言方面对诗歌作过专门的具体论述,而隐约以宋之韩愈自居的欧阳修则进一步发展了榜样的言论,集中而鲜明地提出了新的诗歌语言主张。

与韩愈一样,欧阳修的诗歌语言主张也根源于他的语言本体观。在这方面,他比韩愈走得更远,直接反驳了儒家"言不尽意"论:

> "书不尽言,言不尽意"。然自古圣贤之意,万古得以推而求之者,岂非言之传欤?圣人之意所以存者,得非书乎?然则书不尽言之烦而尽其要,言不尽意之委曲而尽其理。谓"书不尽言,言不尽意"者,非深明之论也。②

长期以来被奉为神圣宝典的儒家话语竟被欧阳修斥为"非深明之论",北宋中叶的疑古、疑经思潮于此可见一斑。不必怀疑语言的达意功能,也不必采取"立象以尽意"的老套手段,"意"中自有"理"在,人的理性语言足以尽"理",从而也就详尽地表达了"意"。

道学家程颐的"远近皆尽"说也包含着言尽意论:

> 圣人之语,因人而变化,语虽有浅近处,即却无包含不尽处。……他人之语,语近则遗远,语远则不知近。惟圣人之言,则远近皆尽。
> 须是养乎中,自然言语顺理。今人熟底事,说得便分明。

---

① 欧阳修屡用此语,如《再论水灾状》荐王安石"无施不可",是指人的才能;《六一诗话》称杨亿"雄文博学,笔力有馀,故无施而不可",则与论韩愈一样,都指笔力。
② 欧阳修《试笔·系辞说》,《欧阳文忠公文集》。

第三章 韩愈与"宋调运动"

若是生事,便说得寨涩。须是涵养久,便得自然。若是慎言语,不妄发,此却可著力。①

凡人之语不能尽意;圣人之言无所不尽。与对象疏离隔膜,其表达当然说不上清楚;倘若内心真正把握了对象的底蕴,表达起来便详尽分明。由此看来,不是语言本身不能尽意,而是立言者是否达到了足够的表达水平,这与欧阳修对"雄文大手"的肯定是相通的。

综上所述,梅尧臣"意新语工"的标准实可概括韩愈以及仁宗天圣(1023—1032)以后学韩派的共同追求。"意新"指的是诗人与世界、诗人与传统的关系,乃就构思而言;"语工"指的是语言与世界、语言与思维的关系,乃就表达而言。试作简略说明。

韩愈写诗作文,不仅追求"词必己出",也尽力做到意必己出。清顾嗣立《寒厅诗话》说:"韩昌黎诗句句有来历,而能务去陈言者,全在于反用。……此等不可枚举。学诗者解得此秘,则臭腐化为神奇矣。"②反用古人成语就是自出己意。此外,针对前人的某些说法,韩愈常常有意翻案出新,如许多批评家都指出他的《感春四首》之二和《秋怀诗十一首》之二独具翻案出新之妙③。伤春是传统一贯的主题,韩愈《感春五首》之一却"写出闲景兴","写得极乐"④,一改旧诗意,也开了宋人"悲哀的扬弃"的先声⑤。阎琦把韩诗在语言上的创造分为巧喻、反用、去熟和用狠猛语、粗俗语四方面⑥,其实前三项也是韩愈自出新意的方式。

韩愈力求新意的诗法至北宋中叶达于极盛,嘉祐四年(1059)以王昭君为题材原型的同题唱和诗就是一场"意新"大竞技。先

---

① 张伯行编《二程语录》卷一〇、卷一一,《正谊堂丛书》本。
② 钱仲联《韩昌黎诗系年集释》附录,第 1336—1337 页。
③ 见钱仲联《韩昌黎诗系年集释》,第 370、545 页。
④ 何焯、程学恂语,见钱仲联《韩昌黎诗系年集释》,第 728 页。
⑤ "悲哀的扬弃"是吉川幸次郎在《宋诗概说》里对宋诗人生观的概括,见其《宋元明诗概说》,李庆等译,郑州:中州古籍出版社,1987 年,第 22—25 页。
⑥ 阎琦《韩诗论稿》,西安:陕西人民出版社,1984 年,第 72—79 页。

是王安石作《明妃曲二首》,新意迭出,引起学韩诸人的极大兴趣,欧阳修、曾巩、司马光、刘敞、梅尧臣等人纷纷赓和,率皆以议论为诗,于前人未到处各出己意①,欧阳修甚至自认为平生最得意之作②。诗意翻新意识贯穿于宋人各类题材的作品,在咏史、咏物、题画、讽谕、抒怀等各类诗中,都能找到大量的翻案实例③。梅尧臣、苏轼、黄庭坚先后都提出过诗歌应"以故为新、以俗为雅"的主张④,自出新意当然也是其中的应有之义,而诗歌题材也就相应地得到扩大。

在语言与世界、语言与思维的关系上,韩欧诸人都相信并且要求诗歌能刻画出造化的真相,追求一种表现力度,他们用的是"镌劖"或类似的词语。韩愈《答孟郊》诗说"文字觑天巧",是相信语言模写自然的能力。《酬司门卢四兄云夫院长望秋作》夸赞对方的诗歌则云:

> 《望秋》一章已惊绝,犹言低抑避谤讟。若使乘酣骋雄怪,造化何以当镌劖。

"镌"义为凿、雕刻,"劖"义为刺、雕刻,"镌劖"乃"加倍写法"⑤,极言语言刻画对象的详尽力度。欧阳修和王安石在许多场合使用"镵刻"、"雕锼"等同义词,意思都指向语言尤其是诗歌语言能详尽地、丝毫不差地刻画出造化的真相⑥。从同义词的递相沿用,可

---

① 参见周裕锴《宋代诗学通论》,第196—197页;张高评《唐宋昭君诗的文献学意义——以昭君和亲的反思为例》,《新国学》第一卷,成都:巴蜀书社,1999年。
② 叶梦得《石林诗话》卷中,《历代诗话》本,上册第424页。
③ 详见张高评《宋诗之传承与开拓》,台北:文史哲出版社,1990年,第36—115页。
④ 见胡仔《苕溪渔隐丛话》前集卷二六引《后山诗话》载梅尧臣语,第176页;苏轼《题柳子厚诗二首》之二,《苏轼文集》卷六七,第5册第2109页;黄庭坚《再次韵并引》,《山谷诗集注》卷一二,《黄庭坚诗集注》,刘尚荣校点,北京:中华书局,2003年,第2册第441页。
⑤ 程学恂语,见钱仲联《韩昌黎诗系年集释》,第812页。
⑥ 参见朱刚《唐宋四大家的道论与文学》,第214—222页。诗学韩愈的王令亦持此论,其《读老杜诗集》赞扬杜诗:"镌镵物象三千首,照耀乾坤四百春。"见《王令集》卷一一,第207页。"镌镵"乃综合韩愈的"镌劖"、欧阳修的"镵刻"而成,意义相同。

第三章 韩愈与"宋调运动"

以窥见诗歌语言观从中唐到北宋的继承与发展。

从韩愈到梅尧臣、欧阳修,他们的语言哲学都是为了让诗歌语言更准确地表现对象,这在天圣前后学韩派诗歌里有显著体现。上引材料说明,石延年、苏舜钦、梅尧臣的诗歌都被欧阳修赞为能写出造化的真相,其语言刻画对象的力度尤为欧阳激赏。据宋人记载,梅尧臣"欲极赋象之工,作《挑灯杖子》诗尚数十首"①,可见他在这方面的操练。宋人谓梅尧臣"必能状难写之景如在目前,含不尽之意见于言外"之语"真名言也",并具体称赞他的某些诗句为"状难写之景也",某些句子为"含不尽之意也"②。清叶燮评论苏舜钦、梅尧臣的诗歌:"自梅、苏变尽昆体,独创生新,必辞尽于言,言尽于意,发挥铺写,曲折层累以赴之,竭尽乃止。"③从语言与思维的角度道出了二人的尽意特点。欧阳修的作品也意度尽出,其《明妃曲》"玉颜自古为身累,肉食何人与国谋"两句被南宋叶梦得视为"言意所会"的代表,叶氏同样称许王安石晚年诗"意与言会,言随意遣"④。"宋调"起于韩愈,成于苏舜钦、梅尧臣、欧阳修诸人,其间一以贯之的哲学基础就是语言哲学上的言尽意论。因为要用语言尽意,诗歌语言便趋向于明晰精确。本节开头所引葛兆光的论述,把唐诗(近体诗)称为表现感受与印象、埋没意绪的"表现"型诗歌,把宋诗称为表达情感与意义、语序完整、意脉清晰的"表达"型诗歌,无疑极有见地。

欧阳修在晚年把"斯文"托付给苏轼,后者在多方面继承、发展了座主的文化业绩和见解,其中包括言尽意论。苏轼对语言基本上持一种乐观主义的态度,《送钱塘僧思聪归孤山叙》明确表示聪之诗可以作为聪"得道浅深之候",认为语言能够呈现出说话者的某种情状,或得道的程度,把语言当作意度的征候。《题僧语录后》也持这种语言本体观:"佛法浸远,真伪相半。寓言指物,大率

---

① 邵博《邵氏闻见后录》卷一八,北京:中华书局,1983年,第145页。
② 张镃《诗学规范》,《宋诗话辑佚》本,下册第623页。
③ 叶燮《原诗》卷四,《清诗话》本,第605页。
④ 叶梦得《石林诗话》卷上,《历代诗话》本,上册第406、407页。

相似。考其行事，观其临祸福死生之际，不容伪矣。而或者得戒神通，非我肉眼所能勘验，然真伪之候，见于语言。"

这种语言的乐观主义态度很容易导致对早期儒家怀疑主义语言观的不满。欧阳修驳斥了《周易·系辞上》"书不尽言，言不尽意"的经典话语，苏轼《答谢民师书》则对孔子"辞达而已矣"的标准作出新的阐释：

> 孔子曰："言之不文，行而不远。"又曰："辞达而已矣。"夫言止于达意，即疑若不文，是大不然。求物之妙，如系风捕影，能使是物了然于心者，盖千万人而不一遇也。而况能使了然于口与手者乎？是之谓辞达。辞至于能达，则文不可胜用矣。

所谓"了然于口与手"，讨论的是言与意的关系，是相信言辞完全能表达主观意念，即"辞达"。对绘画语言，苏轼亦作如是观，《文与可画篔筜谷偃竹记》强调"心手相应"，也即此处所谓"了然于口与手"。做到"辞达"并不容易。在言、意、物三者关系中，首先要求对物"了然于心"，即主观意念正确地反映客观事物，达到这一步已经很难，故苏轼有"千万人而不一遇也"的慨叹，更何况"能使了然于口与手者乎"？但唯其困难，正见出诗人用语之工巧。在苏轼看来，陶渊明就是这样的诗人。在《书诸集改字》中，他评陶诗"采菊东篱下，悠然见南山"，认为"见"字可喜，而诸本作"望"便神气索然。可见问题不在语言能否尽意，语言本能尽意，关键看作者能不能找到传情达意的最佳话语——而这正是欧阳修的看法："雄文大手"方能"无施不可"、"曲尽其妙"。值得注意的是，苏轼把陶渊明的自适心态与用字联系起来，与梅尧臣把诗歌落实到语言是一致的，说明在他们心目中诗歌的根本问题是语言问题。苏轼《评诗人写物》又指出："诗人有写物之功。"强调用语言准确地表现客观事物，实质也是"曲尽其妙"。

三、中唐—北宋禅宗的"语言学转向"

与韩愈、欧阳修、苏轼诸人在儒学和文学领域反转传统语言

第三章 韩愈与"宋调运动"

观的思潮相呼应,中唐到北宋的禅宗对语言的表意功能也乐观起来。本来,禅宗不相信语言能把握存在、传承大道,甚至要求取消语言,对语言持虚无主义的态度①。随后,正如葛兆光对公元9至10世纪禅思想史的研究所表明的,这个时期佛教的知识、思想与信仰世界发生了一个深刻的"语言学转向"。这个转向"从思想深层看,是语言从承载意义的符号变成意义,从传递真理的工具变成真理本身,大乘佛教关于真理并不是在语言中的传统思路,在这时转了一个很大的弯子,似乎真理恰恰就在语言之内"②。周裕锴对禅宗语言史的考察也表明,受同时代儒家言意观的影响,宋代禅宗也走向了语言之途,认为语言是心的显现,把语言作为得道浅深的征候,相信言能传道,于是"无字禅"变成了"文字禅",禅宗从"不立文字"变成了"不离文字",其中"文字禅"的公开倡导者、主张禅教合一的惠洪最集中地体现了这种语言观,他坚信语言文字本身完全能传达义理,甚至书面文字对理解义理也构不成任何障碍③。

尤可注意者,与苏轼并称的黄庭坚也相信语言的表意功能,不同的是,苏轼是从创作主体的角度,阐发的是儒家的命题;黄庭坚是从接受主体的角度,质疑的是禅宗的教规。作为古代禅师言行的文字记录,禅宗语录曾颇受非议,被认为无助于传道。针对这种非议,黄庭坚辩护说:

> 佛以无文之印,密付摩诃迦叶,二十八传而至中夏,初无文字言说可传可说。真佛子者即付即受,必有符证印空同文。于其契合,虽达摩面壁九年,实为二祖铸印。若其根器不尔,虽亲见德生,棒似雨点;付与临济,天下雷行,此印陆

---

① 参见周裕锴《禅宗语言》,杭州:浙江人民出版社,1999年,第14—19页。
② 葛兆光《中国思想史》第二卷《七世纪至十九世纪中国的知识、思想与信仰》,上海:复旦大学出版社,2000年,第174—196页。
③ 周裕锴《禅宗语言》,第142—177页。关于北宋儒家言意观的转变及其对禅宗语言观的影响,参见周裕锴《文字禅与宋代诗学》,北京:高等教育出版社,1998年,第19—25页。

沉,终不传也。今其徒所传文字典要,号为一四天下品,尽世间竹帛不能载也。盖亦如虫蚀木,宾主相当,偶成文尔。若以为不然者,今有具世间智、得文字通者,自可闭户无师,读书十年,刻菩提印而自佩之矣。故曰:"神而明之,存乎其人。""苟非其人,道不虚行。"①

若是钝根人,即使亲自见到高僧大德,也无法获传菩提心印;若是利根人,即使无师传授,也可以通过闭门阅读语录而自证心印,因为透过语言能够捕捉到说话者的意念。换言之,语录中的语言已经完全传达了前代大师的"意",至于读书者能否悟道,就看接受者的素质——所谓"根器"——如何。庄子认为后人通过书本所读到的只是"古人之糟魄"②,早期禅师告诫学者"莫向文字中求心"③,黄庭坚则认为通过读书能达到与古人契会心印的效果,两种观点形成鲜明对比,其原因就在于庄子和早期禅宗都怀疑语言的表达功能,强调"道"的不可言说性,消极看待语言;而黄庭坚则对语言持积极看法,相信"道"可言说,言能尽意。黄庭坚是北宋后期站在诗学、理学和禅学交接处的重要人物,他对语言的乐观主义态度标志着中唐到北宋的儒学、禅学和诗学领域在言能尽意的语言观上达成了共识。

四、言尽意论与诗歌语言大变局

于是,在对待语言表意功能的问题上,传统儒家、道家的怀疑主义态度和禅宗的虚无主义态度基本被宋人的乐观主义态度所替代。于是,在诗学领域,随处可见对言能尽意的赞叹和满足。前引欧阳修对韩诗"曲尽其妙"的夸奖和叶梦得对欧阳修、王安石诗"意与言会"的评价就是显例。此时期的批评家相信语言完全可以与创作主体的主观意念相契合,而此时期的诗人的作品也被

---

① 黄庭坚《福州西禅暹老语录序》,《豫章黄先生文集》卷一六,《四部丛刊》本。
② 《庄子·天道》篇,陈鼓应《庄子今注今译》,北京:中华书局,1983年,第357—358页。
③ 《镇州临济慧照禅师语录》,慧然集,《大正藏》第四七卷。

第三章 韩愈与"宋调运动"

认为达到了意与言的同一。有了这种自信,诗人似乎真的可以做到任什么内容都能表现得好了。宋代诗论里经常可见对诗歌语言"曲尽形容之妙"的赞语,古人"言不尽意"的苦恼和遗憾被宋人"曲尽其妙,毫发无遗恨"的满足所取代①。由此出发,造语下字的精确性和特殊性得到强调,多歧义的语言则被视为诗病,前引梅尧臣批评"语涉浅俗而可笑者"即是一例。又如:

> 程师孟知洪州,于府中作静堂,自爱之,无日不到,作诗题于石曰:"每日更忙须一到,夜深常是点灯来。"李元规见而笑曰:"此无乃是登溷之诗乎!"②

本意是写爱静堂而每日必到,结果却被人故意理解成每日如厕。并不是语言不能准确达意,而是表达者造语不工,没有描述出独特的"这一个"。因此,诗人需要锤炼精确高妙的语言,"觅句置论句法","要以溜亮明白为难事"③。

基于对语言的信任,宋人在言、意、物之间建立了新的联系,据周裕锴研究,大约可总结出两点:一是要求"意与言会",强调主体意念的准确传达;二是要求"写物之功",强调客体形神的准确刻画④。韩愈是这种理论的鼻祖,他们共同的语言观是言尽意论。一方面要求语言与意度契合无间,另一方面要求造语下字务求工巧妥帖。

无论是韩愈追求的"横空盘硬语,妥帖力排奡",刘禹锡相信语言能明百意,还是欧阳修称许的"无施不可"、"曲尽其妙",无论是梅尧臣的"造语",还是苏轼的"辞达",着眼点都在语言,说明在他们心目中,诗歌的根本问题是语言问题。由此可见,中唐—北宋的诗歌革新实质上是语言本体观的反转,是诗歌语言的革新,语言取代意象被视为诗歌的第一要素,诗歌的优劣不在意象的优

---

① 参见俞成《萤雪丛说》卷一,《儒学警悟》本;范温《潜溪诗眼》,《宋诗话辑佚》本,上册第 328 页。
② 魏泰《东轩笔录》卷一五,第 170 页。
③ 吴坰《五总志》,《四库全书》本。
④ 周裕锴《宋代诗学通论》,第 398—401 页。

劣,而在语言的表现力,在于表达的"尽"否和"造语"的"工"否。于是,韩孟诗派和李贺翻空出奇,白居易及白体诗人浅切务尽,贾岛及晚唐体终日"苦吟",李商隐及西昆体避熟就生,梅尧臣操练"意新语工",欧阳修、王令、王安石实践镵刻露骨,苏轼以文为诗,黄庭坚及江西诗派醉心"句法":注重语言革新是他们的一致追求。宋代禅宗被人称为"文字禅",而典型的宋诗也被人称为"以文字为诗"。本书绪论部分曾引用严羽《沧浪诗话·诗辨》里对宋诗的批评:"近代诸公乃作奇特解会,遂以文字为诗,以才学为诗,以议论为诗。"①何谓"以文字为诗",以往颇多误解,周裕锴从严羽以禅喻诗的语境出发,认为这是作为禅宗"不立文字"的对立面提出的(早期禅宗要求"不立文字",北宋禅宗则变成"不离文字"),是指"写诗时把注意力放到文字的选择安排、推敲琢磨上"②,最得严羽本意。因此"以文字为诗"就是指注重语言文字的工巧,专在句法格律等形式美学方面下工夫。作为对本朝诗学的总结,南宋魏庆之的《诗人玉屑》列有句法、造语、下字、锻炼等专门探讨诗歌语言的部门,足可见出宋诗学创作理论的语言学倾向。宋代诗学一路行走的是语言之途,中唐—北宋的宋调运动实质就是一次"语言学转向"的运动。

言尽意论对宋诗的影响是多方面的。因为相信言能尽意,"意"也就不是可有可无的,所以要"炼意",要求"意新",要"以故为新、以俗为雅",由此形成了宋代诗学中的"尚意"观③,也扩大了宋诗的题材④;宋人的尚意主要是"言志",如严羽《沧浪诗话·诗辨》所谓"本朝人尚理,唐人尚意兴",道出了宋诗的理性化特征,

---

① 郭绍虞《沧浪诗话校释》,第26页。
② 周裕锴《〈沧浪诗话〉的隐喻系统和诗学旨趣新论》,《文学遗产》2010年第2期,第28—37页。
③ 关于宋代诗学的尚意,参见胡晓明《中国诗学之精神》,南昌:江西人民出版社,1990年,第147—182页;谢佩芬《北宋诗学中"写意"课题研究》,台北:台湾大学出版委员会,1998年。
④ 关于宋诗题材的扩展,参见王水照主编《宋代文学通论》,第52—53、383—399页。

宋诗更多的是主体的理性认识,倾向于明晰而非朦胧①,在此背景下要求"尽意",遂不得不"以文为诗"、"以议论为诗";要把明晰的理性认识精确地表达出来,就需要"语工",选择准确工巧的用语,终于"以文字为诗"。

第三节 以文为诗:"出位之思"与文体革新

关于韩愈及宋诗"以文为诗"的评价问题,前修时贤已作了许多研究,学术界多以"出位之思"一语来肯定"以文为诗"的价值及意义,故以下先讨论"出位之思"之涵义。

一、术语"出位之思"的中外来源及内涵

关于美学上的"出位之思",常见的说法是出自钱锺书对德国美学术语的借用。如叶维廉在《"出位之思":媒体及超媒体的美学》一文中解释"出位之思"时说:"源出德国美学用语Andersstreben,指一种媒体欲超越其本身的表现性能而进入另一种媒体的表现状态的美学。钱锺书称之为'出位之思'。"②叶维廉此说被广泛引用,在中文学术界影响颇大,但既未明言具体出处,所论亦语焉不详,故于此考辨"出位之思"一词的来龙去脉和具体内涵,以促进对"以文为诗"的美学认识。

中文的"出位之思"本是贬义词,是褒义词"思不出位"的反面。"思不出位"语本《周易·艮》:"象曰:兼山,艮,君子以思不出其位。"王弼注:"各止其所,不侵官也。"孔颖达疏:"君子以思不出其位者,止之为义,各止其所,故君子于此之时,思虑所及,不出其已位也。"③《论语·宪问》载,当孔子说"不在其位,不谋其政"时,曾子也称引

---

① 详见周裕锴《宋代诗学通论》,第398—403页。
② 叶维廉《中国诗学》,北京:三联书店,1992年,第146页。
③ 《周易正义》卷五,阮刻《十三经注疏》本,上海:上海古籍出版社影印本,1997年,上册第62—63页。

曰:"君子思不出其位。"孔颖达疏:"此章戒人之僭滥侵官也。言若己不在此位,则不得谋议此位之政事也。曾子遂曰君子思谋当不出己位,言思虑所及,不越其职。"①后人以"思不出位"来要求各司其职、谨守本分,不得图谋他人之职事。如《三国志》载孙晓上疏,推崇理想中的社会是"各修厥业,思不出位"②。倘若超出本分,作非分之想,或竟欲越俎代庖,则被斥为"出位之思"。近人马一浮论诗,亦以"出位之思"为贬义,谈到陶渊明时说:"作诗亦须自有悟处。陶诗好处在于无意超妙而自然超妙。论者言颜诗如'错彩镂金',谢诗如'初日芙蓉'。谢之视颜,自是较近自然,然犹有故意为之之处。陶则本地风光,略无出位之思,不事雕绘而自然精炼。"③1948年,钱锺书痛斥"文人而有出位之思,依傍门户,不敢从心所欲,势必至于进退失据"④,也是用"出位之思"的本义。

但在思想和艺术领域,情况则有所不同。康有为就把"思不出位"的古道德扭转到"思必出位"的新思维。据梁启超引述,康有为常常教导学生:"思必出位,所以穷天地之变;行必素位,所以应人事之常。"⑤这是指思想要冲破所有既定框架和思维模式的束缚,自由思索,穷尽变化。钱锺书1939年所作《游雪窦山》诗云:"天风吹海水,屹立作山势。浪头飞碎白,积雪疑几世。我尝观乎山,起伏有水致。蜿蜒若没骨,皱具波涛意。乃知水与山,思各出其位。譬如豪杰人,异量美能备。固哉鲁中叟,只解别仁智。"⑥从水作山势、山有水致的自然景观联系到山和水皆各有出位之思,

---

① 《论语注疏》卷一四,《十三经注疏》本,下册第2512页。
② 《三国志·魏书》第十四《程昱传附孙晓传》,北京:中华书局,1959年,第2册第430页。
③ 《马一浮先生语录类编·诗学篇》,《马一浮集》第3册,马镜泉等校点,杭州:浙江古籍出版社、浙江教育出版社,1996年,第1005页。
④ 钱锺书《谈艺录》,《民国丛书》第4编58册,上海:上海书店影印,第102—103页;又见《钱锺书集·谈艺录》,北京:三联书店,2007年,第216页。
⑤ 梁启超《南海康先生传》,横滨新民社辑印《清议报全编》卷八第二集丁《名家著述》,沈云龙主编《近代中国史料丛刊》三编第15辑影印本,台北:文海出版社有限公司,1986年,第35页。
⑥ 《钱锺书集·槐聚诗存》,北京:三联书店,2001年,第36页。

进一步说到豪杰之士应能具备异量之美。思想道德上谨守本位的"思不出位"被反转成文学艺术上超越本位的"思出其位"。1947年,钱锺书在著名的白话论文《中国诗与中国画》的结尾部分明确地赋予"出位之思"以新意,用来指不同艺术种类超越本位、越界表现的美学现象。这部分内容较长,但后来收入文集时被作者删去,今不惮辞费,引述如下:

> 总括地说:在画的艺术里,用杜甫诗的作风来作画,只能做到地位低于王维的吴道子;反过来,在诗的艺术里,用吴道子画的作风来作诗,便能做到地位高出王维的杜甫。中国传统上诗画标准的同互参差,可算得显著了。这种参差有一个解释。一切艺术,要用材料来作为表现的媒介。材料固有的性质,一方面可资利用,给表现以便宜,而同时也发生障碍,予表现以限制。于是艺术家总想超过这种限制,不受材料的束缚,强使材料去表现它性质所不容许表现的境界。譬如画的媒介材料是颜色和线条,可以表现具体的迹象;大画家偏不刻画迹象而用画来"写意"。诗的媒介材料是文字,可以抒情达意;大诗人偏不专事"言志",而要诗兼图画的作用,给读者以色相。诗跟画各有跳出本位的企图。……这种"出位之思"当然不限于中国艺术。……若就艺术品作风而言,裴德(Pater)《文艺复兴论文集》(Renaissance)论乔治恩尼画派(School of Giorgione)所谓"艺术彼此竞赛"(Andersstreben),高地爱赞铁锡安(Titien)画诗所谓"艺术的换位"(Transposition d'art),跟我们上面所说,毫无二致。换位竞赛,也不仅限于诗和画,譬如梵莱里(Valéry)论象征派诗,就说它想掠取音乐的美(Reprendre de la Musique leurs biens)①。

---

① 钱锺书《中国诗与中国画》,载叶圣陶编《开明书店二十周年纪念文集》,上海:开明书店,1947年,第153—172页,引文见第168—169页。收入作者文集时,此段引文已删去,见《七缀集》,上海:上海古籍出版社,1994年,第1—32页;《钱锺书集·七缀集》,北京:三联书店,2002年,第1—32页。

传统的贬义词"出位之思"被钱锺书赋予了新意,用来指各种艺术体裁和媒介跳出本位、超越媒介限制而去表现自身本不允许表现的境界。钱先生特别比较了西方的相关评论,认为裴德和高地爱所谈论的其实就是艺术的"出位之思"。但钱先生可能觉得二者为人所熟知而未注出处,因此有必要推求裴德和高地爱所论的详细内容。

按,裴德(Pater),即 Walter Pater,今译沃尔特·佩特(1839—1894),是19世纪后半期英国著名的文艺批评家和散文作家,主张"为艺术而艺术",其学术名著《文艺复兴:艺术与诗歌研究》(*The Renaissance: Studies in Art and Poetry*)正是钱锺书所提及的"《文艺复兴论文集》(Renaissance)"。该书是佩特研究文艺复兴文化的论文集,于1873年首次结集出版,书名《文艺复兴史研究》(*Studies in The History of The Renaissance*),1877年修订再版时改为今名[①]。钱先生所谓"乔治恩尼(Giorgione)",今译乔尔乔内(1477—1510),是著名的意大利威尼斯画派画家。佩特的相关论文是"The School of Giorgione"(乔尔乔内画派),原载英国1877年10月的《双周评论》(*Fortnightly Review*,ⅩⅫ,n.s.),佩特在1888年出版论文集第三版时收入其中。有趣的是,钱锺书是有名的"钱文改公",这位佩特也是反复修订自己的文字。此书在他生前总共发行了四版(1873,1877,1888,1893),每次都有改动。1980年,美国学者希尔以1893年版为底本,编辑整理了此书的汇校笺注本。佩特谈论"艺术彼此竞赛"的文字如下:

> 虽然,每门艺术因此都具有它自己特有的标志性规则和无法翻译的魅力,而对各门艺术的基本差异的精确理解则是美学批评的开端;但是,值得注意的是,在其处理固有材料的特殊方式中,每门艺术可能会被发现进入了某种其他艺术的特性,借用一个德国批评术语来说,就是 Anders-streben——

---

① Walter Pater, *The Renaissance: Studies in Art and Poetry*, London: Macmillan and CO., 1877.

各门艺术部分地超出自身的局限,不是真的要互相取代,而是借此能够相互赋予新的力量①。

所谓"特有的标志性规则"(specific order of impressions),是指每门艺术都有自身特定的质的规定性,区别于其他艺术的材料、媒介和本质特征,比如钱锺书对画和诗的媒介材料的辨析。Anders-streben,钱锺书原文去掉了中间的短横线,可能是手民之误;译成"艺术彼此竞赛",则符合佩特的原意。在佩特看来,每门艺术都既有自身的基本特质,又都想超越自身的限制,借鉴其他艺术的方法和材料,以获取新的力量,表现新的境界。Anders-streben是个奇怪的德语词汇,希尔说歌德和黑格尔都没用过这个术语,他也未能从任何一部德语作品的词汇里找到这个术语,不过歌德和黑格尔倒是说过类似的意见。据希尔的注释,歌德在《〈雅典神殿入口〉发刊词》(Einleitung in die Propyläen)里说:"各门艺术以及它们的各个种类,彼此都有密切关系,它们有一种相互结合、相互融合的倾向。……可以发现,所有的造型艺术都力争【strebe】成为绘画,所有的诗歌都力争成为戏剧。"但歌德认为这种倾向是有害的:"艺术衰落最突出的标志就是各种不同艺术种类的混杂。"②众所周知,莱辛在《拉奥孔》里就反对不同类型艺术的混杂,歌德特别在这里赞同莱辛的观点,也许是因为当时正在崛起的浪漫派是主张各种艺术的融合的③。黑格尔的类似观点是:"这种色彩的魔术最后还可以变成占很大的优势,以至比起它来,内容变成无足轻重的,从而使绘画变成只是一种芬芳的气息,一种色调的魔术,它的互相对立,互相辉映以及游戏性的谐和就开始越界转到音乐,正像雕刻在浮雕的高度发展中就开始接近

---

① Walter Pater, *The Renaissance*: *Studies in Art and Poetry*, ed. & noted by Donald L. Hill, Berkeley: University of California Press, 1980, p. 105.
② Walter Pater, *The Renaissance*: *Studies in Art and Poetry*, ed. & noted by Donald L. Hill, Berkeley: University of California Press, 1980, p. 388.
③ 歌德《〈雅典神殿入口〉发刊词》中译者注,《歌德文集》第10卷《论文学艺术》,范大灿等译,北京:人民文学出版社,1999年,第56页。

绘画一样。"①歌德发现造型艺术力争成为绘画,诗歌力争成为戏剧;黑格尔认为雕刻开始接近绘画,绘画越界转到音乐。这大概就是佩特所谓"一个德国批评术语 Anders-streben"的来源,其中,如希尔翻译时特意标出的,歌德直接使用了 streben 一词(文中的 strebe 是 streben 一词的语法变形)②。Anders 的意思是"另外,不同",streben 的意思是"力争,努力追求",佩特将二者组成合成词 Anders-streben,指各种艺术"彼此结合兼融"的企图,与钱锺书对中国艺术"出位之思"的概括正好两相对应,适可互相解释。

再说"高地爱赞铁锡安(Titien)"。高地爱(Théophile Gautier,1811—1872),今译泰奥菲尔·戈蒂耶(戈蒂埃),19世纪中叶法国浪漫主义运动的重要作家,多才多艺,是明确提出"为艺术而艺术"的第一人。铁锡安(Titien),今译提香(Tiziano Vecellio 或 Tiziano Tecellio,1488 或 1490—1576),16 世纪意大利文艺复兴后期威尼斯画派的代表画家,在英语世界常写作 Titian,在法语世界则写成 Titien。戈蒂耶在"艳诗"《博物馆的秘密》(1850)里赞扬了提香的画作,被提香点燃灵感,喊出了"艺术的换位"(Transposition d'art)这个短语③。这是戈蒂耶著名的观点,主张不同艺术彼此借用对方的材料和方法,以丰富、更新自身的艺术表现,譬如以造型艺术、绘画艺术的方法技巧来写诗,塑造感官、视觉上的纯粹美。其诗集《珐琅与宝石》(Émaux et camées,1852)就充分体

---

① Walter Pater, *The Renaissance*: *Studies in Art and Poetry*, ed. & noted by Donald L. Hill, Berkeley: University of California Press, 1980, p. 389. 此处引文用中译本,见黑格尔《美学》,朱光潜译,北京:商务印书馆,1979 年,第 3 卷上册第 287—288 页。原文见 Friedrich Hegel, *Vorlesungen über die Ästhetik* Ⅲ, *Sämtliche Werke*, Bd. 14, Stuttgart: Fr. Frommanns Verlag, 1928, p.81。
② 歌德的原文见 Goethe, "Einleitung in die Propyläen", *Goethes Werke*, Bd. 47, Weimar: Hermann Böhlau, 1896, p. 22。
③ Théophile Gautier, "Musée Secret", *Lettres a Théophile Gautier et a Louis De Cormenin*, ed., Marie Mattei, Genève: Librairie Droz, 1972, pp. 224—227, Une Transposition d'art 见第 226 页。参见 Constance Gosselin Schick, *Seductive Resistance*: *The Poetry of Théophile Gautier*, Amsterdam: Rodopi, 1994, pp. 158—159,197。

现了这种技巧,诗歌、小说、戏剧创作均用此法,艺术批评也贯彻了这种主张,"艺术的换位"也因此成为戈蒂耶的"商标",并且对欧洲文学、艺术和批评影响深远①。中国新文学作家们很早就关注戈蒂耶这些"唯美主义者"。1928年,闻一多撰文评论"先拉飞派"(The Pre-Raphaelite Brotherhood,即"拉斐尔前派兄弟会",1848—1854)的艺术,谈及此派的绘画与诗歌彼此关系密切,称之为"艺术型类的混乱",并且分析这种时代潮流说:"到十九世纪,那趋势反而变本加厉了,趋势简直变成了事实,并且不仅诗和画的界线抹煞了,一切的艺术都丢了自己的工作。给邻家代庖,罗瑟蒂的'诗中有画,画中有诗'只是许多现象中之一种。此外还有戈提叶(Gautier)的'艺术之移置'('Transposition d'Art'),马拉美(Mallarmé)要用文学制成和合曲……诸如此类,数都数不清。看来这种现象不是局部的问题,乃是那时代里全部思潮和生活起了一种变化——竟或是腐化。"②闻一多与歌德一样,对不同种类艺术的混杂深致不满。钱锺书引用戈蒂耶"艺术的换位"理论,则是表示认同。

以上考察了"出位之思"的词义变迁和美学来源,可以发现:钱锺书《中国诗与中国画》确曾谈过"出位之思",但后被作者删去。删去的原因,首先肯定是因为作者精益求精,觉得《中国诗与中国画》原来那样的论述达不到"豹尾"的境界,从而改为现在这样对"嗜好矛盾"现象的讨论。佩特所谓"德国批评术语Anders-

---

① *The New Encyclopaedia Britannica*, 15th Edition, Micropaedia Vol. IV, Chicago: Encyclopaedia Britannica, Inc., 1980, p. 439c; Michael Clifford Spencer, *The Art Criticism of Théophile Gautier*, Genève: Librairie Droz, 1969, pp. 93—102, 107—108; Elwood Hartman, *Three Nineteenth—century French Writer/Artists and The Maghreb: The Literary and Artistic Depictions of North Africa by Théophile Gautier, Eugène Fromentin, and Pierre Loti*, Tübingen: Narr, 1994, pp. 10, 31; Norbert Kohl, *Oscar Wilde: The Works of a Conformist Rebel*, tran., David Henry Wilson, Cambridge: Cambridge University Press, 1989, p. 18.
② 闻一多《先拉飞主义》,原载《新月》第1卷4期(1928年6月10日),收入《闻一多全集》第2卷,武汉:湖北人民出版社,1993年,第151—164页,引文见第153页。

streben",来源颇为蹊跷,钱先生治学严谨,删去亦属正常。戈蒂耶《博物馆的密码》,乃欧洲情色文学名诗,显然与中国大陆的政治情势及文化语境相违,钱先生对其行"删诗""正乐"之举,自不待言。

虽然,Anders-streben 确系德语单词,但并非如叶维廉所说的"德国美学用语 Andersstreben",而是英国批评家佩特在歌德、黑格尔有关论述的启发下,借用歌德所使用的 streben,与 anders 组成新的合成词 Anders-streben,意谓艺术的"兼融互摄";与之类似,法国作家戈蒂耶倡导"艺术的换位"(Transposition d'art),主张不同艺术彼此借用对方的材料和方法。"兼融互摄"和"艺术换位"在欧洲浪漫主义运动时期尤受青睐,钱锺书《中国诗与中国画》一文在中西互鉴、古今打通的基础上,使用本土资源,提炼出文学艺术各门类互相竞赛、相互借用的"出位之思"说,与佩特的 Anders-streben、戈蒂耶的 Transposition d'art 适可互相对应、彼此解释。钱先生后来虽然删除了这段"出位之思"之论,但其文学艺术应有"出位之思"的观点却是一以贯之,如《谈艺录》把以文为诗视为文学"革故鼎新"之"道":"文章之革故鼎新,道无它,曰以不文为文,以文为诗而已。向所谓不入文之事物,今则取为文料;向所谓不雅之字句,今则组织而斐然成章。谓为诗文境域之扩充,可也;谓为不入诗文名物之侵入,亦可也。"①《管锥编》又总结说:"名家名篇,往往破体,而文体亦因以恢弘焉。"②至若叶维廉将"出位之思"解释为"指一种媒体欲超越其本身的表现性能而进入另一种媒体的表现状态的美学",可谓得当。此外,周裕锴又借指同一媒体中不同体裁或类别的文艺形式的相互越界,如诗与文(同属语言艺术)、书与画(同属造型艺术)相通③,也堪称创造性运用。以上就是"出位之思"的中外来源和具体内涵,也是本节讨论

---

① 钱锺书《谈艺录》,第 320 页。
② 钱锺书《管锥编》,第 3 册第 890 页。
③ 见周裕锴《宋代诗学通论》,第 260—261 页。

第三章 韩愈与"宋调运动"

"以文为诗"的立论基础。

二、"以文为诗"的含义和表现

宋代以前,评论韩诗的人本来就少,注意韩愈以文为诗的问题的人则更为罕见。在评论韩诗方面,司空图如果不是宋以前唯一的一个,至少也是极少数人中最重要的一个,上引他的《题柳柳州集后》对韩诗的赞美,只偏在语言的表现力上。他在《诗赋》里说"知非诗诗,未为奇奇",实质已触及文体演变的原由,也隐含着以文为诗的可能,却不提及他所赞美的、大量以文为诗的韩诗,他自己的创作也不朝以"非诗"为诗的方向努力。"以文为诗"的提法,首见于北宋中后期陈师道的《后山诗话》:

> 退之以文为诗,子瞻以诗为词,如教坊雷大使之舞,虽极天下之工,要非本色。

又引黄庭坚云:

> 诗文各有体,韩以文为诗,杜以诗为文,故不工尔。[①]

在此之前,沈括、吕惠卿等人已有类似说法:

> 沈括存中、吕惠卿吉甫、王存正仲、李常公择,治平中同在馆下谈诗。存中曰:"韩退之诗,乃押韵之文耳,虽健美富赡,而终不近古。"吉甫曰:"诗正当如是,我谓诗人以来,未有

[①] 《后山诗话》一书,前人多疑其非真出陈师道之手。郭绍虞考证后认为,陈师道确撰有《诗话》,但未成书,今传书非师道手定之稿,亦有后人窜乱之迹。见其《宋诗话考》,北京:中华书局,1979年,第15—20页。如以"雷大使舞"评苏词一段,恐非出陈氏之手,辨详王水照《走近"苏海"》、《"苏门"的性质和特征》、《苏轼豪放词派的涵义和评价问题》、《论"苏门"的词评和词作》诸文,见《苏轼研究》,石家庄:河北教育出版社,1999年,第10—11、63、170、240页。不过,此条的类似意见,他是可能有的,南宋初年张戒的《岁寒堂诗话》卷上就已提到陈师道"以为退之于诗本无所得",与此条批评"退之以文为诗"是吻合的。至于所引黄庭坚语,则恐系出于伪托,因为李常赞赏韩愈的"以文为诗"(见下文),李常是黄庭坚的舅父,对黄庭坚的成长深有影响,他对"以文为诗"的赞赏态度应当会被黄庭坚继承,而且黄庭坚的诗法也有一定的"以文为诗"倾向。关于黄诗对韩诗艺术的继承,参见本章第一节。

如退之也。"正仲是存中,公择是吉甫,四人者交相诘难,久而不决。①

说韩愈之诗"乃押韵之文",即是说韩愈以文为诗。更早注意及此的则是欧阳修,前文所引《六一诗话》对韩诗的评价,赞赏韩诗内容广泛而又"曲尽其妙",认为原因在于"雄文大手"的"笔力无施不可"。不少学者都指出,这个评价已经触及了以文为诗的问题②。从这里也可以看出,以文为诗这一现象,虽然早在中唐的韩诗里就已出现,但直到北宋中叶才被人注意并提出,而北宋中叶也正是诗坛涌动学韩思潮的时期。终宋一代,以文为诗始终是批评家讨论的热点问题,并深刻影响了宋诗创作。

但是,到底什么是以文为诗,宋人却未加定义,后来遂众说纷纭,莫衷一是。考宋人所论,也有接近说明何为以文为诗的。张耒《明道杂志》云:

> 韩吏部《此日足可惜》诗,自"尝"字入"行"字,又入"江"字、"崇"字。虽越逸出常制,而读之不觉。信奇作也。……韩退之穷文之变,每不循轨辙。古今人作七言诗,其句脉多上四字,而下以三字成之。如"老人清晨梳白头"、"先帝天马玉花骢"之类。而退之乃变句脉,以上三下四。如"落以斧斤引缠徽","虽欲悔舌不可扪"之类是也。……退之以高文大笔,从来便忽略小巧,故律诗多不工,如陈商小诗,叙情赋景,直是至到,而已脱诗人常格矣。③

---

① 魏泰《东轩笔录》卷一二,第141页。又见惠洪《冷斋夜话》卷二及魏庆之《诗人玉屑》卷一五引魏泰《临汉隐居诗话》,但何文焕辑《历代诗话》本《临汉隐居诗话》无此条。
② 程千帆《韩愈以文为诗说》认为欧阳修所论"实质上已经接触到了以文为诗的问题",见其《古诗考索》,上海:上海古籍出版社,1984年,第183—206页;周裕锴说欧阳修此论"颇有为'以文为诗'张目的味道",见其《宋代诗学通论》,第261页;朱刚认为这"实际上就是对'以文为诗'的肯定",见其《唐宋四大家的道论与文论》,第214—215页。
③ 张耒《明道杂志》,《丛书集成初编》本,第5—6页。

在张耒看来,韩诗之变在"变句脉",即改变诗句的音节结构,如七言诗的上四下三变为上三下四。张耒的态度是矛盾的,他一方面称许韩诗"直是至到",一方面又不满它"已脱诗人常格",这与陈师道既说韩愈以文为诗"极天下之工",又批评其"非本色"如出一辙。变句脉,清赵翼称为"创句法"①。

晁说之则以"状体"评韩诗,其《晁氏客语》谓:"韩文公诗号状体,谓铺叙而无含蓄也。若'虽近不亵狎,虽远不悖谬',该于理多矣。"②"铺叙而无含蓄"即是赋的手法,晁氏对此表示肯定。晁氏所引二句出自韩愈《南山诗》,后人论韩诗近赋,亦多引此诗为证。洪兴祖曰:"此诗似《上林》、《子虚赋》,才力小者,不可到也。"③指出了韩诗与汉赋的关系,下引清方世举评《南山诗》即承此说。清沈德潜谓:"昌黎之诗,原本汉赋"④。其说亦承宋人而来。赵翼更明确地说:

> 自沈宋创为律诗后,诗格已无不备。至昌黎又斩新开辟,务为前人所未有。如《南山诗》内列陈春夏秋冬四时之景,《月蚀诗》内铺列东西南北四方之神,《谴疟鬼》诗内历数医师、灸师、诅师、符师是也。⑤

所谓"列陈"、"铺列"、"历数",与晁说之、沈德潜之说近,皆指汉赋那种铺张扬厉的描叙手法。清代各家对《南山诗》的评论都侧重这方面:

> 此诗……以赋为诗,铺张宏丽,然是才作。(朱彝尊)
> 此等长篇,亦从骚赋化出。(顾嗣立)
> 古人五言长篇,各得文之一体。……退之《南山》赋体。

---

① 赵翼《瓯北诗话》卷三,《清诗话续编》本,第1168页。
② 见钱仲联《韩昌黎诗系年集释》卷四《南山诗》注引,第451页。
③ 见钱仲联《韩昌黎诗系年集释》卷四《南山诗》集说引,第459页。
④ 沈德潜《与陈耻庵书》,《归愚文钞》卷一五,《沈归愚诗文全集》,清乾隆中教忠堂刊本。
⑤ 赵翼《瓯北诗话》卷三,《清诗话续编》本,第1167—1168页。

赋本六义之一，而此则《子虚》、《上林》赋派。长短句……退之《寄崔立之》亦书体，《谢自然》又论体。（方世举）

《南山》盖以京都赋体而移之于诗也。（方东树）

汉人作赋，铺张雕绘……昌黎《南山》，取杜陵五言大篇之体，摄汉赋铺张雕绘之工。（徐震）①

此种手法，赵翼称为"创体"、"创格"②，今人钱东甫更进一步，主张"以文为诗"应理解成"以赋为诗"③。

应当指出，在方世举的论述里，"以文为诗"有多种表现，"以赋为诗"只是其中一种，其他尚有"书体"、以议论为诗等。此说与顾嗣立同。顾氏谓韩愈《谢自然诗》"全以议论作诗，词严义正，明目张胆，《原道》、《佛骨表》之亚也"。另外，程学恂论此诗云："《韩集》中惟此及《丰陵行》等篇，皆涉叙论直致，乃有韵之文也，可置不读。篇末直与《原道》中一样说话，在诗体中为落言诠矣。"④虽意在批评，却也道出了韩愈某些诗以议论为诗的特点。

古文的行文特点体现在句法、章法上，张耒所谓"变句脉"是从句法的角度评论韩诗，清方东树评论韩诗则注重从章法的角度出发。如《昭昧詹言》卷十一谓韩愈、欧阳修、苏轼三家七古之作"章法剪裁，纯以古文之法行之，所以独步千古"，论韩愈《山石》"叙写简妙，犹是古文手笔"，《八月十五夜赠张功曹》是"一篇古文章法"。是则认为韩愈以古文章法、古文手笔写诗。

在古人的基础上，当代学者对韩愈的以文为诗作了深入的研究。其中显著者，如江辛眉概括为（一）散文化的句式，比如不用对偶句，改变诗句的节奏；（二）使用大量虚词；（三）以文章的气脉

---

① 见钱仲联《韩昌黎诗系年集释》卷四《南山诗》集说引，第460—462页。
② 赵翼《瓯北诗话》卷三，《清诗话续编》本，第1167—1168页。
③ 钱东甫《关于韩愈的诗》，《文学遗产》增刊第4辑，北京：中华书局，1957年，第140—164页。
④ 见钱仲联《韩昌黎诗系年集释》卷一《谢自然诗》集说引，第34—35页。

入诗,在诗的布局、构思上处处有文章的脉络①。程千帆认为大致有两方面:(一)以古文的章法、句法为诗;(二)以议论入诗②。阎琦则认为体现在五个方面,包括多赋体、以古文章法为诗、以古文句法为诗、以议论为诗和诗兼散文体裁③。诸家论述,或有重合之处,综合考虑,可以程千帆先生的观点为代表,即韩愈的以文为诗大致表现在以下两方面:

  (一) 以古文的章法、句法作诗,包括诗的构思、布局上处处有文章的脉络,使用散文的直叙和铺陈排比的手法,不用对偶句,改变诗句的节奏,大量使用虚字(词);

  (二) 以议论为诗。

这两方面运用得适当的时候,无疑增加了韩诗的表现力,但倘若运用得过分,就容易成为"押韵之文",如前引程学恂批评的《谢自然诗》和《丰陵行》即是。

三、"以文为诗"的文体学背景和文学意义

  众所周知,以文为诗并不始自韩愈,在他之前,杜甫诗中已有这种新因素,只是到他手中,以文为诗的倾向变得非常突出,而成为韩诗的标志性特点。个中原因,或以为是出于诗歌求变的追求。但若仅仅因为求变,他为何不像白居易那样走通俗路线,而走上了以文为诗的道路? 也许因为韩愈是一位杰出的古文家? 但柳宗元也是优秀的古文作手,为何他没有以文为诗,而唯独韩愈走上了这条新路? 窃以为,韩愈之所以大量以文为诗,求新求变的追求是内在动力,擅长古文提供了潜在条件,更主要的,乃在于韩愈对于诗、文相异的明确观念和自觉的破体意识。

  经过盛唐诗歌和中唐古文运动的发展,诗、文异途、特别是诗

---

① 江辛眉《论韩愈诗的几个问题》,《中华文史论丛》13辑,上海:上海古籍出版社,1980年,第187—210页。
② 程千帆《韩愈"以文为诗"说》,见其《古诗考索》,第183—206页。
③ 阎琦《韩诗论稿》,第136—178页。

和古文的界线越来越明显。在韩愈心目中,诗和文分得很清楚。《题张十八所居》曰:"名秩后千秋,诗文齐六经。"文不包括诗,而以诗文并列。正如季镇淮所说的,"韩愈以古文家而兼诗人,他对诗与古文的作用和特点持有不同的看法"①。韩愈的这种观点集中反映在他的《上兵部李侍郎书》。此文作于永贞元年(805),时韩愈在阳山贬所。文中说:

> 谨献旧文一卷,扶树教道,有所明白;南行诗一卷,舒忧娱悲,杂以瓌怪之言,时俗之好,所以讽于口而听于耳也。

韩愈的意思很清楚,文是用来传道、明道的,诗则是用于抒发感情的。韩愈对于诗歌功能的看法在晚年的《韦侍讲盛山十二诗序》里也没改变:

> 夫儒者之于患难,苟非其自取之,其拒而不受于怀也……其玩而忘之以文辞也,若奏金石以破蟋蟀之鸣,虫飞之声……未几,果有以韦侯所为十二诗遗余者,其意方且以入溪谷,上岩石,追逐云月不足日为事。读而歌咏之,令人欲弃百事往而与之游,不知其出于巴东以属胸臆也。

进一步发挥了诗歌"舒忧娱悲"的观点。出于对诗歌社会功能的轻视,韩愈不太情愿被目为诗人,《和席八十二韵》就说:"多情怀酒伴,馀事作诗人。"朱自清认为"唐人连韩愈和他的追随者在内,都还没有想到诗文的对立上去"②,恐怕不太符合韩愈的真实想法。

但是,韩愈对文和诗的共同性也有清醒的认识,在内容上,他认为文学创作都是人"不平则鸣"的产物③;在语言上,正如前文所

---

① 季镇淮《韩愈的诗论和诗作》。
② 朱自清《论"以文为诗"》,《朱自清古典文学论文集》,上海:上海古籍出版社,1981年,第91—99页。
③ "不平则鸣"说见于韩愈的《送孟东野序》和《送高闲上人序》。韩愈所谓"不平",本指激动的感情,既指愤怒忧郁,也包括欢乐,辨详周裕锴《宋代诗学通论》,第57页。不过,韩愈的原意在传释过程中逐渐走形,"不平"常被理解成"牢骚"或"怨愤"的代名词。

第三章 韩愈与"宋调运动"

论的,他相信言能尽意,致力于提高语言的表现力,为了尽意而采取更为自由和有效的表达方式。这样一来,再加上韩愈改革文风、诗风的胆识和追求,他就要打破诗文界限,在诗中表达政治见解,排斥佛道二教,大发议论,多方铺叙,并以古文的章法、句法作诗,"以文为诗"就成为势所必然;他又用写诗的方法作文,"以诗为文",提高文之意境①;又以散文之气体笔法写辞赋,"以文为赋",一新旧制面貌②。明白诗文各有体而又不为文体所囿,自觉打破诗文界限,提升诗歌的理性境界,提高诗歌语言的表现力,这就是韩愈以文为诗的文体学背景。

韩愈的以文为诗,当然影响了宋仁宗天圣前后学韩图变的诗人们。这首先表现在书信内容的诗化上。天圣九年(1031),梅尧臣作《子聪惠书备言行路及游王屋物趣因以答》,"尺书忽见遗,经由皆可纪"以下十六句,皆为杨愈(字子聪)来信内容的改写,无疑也是诗歌散文化的一次尝试。作于次年的长诗《希深惠书言与师鲁永叔子聪几道游嵩山因诵而韵之》更是这种手法的大型实验。是年秋九月,谢绛与尹洙、欧阳修等人游嵩山,梅尧臣没有参加,谢绛修书告梅,梅得书后作诗为复③。谢书名《游嵩山寄梅殿丞书》,长达1248字④;梅诗共100句,500字,是他的第一首长诗⑤。谢绛得诗后复信道:

> 忽得五百言诗,自始及末,诵次游观之美,如指诸掌,而又语重韵险,亡有一字近浮靡而涉缪异,则知足下于雅颂为

---

① 韩愈"以诗为文"之说,源出曾国藩,而由钱穆首揭。详见罗联添《论韩愈古文几个问题》,《唐代文学研究》第3辑,桂林:广西师范大学出版社,1992年,第338—371页。
② 韩愈"以文为赋"说系钱穆首揭,参见王基伦《"韩愈以文为赋"论题之辨析》,《唐代文学研究》第7辑,桂林:广西师范大学出版社,1998年,第463—472页。
③ 此事或系于明道元年。按:天圣十年(1032)十一月始改元,称明道元年,而是次游嵩山事在秋九月,此时尚未改元。关于游嵩山事,可参见严杰《欧阳修年谱》,南京:南京出版社,1993年,第37—40页。
④ 见吕祖谦编《宋文鉴》卷一一三,北京:中华书局,1992年。
⑤ 见朱东润《梅尧臣集编年校注》卷二,第36—37页。

> 深。刘宾客有言:"人之神妙,其在于诗。"以明诗之难能,于文笔百倍矣。今足下以文示人为略,以诗晓人为精,吾徒将不足游其藩,况敢与奥阼也?叹感叹感。①

认为作诗难于作文,而梅诗却难而能"精",对梅诗可谓推崇备至。在宋诗发展史上,梅诗占有重要地位,而谢绛此书也颇堪注意:

其一,指出梅诗因书改写、始终铺叙的特点,即后来清人光聪谐(律元)所谓"五百言皆随书之曲折"②。王水照进一步说:"梅诗完全逐段演绎谢书,是谢书的改写和移植,这是宋诗散文化的一个契机。"③指出了此诗与韩诗的渊源关系以及在宋诗发展过程中的先导作用。

其二,唐人论诗多以风诗或风雅为正宗,谢绛称赞梅诗,却说他"于雅颂为深",这与前人迥异,而通于梅尧臣"未到二雅未忍捐"的理想,也与韩诗的实际相同。韩诗之本于《雅》、《颂》,批评家多有论及。《唐宋诗醇》云:

> 夫六义肇兴,体裁斯别。言简而意该,节短而韵长,含吐抑扬,虽重复其词,而弥有不尽之味,此风人之旨也。至于二雅三颂,铺陈终始,竭情尽致。义存乎扬厉,而不病其夸;情迫于呼号,而不嫌其激。其为体迥异于《风》;……然则唐诗如王、孟一派,源出于《风》;而愈则本之《雅》《颂》,以大畅厥辞者也。

沈曾植亦云:

> 太白以放逸为风趣,杜陵以沉挚为风趣,并出于《风》,韩公则出于《雅》《颂》。④

出于《雅》《颂》,就是多赋体;"大畅厥辞",就是动用多种语言手段

---

① 谢绛《又答梅圣俞书》,《欧阳文忠公文集》附。
② 光聪谐《有不为斋随笔》卷壬,《稼墨轩集》,清光绪中刊本。
③ 王水照《北宋洛阳文人集团与宋诗新貌的孕育》,《王水照自选集》,第 177 页。
④ 均见钱仲联《韩昌黎诗系年集释》附录引,第 1338—1339、1355 页。

达意,是"言尽意"论在诗歌艺术中的体现。这是"宋调"的突出特点。

其三,谢绛称赞梅诗"语重韵险",这也是韩诗的一大特色,宋人对此多有会心。欧阳修《六一诗话》在称许韩诗"笔力无施不可"、"曲尽其妙"后特别强调:

> 此其雄文大手固不足论,而余独爱其工于用韵也。盖其得韵宽,则波澜横溢,泛入旁韵,乍还乍离,出入回合,殆不可拘以常格,如《此日足可惜》之类是也。得韵窄,则不复旁出,而因难见巧,愈险愈奇,如《病中赠张十八》之类是也。余尝与圣俞论此,以谓如善驭马者,通衢广陌,纵横驰逐,惟意所之;至于水曲蚁封,疾徐中节,而不少蹉跌,乃天下之至工也。

独爱韩愈的用险韵。欧阳修提到,他曾与梅尧臣交换过这个意见,可知梅尧臣此诗在用韵上也可能在模仿韩愈。欧阳修偏嗜梅尧臣此诗,在《与梅圣俞》中专门提起,说"五百言诗,频于学士(指谢绛)处见手迹,每一睹之,便如相对"①,或许就跟此诗的"韵险"有关。受韩愈用韵的启发,欧阳修提出了"因难见巧,愈险愈奇"的创作原则,并为宋代诗人所遵循,成为宋人逞露才气和学识、与前人及同时代人进行智力竞技的重要手段,并成为宋诗的一大特点,反映了宋人"以才学为诗"的创作倾向。此诗之后,梅尧臣诸人仍沿着险韵竞工的道路前进。梅尧臣《古柳》自述:"吾交评韩诗,险韵古莫双。"这是尊韩派向往的境界。据欧阳修回忆,嘉祐二年(1057),他与韩绛、王珪、范镇、梅挚同知礼部贡举,辟梅尧臣为小试官,六人在试院作诗唱和,"欢然相得,群居终日,长篇险韵,众制交作"②。以欧梅诸人的身份地位,这次礼部唱和活动对诗坛自然会起到一种导向作用。在此前后,正是欧阳修与"外地门生"曾巩、王安石、苏轼兄弟等人建立起"亲切动人的关系"的时

---

① 欧阳修《与梅圣俞》,《欧阳文忠公文集》卷一四九。
② 欧阳修《归田录》卷二,《欧阳文忠公文集》。

候,"欧门"中人当受其风气影响①。此后,随着王安石、苏轼、黄庭坚等相继主盟诗坛,次韵、押险韵之风愈演愈烈,最终成为宋调代表"元祐体"的声律特征②。

由此看来,宋诗在孕育新貌之初就接续了韩愈"以文为诗"的艺术手段。此后,梅尧臣、欧阳修不仅在古体诗、也在近体诗中运用这一手段,至王安石、苏轼、黄庭坚等人,更是踵事增华,较之韩愈又有了更大的发展。王水照认为,宋人的"以文为诗",主要是指把散文的一些手法、章法、句法、字法引入诗中,也指吸取散文的无所不包的、犹如水银泻地般地贴近生活的精神和自然、灵动、亲切的笔意笔趣,诗歌"近于说话"。前者属于诗歌的外在体貌层,后者则属内在素质层③。葛兆光也持类似看法,他认为,"以文为诗"的内涵并不像有的人想象的那么狭隘,"文"不仅指"古文",也包括日常语言④。诗歌重新向日常语言靠拢,这在中唐白居易的诗里已有所表现,宋人则有意识地大量使用。

在文体学背景方面,韩愈具有自觉的打破诗文界限的意识,宋代诗人大多也有明确的破体理论。上面已指出,欧阳修对韩诗的称赞就颇有为"以文为诗"张目的味道。黄庭坚教人学诗,强调"必谨布置","多告以《原道》命意曲折"⑤,又说"长篇须曲折三致意,乃可成篇"⑥,这是要把古文的章法结构用于诗歌的命意构思。此外,他还喜欢用散句写作。一是主张以经史子集中的现成散句入诗,所谓"作诗使《史》《汉》间全语为有气骨"⑦;二是偏好自造散

---

① 见王水照《嘉祐二年贡举事件的文学史意义》,《王水照自选集》,第198—243页。
② 参见周裕锴《宋代诗学通论》,第535—542页。
③ 参见王水照《宋代诗歌的艺术特点和教训》、《文体丕变与宋代文学新貌》,均收入《王水照自选集》。按:胡适1927年完成的《白话文学史》已从"作诗如说话"的角度讨论了韩愈及宋诗的以文为诗,上海:上海古籍出版社,1999年,第244—249页。
④ 葛兆光《汉字的魔方》,第209页。
⑤ 见范温《潜溪诗眼》,《宋诗话辑佚》本,上册第323—324页。
⑥ 见胡仔《苕溪渔隐丛话》前集卷四七引,第320页。
⑦ 《王直方诗话》载黄庭坚语,《宋诗话辑佚》本,上册第87页。

第三章 韩愈与"宋调运动"

句,吕本中《童蒙诗训》载:

> 或称鲁直"桃李春风一杯酒,江湖夜雨十年灯",以为极至。鲁直自以此犹砌合,须"石吾甚爱之,勿使牛砺角,牛砺角尚可,牛斗残我竹",此乃可言至耳。①

所引诗句,前两句出《寄黄几复》,后四句出《题竹石牧牛》,均系黄庭坚的名作。"桃李春风"一联纯是意象的共时呈现,皆为实词,无一虚字,音节结构为二二三,对仗极其工整,这是唐诗的标志性特征。黄庭坚把这种意象叠加方式贬称为"砌合",而更喜欢"石吾甚爱之"数句,说明他偏爱造散语。尽管韩驹指出其句式模仿李白《独漉篇》"独漉水中泥,水浊不见月,不见月尚可,水深行人没",②但黄诗"石吾甚爱之"一句,无疑更接近散文句式,其上一下四的节奏直接来自韩愈③,而且李白的句式是无意识的偶一为之,黄诗的句式则是有意识的自觉追求,因而更鲜明地体现了以文为诗的主张。林逋的咏梅诗,以《山园小梅》其一的"疏影横斜水清浅,暗香浮动月黄昏"两句最著名,黄庭坚却认为《梅花三首》其一的"雪后园林才半树,水边篱落忽横枝"两句更胜一筹④,其原因可能就在于,前两句的句式与他本人的"桃李春风"一联一样"犹砌合",而后两句则采用了生新的语言,虚字"才"、"忽"的插入使诗句变得流动而舒缓,意脉变得显豁而连贯,全诗因此显得疏朗流畅,也更能详尽地传达细微感受,因而更符合黄庭坚对言意关系的看法和造散语的主张。据说宋人之所以喜欢黄庭坚"石吾甚爱之"这首诗,是因为它"体致新巧,自作格辙"⑤,足见破体是不少宋人的共同心愿。这种破体理论与本节开头所论的美学现象"出位之思"并无二致。

---

① 吕本中《童蒙诗训》,《宋诗话辑佚》本,下册第590页。
② 魏庆之《诗人玉屑》卷八引,王仲闻点校,北京:中华书局,2007年,上册第251页。
③ 韩愈诗爱用上一下四或上三下四的近似散文的拗句,参见江辛眉《论韩愈诗的几个问题》。
④ 见黄庭坚《书林和静(靖)诗后》,《豫章黄先生文集》卷二六。
⑤ 魏庆之《诗人玉屑》卷八,上册第251页。

这种"出位之思"在宋代尤为显著,多数诗论家在辨析了各体艺术的本质特征后又强烈要求破体而为,"文中有诗,诗中有文"和"诗中有画,画中有诗"成了宋代文体辨析理论中的两大重要命题①。这样,我们看到,从中唐韩愈到两宋,破体的行为都产生于对各体艺术本位之异的认识,有了对"本位"之局限的认识,才可能有"出位"破体的要求,也只有认识到何为"本位",才懂得如何做到破体"出位"。有了"言尽意"的认识,又有了"出位之思"的要求,"以文为诗"也就成了顺理成章、不得不然的文体革新。事实上,欧、苏诸人皆有多种"出位"实践,范仲淹诗有以文为诗的倾向,其古文的个别篇章又采用了传奇小说的笔法;欧阳修不仅以文为诗,还"以文为赋"、"以赋为文"、"以文体为四六";苏轼除了与欧阳修一样以文为诗、以文为赋,还以作杂剧打猛诨入、打猛诨出的方法作诗,倡导"诗画本一律",又以诗为词;黄庭坚不仅以文为诗,还倡导并力行"作诗正如作杂剧";宋代不少诗人和画家又试图从双向打通诗画界限,以诗法入画,以画法入诗②。"出位之思"堪称宋代的主流美学思潮,其在文学上最大的影响就是以文为诗。

以文为诗对宋诗成就和诗歌演进所起的作用都是巨大的。

就宋诗本身来说,以文为诗成就了它的自家面目。至于以文为诗的作用,朱刚有很好的评述:

> 从内容上说,它帮助诗歌扩大了表现对象的范围,使诗歌更贴近生活;从语言上说,则是提高其表现力,采取更为自由和有效的表达方式,也丰富其造语的风格;从创作的精神

---

① 详见周裕锴《宋代诗学通论》,第260—280页。
② 参见王水照《宋代散文的风格》、《宋代散文的技巧和样式的发展》、《文体丕变与宋代文学新貌》,均收入《王水照自选集》;王季思《打诨、参禅与江西诗派》,《玉轮轩古典文学论集》,北京:中华书局,1982年,第334—338页;张高评《宋诗之传承与开拓》下篇第二章第三节、第三章第二、三节、第四章第一、二、三节;周裕锴《中国禅宗与诗歌》,上海:上海人民出版社,1992年,第162—171页;又《宋代诗学通论》,第267—280页。

上说,它有助于作家展现他的思想风貌,写出他对宇宙、社会和人生的思考,从而把"文以载道"的创作主张贯注于诗歌领域。①

所论甚是。我的结论没有超出其观点,故不再词费。

就诗歌的文体演进来说,以文为诗无疑是中国古典诗歌的一次大革命,也是诗歌演进的一条基本规律。大体而言,先秦两汉魏晋的"古诗",其语言与散文语言及日常语言在形态上的差异并不明显,此时的诗歌与散文在语言上的距离并不太大。从齐梁永明体到初盛唐律绝体,这是诗歌语言的"整饬化"过程,诗歌语言与散文语言、日常语言分离,诗歌愈益远离散文,使得古典诗歌尤其是近体诗有了精致而含蓄的象征意味。然而,一旦这种语言形式定型化、模式化,其弊端就出现了,葛兆光对此分析说,"意象的密集化和语序的省略错综虽然造成了诗歌'埋没意绪'的张力与含蓄朦胧的意境,也造成了意义的晦涩甚至隐没","声律格式的定型化虽然造成了华美的对称性结构但也引发了语言形式的板滞","诗眼的推敲增添了诗的感受性与想象空间,但也可能使诗句失去了传达意义的功能而变成文字自身的孤立表演",造成"有字无句"②。当追求自立的诗人对此不满而思有以改之,一场新的诗歌语言革新运动就开始了。从杜甫以虚字入诗、以拗句入律,到韩愈自觉地以文为诗,再到宋人大量以文为诗,中国古典诗歌又呈现出新的面貌,诗歌语言采用了散文语言、日常语言,诗歌日益散文化,再次向散文靠拢。这一过程也符合艺术形式演进的规律,即"新的艺术形式的产生是由把向来不入流的形式升为正宗来实现的"③。从语言形态看,杜甫以后的诗歌发展,可以视作一场持久的、以语言革新为标志的"宋调运动",其主要特征就是以文为诗。宋人对此过程有清醒的认识。南宋末的刘辰翁相当激

---

① 朱刚《唐宋四大家的道论与文论》,第 205 页。
② 葛兆光《汉字的魔方》,第 197 页。
③ 什克洛夫斯基《情感旅行》,转引自张隆溪《二十世纪西方文论述评》,北京:三联书店,1986 年,第 77—78 页。

进地认为：

> 后村谓文人之诗与诗人之诗不同，味其言外似多有所不满，而不知其所乏适在此也。吾尝谓诗至建安，五七言始生，而长篇反复，多有所未达，则政以其不足为文耳。文人兼诗，诗不兼文也。杜虽诗翁，散语可见。惟韩、苏倾竭变化，如雷霆河汉，可惊可快，必无复可憾者，盖以其文人之诗也。诗犹文也，尽如口语，岂不更胜！彼一偏一曲，自擅诗人，诗局局焉，靡靡焉，无所用其四体，而其施于文也，亦复恐泥，则亦可以瞠然而悯哉！①

刘克庄论诗有"诗人之诗"（或曰"风人之诗"）与"文人之诗"之别，声讨以文为诗，认为本朝"文人多，诗人少"，本朝诗"要皆经义策论之有韵者尔"②。刘辰翁此论则对刘克庄的观点提出质疑。从文体演进的角度看，这段话最值得注意的有三点：一是简略描述了以文为诗的发展过程，指出它滥觞于杜甫、大成于韩愈、苏轼，后人谈及此问题，一般是引清赵翼"以文为诗，自昌黎始，至东坡益大放厥词，别开生面，成一代之大观"的议论，其实刘辰翁早有此论，而且比赵翼之语周全，后者忽略了以文为诗的先驱杜甫；二是指出"以文为诗"最具表现力，从而极力推崇韩、苏的"以文为诗"，这种论断与韩、欧、苏诸人相信言能尽意、追求强劲的语言表现力是一致的；三是提出"诗犹文也"的概念，反对以诗体为限，画地为牢，阻碍诗歌的发展。

刘辰翁反对作诗拘泥于"一偏一曲"的观点无疑是深刻的，它触及了诗歌演进中以非诗为诗、诗歌语言"陌生化"的问题。早在晚唐，司空图《诗赋》就说过："知非诗诗，未为奇奇。"③对文体演变之道有很深的认识。20世纪初俄国形式主义的"反常化"

---

① 刘辰翁《赵仲仁诗序》，《须溪集》卷六。
② 参见刘克庄《跋何谦诗》、《竹溪诗序》，《后村先生大全集》卷九四、一〇六，《四部丛刊》本。
③ 《司空表圣文集》卷八。

第三章　韩愈与"宋调运动"

(Остранение,通译"陌生化")理论与司空图的观点如出一辙。什克洛夫斯基认为,人的感受方式和各种活动中都存在"自动化"(Автоматизация)的消极现象,而"反常化"则帮助人从自动化的束缚中解脱出来,重新唤起人对事物的审美感受,"反常化"也是艺术发展的一种手段,即"艺术的手法是事物的'反常化'手法",至于诗歌语言即"常常是陌生的"①。就中国古典诗歌而言,从齐梁到初盛唐是诗歌的一次"反常化"过程,此时期的诗歌语言对日常语言来说是陌生的;从中唐到北宋则是又一次"反常化",相对于此前已经自动化了的语言,此时期的诗歌语言也是陌生的,这一次反常化的主要手段即是以文为诗。司空图的观点是就诗歌演变的大方向而言的,金人赵秉文则具体指明了演变之法:"少陵知诗之为诗,未知不诗之为诗,及昌黎以古文浑灏,溢而为诗,而古今之变尽。"②继承了司空图的观点,明确地把以文为诗作为诗歌演变的一条途径。今人钱锺书即把以文为诗视为文学"革故鼎新"之"道":"文章之革故鼎新,道无它,曰以不文为文,以文为诗而已。向所谓不入文之事物,今则取为文料;向所谓不雅之字句,今则组织而斐然成章。谓为诗文境域之扩充,可也;谓为不入诗文名物之侵入,亦可也。"③并且总结说:"名家名篇,往往破体,而文体亦因以恢弘焉。"④了解一种文体自身的质的规定性,而又不故步自封,而是引入他种文体中合适的有利因素来变革文体,才能丰富和发展文体,这是古今中外文学演进的一条基本规律。保守主义者承认以文为诗的作品"极天下之工",却又批评其非"本色",依此标准,则任何文体的后来样态皆不如原初样态,因为后继者与先起者相比总会有所改变,否则就谈不上什么发展。照保

---

① 详见什克洛夫斯基《作为手法的艺术》,方珊译,见张德兴主编《20世纪西方美学经典文本·第一卷》,上海:复旦大学出版社,2000年,第224—226页;参见方珊《形式主义文论》,济南:山东教育出版社,1999年,第56—64页。
② 赵秉文《与李孟英书》,《闲闲老人滏水文集》卷一九,《四部丛刊》本。
③ 钱锺书《谈艺录》,第302页。
④ 钱锺书《管锥编》,第3册第890页。

守主义者的观点推论,则中唐到两宋之诗不如齐梁到初盛唐之诗,齐梁到初盛唐之诗不如汉魏古诗,汉魏古诗不如《楚辞》,《楚辞》不如《诗经》。如此一来,岂不是一种文体的"本色"呈现之日就是它的灭亡之时?那么人类几千年来孜孜以求的文学演变岂不是一厢情愿的徒劳实践?后生的、求自立的文学家岂不都成了中国神话里日夜伐桂的吴刚,抑或希腊神话中终日推着石头上山的西绪弗斯?在对待以文为诗的问题上,开明人士的态度更值得重视。宋人曾季貍的看法非常积极:

> 东坡之文妙天下,然皆非本色,与其它文人之文、诗人之诗不同。文非欧曾之文,诗非山谷之诗,四六非荆公之四六,然皆自极其妙。①

同是评论"非本色"之作,曾季貍与陈师道的结论却截然相反,后者极为不满,前者则许为"自极其妙"。问题在这里变得很明显:评价作品成就高低的标准应该是文体的固有特征(本色),还是作品本身所达到的艺术高度(自极其妙)?曾季貍选择了后者,这显然更符合中唐—北宋文学发展的实际,也更符合文学创新的要求。"穷则变,变则通,通则久"②,"若无新变,不能代雄"③,正是在这个意义上,应当说,中唐—北宋的以文为诗顺应了文学求新求变的要求,完成了中国古典诗歌的又一次大转型。

也许正因为以文为诗是诗体演进的一条基本规律,它才影响到"五四"前后的白话诗运动。这个事实不必拿着显微镜去逐字寻找,只需听听提倡白话文学的胡适对宋诗的评价和对文学活动的自述即可:

> 韩愈是个有名的文家,他用作文的章法来作诗,故意思往往能流畅通达,一扫六朝初唐诗人扭扭捏捏的丑态。这种"作诗如作文"的方法,最高的地界往往可到"作诗如说话"的

---

① 曾季貍《艇斋诗话》,《历代诗话续编》本,第 323 页。
② 《周易·系辞下》,《十三经注疏》本,上册第 86 页。
③ 萧子显《南齐书》卷五二《文学传论》,北京:中华书局,1972 年,第 908 页。

第三章　韩愈与"宋调运动"

地位,便开了宋朝诗人"作诗如说话"的风气。后人所谓"宋诗",其实没有什么玄妙,只是"作诗如说话"而已。①

我认定了中国诗史上的趋势,由唐诗变到宋诗,无甚玄妙,只是作诗更近于作文! 更近于说话。……宋朝的大诗人的绝大贡献,只在打破了六朝以来的声律的束缚,努力造成一种近于说话的诗体。

我那时(引者按:指1915年9月)的主张颇受了读宋诗的影响,所以说"要须作诗如作文",又反对"琢镂粉饰"的诗。②

"作诗如说话"虽不能涵盖宋诗的全部,却也道出了宋诗的重要特征。胡适"要须作诗如作文"、"作诗如说话"的主张与上引刘辰翁"诗犹文也,尽如口语,岂不更胜"的激进看法如出一辙。他把以文为诗看成由唐诗变到宋诗的关键,并以之作为创作白话诗的方案,足见以文为诗对诗歌演进的重要意义。关于现代新诗与宋诗的渊源关系,葛兆光已有深入分析③,此不赘述。

以文为诗开创了诗歌艺术的新领域,提高了诗歌语言的表现力,培育了中国诗歌的新面貌。但是,诗文相通却不相同,如果"出位之思"过度膨胀,"出位"过头而忘掉本位,只顾以文为诗而不顾诗毕竟不是文的质的规定性,以文为诗就会变成"诗就是文",致使诗歌成为"经义策论之押韵者"。北宋人对此已有所警觉,并进行自赎性反思。这种反思从庆历之际开始,成于王安石、苏轼和黄庭坚。他们逐渐把目光越过韩愈,寻找新的作诗典范,最终选择了韩愈所推尊的杜甫。

---

① 胡适《白话文学史》,第245页。重点号原有。
② 胡适《逼上梁山——文学革命的开始》,《中国新文学大系·建设理论集》,上海:良友图书印刷公司,1935年,第8页。
③ 详见葛兆光《汉字的魔方》,第194—232页。

第四章　杜甫与中唐—北宋诗的大变局

　　中国古典诗歌尤其是近体诗到了杜甫手中,已经臻于极致。杜诗集前人千万体势,开后世无数法门。葛兆光认为,"从语言上看,在中国诗史上,从古体诗到近体诗、从近体诗到白话诗这两次变化是真正的大变局"①。由本书前论可知,前一次变局至盛唐而登峰造极,杜甫集其大成;后一次变局自中唐—北宋已开源造势,杜甫导夫先路。清叶燮《原诗》对此作过简要的论述:

> 　　杜甫之诗,包源流,综正变,自甫以前,如汉、魏之浑朴古雅,六朝之藻丽秾纤,淡远韶秀,甫诗无一不备。然出于甫,皆甫之诗,无一字句为前人之诗也。自甫以后,在唐如韩愈、李贺之奇崛,刘禹锡、杜牧之雄杰,刘长卿之流利,温庭筠、李商隐之轻艳;以至宋、金、元、明之诗家,称巨擘者无虑数十百人,各自炫奇翻异,而甫无一不为之开先。②

据此,讨论典范选择与中唐—北宋的诗歌因革,就不能不谈及杜诗成为范式的历史过程及其诗法承传的具体表现。

　　不同于李白的得大名于生前,杜甫的诗名在他身后才逐渐显赫。杜甫卒后二三年,樊晃即编成《杜工部小集》。根据陈尚君对杜诗早期流传的考察③,从后来的诗歌发展看,此集的编次值得注

---

① 葛兆光《汉字的魔方——中国古典诗歌语言学札记》,沈阳:辽宁教育出版社,1999年,第173页。
② 叶燮《原诗》卷一,丁福保辑《清诗话》本,上海:上海古籍出版社,1978年,下册第569—570页。
③ 陈尚君《杜诗早期流传考》,收入其《唐代文学丛考》,北京:中国社会科学出版社,1997年,第306—337页。

意者有二:其一,兼收各体,偏重古诗。其时大历十才子擅场,诗坛最盛五律,樊晃重古体、轻近体,借古诗以扭转时风的意向十分清楚。等到韩愈登上诗坛,就更是大力张扬古体,以改变柔靡的大历诗风。其二,樊晃推崇杜甫"有大雅之作"①,从此集已知各诗看,颇多反映现实、忧国忧民之作,后来诸家尤其宋人亦多赏此类作品,强化诗歌中的讽谏意识、忧患意识。

自樊晃而后,杜诗在中晚唐诗人中流传殆遍,影响巨大。宋初孙仅论杜甫之启后曰:

> 公之诗,支而为六家:孟郊得其气焰,张籍得其简丽,姚合得其清雅,贾岛得其奇僻,杜牧、薛能得其豪健,陆龟蒙得其赡博。皆出公之奇偏尔,尚轩轩然自号一家,煻世炟俗。②

列举了许多成就突出的中晚唐诗人,却漏掉了学杜有成的最重要的五位大诗人:韩愈、李贺、元稹、白居易和李商隐。韩愈的以文为诗,李贺的遣词造语及意境提取,元白的新乐府创作,李商隐的七律,皆由杜诗发展而成。杜甫对中晚唐诗人的影响已有专门研究,兹不赘述③。

五代迄宋初百馀年间,主要存在三大诗歌体派:浅切而"得于容易"的白乐天体,同样白描而多"枯瘠语"的贾岛格(晚唐体)、"用事精巧,丰富藻丽"的西昆体,诗学典范分别是白居易、贾岛、李商隐,除少数诗人如王禹偁外,杜诗的典范作用并不突出。北

---

① 樊晃《杜工部小集序》,钱谦益《钱注杜诗》附录,上海:上海古籍出版社,1979年,下册第709页。宇文所安根据《崇文总目》等资料同意樊晃确曾写过序言,但认为今天所见此序的出处可疑,钱注本所收文本的真实性有问题。见其《唐人眼中的杜甫:以〈唐诗类选〉为例》,卞东波译,《国际汉学研究通讯》第3期,北京:北京大学出版社,2011年,第24—49页。本书暂从旧说。
② 孙仅《赠杜工部诗集序》,钱谦益《钱注杜诗》附录,下册第710页。
③ 详见蔡振念《杜诗唐宋接受史》第二章,台北:五南图书出版股份有限公司,2002年,第33—234页;黄桂凤《唐代杜诗接受研究》,北京师范大学博士论文,2006年。

宋中期的苏舜钦《题杜子美别集后》说杜诗"不为近世所尚"[①]，殆指这一时期。

杜诗的遭遇在天圣末以后再次逐渐发生改变。此时儒学复兴思潮渐兴，尊韩思潮正盛，以韩愈为典范，以韩诗为经典，宋诗孕育出新的面貌，宋调的面目初步成型。尊韩派后来也注意及杜甫，苏舜钦即在其列。上引其《题杜子美别集后》云："天圣末，昌黎韩综官华下，于民间传得号《杜工部别集》者，凡五百篇。予参以旧集，削其同者，馀三百篇。"景祐（1034—1038）中居长安，又于王纬处得一集，复增八十馀首，编为《老杜别集》，拟"俟寻购仅足，当与旧本重编次之"。整理搜辑杜诗不遗馀力。但正如本书第三章所示，苏舜钦诗主要师法韩愈，此时期的诗坛典范主要也是韩愈。

杜诗最终成为典范是在庆历（1041—1048）以后。北宋人师法韩诗带动了宋调的初步兴起，宋调的成熟则直接受到仁宗庆历以后尊杜思潮的推动。

第一节　庆历尊杜与宋调成熟
——以杜集从写本到印本的转向为中心

仁宗庆历年间是两宋历史上影响深远的时期。"庆历新政"重在整顿吏治，虽然很快失败，却极大地激励了士风。新型的学者群体涌现，理学思潮初兴[②]。"古文"写作开始获得承认，引起士人仿效[③]。欧阳修入主文坛[④]，拉开文学大变局的序幕。马东瑶的

---

① 苏舜钦《题杜子美别集后》，《苏舜钦集》卷一三，沈文倬校点，上海：上海古籍出版社，1981年，第171页。
② 详见徐洪兴《思想的转型——理学发生过程研究》，上海：上海人民出版社，1996年，第179—193页。
③ 林岩《北宋科举考试与文学》，上海古籍出版社，2006年，第84—85页。
④ 洪本健《欧阳修入主文坛在庆历而非嘉祐》，《华东师范大学学报》1999年第5期，第117—120页。

第四章 杜甫与中唐—北宋诗的大变局

论文已经以实证材料证明宋人大规模学习杜甫始于庆历时期,并具体论述了庆历诗歌如何受杜诗影响、从而形成宋调特色。宋祁、苏舜钦、石延年、梅尧臣、欧阳修等人在庆历之际学杜出新,形成宋诗的第一个高峰①。本书则转换视角,以杜甫诗集从写本到印本的转向及其后果为中心,进一步观察庆历尊杜对宋调成熟的深远影响。

一、庆历前后的杜集诸写本

作家地位的确立首先取决于其作品被阅读的程度。元和以前,杜甫诗集流布的情况如何?樊晃《杜工部小集序》记述杜甫卒后不久文集的流传情况:

> 文集六十卷,行于江汉之南。……属时方用武;斯文将坠,故不为东人之所知。江左词人所传诵者,皆公之戏题剧论耳,曾不知君有大雅之作,当今一人而已。今采其遗文凡二百九十篇,各以事类为六卷,且行于江左。君有子宗文、宗武,近知所在,漂寓江陵。冀求其正集,续当论次云。②

杜甫晚年辗转漂泊于湖湘,故这一带有其六十卷文集流传。而江东一带则流传不多,所传诵者只是他"戏题剧论"之作。此"戏题剧论"乃互文见义,语出左思《蜀都赋》"剧谈戏论",指漫不经心的戏谑之作,今存杜诗中,如《戏作花卿歌》、《官定后戏赠》、《遣闷戏呈路曹长》、《官亭夕坐,戏简颜十少府》、《戏题寄上汉中王三首》等即属此类,与下文严肃的"大雅之作"相对。江东一带多传诵杜甫游戏之作,但游戏之作的流传未必只限于江东,正如许德楠的判断,能传到江左的,应先有中原、陇蜀的传布③。有什么样的作

---

① 马东瑶《论北宋庆历诗人对杜诗的发现与继承》,《杜甫研究学刊》2001年第1期,第62—73页。
② 钱谦益《钱注杜诗》附录,下册第709页。
③ 许德楠《从所谓杜诗中的"戏题剧论"谈杜诗的"历史命运"》,《杜甫研究学刊》2005年第3期。

品流传,就决定着什么样的诗人形象,从而决定了诗人的地位。游戏之作广为传诵,大雅之作少见流传,宜乎杜诗不为当世所重。

庆历前后所流传的杜甫集则完全是另一番景象。樊晃谓杜甫有文集六十卷,《旧唐书·杜甫传》、《新唐书·艺文志》和《通志·艺文略》均与此同,但樊晃以后的那些作者皆未亲见该集,唯据他人文字迻录而已①。宋仁宗景祐元年(1034)至庆历元年(1041),宋祁、欧阳修、王洙等人编校《崇文总目》,仅载"《杜甫集》二十卷"②。王洙(字原叔)利用在崇文院编目的机会,通览"秘府旧藏"和"通人家所有"的多种公私所藏杜集,于宝元二年(1039)将所得各种杜集结集为《杜工部集》二十卷,但未刊刻。二十年后的嘉祐四年(1059),王洙所编杜集由王琪(字君玉)增订刊刻于苏州,世称"二王本杜集",成为以后各种杜集的祖本③。杜集的编校刻印充分说明了杜甫在庆历前后深受官方和民间的推崇。

时任苏州郡守的王琪在杜集《后记》里自述编刻经过:

> 近世学者,争言杜诗,爱之深者,至剽掠句语,迨所用险字而模画之,沛然自以绝洪流而穷深源矣。又人人购其亡逸,多或百馀篇,少数十句,藏去矜大,复自以为有得。翰林王君原叔,尤嗜其诗,家素蓄先唐旧集,及采秘府名公之室,天下士人所有得者,悉编次之,事具于《记》,于是杜诗无遗矣。……原叔虽自编次,余病其卷帙之多,而未甚布,暇日与苏州进士何君瑑、丁君修,得原叔家藏及古今诸集,聚于郡斋而参考之,三月而后已。义有兼通者,亦存而不敢削,阅之者固有浅深也。而又吴江邑宰河东裴君煜取以覆视,乃益精

---

① 辨详陈尚君《杜诗早期流传考》。
② 王尧臣等编次、钱东垣等辑释《崇文总目辑释》卷五,《丛书集成初编》本《崇文总目附补遗》,第4册第343页。
③ 见洪业《杜诗引得序》、《再说杜甫》,均收入《洪业论学集》,北京:中华书局,1981年,第302—349、427—433页。

第四章 杜甫与中唐—北宋诗的大变局

密,遂镂于版,庶广其传①。

范成大在记载苏州郡守的官厅建筑时另有补充:

> 后嘉祐中,王琪以知制诰守郡,始大修设厅,规模宏壮。假省库钱数千缗,厅既成,漕司不肯除破。时方贵杜集,人间苦无全书。琪家藏本,雠校素精。即俾公使库镂版印万本,每部为直千钱。士人争买之,富室或买十许部。既偿省库,羡馀以给公厨。②

地方郡守动用公使库的钱刻印杜集,表明国家对杜甫地位的高度认可。宋朝对刻书的管理有连续的政策法规、明确的审查程序和严格的处理办法。早在真宗大中祥符二年(1009),朝廷即下诏:"仍闻别集众弊,镂板已多,倘许攻乎异端,则亦误于后学。……其古今文集可以垂范、欲雕印者,委本路转运使选部内文士看详,可者即印本以闻。"③仁宗天圣五年(1027)下诏:"诏今后如合有雕印文集,仰于逐处投纳,附递闻奏,候差官看详,别无妨碍,许令开板,方得雕印。如敢违犯,必行朝典,仍候断遣讫,收索印板,随处当官毁弃。"④至和二年(1055),翰林学士欧阳修给仁宗上《论雕印文字札子》,主张严厉惩罚"妄行雕印文集"的行为:"今后如有不经官司详定,妄行雕印文集,并不得货卖。许书铺及诸色人陈告,支与赏钱贰佰贯文,以犯事人家财充。其雕板及货卖之人并行严断,所贵可以止绝者。"⑤文集的刊印在北宋时期"举步维艰,发展缓慢,与同时期经、史、子部典籍的大量刊行形成了鲜明的对照"⑥。在这种背景下,杜甫别集在庆历前后的编辑刻印就具有非

---

① 《宋本杜工部集》卷末,南京:江苏古籍出版社影印《续古逸丛书》本,2001年,集部第344页。
② 范成大《吴郡志》卷六,陆振岳点校,南京:江苏古籍出版社,1999年,第51—52页。
③ 《宋大诏令集》卷一九一,司义祖点校,北京:中华书局,1962年,第701页。
④ 《宋会要辑稿》刑法二之一六,北京:中华书局影印本,1957年,第7册第6503页。
⑤ 《欧阳文忠公文集·奏议》卷一二,《四部丛刊》本。
⑥ 朱迎平《宋代刻书产业与文学》,上海:上海古籍出版社,2008年,第136—141页。

同一般的意义。王琪得以刻印杜集，显然杜甫的作品通过了官方的审查，被认为符合国家意识形态、足以垂范当世后学；动用官府公款刻印，形成地方官刻本的"公使库本"，更凸显了杜甫作品的典范性和重要性。

而旺盛的市场需求则表明了杜集在全社会受尊崇的程度。前引王琪的记载介绍了庆历前后人们读杜、学杜甚至剽窃杜甫的热潮，范成大的补叙则以具体数据作出证实。苏州郡守王琪要修建官衙大厅，向转运使司借款数千缗；大厅落成后，转运使司不肯减免借款，王琪遂让公使库刻印杜集。公使库是负责接待各级官吏往来食宿的地方机构，除公务接待外，也有刻印书籍等任务。公使库一次就印一万部，每部售价一缗（一千文），士人争相购买，所得书款约为一万缗，除去偿还给转运司的数千缗，还有盈馀留给公使库作公务招待的费用。一次印书一万部，万曼怀疑"有些夸张的成分"，"不近事实"①，但无实据。艾朗诺认为此事件中卖书所得的数目与借款基本一致，而且事情见于讨论建筑物修建历史的文本，而不在讨论杜诗的书中，因此"夸大杜甫诗集怎么畅销的嫌疑比较小"②。王水照根据历代雕版印书资料推断，在技术上"初印万部并非绝无可能"，并且指出"王琪此举在具体收支计算上也是吻合的"，每部售价一缗，不印万部，就无法偿还"数千缗"的省库建筑借款和成本贷款，而又有盈馀"以给公厨"，"镂版印万本"即"镂版印万部"，这里的"本"与"部"含义相同③。王先生的论证角度和结论平实可信。有学者根据中国历代的记载和西方来

---

① 万曼《唐集叙录》，北京：中华书局，1980 年，第 110 页。
② 艾朗诺《书籍的流通如何影响宋代文人对文本的观念》，沈松勤主编《第四届宋代文学国际研讨会论文集》，杭州：浙江大学出版社，2006 年，第 98—114 页。艾朗诺从郑虎臣所编《吴都文粹》中引用此则材料，并推测这则笔记是郑虎臣亲笔所写，实误。按今存《吴都文粹》乃从范成大《吴郡志》抄出，辨详余嘉锡《四库提要辨证》卷二四，北京：中华书局，1980 年，第 4 册第 1578 页及祝尚书《宋人总集叙录》卷八，北京：中华书局，2004 年，第 409—411 页。
③ 王水照《作品、产品与商品——古代文学作品商品化的一点考察》，《文学遗产》2007 年第 3 期，第 4—12 页。

华传教士对中国传统雕版印刷书籍印数的详细记述,指出雕版书单次印数取决于技术因素和实际需求,普遍在数十、数百部之间,宋代雕版之累计最大印数可达千部万部①。即使范成大的记载有夸张之处,杜集的畅销也确系事实,足以证明庆历前后士人学者争读杜诗、尊崇杜甫的热潮。

在庆历之前,北宋人所阅读的杜甫集是何面貌?王洙《杜工部集记》记载所用杜集共九种②,陈尚君尝一一考察各本③,今简列如下:

(1) 古本二卷。列于各本杜集之首,当系唐时本。

(2) 蜀本二十卷。

(3)《集略》十五卷。列于樊晃《小集》前,时代当较早。

(4) 樊晃序《小集》六卷。《小集》编成,当在杜甫卒后二三年间。

(5) 孙光宪序本二十卷。孙卒于宋初,此本当成于五代。

(6) 郑文宝序《少陵集》二十卷。郑二十四岁入宋,仕宋近四十年,此集当成于宋初。

(7) 别题小集二卷。其他不详。

(8) 孙仅所编一卷。孙仅《赠杜工部诗集序》极度推崇杜甫的全面成就及对唐五代诗人的影响,最后说"因览公集,辄泄其愤以

---

① 何朝晖《试论中国传统雕版书籍的印数及相关问题》,《浙江大学学报》2010年第1期,第18—30页。或以为,"印万本"是印造一千部,理由是今传《续古逸丛书》影宋本配毛氏汲古阁本《杜工部集》反映了二王本原貌,"共20卷10本,448页。每部10本,印万本,即印造1000部"。见周生春、孔祥来《宋元图书的刻印、销售价与市场》,《浙江大学学报》2010年第1期,第31—44页。按此说不确。其一,《续古逸丛书》影《宋本杜工部集》在版本形制上不能反映二王本原貌,详见聂巧平《"二王本"〈杜工部集〉版本的流传》,《广州大学学报》2000年第4期,第92—95页;丁延峰《存世〈杜集〉宋刻本辑录》,《杜甫研究学刊》2010年第4期,第57—60、67页。其二,此说法忽略了"每部为直千钱"的记载,每部一缗,若仅印一千部,全部所得不过一千缗,如何能够偿还"数千缗"的建筑借款?遑论犹有盈馀"以给公厨"。

② 《宋本杜工部集》卷首,第121页。

③ 陈尚君《杜诗早期流传考》。

书之"①。可见孙仅所读杜集绝不止一卷,王洙所用或是其别录本。

(9) 杂编三卷。

以上(7)、(8)、(9)三种,从各本排列次序看,当均为宋初本。

考诸文献,王琪刻印杜集前后北宋人所读杜集尚有:

(10) 后晋官本杜集。南宋初吴若刊杜集,作《杜工部集后记》述校例:"称晋者,开运二年官书也。"②蔡梦弼撰《杜工部草堂诗笺》,在识语里叙校雠之例亦云:"题曰晋者,晋开运二年官书本也。"③是即后晋出帝开运二年(945)官方编有杜甫集。前引陈尚君大作推断,吴、蔡突出其为"官本","显然不同于私家辑抄传写本,其意当为官刊本","可列为我国最早刻印书籍之一"。此说尚无实据,似仍当视作写本。

(11) 杜集旧本。陈从易偶然所得,文多脱误④。从易仕真宗、仁宗朝,诗近乐天体(见本书第一章)。

(12)《杜工部别集》五百篇。据苏舜钦《题杜子美别集后》言,乃仁宗天圣末(1031年前后)韩综于民间传得⑤。

(13)《杜甫外集》。据刘敞言,尝借王二十藏《杜甫外集》⑥。

(14) 湖州吴员外藏杜甫集。据上引刘敞言,作品数多于王二十藏本。

(15) 王纬藏杜集。据前引苏舜钦言,长安主簿王纬藏有杜甫集,与韩综藏本不同。

(16) 宋祁手书《杜少陵诗》一卷。晁说之(1059—1129,字以

---

① 钱谦益《钱注杜诗》附录,下册第 710 页。
② 钱谦益《钱注杜诗》附录,下册第 715 页。
③ 蔡梦弼《杜工部草堂诗笺》卷首《传序碑铭》后附识语,《古逸丛书》光绪十年(1884)影宋麻沙本。
④ 欧阳修《六一诗话》,何文焕辑《历代诗话》本,北京:中华书局,1981 年,上册第 266 页。
⑤ 苏舜钦《题杜子美别集后》,《苏舜钦集》卷一三,第 171—172 页。
⑥ 刘敞《寄王二十》诗及诗序,《公是集》卷一,《四库全书》本。

道)家收藏,某些文字与其他版本不同①。前引南宋初吴若《杜工部集后记》述校例:"称宋者,宋景文也。"前引蔡梦弼撰《杜工部草堂诗笺》,在识语里叙校雠之例亦云:"曰宋者,宋子京本也。"盖宋祁尝辑校杜集,并手抄部分杜诗为一卷。

(17) 欧阳修校杜集。前引蔡梦弼《杜工部草堂诗笺》书前识语:"曰欧者,欧阳永叔本也。"故知欧阳修尝校对杜集。

(18) 苏舜钦编《老杜别集》。据前引苏舜钦文,他得览韩综所藏《杜工部别集》,凡五百篇,"参以旧集,削其同者,馀三百篇";侨居长安时又从王纬处获一集,复增八十馀首,于仁宗景祐三年(1036)十二月初编成《老杜别集》。

(19) 王洙编《杜工部集》,二十卷。如前所述,王洙(997—1057)利用在崇文院编目的机会,通览九种杜集,于宝元二年(1039)将所得各种杜集结集为《杜工部集》二十卷,晚于苏舜钦三年,亦未刻印。此本有诗十八卷,计1405首;赋笔杂著二卷,计29篇。

(20) 王安石编《杜工部后集》。王安石(1021—1086)作于皇祐四年壬辰(1052)的《老杜诗后集序》云,他知浙江鄞县时(1047—1050),得客所授古之诗,世所不传者二百馀篇,断为杜诗,编为《后集》,认为经他之手,杜甫之诗已完全见于当世②。

(21) 刘敞编《杜子美外集》,五卷。前引刘敞(1019—1068)《寄王二十》诗前序曰:"先借王《杜甫外集》,会集未及录。近从吴生借本,增多于王所收,因悉抄写,分为五卷,又为作序,故报之。"全诗云:"昔借君家杜甫集,无端卧疾不曾编。近从雪上吴员外,复得遗文数百篇。夫子删诗吾岂敢,古人同疾意相怜。新书不惜传将去,怅望秦城北斗边。"诗序"会集未及录"语意不通,据"古人同疾"句下自注"子美亦有肺疾也","会集"当系"会疾",音同而误。《两宋名贤小集》收此诗,正作"会疾"③。全诗第二句云"卧

---

① 周紫芝《竹坡诗话》,《历代诗话》本,上册第349页。
② 《临川先生文集》卷八四,上海:中华书局上海编辑所,1959年,第880—881页。
③ 题陈思编、陈世隆补《两宋名贤小集》卷五三,《四库全书》本。

疾",第六句又有"同疾",律诗不应重字,《两宋名贤小集》作"同病",较胜。刘敞又作诗《编杜子美外集》咏此事:"少陵诗笔捷悬河,乱后流传简策讹。《乐》自戴公全废坏,《书》从鲁壁幸增多。斯文未丧微而显,吾道犹存啸也歌。病肺悲愁情自失,苦吟时复望江沱。"尾联自注:"子美诗云:'病肺卧江沱。'余亦有此疾。"今按:考刘敞生平,敞于英宗治平元年(1064)四月得惊眩疾,与肺病无关。仁宗嘉祐五年(1060),刘敞帅长安,充永兴军路安抚使兼知永兴军府事,十二月至雍部(今陕西西安),在雍三年,治声四出,巴蜀民众皆愿得公为守,至有到边界问使客"刘公何时来"者。嘉祐八年(1063),"以疾自请",八月,诏赴阙①。此疾或即肺病。由《编杜子美外集》诗可知,刘敞编辑杜诗时罹患肺病,身处巴蜀附近,盖即在长安时所为。味前引《寄王二十》诗意,是编成杜集后致书王二十,末句"怅望秦城北斗边"袭用杜甫《历历》"巫峡西江外,秦城北斗边",意指对方人在长安,自己则已离开。刘敞另有五律《寄王二十》,亦道此意。综合刘敞生平及其诗作,可知刘敞借读王二十所藏杜集在嘉祐六年(1061)至八年(1063)守长安期间,编校杜集大概在嘉祐八年八月离开长安以后,晚于苏舜钦、王洙、王安石、王琪诸人。

韦骧(1033—1105)有诗题作《简夫丈昔遗〈老杜别集〉,而骧以外集当之,久而亡去,近承多本,因以诗请》,诗云:"昔日交传集外诗,规模虽记旧编遗。近闻几格多兼副,可赐闲中一解颐?"②韦骧是浙江钱塘人,皇祐五年(1053)进士。诗中所称"简夫丈"乃浙江新昌人石象之,字简夫,庆历二年(1042)进士,壮年即解冠致仕,优游二十年卒③。性近道情隐士而喜收藏杜集、阅读杜诗,杜甫在庆历之后的重大影响于此可见一斑。此处所谓杜甫别集、外

---

① 刘敞《故朝散大夫给事中集贤院学士权判南京留守御史台刘公行状》,《彭城集》卷三五,《四库全书》本。
② 《全宋诗》,北京:北京大学出版社,1991年,第13册第8457页。
③ 韦骧另有诗题作《贺简夫石丈罢令先期请老》,开头云:"七十能归世已稀,挂冠况在壮龄时。"《全宋诗》第13册第8453页。

集,或即之前苏舜钦编《老杜别集》、刘敞编《杜子美外集》。今人或仅据韦骧此诗推断苏舜钦本在韦骧当时已经刊印[1],尚待更多更直接的证据。

至此,王琪在苏州刻印《杜工部集》前后,北宋人阅读的杜集版本在二十一种以上。可见庆历前后,杜集风行全国,杜集的搜辑编校整理在全社会掀起一股读杜、尊杜、学杜的热潮。王洙编校的杜集影响最大。晁公武说宋朝"自王原叔以后,学者喜观甫诗。"[2]完整的表述就是王洙编校的杜集受到推崇,流传广泛,推动了尊杜风潮。南宋叶适《徐斯远文集序》说:"庆历、嘉祐以来,天下以杜甫为师。"[3]今从杜集编校亦可证实。北宋后期,蔡启概述本朝诗风嬗变历程时说:

> 国初沿袭五代之馀,士大夫皆宗白乐天诗,故王黄州主盟一时。祥符、天禧之间,杨文公、刘中山、钱思公专喜李义山,故昆体之作,翕然一变,而文公尤酷嗜唐彦谦诗,至亲书以自随。景祐庆历后,天下知尚古文,于是李太白、韦苏州诸人,始杂见于世。杜子美最为晚出,三十年来学诗者,非子美不道,虽武夫女子皆知尊异之,李太白而下殆莫与抗。[4]

所述不够全面准确,但大致不差。宋人最终选择了杜甫作为学诗的共同典范,催生出成熟的宋调,这个结果约在庆历前后形成,与众多杜集的广泛流传有着紧密联系。

以上杜集体现出如下特点:一是版本众多,篇数不定。最多者有二十卷,最少者只有一卷。前引王安石作于皇祐五年(1053)的《杜工部后集序》云杜集"世所传已多"的具体情况,于此可见一斑。二是遍布各地,流传广远。北宋的各个区域都有杜集流传。

---

[1] 张忠纲等《杜集叙录》,济南:齐鲁书社,2008年,第10页。
[2] 孙猛《郡斋读书志校证》卷一七,上海:上海古籍出版社,1990年,下册,第857页。
[3] 《叶适集·水心文集》卷一二,刘公纯等点校,北京:中华书局,1961年,第214页。
[4] 蔡启《蔡宽夫诗话》,郭绍虞《宋诗话辑佚》本,北京:中华书局,1980年,第398—399页。

三是俱为写本,文字多歧。进而言之,王琪刻印杜集之前,读者读到的杜甫作品篇数不同,写本异文众多,对杜甫的人格风格就会有不同的判断,从而导致不同的学杜结果。

二、写本异文与庆历学杜

此处需要了解写本时代手抄本的一些特征。田晓菲研究了手抄本文化的流动性本质,指出手抄本"在文本平滑稳定的表面之下,律动着一个混乱的、变动不居的世界",唐末五代著名诗僧贯休本人发现,他的作品被抄写流传之后变得几乎无法辨认,这种情况在手抄本文化中是常见现象,作者对自己的作品失去控制,这是一方面;另一方面,即使抄手能准确无误地抄写作者的原本(事实上这是不可能的),也不能保证流传到后世的文本的权威性,因为文本在离开作者后会经历各种意想不到的变化,在抄本时代,一个抄写者作为一个特别的读者,可以积极主动、充满自信地参与文本的再创造,哪怕这作品属于伟大的诗人。关于后者,田晓菲以韦氏妓"改正"杜诗的故事为例:

> 京兆韦氏子举进士,门阀甚盛。尝纳妓于洛,颜色明秀,尤善音律。韦曾令写杜工部诗,得本甚舛,妓随笔改正,文理晓然,是以韦颇惑之。①

不同性别、年龄和社会背景的人以其抄写、编辑、改定、修饰、补缺等活动参与了手抄本的创造。写本和印本不同,"由于同一版的印刷书籍全都一模一样,印刷可以限制异文数量的产生;与此相比,每一份抄本都是独一无二的,都可能产生新的异文,这样一

---

① 《太平广记》卷三五一引《唐阙史》,汪绍楹点校,北京:中华书局,1961年,第8册第2780页。按《唐阙史》今有清《知不足斋丛书》本,但《太平广记》所引与今本文字差异较大,又宋人著作中引有今本所无之佚文,故今人颇疑传世之本已非原本。辨详陈尚君撰"高彦休"条,周祖譔主编《中国文学家大辞典·唐五代卷》,北京:中华书局,1992年,第656页。鉴于《太平广记》编于宋初,本节讨论的是北宋时期,故此处引文从《太平广记》。

来,比起印刷文本,手抄本就会大大增加异文的总数"①。不同的异文会导致不同的诗意,从而塑造出不同的诗人人格和风格。她在认识中古写本时代手抄本的不稳定性的基础上,细读陶渊明的文本特别是异文,发现后世陶渊明"平淡自然"的高尚形象乃是宋人通过控制陶集异文而创造出来的。这一思路对观察庆历前后的尊杜风尚不无启示。

写本时代,人们所读杜集主要的不同,一是卷数篇数不等,多少不一;二是异文众多,文字不同。试分论其后果。

从中唐到北宋,杜甫形象在不断变化,究其原因,除了时代美学趣尚等因素,也跟杜甫作品篇数不断增多完善有关。大历年间,杜诗流传多为"戏题剧论"之作,宜乎长时期里人们目杜甫为恃才无礼之人。宋真宗朝,西昆派领袖杨亿不喜杜诗,谓为"村夫子"②,或与所读杜集收诗不多有关,因为杜甫确有鄙陋之作,尊崇杜甫的苏轼评价其《解忧》就认为:"杜甫诗固无敌,然自'致远'以下句,真村陋也。此最其瑕疵,世人雷同,不复讥评,过矣!然亦不能掩其善也。"③宋初王禹偁赞扬"子美集开诗世界"④,孙仅《读杜工部诗集序》极度推崇杜甫的全面成就及对唐五代诗人的影响,这样的认识跟其时杜集多见、卷帙丰富是分不开的。庆历前后,苏舜钦、王洙、王安石、刘敞等人广泛搜辑杜诗,杜甫佚诗有大宗发现,杜集臻于完整,而杜甫形象也在此时多样化、崇高化,庆历四年(1044),宋祁主持修纂《新唐书·列传》,《杜甫传》里对杜甫的记载和评价就是这种多样化、崇高化的集中体现。宋祁综合了杜甫同时人、韩愈、元稹、孟棨和《旧唐书》等诸多人的意见,又加入他本人手书杜诗、学习杜诗的体验,于是杜甫的形象成为:性褊躁傲诞,旷放不自检,伤时忠君,诗歌浑涵汪茫、千汇万状,古今

---

① 田晓菲《尘几录——陶渊明与手抄本文化研究》,北京:中华书局,2007年,第5—8页。
② 刘攽《中山诗话》,《历代诗话》本,上册第288页。
③ 苏轼《记子美陋句》,《苏轼文集》卷六七,孔凡礼点校,北京:中华书局,1986年,第5册第2104页。
④ 王禹偁《日长简仲咸》,《小畜集》卷九,《四部丛刊》本。

第一;其诗善陈时事,律切精深,世号诗史,光照万代①。这反映出庆历前后人们对杜甫人格和风格的认识是多元的、丰富的,甚至是自相矛盾的、针锋相对的。杜甫形象的日渐丰满、崇高,与杜集版本的日臻完善、杜诗篇目的日益增多是同步的,最突出的时期就在庆历前后。

对杜诗异文的校勘解读也直接影响到庆历前后诗人对杜甫的学习。据北宋人记载,王洙编校杜集时对异文的处理持谨慎态度:

> 今世所传《子美集》本,王翰林原叔所校定,辞有两出者,多并存于注,不敢彻去。至王荆公为《百家诗选》始参考择其善者定归一辞,如"先生有才过屈宋",注:"一云'先生所谈或屈宋'",则舍正而从注。"且如今年冬,未休关西卒",注:"一云'如今纵得归,休为关西卒'",则刊注而从正。若此之类,不可概举。其采择之当,亦固可见矣。惟"天阙象纬逼,云卧衣裳冷","阙"字与下句语不类。"隅目青荧夹镜悬,肉骏碨礌连钱动","肉骏",于理若不通,乃直改"阙"作"阅",改"骏"作"䭮",以为本误耳。②

今传《王氏谈录》系王钦臣记录其父王洙言论的笔记,谈到"校书"时也说:

> 公言:校书之例,它本有语异而意通者,不取可惜,盖不可决谓非昔人之意,俱当存之,如注为一云作壹(一字已上谓之一云,一字谓之一作)。公自校杜甫诗,有"草阁临无地"之句,它本又为荒芜之芜,既两存之。它日有人曰为无字,以为无义。公笑曰:"《文选》云:'飞阁下临於无地',岂为无义乎?"唐郑颢自云:"梦为诗《十许韵》,有云'石门霜露白,玉殿

---

① 《新唐书》卷二○一《杜甫传》,北京:中华书局,1975年,第5735页。宋祁及以前的杜甫评论资料详见华文轩编《古典文学研究资料汇编·杜甫卷》上编唐宋之部,北京:中华书局,1964年,第1册第1—67页。
② 蔡启《蔡宽夫诗话》,《宋诗话辑佚》本,下册第384页。

芜苔青',意甚恶之,后遇宣宗山陵成,因复职。"公尝笑曰:
"此杜工部《桥陵诗》也,颢以为贞陵之祥,而更复缀缉,亦嗤
鄙之一也。"①

两书记载近似,自属可信,从中可以发现两点,一是王洙所处的时
代杜集异文众多,二是王洙处理异文的态度是审慎严谨的,尽可
能多地保存异文,以供读者自行抉择。王洙整理的杜集是诗十八
卷及补遗二卷,而王琪犹"病其卷帙之多而未甚布","多"的表现
可能在于王洙保存了很多的异文而未加考辨定夺。这就在客观
上提供了一个丰富多样的杜甫文本,读者对杜甫的解读也就自由
多元。嘉祐之后,王琪刻印杜集,对异文采取"义有兼通者,亦存
而不敢削"的处理方法,不可谓不慎重,但也意味着对于他认为
"不通"的异文就削而去之,从而导致某些异文消失,毕竟他本人
也承认"阅之者固有浅深也"。刻印时裴煜"取以覆视,乃益精
密",也许又对异文作了删汰。但他们并不能保证都校正了杜诗
的文字讹误。北宋末《漫叟诗话》校杜甫《秋雨叹三首》其二云:

《秋雨叹》:"禾头生耳黍穗黑",今所行印本,皆作"木"
字。事见《齐民要术》云:"秋雨甲子,禾头生耳",本当作
"禾"。②

这条校勘得到后世学者认同。仇兆鳌在"禾"字下注:"一作'木',
《漫叟诗话》定作'禾'。"③当代语言文字学家郭在贻亦予以肯定:

按:作禾是,木乃禾字形近之讹。《钱注杜诗》云:"《朝野
佥载》:'俚谚云:春雨甲子,赤地千里;夏雨甲子,行船入市;
秋雨甲子,禾头生耳。'单父人戴寂云:久雨则禾生耳,谓牙蘖

---

① 朱易安、傅璇琮等主编《全宋笔记》,郑州:大象出版社,2003年,第1编第10册第168页。
② 《宋诗话辑佚》本,上册第357页。郭绍虞标点作"秋雨叹禾头,生耳黍穗黑",误。
③ 仇兆鳌《杜诗详注》卷三,北京:中华书局,1979年,第1册第217页。

卷挛如耳形也。王原叔以禾作木,木固有耳,恐非本旨。"①

焉知王琪刻印本不是径直删去"禾"字而保留"木"字?因此嘉祐刻印杜集使杜诗异文第一次大量消失,而王安石以己意"择其善者定归一辞"、"刊注而从正"的做法则使杜诗异文再次大量消失。《蔡宽夫诗话》谓是王安石编《百家诗选》时所为,误,实则《百家诗选》未选杜诗,应是《四家诗选》,乃安石元丰年间(1078—1085)在江宁(今南京)所编,以杜甫为第一,李白为第四。嘉祐以后,王安石诗名崇高,蔡启遂以王氏之采择为精当,其实古今皆有不以为然者。如蔡启所举杜甫《游龙门奉先寺》诗"天阙象纬逼"句,王氏径改"天阙"作"天阅",就遭到同时刘攽、南宋朱熹、明代王世贞等人的批评②,清代王夫之、当代曹慕樊已详列充足理由,证明当从宋代早期版本作"天阙"③。即使王安石采择确属精当,删削异文的做法也导致读者对杜诗理解的狭隘化、单一化、定型化,从而禁锢了学杜创新的多元化。

苏轼对待异文的态度也近似王安石。他一方面批评"近世人轻以意改书,鄙浅之人,好恶多同,故从而和之者众,遂使古书日就讹舛,深可忿疾",似乎是针对政敌王安石而发;另一方面,他又以陶渊明《饮酒》和杜甫《奉赠韦左丞丈二十二韵》诗句为例,改动原文:

> 陶潜诗:"采菊东篱下,悠然见南山。"采菊之次,偶然见山,初不用意,而境与意会,故可喜也。今皆作"望南山"。杜子美云:"白鸥没浩荡,万里谁能驯。"盖灭没于烟波间耳。而宋敏求谓余云"鸥不解'没',改作'波'"。二诗改此两字,便

---

① 郭在贻《杜诗异文释例》,《郭在贻文集》第1卷《训诂丛稿》,北京:中华书局,2002年,第93页。
② 详见佚名《道山清话》,《百川学海》本;黎靖德编《朱子语类》卷一四〇,王星贤点校,北京:中华书局,1986年,第8册第3327页;王世贞《艺苑卮言》卷四,丁福保辑《历代诗话续编》本,北京:中华书局,2006年,中册第1013页。
③ 王夫之《姜斋诗话》,《清诗话》本,上册第17页;曹慕樊《杜诗杂说》,成都:四川人民出版社,1981年,第160—161页。

觉一篇神气索然也。①

苏轼是众望所归的大诗人,其观点被广为接受,遂成千古定论。但也许庆历前后的读者所读杜集就有"波"的异文,自宋至明也有不少学者反对苏轼,而以"波"字为是②。

对异文的采择有时就像阐释的循环(der hermeneuticsche zirkel)。欧阳修记载陈从易的故事:

> 陈公时偶得杜集旧本,文多脱误,至《送蔡都尉诗》云:"身轻一鸟",其下脱一字。陈公因与数客各用一字补之。或云"疾",或云"落",或云"起",或云"下",莫能定。其后得一善本,乃是"身轻一鸟过"。陈公叹服,以为虽一字,诸君亦不能到也。③

对"过"字的选择源于对杜甫伟大诗人身份的尊崇,而对"过"字艺术效果的推崇又反过来加深了对杜甫的尊崇。这是庆历前后读者面对杜诗众多异文所作反应的一个缩影。

杜诗异文中尚有两个至关重要的字值得关注。

一是"閒"字。杜甫父亲名闲④,闲、閒常通用,因此杜诗中有无"閒"字就关系重大,倘若有,则杜甫会背上不避家讳的恶名。据仇兆鳌注,今存杜诗相关文字如下:

> 《诸将五首》其一:"见愁汗马西戎逼,曾闪朱旗北斗殷。"殷:"音'烟'。诸本作閒,《正异》作殷。"

> 《宴王使君宅题二首》其二:"泛爱容霜鬓,留欢卜夜閒。"鬓,一作发;閒,一作阑;卜夜閒,一作上夜关。

---

① 苏轼《书诸集改字》,《苏轼文集》卷六七,第5册第2098—2099页。
② 吴曾《能改斋漫录》卷一〇,上海:上海古籍出版社,1979年,第277页;王楙《野客丛书》卷二九,郑明、王义耀点校,上海:上海古籍出版社,1991年,第426页;唐元竑《杜诗攟》卷一,《四库全书》本。
③ 欧阳修《六一诗话》,《历代诗话》本,上册第266页。
④ 《旧唐书》卷一九〇《杜甫传》,北京:中华书局,1975年,第5054页。按杜甫《唐故范阳太君卢氏墓志》谈到父亲时只说"薛氏所生子,適曰某,故朝议大夫、兖州司马",未及名字。见《宋本杜工部集》卷二〇,第342页。

《小寒食舟中作》:"娟娟戏蝶过閒幔,片片轻鸥下急湍。"閒,一作开,非。①

王直方赞成有"闲"字,因为"临文恐自不以为避也"②,诗人创作可以暂时与世俗礼法不一致。赵令畤以蜀本、王琪本、薛向(字师正,加枢密直学士)家本为依据,主张没有③。蔡启、周必大也主张没有,以为"北斗闲"本作"北斗殷",由于避宋太祖父亲弘殷的偏讳"殷"而被改为"闲"④。张耒认定杜甫天性"笃于忠孝",不可能冒犯家讳,故古写本作"问不违"胜过"闲不违",写本作"殷"字有理,语更雄健⑤。众说纷纭,聚讼不已。今按,现存二王本杜集,相关正文文本及校勘文字如下:

卷一五《诸将五首》其一:"见愁汗马西戎逼,曾闪朱旗北斗闲。"

卷一七《宴王使君宅题二首》其二:"泛爱容霜发,留欢卜夜闲。"小字注:"一作上夜关。"

卷一八《小寒食舟中作》:"娟娟戏蝶过闲幔,片片轻鸥下急湍。"⑥

"北斗闲"、"闲幔"均无异文,"卜夜闲"有异文作"上夜关",而又以前者为正。古人避讳甚严,王洙参与编撰的《崇文总目》卷一载"《丧礼极义》一卷,唐商价集"。清钱东垣按曰:"本作'殷价',避太祖父讳作'商'。"⑦是以"商"代"殷"。倘若杜甫文本中出现"殷"字,王洙编校时完全有可能径以"闲"代"殷",但亦可以缺笔形式处理而不必改用"闲"字。从诗意看,"曾闪朱旗北斗闲"本作"殷"

---

① 《杜诗详注》卷一六、二二、二三,第 1363、1932、2062 页。
② 《王直方诗话》,《宋诗话辑佚》本,上册第 11 页。
③ 赵令畤《侯鲭录》卷七,孔凡礼点校,北京:中华书局,2002 年,第 181 页。
④ 《蔡宽夫诗话》,《宋诗话辑佚》本,上册第 394 页;周必大《二老堂诗话》,《历代诗话》本,下册第 673—674 页。
⑤ 张耒《明道杂志》,《丛书集成初编》本,第 5 页。
⑥ 《宋本杜工部集》,第 291、313、321 页。
⑦ 王尧臣等编次、钱东垣等辑释《崇文总目辑释》卷一,第 1 册第 13 页。

第四章 杜甫与中唐—北宋诗的大变局

是可信的,"留欢卜夜闲"以"上夜关"为较胜;至于"娟娟戏蝶过闲幔,片片轻鸥下急湍",则本作"闲"才能与"急"对仗。仇兆鳌注引顾炎武云:"'閒'乃閑暇,于'閑'字自不相犯。"①此说或亦可通,但由于閑、閒常通用,读者阅读时往往会忽略其细微差别。无论如何,庆历、嘉祐之际,二王本流布最广,杜诗中的"闲"字一定影响到人们对避讳文化和杜甫形象的解读,从而增加了解读的多样性。

二是杜甫《哀江头》末二句,二王本作:"黄昏胡骑尘满城,欲往城南忘南北。"无异文②。南宋《分门集注杜工部诗》卷三此句下注:"洙曰:一云望城北。"又引黄中立(字少度)曰:"甫朝哀江头,暮又闻史思明连结吐蕃入寇,欲往城南省亲,仓皇之际,心曲错乱,忘南而走北也。甫家居城南。"③二黄补注本同④。按所谓"王洙注"并非出自王洙之手,而是北宋后期人邓忠臣所撰,此条异文校语实为忠臣新校⑤。"忘南北"本自可通,若无异文,则如黄中立那样以常理说诗即可,"忘"字在此处也不可能有歧义;但嘉祐以后异文出来后,特别是杜甫忠君爱国的形象被神化、固化之后,"望城北"尤其"城北"的异文就非同小可了。

南宋陆游与黄中立一样,从普通人面临严重危险时的正常反应解读:

> 老杜《哀江头》云:"黄昏胡骑尘满城,欲往城南忘城北。"言方皇惑避死之际,欲往城南,乃不能记孰为南北也。然荆公集句,两篇皆作"欲往城南望城北"。或以为舛误,或以为改定,皆非也。盖所传本偶不同,而意则一也。北人谓向为

---

① 《杜诗详注》卷二二,第1933页。
② 《宋本杜工部集》卷一,第132页。
③ 《中华再造善本》唐宋编集部影宋刻本,第1函第6册。
④ 黄希、黄鹤《黄氏补千家注纪年杜工部诗史》卷二,《中华再造善本》金元编集部影元刻本,第1函第4册。
⑤ 梅新林《杜诗伪王注新考》,《杜甫研究学刊》1995年第2期,第39—42页;邓小军《邓忠臣〈注杜诗〉考——邓注的学术价值及其被改名为王洙注的原因》,《杜甫研究学刊》2002年第1期,第10—26页。

望,谓欲往城南,乃向城北,亦惶惑避死,不能记南北之意。①

王安石既以"望城北"为正,按他的编校体例,其他的异文会被删除。陆游的理解是,杜甫之所以欲往城南却向着城北走去,是因为仓惶避难、不辨方向。训诂学家郭在贻同意陆游的说法,但何以会有"望城北"和"忘城北"两种传本? 是由于"望、忘通用,习见于唐人文字",因此作"望城北"为是,"忘则是望的同音假借"②。

清初钱谦益作"欲往城南忘南北",注云:

> 兴哀于无情之地,沉吟感叹,瞀乱迷惑,虽胡骑满城,至不知地之南北。昔人所谓有情痴也。陆放翁但以避死惶惑为言,殆亦浅矣。③

从杜甫心情极度悲愤激动来解释不分南北的行为,批评陆游的解释是矮化了忠君爱国的杜甫。

今人陈寅恪则从更深层次揭示其微言大义:

> 唐代长安城市之建置,市在南而宫在北也。……复次,杜少陵哀江头诗末句"欲往城南望城北"者,子美家居城南,而宫阙在城北也。自宋以来注杜诗者,多不得其解,乃妄改"望"为"忘",或以"北人谓向为望"为释,(见陆游老学庵笔记柒。)殊失少陵以虽欲归家,而犹回望宫阙为言,隐示其眷念迟回不忘君国之本意矣。④

通过分析长安城市空间结构,揭橥诗人身处危局犹眷念君国之"本意"。但与其说这是作者之"本意",不如说是读者之"用心"与"深意"。北宋后期以来,苏轼关于杜甫"一饭未尝忘君"之论深入人心⑤,陈寅恪的解释则以此为基础。陈寅恪曾在《蓟丘之植植于

---

① 陆游《老学庵笔记》卷七,李剑雄等点校,北京:中华书局,1979年,第94页。
② 郭在贻《杜诗异文释例》,《郭在贻文集》第一卷《训诂丛稿》,第91页。
③ 钱谦益《钱注杜诗》卷一,上册第43页。
④ 陈寅恪《元白诗笺证稿》,上海:上海古籍出版社,1978年,第251—252页。
⑤ 见苏轼《王定国诗集叙》,《苏轼文集》卷一〇,第1册第318页。

第四章　杜甫与中唐—北宋诗的大变局　　221

汶篁之最简易解释》一文中,驳倒以往仅靠文字训诂和句法分析对乐毅《报燕惠王书》中一段话的解说,而又博取史实,作出最为简易也最令人信服的解释,从而总结解释古书之法:"夫解释古书,其谨严方法,在不改原有之字,仍用习见之义。故解释之愈简易者,亦愈近真谛。并须旁采史实人情,以为参证。不可仅于文句之间,反复研求,遂谓已尽其涵义也。"①不改原有文字、采用习见含义、旁采史实人情、解释最为简易,这四条阐释原则诚为不刊之论,陈寅恪自身对于杜甫"欲往城南望城北"的解释亦与此相合。然而,就二王本杜集"欲往城南忘南北"的文字而言,以习见之义"忘记(不辨)南北"来解释"忘南北",与这四大原则亦不相违。诗人危难之际下笔作诗,也许就是不辨方向的"忘南北"或"望(向)城北"。

　　以上例子表明,不同的异文会深刻影响到读者对杜诗的解读、对杜甫形象的认知,从而影响到学杜的方向和推陈出新的结果。在庆历前后,杜集仍处于写本时代,在传抄过程中非常容易滋生异文,众多的异文也会被有意识地搜集保存下来。李纲说杜集"传写谬误,寖失旧文,乌三转而焉者,不可胜数"②,朱熹说"杜诗最多误字"③,都可见出写本时代杜诗异文的丰富。据考查,《全唐诗》异文颇多,而杜诗尤甚,所录杜诗异文多达三千五百馀条④,以致学者呼吁杜集"刻不容缓"地"需要一个新的定本"⑤。由此可以反观庆历前后杜诗异文的特点:丰富多样,流动不居,无权威,无定论,选择自由,解读多元。北宋末,梁子美极喜杜诗,常令人取杜集示客,"有不解意以录本至者,必瞋目怒叱曰:'何不将我真本来!'"⑥此处"录本"应指写本,"真本"盖系印本。然而在写本时

---

① 陈寅恪《金明馆丛稿二编》,上海:上海古籍出版社,1980年,第262页。
② 李纲《重校正杜子美集序》,《梁溪先生文集》卷一三八,《四库全书》本。
③ 《朱子语类》卷一四〇,第8册第3327页。
④ 郭在贻《杜诗异文释例》,《郭在贻文集》第一卷《训诂丛稿》,第86页。
⑤ 王利器《杜集释文校例(上)》,《西北大学学报》1980年第2期,第38—46页。
⑥ 叶梦得《避暑录话》卷下,《丛书集成初编》本,第2册第69页。

代,何为真本？何处觅真本？前引王洙《杜工部集记》说杜集传本"皆亡逸之馀,人自编摭,非当时第叙矣",刘敞《编杜子美外集》说杜甫的作品"乱后流传简册伪",在在说明庆历前后无所谓"真本"。"真本"既无处觅,"本意"复何处寻？

杜集"真本"的说法出现在北宋后期,其时杜集已进入印本时代,王琪增订刊刻的二王本杜集早已大行于世,成为此后各种杜集的祖本。此本的流通有力地促进了杜诗在全社会的流行,也使杜诗流传从多本并存的"写本时代"进入到定本权威的"印本时代",许多异文消失了,一些存在异文的文本经过王安石、苏轼等大诗人的解读也便等于遮蔽了异文,而杜甫众体兼备的文学成就、直陈时事的诗史内容、沉郁顿挫的艺术风格、忠君爱国的思想境界、忧时忧民的人文情怀等等诗人形象,就在印本时代被逐步塑造出来,并日渐定型、神化。从嘉祐到元祐,王安石、苏轼、黄庭坚先后执诗坛牛耳,此时期的杜诗学也笼罩在他们的阴影之下。王安石称美杜甫家破身危时,在诗中仍"不废朝廷忧",苏轼敬佩杜甫"流落饥寒,终身不用,而一饭未尝忘君",黄庭坚赞美杜甫"中原未得平安报,醉里眉攒万国愁",又称杜甫"流落颠沛,未尝一日不在本朝"①,所论皆着眼于政治关怀和道德意识。这些观点直接影响到对杜甫异文的解读和扬弃。四库馆臣指出：

> 自宋人倡"诗史"之说,而笺杜诗者遂以刘昫、宋祁二书据为稿本。一字一句,务使与纪传相符。夫忠君爱国,君子之心。感事忧时,风人之旨。杜诗所以高于诸家者,固在于是。然集中根本不过数十首耳。咏月而以为比肃宗,咏萤而以为比李辅国,则诗家无景物矣；谓纨袴下服比小人,谓儒冠上服比君子,则诗家无字句矣。②

---

① 分别见王安石《杜甫画像》,《临川先生文集》卷九,第 150 页；苏轼《王定国诗集叙》,《苏轼文集》卷一〇,第 1 册第 318 页；黄庭坚《老杜浣花溪图引》,《山谷外集诗注》卷一六,《黄庭坚诗集注》,刘尚荣校点,北京：中华书局,2003 年,第 4 册 1341—1343 页；《潘子真诗话》引黄庭坚语,《宋诗话辑佚》本,上册第 310 页。
② 《四库全书总目》卷一四九,北京：中华书局影印本,1965 年,下册第 1281—1282 页。

第四章　杜甫与中唐—北宋诗的大变局　　　　　　　　　　　223

以这种单一化、定型化、神话化的形象为基准去对待杜诗异文，必然抹杀了杜甫作品的丰富多样，也限制了读者的解读自由。

而在庆历前后的写本时代，杜集没有"真本"，杜集卷帙篇数不等，异文众多，读者心目中的杜甫形象也就呈多元化。后人多瞩目杜甫的"沉郁"，此时的诗人发现的却是杜诗的"豪"：田锡说"李白、杜甫之豪健"①，欧阳修指"李、杜豪放之格"②，赞扬"杜君诗之豪，来者孰比伦"③，张方平独推"文物皇唐盛，诗家老杜豪"④。正如前文所论，《新唐书·杜甫传》集中反映出庆历前后人们对杜甫人格和风格的认识是多元的、丰富的，甚至是自相矛盾的、针锋相对的。正是这种自由多元的论杜氛围中，西昆体的宋祁和尊韩派的苏舜钦、石延年、梅尧臣、欧阳修诸人皆能在庆历之际学杜而出新，形成宋诗的第一个高峰，宋调终趋成熟。方回指出："近世之诗，莫盛于庆历、元祐。"⑤这与庆历年间的尊杜热潮密切相关。

庆历以后，赵宋王朝与少数民族政权之间的民族矛盾空前激化，国内危机日益加深，政治形势的变化使关心国事的诗人们逐渐选择了充满忠君忧国精神的杜诗，对杜甫的评价也往往着眼于此。从道德意识出发，宋人对诗歌有"性情之正"的要求，而杜甫全幅人生是仁的境界⑥，因而他们对杜甫的伟大人格大加赞赏，视杜诗为"明道"、"见性"的典范。韩诗多愤世嫉邪、忧穷嗟卑之语，从嘉祐到元祐，人们强调诗歌用以自持自适，对韩诗深感不满，转而以杜诗为典范。

就诗歌嬗变而言，越过韩愈、选择杜甫的根本原因在于对诗歌艺术浑融含蓄境界的追求。学韩派强调"意新语工"、"意与言

---

① 田锡《贻宋小著书》，《咸平集》卷二，宜秋馆刻《宋人集》丁编本。
② 欧阳修《六一诗话》，《历代诗话》本，上册第267页。
③ 欧阳修《堂中画像探题得杜子美》，《外集》卷四，洪本健《欧阳修诗文集校笺》，上海：上海古籍出版社，2009年，下册第1356—1357页。
④ 张方平《读杜工部诗》，《乐全集》卷二，《四库全书》本。
⑤ 方回《孙后近诗跋》，《桐江集》卷四，南京：江苏古籍出版社影印《宛委别藏》本，1988年，第105册第288—289页。
⑥ 详见邓小军《唐代文学的文化精神》，台北：文津出版社，1993年，第235—314页。

会",在实现明白畅达、工巧新奇的同时,也宰杀了物质世界的浑融感,丧失了内心世界的朦胧美。嘉祐以后,杜甫的影响更加深入人心,诗人们也随之开始了自赎性反思。这种反思从王安石开始。王安石早年作诗好议论,"诗语惟其所向,不复更为涵蓄","皆直道其胸中事",晚年转学唐人律绝,"始尽深婉不迫之趣",其成就表现为"造语用字,间不容发"与"言随意遣,浑然天成"的高度统一①。此中的理论依据源于王安石对杜诗艺术的认识:

> 盖其诗绪密而思深,观者苟不能臻其闾奥,未易识其妙处,夫岂浅近者所能窥哉?此甫所以光掩前人,而后来无继也。②

王安石"言随意遣,浑然天成"的进境显然有得于杜诗的"绪密而思深"。黄庭坚一生推尊杜甫,侧重在艺术形式上更是大张旗鼓地号召学杜,尤其醉心于杜甫晚年到夔州后的作品,心摹手追,推陈出新,影响了整整一代诗人,正如严羽《沧浪诗话·诗辨》所说:"山谷用工尤为深刻,其后法席盛行,海内称为江西宗派。"③黄庭坚及江西诗派以杜甫为"祖",竞相学习、模仿,杜诗的影响至此达于极盛,宋调的本色至此也臻于极致。苏轼和黄庭坚分别表了宋诗的最高成就和最大特色。"元祐以后,诗人迭起,一种则波澜富而句律疏,一种则锻炼精而情性远,要之不出苏、黄二体而已"④。因了对杜诗的推崇和学习,中国诗歌取得了第二次大革命的成功⑤。

简而言之,安史乱后,杜甫漂泊西南,其晚期诗"剥落浮华",体现出平淡、老健的美,已透露出宋调的风貌。尤其是近体诗,记

---

① 见叶梦得《石林诗话》卷中、上,《历代诗话》本,上册第419、406页。
② 胡仔《苕溪渔隐丛话》前集卷六引,廖德明校点,北京:人民文学出版社,1962年,第37页。
③ 郭绍虞《沧浪诗话校释》,北京:人民文学出版社,1961年,第26—27页。
④ 刘克庄《后村诗话》前集卷二,王秀梅点校,北京:中华书局,1983年,第26页。
⑤ 关于杜甫对宋诗的典范意义,参见程杰《从陶杜的典范意义看宋诗的审美意识》,《文学评论》1990年第2期,第67—74、102页;周裕锴《宋代诗学通论》,上海:上海古籍出版社,2007年,第47—51、58—69页。

时事,发议论,写日常生活琐事,用俗字俚语入诗,绝句多对仗,律诗创拗体,皆开宋人门庭①。其后,从中唐到北宋,有创造力的诗人们或先或后、或浅或深、或明或暗、或直接或间接地以杜诗为典范,出以己意,将杜诗中的新变因素发扬光大,共同筑起了中国古典诗歌的第二座高峰。

第二节　杜甫苦热诗的新天地

在由杜甫导夫先路、中唐—北宋诗人发扬光大的诗歌类型中,有一类诗至今没有引起应有的注意,那就是苦热诗。

在现存一千四百多首杜诗当中,有一些描写酷热、干旱以及为求雨而焚起的大火的诗篇,本书称之为"苦热诗",共十二首。胡适最早注意到其中一首,他分析《早秋苦热堆案相仍》、《九日》等诗"都是有意打破那严格的声律,而用那说话的口气。后来北宋诗人多走这条路,用说话的口气来作诗,遂成一大宗派。其实所谓'宋诗',只是作诗如说话而已,他的来源无论在律诗与非律诗方面,都出于学杜甫"②。但着眼点并不在这一类诗的价值。历来的选本都不选这类诗,在研究领域,程千帆、张宏生从"禁体物语"的角度对《火》诗作了一定分析③,何西来、陈贻焮各自对《雷》、《火》的论析则皆侧重于赞赏杜甫不信巫术的态度④。除此而外,研究者一般都忽略了此类诗歌,或用"无甚可观"的评价来一笔

---

① 详见莫砺锋《老去诗篇浑漫与——论杜甫晚期今体诗的特点及其对宋人的影响》,收入程千帆等《被开拓的诗世界》,上海:上海古籍出版社,1990年,第99—123页;莫砺锋《杜甫评传》,南京:南京大学出版社,1993年,第260页。
② 胡适《白话文学史》上卷,《胡适作品集》第20册,台北:远流出版事业股份有限公司,1986年,第118、121页。
③ 程千帆等《被开拓的诗世界·火与雪:从体物到禁体物》,第79—80页。
④ 何西来《真——杜甫美学思想的核心》,《美学论丛》第3辑,北京:中国社会科学出版社,1981年,第230—276页;陈贻焮《杜甫评传》,上海:上海古籍出版社,1988年,下卷第1006—1008页。

带过①。

然而,作为中国诗歌史上的特殊现象,杜甫的苦热诗自有其不可忽视的价值。倘若把它们置于整个古代诗歌的历史长河里,联系唐代的盛衰和杜甫的全部作品来考察,就会发现,杜甫的苦热诗不仅具有新奇的审美趣味,还包含了重要的文化意义。因此,深入研究杜甫及其追随者的苦热诗可以照亮中唐—北宋诗研究中的一个盲点。

一、苦热诗的现实性

杜甫的苦热诗明显烙上了他一贯的现实风格,来自生活,描写生活。诗中充满了强烈的现实生活气息和诗人自身的现实体验,风格直承《诗经》和《古诗十九首》。在内容上,其现实体验可分为以下三个层面。

首先,苦热诗反映了诗人颠沛流离、愁病交加的生存状态及相关体验。唐肃宗乾元元年(758)六月,房琯被贬,杜甫亦受牵连,出为华州司功参军,适逢酷热,乃作《早秋苦热堆案相仍》②,次年又作《夏日叹》、《夏夜叹》。理想受挫加上天气炎蒸,使杜甫对酷热十分敏感,以致"对食暂餐还不能","常愁夜来皆是蝎,况乃秋后转多蝇"(《早秋苦热》),深受毒日之苦,"永日不可暮,炎蒸毒我肠"(《夏夜叹》),反映出诗人迁谪异地时的不适。除上述三首外,其余九首苦热诗皆为杜甫去官漂泊巴东湘楚时所作,它们是:《雷》、《火》、《热三首》、《毒热寄简崔评事十六弟》、《七月三日亭午已后校热退晚加小凉稳睡有诗因论壮年乐事戏呈元二十一曹长》、《多病执热奉怀李尚书》和《舟中苦热遣怀奉呈阳中丞通简台省诸公》。杜甫在作于这一时期的《贻华阳柳少府》诗中自道:"自非晓相访,触热生病根。南方六七月,出入异中原。老少多暍死,汗逾水浆翻。"诗人本就体弱多病,且久居中原,不耐毒热,又遭逢

---

① 例如陈贻焮《杜甫评传》说杜甫:"酷热难耐,又作《热三首》、《毒热寄简崔评事十六弟》等遣闷。可能是热得心烦意躁,这些诗多无甚可观。"下卷第 1008 页。

② 本节凡引杜诗,均据中华书局 1979 年版《杜诗详注》,不再出注。

第四章 杜甫与中唐—北宋诗的大变局

乱世,举家漂泊,国家的危机、百姓的灾难和个人的体弱失意使得杜甫在此时期对热旱特别敏感和关注。"气暍肠胃融,汗湿衣裳污"(《雷》),腹泻(融)使他疲惫不堪;"衰年旅炎方"(《七月三日》),"衰年正苦病侵凌"(《多病执热》),年老多病令他苦不堪言。在寄给友人的诗中,他倾吐了自己的生存状态:

　　老夫转不乐,旅次兼百忧。蝮蛇暮偃蹇,空床难暗投。炎宵恶明烛,况乃怀旧丘。(《毒热寄简》)

飘零而兼百忧,本已愁肠百结,偏又身处炎热多蛇的长江中游地区,畏蛇须烛,对烛增烦,不堪毒热的杜甫不禁怀念起漂泊前所生活的地方。昔年在长安,虽亦曾经炎热,但彼时的诗人过的却是另一种生活:

　　花月穷游宴,炎天避郁蒸。砚寒金井水,檐动玉壶冰。(《赠特进汝阳王二十二韵》)
　　竹深留客处,荷净纳凉时。公子调冰水,佳人雪藕丝。(《陪诸贵公子丈八沟携妓纳凉晚际遇雨二首》其一)

旧丘非不热也,然安史之乱前国势强盛,游宴纳凉,冰水佳人,何苦之有?今昔对比,岂不痛哉!透过诗中的诉说,我们可以真切地感受到诗人自身的现实处境,这是一种对现实环境诚实而又敏感的言说。

其次,苦热诗直接描叙了国家之危、百姓之灾、征夫之苦和诗人忧民之思。作为抱有"致君尧舜上,再使风俗淳"大志的诗人,"穷年忧黎元"的杜甫在一己遭受酷热干旱之时,总是由己及人,时时处处流露出对民生疾苦的深切关注。安史之乱和后来的藩镇割据严重动摇了李唐王朝的根基,杜甫在汗流浃背的时候首先想到的就是国家的统一和安定。作于乾元二年(759)的《夏日叹》诗云:

　　万人尚流冗,举目惟蒿莱。至今大河北,化作虎与豺。浩荡想幽蓟,王师安在哉!

《资治通鉴》卷二二一载,乾元二年二月,郭子仪等九节度使围邺城,时天下饥馑,"诸军乏食,人思自溃",三月,官军与叛军战后,"诸节度各溃归本镇,士卒所过剽掠,吏不能止,旬日方定"①。此诗叹乱后凶荒,失地难收,忧国之情并不因贬谪华州而稍减。面对兵民交困的境况,诗人表达了"况复烦促倦,激烈思时康"(《夏夜叹》)的强烈愿望。当藩镇割据愈演愈烈,诗人又呼吁有关各方"请先偃甲兵,处分听人主"(《雷》),为民请命之声发自肺腑。

每逢旱热,受苦最深的便是征夫和农夫,杜甫在苦热难耐的时候想得最多的也是他们,十二首苦热诗中有六首表现了百姓之苦。仲夏之夜,他"念彼荷戈士,穷年守边疆",期望士卒能沐浴以制热,"何由一洗濯,执热互相望"(《夏夜叹》),面对"翕炎蒸景",他又慨及"飘摇征戍人。十年可解甲,为尔一沾巾"(《热三首》其三),期盼尽快平息安史之乱,以使士卒早日归家。杜甫对干旱和战乱给农民造成的灾难尤感悲痛:

> 雨降不濡物,良田起黄埃。……万人尚流冗,举目惟蒿莱。……对食不能餐,我心殊未谐。(《夏日叹》)
>
> 大旱山岳焦,密云复无雨。南方瘴疠地,罹此农事苦。……故老仰面啼,疮痍向谁数?(《雷》)

这些诗句忠实地记录了农民在天灾人祸的重压下所承受的苦难,充盈着浓烈的泥土和血汗的真实气息②。

值得注意的是,杜甫并不仅仅是苦热恨旱,他还从实际出发提出了抗旱之道。杜甫对巫术求雨持否定态度。在《火》这首诗里,诗人在描写了民间为求雨而焚的大火后写道:

> 神物已高飞,不见石与土。尔宁要谤讟,凭此近荧侮。
> 薄关长吏忧,甚昧至精主。远迁谁扑灭?将恐及环堵。流汗

---

① 司马光《资治通鉴》卷二二一,北京:中华书局,1956年,第8册第7068—7069页。
② 钱锺书《宋诗选注》说范成大"使脱离现实的田园诗有了泥土和血汗的气息"。北京:人民文学出版社,1989年,第194页。我们从杜甫的苦热诗中已体味得到这些气息。

卧江亭,更深气如缕。

举火本为求雨,蛟龙(神物)却避火而去,不但求不来雨,夜里反而益发炎热。诗人用近乎调侃的笔法责备燹民之诬妄,更讥刺有司之失职:大旱焚山固乃荒诞之旧俗,而地方官吏薄于忧民,尤难辞其咎。正是从行政的角度出发,杜甫《雷》诗提出了自己的抗旱之道:

> 暴尪或前闻,鞭石非稽古。请先偃甲兵,处分听人主。万邦但各业,一物休尽取。水旱其数然,尧汤免亲睹?上天铄金石,群盗乱豺虎。二者存一端,愁阳不犹愈?

暴尪鞭石都不能消除灾祸,抗灾救灾的关键在于方镇能息兵薄敛,服从明主。尧、汤之时也曾罹水旱之灾,之所以能逢凶化吉,是因为其时君贤政治。因此,抗旱之道首要在于加强封建国家的控制力,各级政府官员必须息兵薄敛。否则,各种恶势力像豺虎一般为非作乱,其危害比天旱尤烈。这与杜甫一贯的思想是一致的。他在诗中不断喊出热望战乱平息、人民太平的呼声,"安得壮士挽天河,净洗甲兵长不用"(《洗兵行》)、"安得务农息战斗,普天无吏横索钱"(《昼梦》)。杜甫有时甚至认为,干旱是政治不清不合天道而引起的,如他在代宗宝应元年(762)作的《说旱》一文就指出,蜀中久旱,"得非狱吏只知禁系,不知疏决,怨气积,冤气盛,亦能致旱"?既然干旱由冤狱而起,那么,如果当权者能整顿吏治,澄清冤怨,"必甘雨大降"。杜甫始终着眼于明君与气候、政治与国运、官府与人民的关系去思考抗旱之道,并强调指出社会混乱、行政失范会加深干旱的损失程度,这与现代社会学家邓拓的观点很相似。邓拓在研究中国灾荒史后发现:"所谓灾荒者,乃以人与人社会关系之失调为基调,而引起人对于自然条件控制之失败所招致之物质生活上之损害与破坏也。"[1]所谓人与人的社会关

---

[1] 邓云特(邓拓)《中国救荒史》,上海:商务印书馆,1937年,第3页。又,《老子·三十章》云:"师之所处,荆棘生焉。大军之后,必有凶年。"杜甫的认识实源于此。

系的失调,其实包含了杜甫指出的社会混乱、行政失范的因素。杜甫的救灾思想无疑超越了他的时代,这与他始终关注现实、思考现实而又洞见历史是分不开的。

最后,杜甫苦热诗中对苦热、灾异的叙述,反映、隐喻了唐代国运衰微的现实。诗中苦热体验的真实在于它不是对盛唐时候自然环境的体验,而是唐朝盛极转衰时诗人对自然环境与社会现实的综合体验,诗人对炎热、旱灾、大火的描绘无不对现实具有隐喻、预言色彩,谶语式的超现实描写所在多有,如《夏日叹》"朱光彻厚地,郁蒸何由开",隐喻社会的躁动压抑无由平息解决;《雷》"大旱山岳焦",仿佛在说山河破碎;《火》"爆嵌魑魅泣,崩冻岚阴旿",积冻之地,为火所崩迫,以致声若鬼泣,山背赤光。诗人对种种灾异的现实非常敏感,因为古代常把国家兴衰或重大变故同自然现象联系起来,天灾与人祸的实况就通过杜诗中这些怪力乱神隐喻出来,这是苦热诗的第三个层面,诗的现实性与艺术性正是在此层面完成了同构,诗的怪异之美正是此层面的隐喻与预言在艺术上的体现。

杜甫著名的《风疾舟中伏枕书怀三十六韵奉呈湖南亲友》一诗证明了以上的分析。在这首绝笔诗里,诗人回顾了漂泊巴蜀湘楚的苦难经历。"郁郁冬炎瘴",终岁炎热的湖湘之地令人坐立不安①;"哀伤同庾信",意谓均遭丧乱;"十暑岷山葛,三霜楚户砧",在炎热的长江中游奔走了十数载;"转蓬忧悄悄,行药病涔涔",辗转浪游、百忧交集而致病魔缠身;"公孙仍恃险,侯景未生擒",叛乱频仍;"畏人千里井,问俗九州箴",到处可忧;"战血流依旧,军声动至今",伤心南北兵乱。气候区域,国世家事,个人大众,种种情形都在诗人的苦热诗中得到了反映。

---

① 《杜诗详注》卷二三本诗注引《岳阳风土记》曰:"岳州地极热,十月犹单衣,或摇扇,震雷暴雨,如中州六七月间。"第 2092 页。巴东湘楚地区至今仍是中国最炎热的区域。

二、苦热诗的审美形态和诗人意志

杜甫苦热诗主题、意象的选择拓宽了古典诗歌的表现领域。中国诗歌的季节意象一直是以春、秋为主。杜甫虽然也不例外，但是，他同时又开辟了一片新天地。除了 12 首题材相对集中的苦热诗而外，杜诗当中另有涉及描写热、旱的作品 23 首。这样，杜甫描写热、旱的诗歌共计 35 首，约占杜诗总数的 2.4%[①]。这在杜甫以前和同时的诗坛是罕见的。从传统的伤春、悲秋到杜甫的苦热叹旱，苦热诗不仅丰富了杜甫诗歌的审美情趣，而且扩展了传统诗歌的咏叹疆域。诗人的审美注意力开始转向另一种景观：

飞鸟苦热死，池鱼涸其泥。(《夏日叹》)

上天回哀眷，朱夏云郁陶。执热乃沸鼎，纤绤成缊袍。(《大雨》)

春旱天地昏，日色赤如血。(《喜雨》)

阴阳一错乱，骄蹇不复理。枯旱于其中，炎方惨如毁。植物半蹉跎，嘉生将已矣。(《种莴苣》)

飞鸟热死，池鱼失水，人热得仿佛置身于沸腾的大鼎之中，大汗淋漓使细葛布变得跟旧丝袍一样粗陋，日色如血，大地枯旱，一切生物皆奄奄一息。在以往的诗歌中，几曾见过如此多的悲苦灾异的自然景观？这种审美图像的意义在于，它一方面加深了诗人在现实中的悲患意识和无能为力的悲怆感，另一方面又宣泄了诗人在这种现实体验中产生的忧悯、压抑和躁狂的情绪，从而给读者带来了折断心理期待的审美趣味。

这种新的审美趣味最突出的表现就是诗中出现了许多怪异的审美意象。而这些意象以往是不曾入诗的。《早秋苦热》"常愁夜来皆是蝎，况乃秋后转多蝇"，不仅出现了丑恶的蝎、蝇，还有"束带发狂欲大叫"的行为异常，同人们心目中的"诗圣"形象相去

---

① 杜诗总数以 1458 首计。

甚远,以致有人质问诗中"风雅果安在乎"？并据以为此诗是伪作①。几乎每首苦热诗都可看到怪异的意象,如《夏日叹》"飞鸟苦热死,池鱼涸其泥";《雷》"气喝肠胃融,汗湿衣裳污";《火》"爆嵌魑魅泣,崩冻岚阴屃","腥至焦长蛇,声吼缠猛虎";《多病执热》"大水森茫炎海接,奇峰硉兀火云升"。这些意象,或呈怪状,或带异味,或使人心惊,或令人恶心,或全为白描,或出于想象,均为以丑入诗,以"非诗"意象入诗,造成了杜甫苦热诗的怪异。

　　杜甫苦热诗的怪异表现主要源于灾异的现实环境与诗人身体状况对诗人所造成的心理压力。其怪异意境的美学特征,一是自然的宏大及其破坏力,如"朱光彻厚地,郁蒸何由开"(《夏日叹》),炎热占据了所有生存空间;"罗落沸百泓"(《火》),火焚山木,藤罗陨落,致使泓水尽为沸腾;"势欲焚昆仑,光燄弥洲渚"(《火》),火光冲天,几欲炽低渚燃高山。体积的庞大与时间的绵延带来意境的壮观与感受的恐惧。二是生命的困顿与躁动。诗中所有的动物都呈现出一种停滞、躁动或不安的状态,飞鸟苦热而死,池鱼干涸而泥,羽虫飞扬,鹳鹤号翔,蝎蝇乱飞,长蛇腥焦,这在杜甫别的诗中绝无表现,这些"困兽"实际上隐喻了诗人创作时的一种心态,这是生命力在压抑和困顿中的躁动与挣扎。这种描写不仅限于一般动物,人类的生命躁动在诗中也有表现,那就是《雷》中描述的"封内必舞雩,峡中喧击鼓"与《火》中"楚山经月火,大旱则斯举"的暴尪、鞭石、焚山等乞雨巫术场面,而诗人"束带发狂欲大叫"则正好暴露了这种困兽心态。

　　杜甫苦热诗的险怪还表现在意象的强冲突、大反差。诗中充满了极阴极阳、极盛极衰、大曝大寒的意象冲突。例如"爆嵌魑魅泣,崩冻岚阴屃"描述的就是阴阳势力相激而发的自然现象;"大火运金气,荆扬不知秋"(《毒热寄简》)中金气的肃杀与秋热的难当形成了节序失调的矛盾;《雷》诗所呈现的是水与火、阴与阳胶着状态下欲雨无雨的焦躁;《多病执热》中大水、炎海、火云、黄梅

---

① 见《杜诗详注》卷六本诗注引朱瀚语,第488页。

雨、玉井冰的意象反差造成了诗歌巨大的张力；而全部苦热诗中制热的生理渴望与炎蒸的现实感受的冲突则隐喻了杜甫一生中理想与现实的激烈冲突。这种意象的冲突是诗人意志与现实力量较量的结果。意象反差使本已怪异的诗歌审美形态走向极端，气势恢宏的意象冲突产生了撼人心魄的壮美，这种壮美又异于那种"鲸鱼碧海"的纯自然的壮美，而更近于西方美学范畴中的"崇高"。康德曾把崇高分为数学的崇高（对象体积的巨大）和力学的崇高①，由上文分析可知，杜甫苦热诗所体现的正是这两种崇高，是人与自然力冲突而产生的悲壮，其主要成分是苦难感、悲怆感和压抑感。

杜甫在自然灾变与国运衰颓之时，通过苦热诗表达了强烈的个人意志。诗人的意志与现实产生了激烈的冲突，在较量之中透露了以下倾向。

第一，苦热诗流露出诗人回归传统理想的情绪，这是诗人以个人意志对抗自然、社会现实失败后所做的最初也是最自然的选择。在诗中时时有一种对传统理想家园的深沉的渴望和对昔日繁华的留连，不断出现的发愿句式如"乞为……愿作……"、"安得……"、"何似……"、"想见……"都是诗人意志的直接表述。杜甫虽然对暴尪鞭石的求雨巫术加以否定，但在岁旱农忧之时，他仍把自己看作一个负有社会责任的士子和史官而在诗中呼唤风雨，为民请命。"何似儿童岁，风凉出舞雩"（《热三首》其一）正是传统儒家那种"风乎舞雩"（《论语·先进》）理想的直白（舞雩即乞雨之舞），这一理想绝非老庄的超脱与隐世，而是中国上古巫史文化精神在身处盛世转衰、灾害频仍之时的士子身上的浮现。"何当清霜飞，会子临江楼"（《毒热寄简》），诗人对自然风雨的乞求与对清平社会的渴望都凝聚在这些苦热诗中。

---

① 康德《判断力批判》，宗白华、韦卓民译，北京：商务印书馆，1964年，上卷第101页。虽然崇高与美在康德心目中是对立的，但并不妨碍我们借用他的崇高说来分析审美范畴。辨详朱光潜《西方美学史》，北京：人民文学出版社，1963年，下卷第33—34页。

苦热诗里还含有对传统理想人格的追求。在《热三首》其一中,面对"雷霆空霹雳,云雨竟虚无"的现实困境,杜甫吟道:"乞为寒水玉,愿作冷秋菰。"水玉即水精,是诗人心中理想的存在状态,清寒高洁,不染暑热;秋菰是一种水草,此意象秉承了传统香草美人的比喻,表达了诗人地位卑寒依然追求明主的士大夫理想。而《多病执热》诗中"敢望宫恩玉井冰"一句正暗含了作者期望有所作为、重返仕途而获赐冰的深层渴求。

怀旧之感也不时溢于言表。《夏日叹》末尾说:"对食不能餐,我心殊未谐。眇然贞观初,难与数子偕。"回想盛世之时,明主任房、杜、王诸臣,谏行言听,号令无乖;而今朝无贤相,欲与数子偕行而不可得,怎不让人伤今思古!"炎宵恶明烛,况乃怀旧丘"(《毒热寄简》),夔州的毒热使诗人怀念早年的安适;"前圣慎焚巫,武王亲救暍"(《七月三日》)的历史更引发诗人对现实感慨不已。

第二,苦热诗表达了诗人对现实政治的不满,对现实风暴的激烈呼唤。对国运式微的感叹、对农人成卒的同情和诗人在暑热中的躁狂状态激发诗人采取了一种不同以往的激烈甚至极端的态度:"束带发狂欲大叫"、"激烈思时康"。"安得万里风,飘飘吹我裳"(《夏夜叹》),这是诗人意志在诗中最充分的表现,"大水淼茫炎海接"、"思沾道暍黄梅雨"(《多病执热》),诗人渴望大风雨的来临,渴望甘霖润泽百姓,渴望有一种新的力量涤荡时代的沉疴。于是在杜甫苦热诗里两种相互关联的意志非常强烈,一是执热,二是喜雨。"执热"源出《诗经·大雅·桑柔》:"谁能执热,逝不以濯。"古今注释分歧很大,成善楷据全诗语意、《孟子》和《淮南子》等材料,认为执热就是制热,原句是反问语气,即谁能制热而不以濯呢?若从正面说,就是执热必以濯;又指出,杜甫以下四诗用到"执热"时都是指制热:

　　　　近公如白雪,执热烦何有?(《大云寺赞公房四首》其四)
　　　　何由一洗濯,执热互相望。(《夏夜叹》)
　　　　开襟仰内弟,执热露白头。(《毒热寄简崔评事十六弟》)

> 尔曹轻执热,为我忍烦促。(《课伐木》)①

可见诗人无时不在渴盼充分洗浴,以制身心烦热。能够彻底执热之物非大雨莫属。因此,诗人在安史乱后直接以"喜雨"为题的诗就有三首,即见于《杜诗详注》卷十的《春夜喜雨》和卷一二、卷一四的《喜雨》。我们看到,真正风来暑减,雨来暑消,阴阳归位后,诗人的风雨情结得以暂时缓解,他便露出了难见的温情,"阴阳相主客,时序递回斡。洒落惟清秋,昏霾一空阔"(《七月三日》),为时候之不爽而欣喜。安史之乱后的唐朝,犹如一颗衰亡的恒星,在炽烈的火焰中坍塌。杜甫对凉爽的喜悦透露了他对烈火干柴般的现实强烈不满的心态和久藏的风雨情结。

三、杜甫苦热诗的历史地位

诚然,杜甫并非描写酷热、干旱的第一人。《诗经·大雅》当中,《桑柔》"谁能执热?逝不以濯"渴盼制热;《召》"如彼岁旱,草不溃茂,池之竭矣"写旱,极其简略;《云汉》篇写周宣王禳旱,历叙祀天祭神之诚、忧民救灾之情,其中对热旱的描写达到了相当的高度。汉魏六朝的苦热诗则仅仅停留在"体物"的水平,譬如任昉《苦热诗》:

> 旭旦烟云卷,烈景入东轩。倾光望转蕙,斜日照西垣。既卷蕉梧叶,复倾葵藿根。重簟无冷气,挟石似怀温。霢霂类珠缀,喘吓状雷奔。

庾肩吾《奉和武帝苦旱诗》:

> 阳山蛇不蛰,泇泽鸟犹攒。暂息流膏雨,将似怨祁寒。文衣夜不卧,蔬食昼忘餐。洁诚同望祀,惟馨等浴兰。江苹享上帝,荆璧莫高峦。繁云兴岳立,蒸穴动龙蟠。渭渠还积

---

① 成善楷《杜诗笺记》,成都:巴蜀书社,1989年,第93—94页。

水,滮池更起澜。①

呆板的平铺直叙,纯粹的外在景观,导致这些诗歌趣味单调、缺乏"人味"。杜甫同时代的诗人也写过同类题材。如王维《苦热》:

> 赤日满天地,火云成山岳。草木尽焦卷,川泽皆竭涸。轻纨觉衣重,密树苦阴薄。莞簟不可近,絺绤再三濯。思出宇宙外,旷然在寥廓;长风万里来,江海荡烦浊。却顾身为患,始知心未觉。忽入甘露门,宛然清凉乐。②

因苦热而竟然"思出宇宙外",设想奇特。结尾的解脱方法则是禅宗的"一念净心"。岑参《使交河郡郡在火山脚其地苦热无雨献风大夫》有言:"暮投交河城,火山赤崔嵬。九月尚流汗,炎风吹沙埃。何事阴阳工,不遣雨雪来?"③只是一般的叙述。李白《丁都护歌》有"吴牛喘月时,拖船一何苦"之句④,但全诗重点并不在苦热。

杜甫与其他人都不同。他在前人的基础上拓宽、加深了苦热诗的表现疆域和程度,而且涉险开荒,构筑起险怪的意境,洋溢着浓郁的人情。杜甫苦热诗中这种意境/意象、人情对后来者产生了巨大影响。他以自身对现实的强烈关注和深沉的底层情怀给后世留下了为数不少的苦热诗,为中国诗歌开拓出新的天地,指示了新的路向,并且在诗中融合了火热景观、个人体验、国家现状、民众境况和人文理想,实景和幻象并存,自然与社会同构,从而体现出那种"得于阳与刚之美"的崇高⑤,为中国诗歌构筑起一道全新而独特的风景。而更重要的是,读者从杜甫的苦热诗中又一次深深地体会到诗人的特异之处,那就是:"以饥寒之身而怀济

---

① 二诗见逯钦立辑校《先秦汉魏晋南北朝诗·梁诗》卷五、卷二三,北京:中华书局,1988年,中册第1600页、下册第1992页。
② 陈铁民校注《王维集校注》,北京:中华书局,1997年,第571页。
③ 陈铁民、侯忠义校注《岑参集校注》,上海:上海古籍出版社,1981年,第152页。
④ 瞿蜕园、朱金城校注《李白集校注》卷六,上海:上海古籍出版社,1980年,第422页。
⑤ 姚鼐《复鲁絜非书》,《惜抱轩文集》卷六,刘季高标校《惜抱轩诗文集》,上海:上海古籍出版社,1992年,第93页。

世之心,处穷迫之境而无厌世之想。"①正是由于具备了以上特质,杜甫的苦热诗让后人更清晰地看到诗人自身的心路历程和中国诗歌的嬗变轨迹。

第三节 中唐—北宋苦热诗的再出发

杜甫的苦热诗在艺术手法、审美形态和诗人意志等诸多方面影响了后世的创作,中唐到北宋的许多诗人对此有程度不同的继承,并且在某些方面取得了新的进展。

一、中唐到五代的发扬

"元和之风尚怪"②,中唐诗风具有尚怪奇、重现实、宣泄压抑的共同倾向,而杜甫苦热诗中主体对自然的审美态度则成为韩孟诗派和李贺诗风的先兆。例如韩愈《陆浑山火一首和皇甫湜用其韵》:

> 山狂谷很相吐吞,风怒不休何轩轩,摆磨出火以自燔。有声夜中惊莫原,天跳地踔颠乾坤,赫赫上照穷崖垠,截然高周烧四垣。神焦鬼烂无逃门,三光弛隳不复暾。虎熊麋猪逮猴猿,水龙鼍龟鱼与鼋,鸦鸱雕鹰雉鹄鹍,燖炰煨爊孰飞奔。祝融告休酌卑尊,错陈齐玫辟华园,芙蓉披猖塞鲜繁。千钟万鼓咽耳喧,攒杂啾嚄沸篪埙。③

全诗集中表现火的狠怒暴烈,想象光怪陆离,效果骇人耳目、摄人心魄,风格狠重险怪,明显见出杜甫《火》诗的影子。以杜甫苦热诗为发轫,新奇险怪的意象逐渐成为中国诗歌的另一面,它们打

---

① 中国科学院文学研究所《中国文学史》,北京:人民文学出版社,1962 年,第 2 册第 467 页。
② 李肇《国史补》卷下,上海:上海古籍出版社,1979 年,第 57 页。
③ 钱仲联《韩昌黎诗系年集释》卷六,上海:上海古籍出版社,1984 年,上册第 684—685 页。

破了人与自然的和谐关系,强调了主客体的对峙,道出了主体面对社会失控与自然失序的一种恐惧与惶惑的现实感受,其意象所营造的怪异意境实际上表达了诗人心灵的真实。

杜甫苦热诗对后世的另一个影响就是通过描写暑热干旱的现象,思考人与自然、人与社会、人与自我的关系,以自然现象隐喻社会政治问题,讥刺官府,关怀民瘼。试看柳宗元的《夏夜苦热登西楼》:

> 苦热中夜起,登楼独褰衣。山泽凝暑气,星汉湛光辉。火晶燥露滋,野静停风威。探汤汲阴井,炀灶开重扉。凭栏久徬徨,流汗不可挥。莫辨亭毒意,仰诉璿与玑。谅非姑射子,静胜安能希?①

上天本是要化育(亭毒)万物众生的,如今却几乎要使他们热死,诗人无法理解,故仰头向北斗星(璇玑)倾诉。在相信"天人感应"的传统中,这样的"天问"其实就是在质问人类,是什么原因导致目前的酷热难耐? 倘若此诗作于湖南永州的说法可靠,那么,这两句诗也可以理解为柳宗元就自身处境发出的质问:何以要贬我至此? 宋代《笔墨闲录》说,"莫辨"二句"以刺当时之政也",清人蒋之翘则认为这只是空泛无据的猜测:"或谓专刺时政,尚属影响。"②此诗未必能坐实是讥刺当时哪些社会政治,但确实是以酷热隐喻了社会政治问题,则是无疑的。

白居易的十三题十四篇苦热诗则处处充满了隐喻、思考和关怀,儒释道三家思想都渗透到其中。

首先值得注意的是作者编入"讽谕"类的两首。《月灯阁避暑》云:

> 旱久炎气甚,中人若燔烧。清风隐何处,草树不动摇。何以避暑气,无如出尘嚣。行行都门外,佛阁正岧峣。清凉

---

① 王国安笺释《柳宗元诗笺释》卷二,上海:上海古籍出版社,1993年,第261页。
② 《柳宗元诗笺释》卷二引,第262页。

第四章　杜甫与中唐—北宋诗的大变局

近高生,烦热委静销。开襟当轩坐,意泰神飘飘。回看归路傍,禾黍尽枯焦。独善诚有计,将何救旱苗?①

《夏旱》云:

太阴不离毕,太岁仍在午。旱日与炎风,枯燋我田亩。金石欲销铄,况兹禾与黍。嗷嗷万族中,唯农最辛苦。悯然望岁者,出门何所睹?但见棘与茨,罗生遍场圃。恶苗承沴气,欣然得其所。感此因问天,可能长不雨?

与杜甫一样,白居易对久旱酷热导致的农业灾害深感担忧,对农民的痛苦深表同情。尽管他个人可以"独善",但于此不忍。

白居易在苦热诗中总是"不忍独善",而是推己及人,或者设身处地为他人着想。《苦热》云:

头痛汗盈巾,连宵复达晨。不堪逢苦热,犹赖是闲人。朝客应烦倦,农夫更苦辛。始惭当此日,得作自由身。

自己难得一时清闲自由,尚且不堪苦热,由此推想朝中工作的官员烦躁疲倦,在烈日暴晒下劳作的农民必定更加辛苦。《旱热》云:

畏景又加旱,火云殊未收。篱喧饥有雀,池涸渴无鸥。岸帻头仍痛,褰裳汗亦流。若为当此日,迁客向炎洲。

诗人自注:"时杨、李二相各贬潮、韶。"从自身的苦热想到被贬谪到广东的原宰相杨嗣复、李珏,而潮州和韶州都素称炎热。以旱热写时事,批评了朝政。这是对杜甫苦热诗的人间情怀的继承和发扬。

除了儒家心忧天下的现实关怀,白居易思想中还有浓厚的道家色彩和佛教观念,佛道观念给诗人避暑解热提供了药方。试看这三首苦热诗:

---

① 谢思炜校注《白居易集校注》卷一,北京:中华书局,2006 年,第 33—34 页。以下所引白居易诗均出此本。

>何以销烦暑，端居一院中。眼前无长物，窗下有清风。热散由心静，凉生为室空。此时身自得，难更与人同。(《销暑》)
>
>人人避暑走如狂，独有禅师不出房。可是禅房无热到，但能心静即身凉。(《苦热题恒寂师禅室》)
>
>郁郁复郁郁，伏热何时毕。行入七叶堂，烦暑随步失。檐雨稍霏微，窗风正萧瑟。清宵一觉睡，可以销百疾。(《天竺寺七叶堂避暑》)

这是佛道思想消除酷热之苦，表达了"心静自然凉"的观点。

即使在佛道思想占主导的时候，诗人也未忘怀社会人生。《旱热二首》云：

>彤云散不雨，赫日吁可畏。端坐犹挥汗，出门岂容易。忽思公府内，青衫折腰吏。复想驿路中，红尘走马使。征夫更辛苦，逐客弥颠顿。日入尚趋程，宵分不遑寐。安知北窗叟，偃卧风飒至。簟拂碧龙鳞，扇摇白鹤翅。岂唯身所得，兼亦心无事。谁言苦热天，元有清凉地。
>
>勃勃旱尘气，炎炎赤日光。飞禽飑将堕，行人渴欲狂。壮者不耐饥，饥火烧其肠。肥者不禁热，喘急汗如浆。此时方自悟，老瘦亦何妨。肉轻足健逸，发少头清凉。薄食不饥渴，端居省衣裳。数匙粱饭冷，一领绡衫香。持此聊过日，焉知畏景长。

道家清静无为、清心寡欲的养生观念表露无遗。难能可贵的是，诗人始终顾念他人，公府内的官吏，驿路中的使者，以及出征的士兵，贬谪的逐臣，他们的苦热情状都被诗人关注着。

白居易的《夏日与闲禅师林下避暑》不是专门的苦热诗，但诗中所表达的思想情感足以解释其苦热诗中一以贯之的人间情怀：

>落景墙西尘土红，伴僧闲坐竹泉东。绿萝潭上不见日，白石滩边长有风。热恼渐知随念尽，清凉常愿与人同。每因毒暑悲亲故，多在炎方瘴海中。

与大众同享清凉的愿望,就像杜甫在《茅屋为秋风所破歌》里的呼唤:"安得广厦千万间,大庇天下寒士俱欢颜,风雨不动安如山。"尾联诗人自注曰:"是岁,潮、韶等郡皆有亲友谪居。"联系前引《旱热》诗结句"若为当此日,迁客向炎洲",可知诗人不仅是在表达愿望、关切亲友,也是在讽谕时政。苦热之时,朋友尤其重要:

> 何堪日衰病,复此时炎燠。厌对俗杯盘,倦听凡丝竹。藤床铺晚雪,角枕截寒玉。安得清瘦人,新秋夜同宿?非君固不可,何夕枉高躅?(《苦热中寄舒员外》)

没有朋友的陪伴,酷热就更不可耐。不仅如此,即使酷暑转凉,倘若无客同乐,亦觉寂寥无趣:

> 经时苦炎暑,心体但烦倦。白日一何长,清秋不可见。岁功成者去,天数极则变。潜知寒燠间,迁次如乘传。火云忽朝敛,金风俄夕扇。枕簟遂清凉,筋骸稍轻健。因思望月侣,好卜迎秋宴。竟夜无客来,引杯还自劝。(《苦热喜凉》)

白居易把此诗编入"感伤"类,初看似觉不可思议,考察过以上诸作,就不难理解。

唐文宗开成元年(836),已经六十六岁的白居易在洛阳苦夏①。年老加上苦热,乃作《老热》诗以自遣:

> 一饱百情足,一酣万事休。何人不衰老,我老心无忧。仕者拘职役,农者劳田畴。何人不苦热,我热身自由。卧风北窗下,坐月南池头。脑凉脱乌帽,足热濯清流。慵发昼高枕,兴来夜泛舟。何乃有馀适,只缘无过求。或问诸亲友,乐天是与不。亦无别言语,多道大悠悠。悠悠君不知,此味深且幽。但恐君知后,亦来从我游。

这是对杜甫苦热诗风格的反转。这里看不到狂躁怪奇、悲怆无

---

① 陈翀根据在日本新发现的材料,综合考证出白居易生于大历六年(771)二月十七日,卒于会昌五年(845)十月十五日,见其《新校〈白居易传〉及〈白氏文集〉佚文汇考》,《文学遗产》2010年第6期,第9—19页。

力,有的是知足常乐、无忧自由。诗人以精神上的自持自适消解了生理上的苍老和自然界的酷热。这是苦热诗的又一次转向。

佛教徒的苦热诗较为平实。唐末诗僧贯休《苦热寄赤松道者》云:"天云如烧人如炙,天地炉中更何适。蝉喑雷干冰井融,些子清风有何益。守羊真人聊之役,高吟招隐倚碧壁。紫气红烟鲜的的,磵茗园瓜麹尘色,骄冷奢凉合相忆。"冬天藏冰于井,本备夏天消暑之用,如今却热得连冰也被融化,酷热的程度可想而知。夸张之中透着些许幽默。又《苦热》诗云:"松桂昼不动,阳乌飞半天。稻麻须结实,沙石欲生烟。毒气仍干扇,高枝不立蝉。旧山多积雪,归去是何年?"①连扇子扇出的风都是毒气热风,这是酷热之时人们的真切感受。

五代末期,有一则关涉苦热诗的故事。宋太祖曾问从后蜀回来的间谍:"剑外有何事?"回答说:"但闻成都满城诵朱长山《苦热》诗,曰:'烦暑郁蒸无处避,凉风清冷几时来?'"太祖解释道:"此蜀民思吾之来伐也。"②"烦暑"被理解成"烦蜀",诗人的苦热望凉被宋太祖阐释为后蜀民众期盼宋军前去解救的民意。这样的阐释当然是宋太祖的一厢情愿,但也从一个侧面说明了苦热诗中普遍存在政治隐喻的现象。

二、北宋的创造

苦热诗中险怪的美学形态和热切的政治隐喻在北宋得到进一步发展。

诗学白居易、杜甫的王禹偁,其《苦热行》也延续了前辈的风格:

> 六龙衔火烧寰宇,魏王冰井如汤煮。松枝桂叶凝若痴,喘杀溪头啸风虎。北溟镕却万丈冰,千斤冻鼠忙如蒸。我闻

---

① 胡大浚笺注《贯休歌诗系年笺注》卷二、卷九,北京:中华书局,2011年,上册第93—94、中册第450页。
② 释文莹《玉壶清话》卷六,《全宋笔记》第1编,郑州:大象出版社,2003年,第140页。

第四章　杜甫与中唐—北宋诗的大变局　　　　　　　　　　243

> 胡土长飞雪,此时日晒地皮裂。仙芝瑶草不敢茁,湘川竹焦琅玕折。西郊云好雨不垂,堆青叠碧徒尔为。①

诗中奇特夸张的想象在王禹偁其他题材的诗里很少能见到,"千斤冻鼠忙如蒸"的怪诞意象上承杜甫、韩愈,下开梅尧臣、曾巩。

梅尧臣《和蔡仲谋苦热》诗云:

> 大热曝万物,万物不可逃。燥者欲出火,液者欲流膏。飞鸟厌其羽,走兽厌其毛。人亦畏绨纻,况乃服冠袍。广厦虽云托,呼风不动毫。未知林泉间,何以异我曹。蝇蚊更昼夜,肤体困爬搔。四序苟迭代,会有秋气高。②

因为苦热,鸟兽恨不得去掉身上的羽毛,人也怕穿衣服。对酷热情状的描摹刻画非常逼真、细致、微妙、有趣,堪称形容尽相。苍蝇、蚊子、人体瘙痒难当,这些以前被认为"非诗"的因素,现在都被诗人全面处理,还原了真实的生活图景。曾巩的《苦热》也是如此:

> 忆初中伏时,怫郁炎气升。赫日已照灼,赤云助轩腾。积水殆将沸,清风岂能兴?草木恐焚燎,窗扉似炊蒸。冰雪气已夺,蚊蝇势相矜。发狂忧不免,暑饮讵复胜。③

"中伏"是三伏的第二伏,中医认为最热在中伏,此诗提供了中伏酷热的第一手材料。在大自然的巨大压力下,美丽的"冰雪"气数已尽,丑陋的"蚊蝇"势力嚣张。苦热诗展现了新的题材和语言,提供了新的审美感受。

一代重臣名相韩琦也留下了弥足珍贵的苦热诗。《苦热未雨》云:

> 骄阳为虐极烦歊,万物如焚望沃焦。举世不能逃酷吏,

---

① 《小畜集》卷一三。
② 朱东润《梅尧臣集编年校注》卷一五,上海:上海古籍出版社,1980年,中册第298页。梅尧臣又有《苦热》诗,构思用语均类似,见同书第296页。
③ 《曾巩集》卷四,陈杏珍等点校,北京:中华书局,1984年,上册第63页。

几时还得快凉飙。精祈拟责泥龙效,大索谁诛旱魃妖。翘首岱云肤寸起,四方膏泽尽良苗。①

尾联为受苦灾民祈福的愿望固然为人所称道,但颔联对贪官酷吏的斥责更发人深省。宝元二年(1039),四川旱灾严重,饥民大增,韩琦被任命为益、利路体量安抚使,前往救灾。到达四川后,他首先减免赋税,整肃贪官污吏、庸官冗役,然后将常平仓中的粮食全部发放给贫困百姓,并在各地添设稠粥,救活饥民多达一百九十万人,蜀民感激他说:"使者之来,更生我也。"②作者并非置身事外、临虚高蹈地敷衍表态,而是深入民众当中,真正为民救灾。另一首《苦热》更值得注意:

皇祐辛卯夏,六月朔伏暑。始伏之七日,大热极炎苦。赫日烧扶桑,焰焰指亭午。阳乌自焦铄,垂翅不西举。炙翻四海波,天地入烹煮。蛟龙窜潭穴,汗喘不敢雨。雷神抱桴逃,不顾车裂鼓。岂无堂室深,气郁如炊釜。岂无台榭高,风毒如遭蛊。直疑万类繁,尽欲变修脯。尝闻昆阆间,别有神仙宇。雷散涤烦襟,玉浆清浊腑。吾欲飞而往,于义不独处。安得世上人,同日生毛羽。

皇祐辛卯即仁宗皇祐三年(1051)。据史书记载,是年五月,恩州(今河北清河)、冀州(今河北冀县)大旱;八月,汴河绝流③。韩琦此诗对六月的伏暑苦热的描写为历史提供了直接的感性材料。梅尧臣写苦热,鸟兽恨不得去掉身上的羽毛。韩琦写苦热则反转过来,希望世人都能长出羽毛,一同飞离酷热之地,飞往清凉之境。与杜甫、白居易一样,韩琦也不愿独享清凉,强调那是不义之举。在在体现出儒家思想的精髓:"仁者爱人","推己及人","兼济天下"。

韩琦苦热诗中与民同忧乐的情操和同生毛羽飞往仙境的祈

---

① 《全宋诗》第 6 册第 4078 页。下引其《苦热》见同书第 3970 页。
② 王称《东都事略》卷六九,《四库全书》本。
③ 《宋史》卷一二《仁宗纪四》,北京:中华书局,1977 年,第 231 页。

第四章　杜甫与中唐—北宋诗的大变局

盼直接影响到王令。以下是王令的两首名作：

> 清风无力屠得热，落日着翅飞上山。人固已惧江海竭，天岂不惜河汉干！昆仑之高有积雪，蓬莱之远常遗寒。不能手提天下往，何忍身去游其间？（《暑旱苦热》）

> 坐将赤热忧天下，安得清风借我曹？力卷雨来无岁旱，尽吹云去放天高。岂随虎口令轻啸，愿助鸿毛绝远劳。江海可怜无际岸，等闲假借作波涛。（《暑热思风》）①

用意与韩琦相同，而用笔则过之。气魄宏伟，想象奇特，创造性非常明显。刘克庄称《暑旱苦热》"骨气老苍，识度高远如此，岂得不为荆公所推"②，其实此诗识见固然高远，却不是王令的新见，王令的贡献主要体现在语言的创造上，从而其艺术感染力也在韩琦之上。王安国《苦热》云：

> 出门无路避飞沙，长夏那堪暑气加。永昼火云空烁石，华堂冰水未沉瓜。月明葱岭千秋雪，风静天河八月槎。终借羽翰乘兴往，烦冤谁此恋生涯。③

现实如此苦热难捱，竟欲借来翅膀飞往上天，从此脱离生涯。"羽翰"的设想与韩琦、王令相同，而气势和"识见"则未免相形见绌。

刘攽今存苦热诗八题九篇，还有两句残句④，在北宋诗人中显得非常突出。其《苦热登楼》云：

> 高楼亦炎蒸，况乃楼之下。念彼生民微，累累尽蜗舍。上天无清风，何以逃永夏。顾余更缊黂，眇然用悲咤。火流暑当反，日暝天欲夜。我躬且自阅，于此犹闲暇。

前引柳宗元的《夏夜苦热登西楼》是质问上天，刘攽此诗则是推己及人，自己身处高楼尚且觉得炎蒸难熬，那么广大蜗居的普通民

---

① 《王令集》卷一〇，沈文倬校点，上海：上海古籍出版社，1980年，第108、177页。
② 刘克庄《后村诗话》前集卷二，第24页。
③ 《全宋诗》第11册7531页。
④ 残句是："炎日似流金，火云如匹绛。"见《全宋诗》第11册第7320页。

众必定更加痛苦难受,结尾还反躬自问,愧对生民。又《酷热》云:

> 坚冰念阳和,广莫思柔风。天事有驯致,星火俄复中。飞鸟炎千里,羲叔顿六龙。焚林堕翱翔,沸鼎愁噞喁。路傍在家田,伛偻头白翁。恶木不得息,百亩为己功。如何富贵人,方借明光宫。

指斥贫富悬殊的现实,深切同情酷热下的伛偻老翁。又《苦热》诗:

> 炎晖不可避,郁郁度朝晡。飞鸟有时堕,高林无事枯。形骸等外物,橐钥任洪炉。正有捐尘浊,东浮万里桴。(其一)
>
> 炎晖共兹世,南纪独何偏。天地大炉耳,江湖沸鼎然。鱼龙危失所,黍稷恐无年。浩荡思雷雨,长吟《云汉》篇。(其二)

以虚字"耳"、"然"形成对仗,允称工巧。虽然希望出世乘凉,但仍然心忧黎元无收,故结尾吟诵《诗经·大雅·云汉》篇,后者写天下大旱,周宣王祭神求雨。此诗的"风雨情结"类似杜甫,但心态要平和中正。以下这首也是表达"风雨情结"的:

> 南方炎德非寻常,六月高下俱探汤。羲和未息不可避,寒门安在徒相望。苦怜万物暍且死,反顾一身困在床。愿呼快雨洗六合,径驭微风周八荒。(《苦热》)

以节奏的快速表现出酷热求雨心情的迫切。"万物"与"一身"相互对照,这是诗人苦热诗常见的视角:从自我推及他人万物,从他人万物反观自我。秋天的酷热也引起诗人警觉,写了三首:

> 蒸暑淹南国,季秋如长夏。炎凉乱平分,天地错常化。短日回朱光,六龙顿其驾。暵似山泽焚,惮我如不暇。反思岁聿暮,却顾旦辄夜。宁忍窥昆虫,干时事矜诧。(《秋热》)
>
> 百里异风土,我行岂蛮越。中星正常象,未与京洛别。肃霜乃温风,授衣甫絺葛。林蜩沸如羹,芳草香未歇。天令

不可推,有时倒生杀。九土皆若然,蒸灼何由豁。忆昔过秦陇,连山看秋雪。阴风鸿雁号,积冻松桧折。驱车渡河洛,反顾尚明灭。大笑咫尺途,居然异寒热。(《秋热》)

秋律何时效,炎云莫肯阴。烈风长鼓鞴,去水亦流金。藿食无求饱,单绨不自任。开怀幸宽政,事省得清心。(《秋暑呈冯守》)

诗人对节令混乱、自然失序感到担忧,所以既强调要畏惧自然,又要求为官宽政恤民。这种内省态度也是北宋诗人的贡献。

北宋苦热诗的百姓情怀是杜甫、白居易体恤民情的延续,又是宋代社会时代精神的反映。宋代文人普遍对社会现实和平民生活保持强烈关切,充满"民胞物与"的仁爱精神。张载的名作《西铭》曰:"故天地之塞,吾其体;天地之帅,吾其性。民吾同胞,物吾与也。"[①]万民是我的同胞,万物是我的同类,故而万民、万物皆与我休戚相关。这种带有博爱色彩的人道主义精神,在范仲淹那里体现为《岳阳楼记》所谓"居庙堂之高则忧其民"的关心民瘼,在韩琦、王令的诗里表现为与民同凉热的渴望,在刘攽的诗里表现为推己及人、为民着想,在黄庭坚那里体现为"民病我亦病"的仁恕情怀[②]。诗人们在苦热叹旱之时始终把关爱的目光投向社稷百姓,从关心民生疾苦的角度出发,就必然会指责朝廷弊政,痛斥贪官污吏,自责尸位素餐,反思天人关系[③]。

刘攽还有一首《苦热》诗值得注意:

生长自吴会,北游逾十期。来还遂衰老,衰老何用知。六月江湖间,烦炎若蒸炊。畴昔不惮暑,今者殊畏之。纤绨置如仇,羽扇常自随。对案不得餐,脍炙成蒺藜。忆我童稚

---

① 张载《正蒙·乾称篇》,《张载集》,章锡琛点校,北京:中华书局,1978年,第62页。此部分文字后来独立成篇,程颐改名《西铭》。
② 黄庭坚《己未过太湖僧寺得宗汝为书寄山蕷白酒长韵寄答》,《山谷外集诗注》卷一一,《黄庭坚诗集注》第4册第1133页。
③ 此处关于"民胞物与"的论述参考了周裕锴《宋代诗学通论》,第75—80页。

岁,烈日犹奔驰。斗草出百品,承蜩睨乔枝。皵颜不待濯,流汗始为嬉。自怜筋力便,岂谓天序移。往闻终南间,盛夏含冰澌。将家就高寒,长与卑湿辞。

这是诗人晚年返回家乡的作品。梅尧臣《和蔡仲谋苦热》诗云"人亦畏绤绤",刘攽此处"纤绤置如仇",构思一致,但写极热之下人与衣服的关系如同仇敌,增强了憎恶的程度。从小生长在江南,本不怕热,结果在北方生活多年后,回到故乡反而不习惯,衰老畏热,乃有不顾年老体弱而决意迁家终南之想,以夸张幽默的笔法写出苦热之窘境。与前引白居易《老热》诗一样,此诗也是描写年老遭逢酷暑之苦。不同的是,白居易以精神上的自持自适消解了生理上的苍老和自然界的酷热,刘攽则以普通老人的细微感受写出了生活真实,更具普遍性。尤可注意的是此诗对童年生活的回忆。北宋及以前的文学,难以见到描写童年记忆的文字,偶尔有,也多是带有公共化、道德化的选择性描述,譬如欧阳修《泷冈阡表》对童年的回忆,就主要是为了表彰母德妇节。而刘攽此诗回忆的童年生活却别具私人性和生活化:儿童在烈日下奔走嬉戏,斗草捕蝉,不惧暴晒酷热,反而越流汗越高兴。这样的描写勾起许多人的童年记忆,更能引起读者的共鸣。童年生活越是充满活力和乐趣,就越让衰老怕热的老人感觉难过无奈。此诗的对比传达出不同于杜甫的另一种无力感,以前杜甫表现的是人对自然酷热的无力悲怆,刘攽表现的是自然个体生命存在的压迫,是个体面对生老病死的自然规律的无力悲怆。刘攽此诗细致而温馨,呈现出北宋思想和文学的差异和多元。

苏轼的苦热诗又是别一番景象。《七月一日出城舟中苦热》云:

凉飚呼不来,流汗方被体。稀星乍明灭,暗水光瀰瀰。香风过莲芡,惊枕裂鲂鳢。欠伸宿酒馀,起坐濯清泚。火云势方壮,未受月露洗。身微欲安适,坐待东方启。

"稀星乍明灭"一句,施注引杜甫《倦夜》"稀星乍有无"。"明灭"与

"有无"词义相近,但更加形象生动,更有变化的动感,切合在"舟中"的具体场景。"火云"二句,施注引杜甫《贻华阳柳少府》"火云洗月露,绝壁上朝暾"①。苏轼反用杜甫诗意,见出苦热的彻夜持久。上节提及杜甫有《舟中苦热遣怀奉呈阳中丞通简台省诸公》,但未作分析,今引录如下,以作对比:

> 愧为湖外客,看此戎马乱。中夜混黎甿,脱身亦奔窜。平生方寸心,反当帐下难。呜呼杀贤良,不叱白刃散。吾非丈夫特,没齿埋冰炭。耻以风病辞,胡然泊湘岸。入舟虽苦热,垢腻可溉灌。痛彼道边人,形骸改昏旦。中丞连帅职,封内权得按。身当问罪先,县实诸侯半。士卒既辑睦,启行促精悍。似闻上游兵,稍逼长沙馆。邻好彼克修,天机自明断。南图卷云水,北拱戴霄汉。美名光史臣,长策何壮观。驱驰数公子,咸愿同伐叛。声节哀有余,夫何激衰懦。偏裨表三上,卤莽同一贯。始谋谁其间,回首增愤惋。宗英李端公,守职甚昭焕。变通迫胁地,谋画焉得算。王室不肯微,凶徒略无惮。此流须卒斩,神器资强干。扣寂豁烦襟,皇天照嗟叹。

这是杜甫晚年在湖湘避乱时候的作品,全诗四十八句二百四十字,堪称长篇苦热诗。名为苦热,实则忧国忧民。兵乱国危,民众遭殃。诗人夜中见到道边被杀之人,已顾不上一己之苦热,而是心忧黎元,故以诗代简,为民请命,呼吁衡州刺史阳济(阳中丞)及衮衮诸公果断平定叛乱,辅国安民。杜甫做到了自己所说的"穷年忧黎元",正如苏轼的评价:"古今诗人众矣,而子美独为首者,岂非以其流落饥寒,终身不用,而一饭未尝忘君也欤?"②或者苏辙的概括:"杜甫有好义之心,白所不及也。"③同样是在夜里,舟中,苦热,苏轼此时面临的社会状况与杜甫大不相同。这是宋神宗熙

---

① 《苏轼诗集》卷七,孔凡礼点校,北京:中华书局,1982年,第2册第342页。
② 苏轼《王定国诗集叙》,《苏轼文集》卷一〇,第1册第318页。
③ 苏辙《诗病五事》其一,《栾城三集》卷八,《苏辙集》,陈宏天等点校,北京:中华书局,1990年,第3册第1228页。

宁五年(1072),苏轼任杭州通判。此前数日,他刚在望湖楼醉书五首绝句,欣赏西湖云翻、雨急、风卷、天晴的风景变幻①。这次乘舟出城,大概是循行属县②。虽然彻夜酷热难当,大汗淋漓,但诗人总是能在恶劣的环境中调适自己的心情,在平常的事物上发现不平常的审美感受,正如汪师韩的点评,"惊枕裂鲂鳢"一句,"五字警绝,笔端有风泠然"③。虽然为环境所苦,但并不发狂失控,而是慢慢等待,在等待中发现生活中的美,积极寻求解决之道。这就是苏轼。

从中唐到北宋,从杜甫、柳宗元、白居易,到王令、刘攽、苏轼,诗人们创作了一系列推陈出新的苦热诗,呈现出全新的想象、语言、意志和美学形态,他们的热旱书写使中国古典诗歌在伤春、悲秋之外又增加了苦热的传统,从而推动了中国诗歌的第二次大变局。

---

① 苏轼《六月二十七日望湖楼醉书五绝》,《苏轼诗集》卷七,第2册第339—341页。
② 孔凡礼《苏轼年谱》卷一一,北京:中华书局,1998年,上册第224页。
③ 汪师韩《苏诗选评笺释》卷一,转引自曾枣庄、曾涛编《苏诗汇评》卷七,台北:文史哲出版社,1998年,第1册第252页。

第五章　陶渊明与宋调的自赎

熙宁元年（1068），宋神宗登基变法，北宋历史进入后期阶段。在诗歌领域，已经显露自家面目的宋调也在追求新变。继韩愈、杜甫之后，宋人上承中晚唐人，找到了新的诗学典范——陶渊明。

宋人言："渊明诗，唐人绝无知其奥者，惟韦苏州白乐天，尝有效其体之作。……然薛能郑谷乃皆自言师渊明。"①据钱锺书论，此语"近似而未得实"，唐五代爱陶学陶者犹有多人，大历诗人钱起始称及陶诗，自中唐而后，学陶诗者渐多，至两宋而极盛②。又论以文为诗，"唐以前惟陶渊明通文于诗，稍引厥绪，朴茂流转，别开风格"，"夫昌黎五古句法，本有得自渊明者"，"渊明《止酒》一首，更已开昌黎以文为戏笔调矣"③。由是观之，中唐—北宋人共同尊崇的诗学典范有两位，除了第四章所论的杜甫，尚有陶渊明。鉴于陶渊明在北宋后期的影响最为突出，故本章专探北宋后期诗与师法陶渊明之关系。

第一节　元丰尊陶与宋调自赎
　　——以北宋后期的陶渊明崇拜为中心

从元丰年间（1078—1085）开始，宋人对陶渊明的尊崇形成热潮。

这首先表现在苏轼的尊陶学陶言行。苏轼是北宋后期文化的杰出代表，无论是他的追随者还是敌对者都受到其言论影响，

---

① 蔡启《蔡宽夫诗话》，郭绍虞《宋诗话辑佚》本，北京：中华书局，1980年，下册第380—381页。
② 钱锺书《谈艺录》，北京：中华书局，1984年，第88—93页。
③ 钱锺书《谈艺录》，第73页。

他对陶渊明的解读在陶渊明接受史上有着里程碑式的意义,其尊陶起点则在元丰年间。元丰三年(1080),苏轼因"乌台诗案"被贬到黄州(今湖北黄冈),次年,欲自号"鏖糟陂里陶靖节",此后的日常生活和读书写作多见与陶渊明相关者①。王水照早已指出,从黄州时起,苏轼就在作品里大量地咏陶赞陶,每逢身体不适即取陶集阅读,反复强调陶渊明的真率自然,第一个对陶诗艺术作出正确评赏,又在创作和生活中将陶潜精神的主要方面"作了引人注目的深化和突出"②。所论甚是,本书不再词费。

其次,从元丰开始形成的靖节祠祭祀也体现出北宋后期的陶渊明崇拜。迄今为止,学术界对于宋人的尊陶学陶言行已探讨甚多③,但往往缺乏知识社会学的视野,只关注知识精英的言论,忽视国家、社会和普通民众之间的互动机制。因此,本节试图从一

---

① 详见孔凡礼《苏轼年谱》卷二〇以下,北京:中华书局,1998年,中册第508页以下。
② 王水照《苏轼创作的发展阶段》、《苏、辛退居时期的心态平议》,《王水照自选集》,上海:上海教育出版社,2000年,第278—300、321—341页。
③ 专门的资料书有北京大学中文系文学史教研室教师、五六级四班同学编《陶渊明诗文汇评》,北京:中华书局,1961年;北京大学和北京师范大学中文系教师同学编《陶渊明研究资料汇编》,中华书局,1962年;阮廷瑜《陶渊明诗论暨有关资料分辑》,台北:"国立"编译馆,1998年;钟优民《陶渊明研究资料新编》,长春:吉林教育出版社,2000年;黄进德主编《中华大典·魏晋南北朝文学分典》,南京:凤凰出版社,2007年。从古到今的陶渊明接受史,参见钟优民《陶学发展史》,吉林教育出版社,2000年;李剑锋《元前陶渊明接受史》,济南:齐鲁书社,2002年;Wendy Swartz(田菱), *Reading Tao Yuanming: shifting Paradigms of Historical Reception* (427—1900), Cambridge, Mass.: Harvard University Asia Center, 2008。断代研究参见罗秀美《宋代陶学研究:一个文学接受史个案的分析》,台北:秀威资讯公司,2007年。结合图像的专题研究有袁行霈《陶渊明影像——文学史与绘画史之交叉研究》,北京:中华书局,2009年;李剑锋《以李公麟为中心的宋代陶渊明绘事及其意义》,《鲁东大学学报》2007年第1期,第64—67页。关于陶渊明在东亚的接受,参见大矢根文次郎《陶渊明研究》第四篇"日本文学と陶淵明",东京:早稻田大学出版部,1967年,第365—417页;太田亨《日本中世禅林における陶淵明受容——初期の場合》、《日本中世禅林における陶淵明受容(2)——初期における杜甫受容と比較して》,广岛大学《中国古典文学研究》第2号(2004年)、第3号(2005年);朴美子《韓国高麗時代における"陶淵明"観》,东京:白帝社,2000年;宣承慧《東アジア絵画における陶淵明像——韓国と日本の近世を中心に》,东京大学博士论文,2010年6月。

第五章　陶渊明与宋调的自赎　　253

直被忽略的祭祀角度切入,借助人类学和社会学的理论框架,揭示北宋后期陶渊明热的深度、广度和高度。

中国自古以来即重视祭祀,逐渐形成丰富而系统的祭祀制度与文化。《左传》早已记载古人的认识:"国之大事,在祀与戎。"①作为古代礼制总汇的《礼记》则指出:"凡治人之道,莫急于礼;礼有五经,莫重于祭。"②祭祀被认为是人类精神活动的首要内容,起着寄托精神信仰、传承历史传统、调节天人关系、控制社会秩序、构筑文化认同等重要作用。对此,胡适总结道:"一时代的精神,只有一时代的祠祀,可以代表。因某时之所尊奉者,列为祠祀,即可觇某时代民意之趋向。"③北宋后期对陶渊明的祭祀即在某种程度上代表了当时的时代精神,从中可发现尊崇陶渊明的社会潮流及其诗学意义。

一、从唐代到北宋陶渊明祠的建置

从唐代到北宋,人们对陶渊明的尊崇日益加深,直至立祠以祭祀,或重加修葺,以增崇敬。今存《永乐大典》抄录许多宋元时期的地理总志和地方志,从中可以获知不少有关陶渊明祠的信息。卷六七〇〇《九江府十二·祠堂》所录《九江志》云:"三贤堂,祠晋靖节陶徵士、唐梁国狄公、太子少傅白公也。旧在郡圃,今徙州学。"又载(括号内的文字是原书小字内容,下引《永乐大典》同):

> 靖节祠,在楚城乡(即旧居)。晋置(相传始于谢康乐)。本朝自元丰至嘉熙间,四加修葺(元丰六年,邑人潘希杰修。重和元年,帅漕命邑宰赵侃之修。乾道六年,尉罗长康帅里人修。嘉熙二年,葛崇节修)。再给田以共蒸尝(侃之先给,

---

① 《左传·成公十三年》,阮元校刻《十三经注疏》,上海:上海古籍出版社影印本,1997年,下册第1911页。
② 《礼记·祭统》,《十三经注疏》本,下册第1602页。
③ 胡适《书院制史略》,收入《胡适作品集·胡适演讲集》,台北:远流出版事业股份有限公司,1986年,第26册第8页。

崇节增之)。名公颂咏甚众。

"本朝自元丰至嘉熙间"云云,证明此《九江志》乃南宋时修纂。《永乐大典》在"今徙州学"下又抄录《元一统志》:"陶、狄二贤祠,按唐《地域记》,唐景龙中,彭泽县南门置陶狄祠,马泽撰记。其后县移治,而碑莫知存矣。"①今按:说陶渊明祠是晋时所置,明显是误记,陶渊明在南朝刘宋初期才去世,东晋人断不会在陶渊明活着时为他立"生祠"。"相传始于谢康乐",也不可信,可能是后来为了借助名人效应而附会上去的。可以确知的是,唐宋时期的陶渊明祠有两类,一类是合祠,同时祭祀陶渊明和其他人,先是与狄仁杰合祠,名"陶狄二贤祠",始建于唐中宗景龙年间(707—710),后增祀白居易,改名"三贤堂",地点最初在彭泽县(今属江西省九江市),后迁至州学。另一类是独立建祠,在德化楚城乡陶渊明故里(今属江西省九江市九江县),只祭祀陶渊明,始建年代不详,两宋时期多次修葺。明清修纂的地理书持续提供了佐证材料。天顺修《大明一统志》记"陶狄二贤祠"云:

> 在彭泽县南。唐景龙中建,祀陶潜、狄仁杰。后县移治,而祠不存。元周锴守江州,复合祠祀之,有《记》云:"使后之君子,隐则当以渊明为式,仕则当以梁公为师。"②

嘉靖《江西通志》卷一四"九江府·书院"载"靖忠书院",祭祀陶渊明和狄仁杰,但只是说"古有靖忠书院",未说明始建于何时。而"祠庙"部分则有"陶狄二贤祠",所记与《大明一统志》相同③。嘉庆《重修大清一统志》是清三部一统志中最完善的一部,"陶狄二

---

① 《永乐大典》卷六七〇〇,北京:中华书局影印本,1986年,第9册8856、8857页。参见《永乐大典本地方志汇刊》第2册,京都:中文出版社影印本,1981年;马蓉等点校《永乐大典方志辑佚》,北京:中华书局,2004年,第3册1693、1695页。按:《永乐大典方志辑佚》存在不少文字讹误。
② 《大明一统志》卷五二,台北:台联国风出版社影印明天顺五年(1461)刊本,1977年,第7册第3352页。
③ 嘉靖《江西通志》卷一四,台北:成文出版社《中国方志丛书》影印本,华中地方第780号,第6册第2392—2394、2409页。

贤祠"条下的内容也与《大明一统志》相同①。

马泽所撰碑记,南宋时犹存碑刻。王象之《舆地纪胜·序》作于嘉定十四年(1221),其书"江南西路·江州·碑记"载:"陶狄碑。在彭泽县南门,唐景龙中马泽撰。"②《永乐大典》抄录淳祐年间(1241—1252)的《江州志》,"碑刻·彭泽县·陶狄二公祠"下载有"唐陶狄碑",小字注云:"景龙中,扶风马泽撰。"③但到了元代,如前引《元一统志》所说,碑碣不知所终。

陶渊明在唐末又曾与南朝梁道士尉文光、唐朝狄仁杰一起被共同祭祀。淳祐《江州志》"彭泽县·诸乡"记载:

> 修真观,在修山(即龙山)。本梁修山观,真人尉文光炼所。……唐末有得药鼎、药合者,遂建文光祠。(邑宰宋震,发地得鼎,有所感悟,因建此,以陶、狄二贤配。)治平二年改赐今额。有徐铉记、王文公、张于湖诗。④

这与北宋初徐铉《江州彭泽县修山观碑》所记略有不同。据徐铉碑记,修山是陶渊明游憩之地,"遗德所及,仙祠以兴"。后来萧梁道士尉文光在此修炼,益加扩建。至唐,狄仁杰重加崇饰,又出钱五十万为仙祠购置田地。唐末,县令宋震建尉真人之室于东,设像以奉之。宋初,道士谢又能应地方官之命修葺此祠。宋太宗太平兴国三年戊寅(978),谢又能羽化,其弟子王省昂请徐铉作此碑记,颂词有云:"邈哉修山,栖灵降神。陶令高名,尉师仙卿,狄公

---

① 《索引本嘉庆重修大清一统志》卷三一九,台北:台湾商务印书馆影印本,1966年,第6册第4102页。
② 王象之《舆地纪胜》卷三〇,北京:中华书局影印清道光岑氏刊本,1992年,第2册第1335页。
③ 《永乐大典》卷六六九七,第3册第2694页。按此《江州志》有云:"今上御书三清阁牌(淳祐元年赐),并太平宫。"见同书第2697页。据此,则该志纂修于淳祐年间。
④ 《永乐大典》卷六六九八,第3册第2707—2708页。此处录王安石诗:"地惟吴越旧提封,古县依然寂寞中。归去只闻陶靖节,谪来曾是狄梁公。千堆树石寒烟白,一片江山夕照红。尽日登临谁问我,断云幽鸟自西东。"《全宋诗》失收。

元臣。矫矫三贤,千祀齐声。"①祭祀对象为陶渊明、尉文光和狄仁杰三人。刘挚作于熙宁六年(1073)的《太常博士彭君墓志铭》说到:"彭泽有修山观,唐狄梁公买田千亩与之,于是观有堂以祠公。"②徐铉所说的"仙祠以兴",并非陶渊明祠。综合徐铉、刘挚和《江州志》的记载,彭泽先有修山观,唐末宋震建文光祠,主要祭祀道士尉文光,以陶渊明和狄仁杰配祀,北宋治平二年(1065)改名修真观。不管是合祠还是配祠,都不是单独的陶渊明祠。

虽然唐景龙年间在江州彭泽县建起了陶狄二贤祠,但从那时起到北宋中期,对陶渊明的祭祀并没有受到官方和民间的重视,这从官修全国地理总志可以看出。中唐《元和郡县图志·江南道四·江西观察使·江州》有"彭泽故城",下云:"在县西北四十五里。晋陶潜为令,理此城。"③全书仅此处提及陶渊明,连"柴桑故城"条下也不见陶渊明踪影,而宋元的地志最爱在此处标出陶渊明。北宋《太平寰宇记》撰成于雍熙末至端拱初(约986—989)期间,主要反映宋初太平兴国时期(976—984)的政区建制,其书对陶渊明事迹及古迹的记载比过去增加不少,后世地理记述中常见的一些陶渊明史迹开始出现。如"江南西道九·江州","人物"部分有"陶潜"传记,"德化县"下又有"栗里原":"在山南当涧。有陶公醉石。""柴桑山":"近栗里原。陶潜此中人。"④又"南康军·都昌县"下载:"五柳馆,在栖隐寺侧,五柳先生之旧宅也,今废。""彭

---

① 徐铉《徐公文集》卷二五,《宋集珍本丛刊》第1册影印清景宋明州刻本,北京:线装书局,2004年,第180—181页。《江州志》所谓宋震《三贤赞》,实即徐铉此碑记最后之颂词,非宋震作。
② 刘挚《忠肃集》卷一四,陈晓平、裴汝诚点校,北京:中华书局,2002年,第290页。
③ 李吉甫《元和郡县图志》卷二八,贺次君点校,北京:中华书局,1983年,第677页。
④ 乐史《太平寰宇记》卷一一一,王文楚等点校,北京:中华书局,2007年,第5册第2250、2252页。按,通行本《太平寰宇记》此卷有云:"陶公旧宅,在州西南五十里柴桑山。《晋史》:陶潜家于柴桑。唐白居易有《访陶公旧宅》诗。"下引白居易《访陶公旧宅》诗,谢思炜即引此作注。而据学者考证,此段引文非乐史原文,不能当作乐史记载陶渊明的材料。另外,筠州高安县,引《图经》云陶渊明始家宜丰;湖口县九曲池,相传系陶渊明所凿,云云,均为后世窜入,当注意甄别。详见王文楚等校勘记,第5册第2132、2268、2271页。

第五章　陶渊明与宋调的自赎　　257

泽城,在县西北一百二十五里。其城汉高帝置,属豫章,晋陶潜之所理也。隋平陈,废。旧迹犹在。"①全书均不见有关陶渊明祠的信息。反映元丰年间政区建制的《元丰九域志》所载过简,固然没有陶渊明祠庙的记录,绍圣年间增补的《新定九域志》增加了"古迹"类,也只有简单的"陶潜宅"三个字②。反映北宋末政和之制的《舆地广记》,则只在桃源县引用陶渊明的《桃源记》③。

然而,南宋的全国地理总志则开始见到陶渊明祠庙的记载。《舆地纪胜》所记建制以宋理宗宝庆三年(1227)为断,其书"江南西路·江州·古迹"部分有"陶潜宅",下云:"在德化县西南九十里柴桑里,今即其故居为靖节先生祠堂。"又设"陶靖节祠堂诗"条目,引录吟咏陶渊明的诗歌④。唐宋地志这些记载的差异意味着,在《舆地纪胜》之前,也即北宋中后期已经有了单独的陶渊明祠,正好与前引《九江志》所载"本朝自元丰至嘉熙间,四加修葺"相呼应。

《九江志》所言"靖节祠,在楚城乡(即旧居)",这是专门祭祀陶渊明的祠庙,在中晚唐仍不见诸载籍。唐永泰二年丙午(766),颜真卿贬谪江西吉州,游览陶渊明故里和庐山,留下题诗《栗里》吟咏陶渊明:

> 张良思报汉,龚胜耻事新。狙击苦不就,舍生悲拖绅。呜呼陶渊明,弃业为晋臣。自以公相后,每怀宗国屯。题诗庚子岁,自为羲皇人。手持《山海经》,头戴漉酒巾。兴逐孤云远,辩随还鸟泯。

---

① 《宋本太平寰宇记》卷一一一,北京:中华书局影印本,2000年,第181页上。参见前引点校本,第5册第2263—2264页。按《宋本太平寰宇记》卷一一○后部、一一一前部均有残佚。
② 王存《元丰九域志》附录《新定九域志》,王文楚、魏嵩山点校,北京:中华书局,1984年,下册第635页。
③ 欧阳忞《舆地广记》,李勇先、王小红校注,成都:四川大学出版社,2003年,下册第786页。
④ 王象之《舆地纪胜》卷三〇,第2册第1322、1353页。

此诗久失其传,北宋陈舜俞撰《庐山记》始录出,但也"未见全篇"。颜真卿还留下东林寺和西林寺两处刻石题名。诗歌和刻石的题目与正文均不见陶渊明祠的痕迹①。元和十年(815),白居易贬谪江州,览江山胜景,访名人遗迹,《题浔阳楼》诗云:"常爱陶彭泽,文思何高玄。"自然会遍访陶渊明遗迹。《访陶公旧宅》序:"予夙慕陶渊明为人,往岁渭川闲居,尝有《效陶体诗》十六首。今游庐山,经柴桑,过栗里,思其人,访其宅,不能默默。又题此诗云。"②白居易专门访问过陶渊明旧居,如果当时已经在旧居的基础上建起祠堂,白居易必定会拜谒并题咏,但与颜真卿一样,此诗题目和序文只是说访问陶渊明旧宅,诗的正文也无一字提及祠堂。检索唐末五代文献,均不见陶渊明祠堂的记录。可能的解释是当时尚无单独的陶渊明祠堂,专门的陶渊明祠堂到北宋才建立。

北宋仁宗嘉祐年间(1057—1063),王安石提点江东刑狱,作诗《狄梁公、陶渊明俱为彭泽令,至今有庙在焉,刁景纯作诗见示,继以一篇》:"梁公壮节就夔魖,陶令清身托酒徒。政在房陵成底事,年称甲子亦何须。江山彭泽空遗像,岁月柴桑失故区。末俗此风犹不竞,诗翁叹息未应无。"③题目云"至今有庙",而非"各有庙"或"俱有庙",又全诗将陶渊明与狄仁杰合写,故所咏仍是合祠,即彭泽县的陶狄二贤祠。嗣后,韦骧(1033—1105)作《陶令祠》:"莫笑先生犹假醉,先生于道未宜轻。门前五柳今何在,唯有

---

① 陈舜俞《庐山记》卷四《古人留题篇》、卷五《古人题名篇》,东京:内阁文库影印宋刊本,1957年,第 8 页 B—9 页 A,13 页 B—14 页 A。王应麟《困学纪闻》卷一三载:"朱文公曰:'陶公栗里,前贤题咏,独颜鲁公一篇,令人感慨。'今考鲁公诗云……见《庐山记》,集不载。"《困学纪闻全校本》,栾保群等校点,上海:上海古籍出版社,2008 年,第 1543—1544 页。所录文字与宋本《庐山记》有异。后世颜真卿《颜鲁公集》(又名《文忠集》)收录此诗,题作《陶公栗里》,最早系四库馆臣自《困学纪闻》辑出,收入补遗,见颜真卿《颜鲁公集》卷首《提要》及卷一六《补遗》,《四库全书》本。
② 谢思炜校注《白居易诗集校注》卷七,北京:中华书局,2006 年,第 2 册第 593—595 页。
③ 王安石撰、李壁注《王荆文公诗笺注》,高克勤点校,上海:上海古籍出版社,2010 年,中册第 782 页。

第五章　陶渊明与宋调的自赎　　259

江流百丈清。"①此诗前面有《白公堂》、《庾楼》和《狄公祠》等诗,同是吟咏江州和彭泽的古迹。从这些诗题和内容看,此时已有彼此独立的陶渊明祠和狄仁杰祠,地点都在彭泽。

　　稍后的杨杰有《陶靖节祠》诗:"浔阳欲归田,彭泽先解绶。有琴何必弦,无诗不言酒。秋黄篱下菊,春绿门前柳。"②此诗似脱后面部分。据杨杰《庐山五笑·序》,英宗治平三年(1066)冬,作者赴江西任南城主簿,途中游览庐山,作《庐山五笑》诗,其中《陶渊明》云:"我笑陶彭泽,闻钟暗皱眉。篮舆急回去,已是出山迟。"③《陶靖节祠》一诗,当是此时所作。另外,《舆地纪胜》"陶靖节祠堂诗"条下所录诗歌,明确为吟咏陶渊明祠堂的第一首诗是李亨《靖节祠》:"道出古柴桑,渊明祠有堂。春逢杨柳绿,秋及菊花黄。有酒尊居右,无弦琴在床。清名百世下,庐岳共存亡。"④此诗前面是唐末汪遵的《彭泽》,后面是北宋中后期杨杰的《陶靖节祠》,那么李亨应该是五代或北宋初期到中期人。按《潼川府志·选举上》记载有四川安岳人李亨,仁宗景祐元年(1034)进士⑤。此李亨是北宋中期人,可能是《靖节祠》诗的作者,诗当作于此时期⑥。结合韦骧、李亨和杨杰三诗,可以推定,至迟在北宋中期,已经建置起单独的祠堂以祭祀陶渊明,至少有两处,分别在彭泽和德化,但未引起时人重视。熙宁五年(1072),陈舜俞遍访庐山,撰成《庐山记》五卷,博采陶渊明相关的文献、故事和古迹,于靖节祠未置一

---

① 《全宋诗》,北京:北京大学出版社,1993年,第13册第8452页。
② 见王象之《舆地纪胜》卷三〇,第2册1355页。《全宋诗》收入第12册第7887页。
③ 杨杰《无为集》卷七,《宋集珍本丛刊》第15册影印宋绍兴刻本,第300页。
④ 王象之《舆地纪胜》卷三〇,第2册1355页。清咸丰伍氏粤雅堂本无异文,台北:文海出版社,1977年影印本,第1册第242页。陆心源《宋诗纪事补遗》卷一八(太原:山西古籍出版社,1997年,第1册第405页)和《全宋诗》(第13册第9043页)皆据《舆地纪胜》收录此诗,却将作者径改作福建龙溪人李亨伯,不知何故。
⑤ 乾隆《潼川府志》卷六,清乾隆五十年(1785)刻本,第11页B。
⑥ 李亨伯是福建人,治平二年(1065)进士,从其经历看,也有可能是此诗作者。《舆地纪胜》在编刻过程中可能脱了"伯"字而成为"李亨"。但无论作者是李亨还是李亨伯,都不影响此处对陶渊明祠建置年代的判断。

词,可为明证。

二、北宋后期陶渊明祭祀的国家化及其社会功能

北宋人对于为古圣先贤立祠祭祀的意义有着明确而深刻的认识,真宗景德二年(1005)官修的大型类书《册府元龟》可为官方思想的代表。该书"总录部·立祠"的序论部分,在引述《礼记》之后指出:"此乃古先哲王旌有功,褒有德,载在祀典,领之祠官,以垂劝乎天下也。乃有自天生德,崇四教以化人,事君尽忠,以直谏而殒命。或化流于千里,或仁洽于一国,以至家行敦笃,乡邑之所钦慕;威名焯辉,戎狄之所畏伏。繇是构之祠宇,荐以苾芬,没者寄其悲哀,生者伸其企恋。至于刻贞石,纪茂绩,咸用论次,以示于后。"[①]北宋对陶渊明立祠祭祀、刻石立碑,既说明当时已经公认陶渊明的成就、地位和影响,也反映出人们对他的钦慕和企恋。元末明初人唐肃总结立祠祭祀的原因说:"然先贤之得祠者,或以乡于斯也,或以仕于斯也,或以隐学于斯也,或以阐教于斯也。乡于斯者,非有德弗祠;仕于斯者,非有功弗祠;隐学于斯者,非道成于己弗祠;阐教于斯者,非化及于人弗祠。此又立制之详也。"[②]德化是陶渊明的故乡,彭泽是他为官之地。陶渊明大概算不上有何"功业",两地皆立祠祭祀,应该是出于崇敬他的道德节操和诗歌成就。

由前引《九江志》可知,神宗元丰六年(1083),邑人潘希杰对德化楚城柴桑陶渊明祠进行了修葺,此后引起人们重视,屡加修葺。潘希杰《修祠记》云:

> 予世居楚城,距甘山百馀里。甘山陶姓数百,先生之裔也。今间蹑科选布仕路者,唯将军骁卫公之家而已,自馀世

[①] 《宋本册府元龟》卷八二〇,北京:中华书局影印本,1989 年,第 3 册第 3032 页。"一国",原作"一同",据明本《册府元龟》改,北京:中华书局影印明刻本,1960 年,第 10 册第 9739 页。

[②] 唐肃《皇冈书院无垢先生祠堂记》,《丹崖集》卷五,《续修四库全书》第 1326 册,第 184—186 页。

次,历历存谱谍焉。予与陶氏世姻,视骁卫公为舅。一日经先生祠,见庙貌甚坏,喟然叹曰:"昔泰山孙明复过陈,见夫子像暴于废堂,风雨弗蔽,乃有'负天多少事,生死厄于陈'之句。先生甘贫苦节,自肆于诗酒而归于避世,其于死生之厄,又可知矣。"予于是出私钱为新其宇,藩篱钩阑无不备,又粉板以录前后留题。骁卫公名鑑,予潘姓,希杰名,汉臣字也。①。

"甘山"和"楚城"都在德化县境内。按江西省九江县1990年发现一座南唐古墓,内有买地券,券文曰:"维保大拾年拾月贰拾日,江州德化县楚城乡甘山社殁故亡人周氏一娘,年陆拾捌岁,生居城邑,死安宅兆,不幸身命去,柒月拾壹日殁故。"②北宋陶氏后裔所居之"甘山",当即南唐时之"甘山社"。潘希杰记文不长,透露的信息却很丰富。第一,楚城陶渊明祠堂在元丰之前已经建置,但未受重视,年久失修,从元丰年间开始,祭祀陶渊明日益受到重视。第二,潘希杰把自己对陶渊明祠堂颓坏的喟叹与孙复(字明复)对孔子废堂的感慨作比拟,说明在他看来,陶渊明的成就和地位已经优入圣域,成为圣贤。第三,潘希杰是普通的地方士人,这个身份很特殊,既属于知识阶层,也紧密联系着地方民众;陶鑑是江州人,原为右侍禁,监真州(今江苏仪征)排岸时曾修建著名的水利工程"复闸",深受朝野肯定③,修葺靖节祠时是将军,此身份既是权力精英,也紧密联系着朝廷中央和地方政府。这次修葺是私人出资,官方认可,政府和士人都重视对陶渊明的祭祀。北宋对州县的祠祀实行严格管理,《宋史·职官志四》记载太常寺的职能,包括执掌祭祀的制度仪式,"若礼乐有所损益,及祀典、神祇、

---

① 《永乐大典》卷六七〇〇,第9册第8857页。《全宋文》据以收入,改题《修靖节祠记》,上海与合肥:上海辞书出版社、安徽教育出版社,2006年,第101册第320页。
② 录文见刘晓祥《九江县五代南唐周一娘墓》,《江西文物》1991年第3期,第80—85页,并据该文所附图片核对。
③ 详见胡宿《真州水闸记》,《文恭集》卷三五,《四库全书》本;沈括撰、胡道静校证《梦溪笔谈校证》卷一二,上海:上海古籍出版社,1987年,第432页;李焘《续资治通鉴长编》卷一〇四,北京:中华书局,1985年,第8册第2424页。

爵号与封袭、继嗣之事当考定者,拟上于礼部。"①在潘希杰修葺靖节祠之前,元丰三年(1080),神宗改革职官制度。《宋史·职官志三》记元丰改制后祠部郎中、员外郎的职能是:"掌天下祀典、道释、祠庙、医药之政令。"②综观北宋,具有朝廷赐额、赐号逐步成为地方祠祀合法性之先决条件,否则就是"淫祠"③。准此,元丰六年陶鑑和潘希杰的修葺祭祀活动必定得到了朝廷的批准,体现了国家意志,具备祀典的正当性。

此后,每逢国家祭礼政策发生变化,祭祀陶渊明的活动也会有因应举措。徽宗大观二年(1108),国家开始实施由中央的礼部祠部来编制全国的祠庙名册。《宋会要辑稿·职官》一三之二三记载:

> 大观二年八月二十一日,礼部尚书郑允中等奏:"勘会祠部所管天下宫观寺院,自来别无都籍拘载名额,遇有行遣,不免旋行根寻。今欲署都籍拘载,先开都下,次畿辅,次诸路。随路开逐州,随州开县镇,一一取见。从初创置,因依时代年月,中间废兴,更改名额,及灵显事迹,所在去处,开具成书。"小贴子称:"天下神祠庙宇,数目不少,自来亦无都籍拘载,欲乞依此施行。"从之。④

这是要对散布全国各地的佛寺、道观、祠庙进行全面调查、记录,载于一书,每处礼仪建筑均须登记五项内容:具体位置、始建年月、中间兴废、名额更改和显灵事迹,以便于管理。政和元年(1111)七月,针对各地方志所载祀典泛滥的流弊,秘书监何志同

---

① 《宋史》卷一六四,北京:中华书局,1977年,第6册第3883页。
② 《宋史》卷一六三,第6册第3853页。
③ 详见沈宗宪《国家祀典与左道妖异——宋代信仰与政治关系之研究》第三章"宋代政府的信仰政策",台北:台湾师范大学博士论文,2000年6月。
④ 《宋会要辑稿》,北京:中华书局影印本,1957年,第3册第2675页。郑允中,原作"郑久中";《宋会要辑稿》礼二〇之九亦简略记载此事,作"郑允中"(第2册第769页)。翟汝文有《工部尚书郑允中除礼部尚书制》,据改。见《忠惠集》卷三,《四库全书》本。

上奏:"详定《九域图志》内祠庙一门……欲望申敕礼官,纂修祀典,颁之天下,俾与《图志》实相表里。"①由中央出面编纂祀典,掌握各地祠庙的实情。此后,重和元年(1118),地方政府再次举行陶渊明祭祀仪式。

关于此次修葺祭祀,文献记载有歧异。前引南宋修《九江志》云:

> 靖节祠,在楚城乡(即旧居)。……本朝自元丰至嘉熙间,四加修葺(元丰六年,邑人潘希杰修。重和元年,帅漕命邑宰赵侃之修。乾道六年,尉罗长康帅里人修。嘉熙二年,葛崇节修)。再给田以共蒸尝(侃之先给,崇节增之)。

这是说在重和元年,帅漕命县令赵侃之修。而据周燔《靖节先生祠堂记》,乾道六年庚寅(1170),鼎新靖节祠,先由"本道安抚吴公给事与漕使任公宝文、曹公敷文"提出,交给"府判潘公",最后由"令尹赵君侃之"具体负责完成,又"授公田二十有二亩,俾奉祠事"②。王必成开禧三年(1207)撰靖节祠《修祠记》说:"楚城号古柴桑,渊明故里也。邦人景企高躅,祠而祝之。经始年月不可考。订之石刻,由乾道庚寅,上及元丰壬戌,凡九十年间,重修者三人焉:曰邑民潘希杰、邑尉罗长康、邑大夫赵君侃之。下达开禧,又三十八年矣。"③也是指赵侃之修葺事在乾道六年。今按,乾道五年至六年,江南西路的安抚使是吴芾(1104—1183,字明可)④,符合周燔所言"吴公"。周燔所谓"漕使",与《九江志》之"帅漕"一致。《九江志》提到的赵侃之修祠事,周燔和王必成都说是在乾道六年;南宋有江阴人赵侃之,绍兴二十一年(1151)进士⑤,乾道六

---

① 《宋会要辑稿》礼二〇之九至十,第 1 册第 769 页。
② 《永乐大典》卷六六九七引《九江府志》,第 3 册第 2687 页。周燔,原作"周蟠",《全宋文》考证为"周燔"(第 242 册第 187—188 页),可从。
③ 《永乐大典》卷六七〇〇,第 9 册第 8857 页。《全宋文》收入第 344 册第 382 页,改题《修陶渊明祠记》。
④ 李昌宪《宋代安抚使考》,济南:齐鲁书社,1997 年,第 437—438 页。
⑤ 嘉靖《江阴县志》卷一四,《天一阁藏明代方志选刊》影印本,第 13 册,第 3 页 B。

年在德化知县任上是可能的。因此,赵侃之修葺靖节祠并拨给田地的事情当在南宋乾道六年,而非北宋重和元年。又据王必成记载,从元丰五年壬戌(《九江志》载在六年)到乾道六年庚寅,靖节祠共重修三次,重修者分别是潘希杰、罗长康和赵侃之。考北宋后期有江西袁州宜春人罗长康,字伟正,政和五年乙未(1115)进士①,与胡寅(1098—1156)有交往②。三年后,重和元年,他在德化任上,修葺靖节祠,实可征信。因此,重和元年的修祠者当系罗长康③。由此看来,在大观、政和两次整肃祀典后,靖节祠不仅未被取缔,反而进一步受到官方重视,重加修葺祭祀。这足以说明,到北宋后期,地方政府已经将对陶渊明的祭祀纳入常规活动,陶渊明祭祀持续国家化、制度化。

政和初,除了整肃精简全国祀典,还有一项文化政策也关系到陶渊明热。政和二年(1112)三月,徽宗亲试举人,改赐诗为赐箴。原因是:"初,御史李章言作诗害经术,自陶潜至李、杜皆遭讥诋。诏送敕局立法,宰臣何执中遂请禁人习诗赋。至是,故赐箴。"但不久,"知枢密院吴居厚侍御筵,进诗改为口号,后圣作屡出,士大夫亦不复守禁矣。"④可知其时陶渊明已成为诗人之最高代表,"擒贼先擒王",在朝廷禁止作诗时就首当其冲遭到禁止。但诗乃人类存在之家园、生命之必需,任何人任何时候都不可能

---

① 详见嘉靖《袁州府志》卷七、卷八,《天一阁藏明代方志选刊续编》第 49 册第 994、1085—1086 页;雍正《江西通志》卷四九,《中国方志丛书》华中地方第 782 号第 3 册第 976 页。
② 详见胡寅《戏彩堂记》,《斐然集》卷二〇,《四库全书》本;嘉靖《袁州府志》卷八,《天一阁藏明代方志选刊续编》第 49 册第 1085—1086 页。
③ 葛崇节修葺靖节祠之事无异议。参见《永乐大典》卷六七〇〇引《九江志》录林宋伟《重修记》、葛崇节《赡田刻》,第 9 册第 8857—8858 页。林宋伟《重修记》,《全宋文》据以收录,改题《重修靖节祠记》,但作者误作"林宗伟",见第 341 册第 291—293 页。
④ 陈均《皇朝编年纲目备要》卷二八,许沛藻等点校,中华书局,2006 年,下册第 705 页。又,刘克庄《圣贤》诗云"谤诗遂至劾陶潜",自注:"事见政和御史章疏。"《后村居士集》卷四,《宋集珍本丛刊》第 79 册影印宋淳祐刻本,第 457 页。劾,《四部丛刊》本《后村先生大全集》卷四《圣贤》作"效"。

第五章 陶渊明与宋调的自赎

真正做到禁止诗赋,就连宫廷内部、最高统治者也率先犯禁。经过这场闹剧与政和元年的祀典整肃,陶渊明祭祀不仅没有消失,反而愈加隆重,在全社会影响广泛。

宣和初(1120年前后),地方政府又举行了一次祭祀陶渊明的活动。南宋人曾敏行记载:

> 江州德化县楚城乡,乃陶渊明所居之地也,诗中所谓"柴桑"者。宣和初,部刺史即其地立陶渊明祠,洪刍驹甫为之记。祠前横小溪,溪中盘屹一石,人谓渊明醉石也。土人遇重九日,即携酒撷菊,酹奠祠下,岁以为常。①

"部刺史"是用汉代官制,宋代就是州的知州,此指江州知州。柴桑陶渊明祠早已有之,这里所谓"即其地立陶渊明祠",应该是指重加修葺。"土人"一词,不仅指当地人,更偏向于指当地普通民众。地方政府倡导组织,当地民众踊跃参与,每年一次,成为惯例,对陶渊明的崇敬祭祀堪称达到高潮,在社会上必然产生很大影响。江西派诗人洪刍所作记文今已佚,《舆地纪胜·陶靖节祠堂诗》录其诗二句:"摩挲道旁醉石,定是天边酒星。"②《艇斋诗话》记其作《陶靖节祠堂》诗,全效王安石《谢安墩》③,但王诗是两首七绝,《舆地纪胜》所录乃六言,可见宣和初这次陶渊明祭祀活动相当隆重,洪刍不仅因之撰文,还作六言和七言诗。朱熹《跋洪刍所作靖节祠记》云:

> 读洪刍所撰《靖节祠记》,其于君臣大义不可谓懵然无所知者。而靖康之祸,刍乃纵欲忘君,所谓悖逆秽恶有不可言者。送学榜示讲堂一日,使诸生知学之道非知之艰,而行之

---

① 曾敏行《独醒杂志》卷四,朱杰人点校,上海:上海古籍出版社,1986年,第33页。
② 王象之《舆地纪胜》卷三〇,第2册第1355页。《全宋诗》收入第22册14506页,"道旁"误作"道傍"。
③ 曾季狸《艇斋诗话》,丁福保辑《历代诗话续编》本,北京:中华书局,1983年,上册第295页。

艰也。①

大概洪刍《靖节祠记》藉由陶渊明阐发君臣大义,朱熹虽然不满他在靖康之变时的表现,但仍然欣赏他的记文,因此要让学生们阅读,教导他们做到知行合一。

这次祭祀也与国家的礼仪政策调整有关。宣和二年(1120),方腊聚众起事,次年被镇压。这次起义反映出王朝权力的脆弱,极大地震惊了朝廷。须江隆研究发现,为了维护统治基础,宣和三年,中央政府再次开展赐额、赐号,企图通过祀典制度重整社会秩序,维护中央权威②。据此,洪刍深度参与的这次宣和祭祀,可能就是地方政府因应中央新政而举行的礼仪活动。从元丰到宣和,对陶渊明的祭祀在整个北宋后期持续举行,仪式隆重而多样,宣和以后更是一年一次,成为惯例。

在如此浓厚的崇拜氛围中,许多士人、诗人都曾前往拜谒靖节祠,祭祀陶渊明。哲宗元祐二年(1087),郭祥正从安徽到广东赴任,途中作《舟经彭泽谒靖节祠》诗云:

> 彭泽江边邑,萧疏靖节祠。烟昏鹿皮画,草暗菊花篱。
> 咏德今千载,言归彼一时。男儿要出处,此道几人知。

又作《靖节真像乃庸画,思得伯时貌之,遂以一绝寄简》:

> 古帐萧萧画不真,空祠犹与狄公邻。凭君妙手重图貌,不是寻常行路人。③

---

① 朱熹《朱子全书·晦庵先生朱文公文集》卷八一,上海与合肥:上海古籍出版社、安徽教育出版社,2002年,第24册第3850页。
② 须江隆《宋代における祠庙の記録——方臘の乱に関する言説を中心に》,《歷史》第95辑,2000年,第1—30页;SUE Takashi, "The Shock of the Year Hsüan-ho 2: The Abrupt Change in the Granting of Plaques and Titles during Hui-tsung's Reign", *ACTA ASIATICA*, No. 84, Feb. 2003, pp. 80-125.
③ 《郭祥正集》卷一九、卷二八,孔凡礼点校,合肥:黄山书社,1995年,第315、471页。以下所引郭祥正诗文均见此书,不另出注。郭诗系年见该书附录一孔凡礼《郭祥正事迹编年》。

第五章　陶渊明与宋调的自赎　　267

郭祥正拜谒的靖节祠在彭泽,祠里有陶渊明画像,与狄仁杰祠相邻,殆即韦骧所访之陶令祠。从苏轼游的孙勴也有题咏靖节祠之诗,其一曰:"先生拂衣归柴桑,视时富贵犹秕糠。义心耻食易代粟,督邮于我何低昂。"其二曰:"五字高吟酒一瓢,庐山千载想风标。至今门外青青柳,似向东风懒折腰。"①与贺铸、程俱交往的毛友(字达可)《题靖节祠堂》云:"地僻柴桑古,人亡松菊存。不如彭泽吏,归去有田园。"②孙勴和毛友拜谒的应该是德化柴桑的陶渊明祠。在北宋后期,两处靖节祠都吸引着人们前去拜访,带动了尊崇陶渊明的热潮。

郭祥正由陶渊明祠引发"男儿要出处,此道几人知"的感慨,强调出仕隐退之道,引起后期士人的共鸣。闽人邓肃《靖节先生祠下》诗:

> 五柳归来昔陶公,七闽召还今邓子。不将出处作殊观,便了陶邓无生死。③

徽宗宣和元年(1119),太学生邓肃进诗讽谏花石纲,诏放归田里④,当是返乡途中拜谒陶渊明祠,感而作此诗。

值得注意的是,江西宗派诗人对陶渊明祠情有独钟。释惠洪(德洪)《同彭渊才谒陶渊明祠读崔鉴碑》诗:

> 武王既伐纣,乃不立微子。虽有去恶仁,终失存商义。

---

① 《永乐大典》卷六七〇〇引《九江志》,第9册第8857页。《全宋诗》收入第18册第12233页。
② 此诗最早见于王象之《舆地纪胜》卷三〇,作者是"毛达",岑氏和伍氏刊本均无异文。陈咏编、祝穆订正《全芳备祖》后集卷二二"桑"目下载此诗,作者署"毛达可",见北京:农业出版社影印日藏宋本,1982年,下册第1355页。今按:宋代"毛达"无考,而有"毛达可"。毛友,原名毛友龙,字达可,浙江衢州人,徽宗大观元年(1107)进士,官至翰林学士、礼部尚书。此诗作者当为毛友,《舆地纪胜》脱去"可"字。参见《全宋诗》第24册第16181页毛友《桑》、第72册第45110页毛达《题靖节祠堂》;张福清《论毛友、毛开诗作及其特色》,《南昌大学学报》2010年第5期,第116—120页。
③ 邓肃《栟榈先生文集》卷一,《宋集珍本丛刊》第39册影印明正德刊本,第706页。
④ 《宋史》卷二二《徽宗本纪》,第1册第405页。

> 夷齐不肯臣,甘作首阳死。下视莽操辈,欺孤夺幼稚。汗面亦戴天,特猴而冠耳。桓公弄兵权,刘裕窃神器。先生于此时,抽身良有以。袖手归去来,诗眼饱山翠。追还圣之清,太虚绝尘滓。长恨千载心,断弦掩流水。崔子果何人?赏音乃知此。与君读此碑,相视一笑喜。①

惠洪此时又有《谒狄梁公庙》诗,可知他和彭几(字渊才,一作渊材)拜谒的陶渊明祠应与狄仁杰祠相邻,在彭泽,与韦骧、郭祥正所谒相同。此诗言及陶渊明祠的崔鉴碑,可补史籍之缺。惠洪特别拈出陶渊明"袖手归去来"之后,出现"诗眼饱山翠"的结果,揭示了个体自由对诗歌创作的重大作用。与惠洪交游的李彭也有《过渊明祠次还旧居韵》诗:

> 往者金华公,赐环梗道归。笋舆过柴桑,彷徨有馀悲。荒庭尚如旧,物色人事非。寒风起虚林,木叶无复遗。蓁丛傲霜菊,讵肯相因依。二事堕渺茫,兹理未易推。适堪作废朝,总芳俱不衰。当有旷达人,橐金烦一挥。②

诗言"过柴桑",则李彭所谒陶渊明祠在德化柴桑陶渊明故里。释祖可也与惠洪交游,长住庐山东溪,其咏靖节祠诗云:

> 靖节非傲世,带耻为人束。郁然霜雪姿,受正如松独。高歌归去来,自种菊与粟。寓意琴书间,处己审缨足。倾觞三径醉,颓然忘宠辱。江山有遗迹,庶以拯流俗。③

末二句说陶渊明遗迹有助于拯救流俗,点出了北宋后期的社会心理和陶渊明祭祀的时代意义。洪刍更是在宣和初直接参加地方政府主持的陶渊明祭祀仪式,留下诗文。江西境内祭祀古代著名诗人的祠庙众多,江西派诗人多拜谒靖节祠,并非因为靖节祠在

---

① 释德洪《石门文字禅》卷一,《四部丛刊》本。
② 李彭《日涉园集》卷三,《四库全书》本。
③ 《永乐大典》卷六七〇〇引《九江志》,第9册第8857页。《全宋诗》收入第22册第14612页,"种菊"误作"种松"。

江西,而是因为他们崇拜陶渊明,作诗师法陶渊明。"江西之派,实祖渊明"①,这从派中人多谒靖节祠可见一斑。江西宗派是北宋后期最主要的诗人群体,他们对陶渊明的祭祀和推崇极大地促进了宋诗的变化。

从历史上看,对陶渊明的单独祭祀最早只是民间的祠祀信仰,比及北宋后期,才由地方政府将其升格,取得了正当性。松本浩一对宋代祠庙控制的研究表明,宋代一方面对未获官方许可的所谓"淫祀"加以弹压禁止,另一方面又对经过认定为对民有功的"正祀"授予庙额、封号,以加强统制,构筑新的国家祭祀体系和秩序;在时代方面,北宋祠庙的赐额、赐号从神宗熙宁、元丰年间(1068—1085)开始增加数量,在徽宗崇宁、大观、政和年间(1102—1118)达到顶峰;神祇类型方面,包括名山大川、圣帝明王、忠臣烈士等②。须江隆也总结道,从庆历和熙宁到宣和年间,政治斗争日益激烈,祭祀封赐被作为一种权宜措施而使用,赐额赐号在此时期突然大量增加③。换言之,唐宋时期的祭祀封赐在北宋后期达到顶峰。陶渊明祠祀也体现出同样的特点。从元丰开始,北宋后期的陶渊明祭祀由地方士人发起,得到政府认可,升格为"正祀",而后演变成政府积极主导、民众踊跃参与、士人络绎拜谒的祭祀惯例。通过建置及修葺祠庙、赋诗作画、立碑撰文、拜谒聚会、仪式祭奠,陶渊明祭祀达到了国家化、制度化、社会化的程度,在社会上影响甚大,堪称"国家祭祀"。雷闻在分析隋唐宋祭祀时指出,"国家祭祀"并不专指"皇帝祭祀","而是指由各级政

---

① 张泰来《江西诗社宗派图录》,中华书局影印《知不足斋丛书》本,1999年,第4册第217页。
② 松本浩一《宋代の賜額・賜号について――主として〈宋会要輯稿〉にみえる史料から》,野口鉄郎編《中国史における中央政治と地方社会》,昭和60年度科学研究費補助金総合研究(A)研究成果報告書,東京,1986年,第282—294页。
③ 须江隆《唐宋期における社会構造の変質過程――祠廟制の推移を中心として》,《东北大学东洋史论集》第9輯,2003年1月,第247—294页;前引论文,"The Shock of the Year Hsüan-ho 2: The Abrupt Change in the Granting of Plaques and Titles during Hui—tsung's Reign"。

府支持举行的一切祭祀活动","其中既包括由皇帝在京城举行的一系列国家级祭祀礼仪,也包括地方政府举行的祭祀活动,因为相对于民众而言,地方政府本身就代表着国家;就祭祀目的而言,这种活动不是为了寻求一己之福,而是政府行使其社会职能的方式,本身即具有'公'的性质","虽然郊祀与宗庙祭祀是皇帝祭祀的核心,但地方政府的祭祀活动本身却反映了国家意识形态的下限,即其对于基层社会的干预程度"[1]。据此,就陶渊明祭祀而言,一方面,国家通过地方政府主导祭祀,贯彻了官方对陶渊明文化魅力的解读,加强了对基层社会的控制,促进了全社会对陶渊明的尊崇;另一方面,各地士人和地方民众的信仰得到了官方的承认,在持续的拜谒、阅读过程中加深了对陶渊明其人其诗的理解和崇拜。换言之,江州陶渊明祭祀是地方性的,并非朝廷举行的"国家级"祭祀,却是通过了朝廷考核的"国家祭祀"。陶渊明祭祀由地方政府和知识共同体发起、主导,朝廷中央未必高度重视,但至少表示了支持;普通民众的参与数量未必众多,涉及地域未必广泛,但至少当地民众踊跃参加:这说明在北宋后期,国家权力、知识精英和普通民众在对陶渊明的认识上达成了一致,陶渊明崇拜折射出当时社会思想的"平均值",可以代表"一般知识、思想与信仰世界"[2],对陶渊明的尊崇在全社会达到高潮,从而,陶渊明对北宋后期的思想和诗歌演变产生了深远的影响。

元丰以降,靖节祠纳入国家祀典,几经修葺,陶渊明祭祀成为国家祭祀与仪式惯例,地方政府、精英阶层和普通民众纷纷拜谒靖节祠,祭祀陶渊明,陶渊明崇拜达到高潮。作为一个礼仪建筑,

---

[1] 雷闻《郊庙之外——隋唐国家祭祀与宗教》,北京:三联书店,2009 年,第 3 页。关于宋代国家祭祀与祠神信仰的研究,参见此书导言第三节"研究史回顾";蒋竹山《宋至清代的国家与祠神信仰研究的回顾与讨论》,《新史学》第 8 卷第 2 期,1997 年 6 月。

[2] "平均值"、"一般知识、思想与信仰世界"系借用葛兆光研究思想史的概念,详见其《思想史的写法——中国思想史导论》,上海:复旦大学出版社,2004 年,第 10—26 页。

靖节祠位于彭泽和德化,是一个独立、清晰、真实的物质存在,无疑是一个绝对空间。但同时,也是一个相对空间,它是人们反思历史事件、针对现实情势、遵循内心体验、因应权力控制而创造出来的,其中包含着自然、经济和社会各种要素,指涉历史与现实、儒林与文苑、国家与社会、中央与地方、精英与庶众等诸多关系,需要特别注意诸种要素之间的关联和空间关系。它是客观真实的实体,也是人们主观想象的产物,因而是一种感性的形式。靖节祠兼备绝对空间与相对空间、物质空间与精神空间的特点,但又超越其中,成为一种"第三空间"(Thirdspace)①。就此而言,靖节祠,以及相应的陶渊明崇拜,是北宋后期社会关系的一种展现和依据,文化创造的一个媒介和动力,精神信仰的一个场所和寄托,体现时代精神,充满社会意义。靖节祠是陶渊明崇拜的产物,又反过来极大地强化了这种崇拜,推动了陶渊明热。钱锺书曾指出:"渊明文名,至宋而极。"②综上所述,可以具体确定,渊明之名,至北宋后期而达到极盛。借助尊陶学陶,宋诗展开了自我救赎,迈进更高境界。

第二节　从陶杜并尊到独尊渊明:北宋后期的陶渊明圣化与宋学转向

在持续而隆重的陶渊明祭祀文化氛围中,北宋后期人普遍视陶渊明为达道的典范,把陶渊明信仰推向顶峰。中国诸家思想流派都讲求"道","道"是中国文化的最高理想和终极路径,宋人尤

---

① 此处借用文化地理学家索亚(Soja)阐释的概念。索亚指出,传统的"第一空间视角和认识论"主要关注空间形式的实在物质性,"第二空间视角和认识论"视空间为人类精神意识所构想、再现出来的形式,前者强调空间的真实性,后者强调空间的想象性。而他所谓的"第三空间"是二者的重组,对二者既吸纳又超越,是一种"真实和想象"交织的空间。详见 Edward W. Soja, *Thirdspace: Journeys to Los Angeles and Other Real-and-Imagined Places*, Malden, MA: Blackwell, 1996, pp. 6、10-11。
② 钱锺书《谈艺录》,第 88 页。

其致力于此,宋代的新儒学即称为"道学"。对一个中国人的最高评价就是"闻道"、"知道"、"达道",即使是诗人,其最高境界也不是圣于诗,而是达于道,正如深爱陶渊明的邵雍(1011—1077)所说:"写字吟诗为润色,通经达道是镃基。"①

祭祀陶渊明带来陶渊明的圣贤化,其诗被奉为至尊,其人被尊为圣贤。在陶渊明与道的关系上,杜甫有个著名的论断:"陶潜避俗翁,未必能达道。"②宋人尊杜甫为诗圣,但并不同意这个论断。曾巩《过彭泽》诗云:

> 渊明昔抱道,为贫仕兹邑,幡然复谢去,肯受一官縶?予观长者忧,慷慨在遗集。岂同孤蒙人,剪剪慕原隰。遭时乃肥遯,兹理固可执。独有田庐归,嗟我未能及。③

说陶渊明"抱道",即是赞扬他持守正道。并认为陶渊明的慷慨忧乐就表现在作品里。

北宋后期人更是直接反驳杜甫。刘攽(1023—1089)《续董子温咏陶潜诗八首》其六云:"道术既分裂,人人得其偏。丹青照千载,始觉真检全。尔时扬仁风,到今犹栗然。"其七又云:"神释乃超然,道真于此得。"④赞扬陶渊明得到了真道。专门拜谒过靖节祠的郭祥正推崇陶渊明,也以"达道"为最高圭臬:

> 微吟百忧散,达道千古同。(《夏日游环碧亭》)
> 达道齐生死,笔端真有神。(《颖叔招饮吴圖》)
> 休休可奈何,达道乃自然。(《拟挽歌五首》其五)

其《读陶渊明传二首》其二反驳杜甫说:

> 陶潜真达道,何以避俗翁。萧然守环堵,褐穿瓢屡空。

---

① 邵雍《首尾吟》其五四,《伊川击壤集》卷二〇,《四部丛刊》本。
② 杜甫《遣兴五首》其三,《宋本杜工部集》卷三,南京:江苏古籍出版社影印《续古逸丛书》本,2001年,集部第148页。
③ 《曾巩集》卷三,陈杏珍等点校,北京:中华书局,1984年,上册第42页。
④ 《全宋诗》第11册第7079页。

第五章　陶渊明与宋调的自赎　　273

> 梁肉不妄受，菊杞欣所从。一琴既无弦，妙音默相通。造饮醉则返，赋诗乐何穷。密网悬众鸟，孤云送冥鸿。寂寥千载事，抚卷思冲融。使遇宣尼圣，故应颜子同。

不仅指出陶渊明真正抵达了大道，而且认为他达到了孔门贤人颜回的境界。潘希杰《修祠记》里已经显露出视陶渊明为圣贤的端倪，郭祥正此处明确以颜回比陶渊明，则更具思想史的意味。颜回是孔子最喜爱的学生，不幸早亡。古人追求的"三不朽"，他几乎全无：既无显赫功烈，也无言论著作，只在"立德"方面稍见突出，但也只是穷居陋巷箪食瓢饮而不改其乐。换言之，他仅仅由于能安于贫穷并乐在其中而被尊为"亚圣"、"先师"，这体现出儒家"内圣"的境界。陶渊明在自传《五柳先生传》里说自己"箪瓢屡空，晏如也"①，就是用颜回的典故②。这说明他辞官归隐、甘于贫贱是出于效仿颜回，背后自有儒家信念在。但其《饮酒二十首》其十一又说："颜生称为仁，荣公言有道。屡空不获年，长饥至于老。虽留身后名，一生亦枯槁。"③觉得颜子虽然身后留名，但活着时挨饿短命，一生都穷困潦倒。杜甫对此评论道："陶潜避俗翁，未必能达道。观其著诗集，颇亦恨枯槁。有子贤与愚，何其挂怀抱。"杜甫认为，陶渊明既然觉得颜回那样的生活未免枯槁，那么陶渊明本人就没有达道。而郭祥正则指出，杜甫所说有误，陶渊明和颜回一样都是能耐得住贫穷寂寞并乐在其中的人，是真正达于大道的圣贤。李邦彦（1130年卒）之弟李邦献类比说："陶渊明无功德以及人，而名节与古忠臣、义士等。何耶？岂颜氏子以退为进、宁武子愚不可及之徒欤？"④也把陶渊明比作颜回。郭祥正和李邦

---

① 袁行霈《陶渊明集笺注》卷六，北京：中华书局，2003年，第502页。
② 《论语·雍也》："子曰：'贤哉回也！一箪食，一瓢饮，在陋巷，人不堪其忧，回也不改其乐。贤哉回也！'"《十三经注疏》本，下册第2478页。
③ 袁行霈《陶渊明集笺注》卷三，第261页。
④ 李邦献《省心杂言》，《四库全书》本。《省心杂言》作者历来有争议，《四库提要》多方考证，排除了林逋、尹焞、沈季长（字道原）撰作的可能，确定李邦献所作，可从。参见祝尚书《宋人别集叙录》，北京：中华书局，1999年，上册第67—68页。

献将陶子与颜子相提并论,指出内在精神追求与得道入圣的关系,体现出北宋后期士大夫"转向内在"的思想趋向,也是当时"颜子学"的组成部分①。郭祥正在当时诗名甚高,李廌甚至尊他为诗坛盟主②,他以颜回比陶渊明很有代表意义③。被目为儒学思想家的李邦献对陶渊明的评价则意味着儒学对陶渊明的尊崇。

被在野士人视作文化领袖的苏轼也认为陶渊明"知道"。其《书渊明饮酒诗后》云:"《饮酒》诗云:'客养千金躯,临化消其宝。'宝不过躯,躯化则宝已矣。人言靖节不知道,吾不信也。"④这是从生死观的角度反驳杜甫。《韵语阳秋》的记载较完整:

> 东坡拈出渊明谈理之诗,前后有三:一曰"采菊东篱下,悠然见南山"。二曰"笑傲东轩下,聊复得此生"。三曰"客养千金躯,临化消其宝"。皆以为知道之言。盖摘章绘句,嘲弄风月,虽工亦何补。若觌道者,出语自然超诣,非常人能蹈其轨辙也。⑤

在苏轼看来,陶渊明是"知道"之士,后者彻悟到的道就体现在相关的诗句中。葛立方根据苏轼的意见,把陶渊明称作"觌道者",是符合苏轼本意的。苏轼诗云:"渊明初亦仕,弦歌本诚言。不乐

---

① 关于北宋后期的"内圣学"与"颜子学",详见朱刚《从"先忧后乐"到"箪食瓢饮"——北宋士大夫心态之转变》,《文学遗产》2009年第2期,第54—63页。按:今人从郭店楚简和上博楚简里可以发现一些颜回的文章和言论,但从汉至清的人是看不到的。
② 李廌《题郭功甫诗卷》,《济南集》卷三,《四库全书》本。
③ 田菱(Wendy Swartz)曾论及陶渊明在宋代被"重估与圣化"(Redefinition and Canonization),但仍只就梅尧臣、苏轼、黄庭坚、朱熹等常见诗学材料展开,与本书不同。详见前引书,Reading Tao Yuanming: shifting Paradigms of Historical Reception (427-1900), pp. 185-211。
④ 《苏轼文集》卷六七,孔凡礼点校,北京:中华书局,1986年,第5册第2112页。辛弃疾《书渊明诗》:"渊明避俗未闻道,此是东坡居士云。身似枯株心似水,此非闻道更谁闻?"是误将杜甫之论当作苏轼之语。见《辛稼轩诗文笺注》下卷,邓广铭辑校审订,辛更儒笺注,上海:上海古籍出版社,1995年,第172页。按苏轼《孔毅父以诗戒饮酒》有"孟生虽贤未闻道"之句,辛弃疾或因此而误记。《苏轼诗集》卷二二,孔凡礼点校,北京:中华书局,1982年,第4册第1175页。
⑤ 葛立方《韵语阳秋》卷三,何文焕辑《历代诗话》本,中华书局,1981年,下册第507页。

第五章　陶渊明与宋调的自赎　　275

乃径归,视世羞独贤。"①又指出:"陶渊明欲仕则仕,不以求之为嫌;欲隐则隐,不以去之为高;饥则扣门而乞食,饱则鸡黍以迎客:古今贤之,贵其真也。"②靖节之道的真谛,不在以退为高,而在破除仕或隐各执一端的执著,率性而为,绝对自由。这种自然真率,正是北宋后期人的人格理想。苏轼此论融合了儒释道的要义,新人耳目,故范温许为"发明如此"③。哲宗元符三年(1100)正月,苏轼在儋州贬所,作《自书陶渊明结庐在人境诗并跋》,末云:"陶公此诗,日诵一过,去道不远矣。"④晚年苏轼进道日深,对于陶诗所含之道体味尤深。

江西派宗主黄庭坚的态度则同中有异。他元丰三年途经江州,作《宿旧彭泽怀陶令》诗,末尾云:"欲招千载魂,斯文或宜当。"以为陶渊明能担当大道,千载斯文,系于一身。又《题意可诗后》推尊陶诗:"至于渊明,则所谓不烦绳削而自合者。"并指出:"巧于斧斤者,多疑其拙;窘于检括者,辄病其放。孔子曰:'宁武子,其智可及也,其愚不可及也。'渊明之拙与放,岂可为不知者道哉?"⑤与李邦献一样,黄庭坚也将陶渊明与古之圣贤宁武子相比拟,视陶渊明为得道之圣人。他既同意陶渊明达道的观点,又不愿看到人们责难杜甫,故设法为杜甫评陶公案作辩解。针对当时人对杜甫论断的反驳,黄庭坚说:"杜子美困穷于三蜀,盖为不知者诟病,以为拙于生事,又往往讥议宗文、宗武失学,故聊托之渊明以解嘲耳。其诗名曰《遣兴》,可解也,俗人不领,便为讥病渊明,所谓痴人前不得说梦也。"⑥辩护行为本身足以说明"陶潜真达道"的时代

---

① 苏轼《和陶贫士七首》其二,《苏轼诗集》卷三九,第7册第2138页。
② 胡仔《苕溪渔隐丛话》前集卷三,廖德明校点,北京:人民文学出版社,1962年,第15页。
③ 范温《潜溪诗眼》,郭绍虞《宋诗话辑佚》本,北京:中华书局,1980年,上册第316页。参见程杰《从陶杜的典范意义看宋诗的审美意识》,《文学评论》1990年第2期,第67—74、102页。
④ 《苏轼文集·苏轼佚文汇编拾遗》卷下,第6册第2670页。
⑤ 分别见《豫章黄先生文集》卷四、二六,《四部丛刊》本。
⑥ 《王直方诗话》引,《宋诗话辑佚》本,上册第49页。

声势是多么浩大。表面上,在因尊陶潜而贬杜甫的时代大潮中,黄庭坚始终坚持陶杜并举:"拾遗句中有眼,彭泽意在无弦。"①指出杜甫的锤炼法度和陶渊明的自然平淡都值得学习,不可偏废。但据研究,黄庭坚句法理论的最高祈向是"无意为文",杜甫"句中有眼"只是"艺术形式层面的相对自由",与陶渊明"意在无弦"的"主体精神层面的绝对自由"尚隔一层,陶诗"不烦绳削"的直觉表现"才可能真正获得充分乃至绝对的创造自由",因此黄庭坚推崇的最高诗学典范不是杜甫,而是陶渊明②。

在郭祥正、苏轼、黄庭坚这些文化名流的影响下,"陶渊明达道"成为知识共同体的热门话题,众多知识人纷纷就此发表感受。谢薖《陶渊明写真图》说:"此公闻道穷亦乐。""穷亦乐"是将陶渊明与颜回比拟,"闻道"是直接赞扬。又作《亦爱轩》云:

> 漆园游濠梁,得意儵鱼乐。渊明爱吾庐,感彼众鸟托。两贤俱达道,妙处要商略。夫子谁与归,潜也如可作。柴桑久无人,兹道竟寥落。颇能诵其诗,尚友亦不恶。世路多艰险,君轩可桨礴。但恐君出游,萧朱绶若若。③

谢薖以庄子比陶渊明,认为两人皆已达道,但陶渊明更高一筹,倘若能学陶渊明,就不愿跟从庄子。特别是徽宗朝的政治形势,"世路多艰险",更要铭记归去之志。与惠洪交往的许顗称:"陶彭泽《归去来辞》云:'既自以心为形役,奚惆怅而独悲?'是此老悟道处。若人能用此两句,出处有馀裕也。"④指出了陶渊明觉悟大道的典型例证;程俱(1078—1144)为了"叙出处之意"而作诗称颂陶渊明,说"靖节直有道,高怀俯黄园"⑤,都是在强调出仕归隐之道。南北宋之交,提携过陈与义的葛胜仲(1072—1144)在海宁筑亭,

---

① 黄庭坚《赠高子勉四首》其四,《豫章黄先生文集》卷一二。
② 周裕锴《宋代诗学通论》,上海:上海古籍出版社,2007年,第209—211页。
③ 均见《竹友集》卷四,《续古逸丛书》影宋本,第97册。
④ 许顗《彦周诗话》,何文焕辑《历代诗话》本,中华书局,1981年,上册第401页。
⑤ 程俱《虞君明薈和刘氏园居诗再用前韵作因以叙出处之意》,《北山小集》卷二,《四部丛刊》本。

以陶渊明诗句命名,与诸公雅集,饮酒赋诗。其作《次韵良器真意亭探韵》,诗序凡三百零一字,诗歌正文凡七十二句三百六十字[①],构成一个宏大系统,从诗歌成就、生活方式、人格完成、悟道境界诸方面全面地为陶渊明崇拜张目。序文反驳王维、杜甫对陶渊明的负面评论,认为陶渊明即使有些瑕疵,也只是由于世人不能理解而已,"渊明何訾焉"!这种曲意维护的言行从反面证明北宋后期的陶渊明崇拜已达到何等高度。诗歌起首即称"我爱陶渊明,脱颖深天机",结尾"愿以靖节语,佩之如弦韦",要以陶渊明之语作为警勉自己的事物,须臾不能离。

需要指出的是,苏黄等"元祐党人"以渊明为达道,并没有遭到其政治上的反对派的反对。蔡京之子蔡絛的《西清诗话》说:"陶渊明意趣真古,清淡之宗。诗家视渊明,犹孔门视伯夷也。"[②]以孔子尊崇的大圣人伯夷来比陶渊明,不亚于郭祥正等人视陶渊明为亚圣颜回。曾有论者以为《西清诗话》所论与"熙宁党人"不同,但据张伯伟研究,《西清诗话》是在蔡京授意下撰成,虽多载元祐诸公语,其实是出于政治斗争需要,伺机攻讦对手。因此,此处对陶渊明的好评无疑代表了新党的意见。在综合评价陶渊明时,旧党和新党都认同他已经"绝类离伦,优入圣域",这充分说明,在北宋后期,全社会的知识精英在对陶渊明的崇拜、信仰方面达成了共识。

北宋后期这场陶渊明崇拜运动体现出士大夫心态和诗学的转变。北宋中期,以范仲淹为首的庆历士大夫满怀忧患意识,以杜甫为诗学典范,以良相为事功追求,充满以天下为己任的"外向"精神。至北宋后期,形格势禁,许多士大夫纵使身处魏阙之下,也心在江湖之上;乌台诗案、车盖亭诗案、政和文忌等文字狱不断,引发诗人不满和疑惧;特别是徽宗一朝,新党在政治上占据

---

① 《全宋诗》第 24 册第 15595 页。
② 蔡絛《西清诗话》卷上,张伯伟编校《稀见本宋人诗话四种》,南京:江苏古籍出版社,2002 年,第 179 页。

绝对优势,旧党子弟长期被迫在野,难有作为。"元亮惟知隐是真"①,遗世退隐、坚持真我成为新的风尚。在诗学领域,一味追求干预现实、过度讲求锤炼句法,也导致宋诗缺乏温柔敦厚之气,丧失自然平淡之趣②。有鉴于此,士大夫遂从"外向"的淑世关怀转向"内在"的精神超越,诗学以平淡自然的陶潜为宗,思想以箪食瓢饮的颜回为圣。北宋中期,海内尚称苟安,如文同所感"也待将身学归去,圣时争奈正升平"③,知识人肯定陶潜,但仍期待有所作为。南渡初期,国难当头,张元幹感慨"古木寒藤挽我住,身非靖节谁能留"④,陈与义疾呼"中兴天子要人才,当使生擒颉利来。正待吾曹红抹额,不须辛苦学颜回"⑤,陶潜、颜回无助于抗敌救亡。历史留给陶渊明其人其诗产生最大影响的时空,只在北宋后期。起初,正如苏轼同年进士黄履所说,"少陵怀北阙,靖节傲东皋"⑥,前者济世,后者自适;又如曾巩所论,"少陵雅健材孤出,彭泽清闲兴最长"⑦,前者富于才学法度,后者美在天性兴趣;要之,陶潜与杜甫本各擅胜场,适可互补。但最后,在浓烈的崇拜氛围中,苏轼

---

① 邹浩《留别元老》,《道乡先生邹忠公文集》卷一一,《宋集珍本丛刊》第 31 册影印明成化刻本,第 83 页。邹浩有《靖节堂分题得重字》诗(同上卷二,第 19 页),但从内容看,此堂并非祭祀陶渊明的祠堂。邹浩又有《次韵答谢公靖节将推将至襄阳见寄》二首(同上卷),可知此"靖节堂"乃邹浩交游谢公之堂。

② 详见金净《宋诗与陶杜》,《中州学刊》1988 年第 4 期,第 84—89 页;程杰《从陶杜的典范意义看宋诗的审美意识》,《文学评论》1990 年第 2 期,第 67—74、102 页;周裕锴《宋代诗学通论》,第 333—346、413—425 页。

③ 文同《读渊明集》,《丹渊集》卷九,《四部丛刊》本。

④ 曾季貍《艇斋诗话》载张元幹《游庐山》诗,《历代诗话续编》本,上册第 289 页。

⑤ 陈与义《题继祖蟠室三首》其三,白敦仁《陈与义集校笺》卷一七,上海:上海古籍出版社,1990 年,上册第 477 页。

⑥ 黄履《次韵和全玉九日同游清凉寺过高斋》,见《金陵杂咏刻石》,北京图书馆金石组编《北京图书馆藏中国历代石刻拓片汇编》,郑州:中州古籍出版社,1990 年,第 49 册第 181 页。"靖",原作"静",据文意改。《全宋诗》收入第 11 册第 7484 页。该拓片有漫漶处,文字辨识参见严观《江宁金石记》卷八,《续修四库全书》第 910 册第 307 页;系年考辨参见钱大昕《嘉定钱大昕全集・潜研堂金石文跋尾》卷一四《黄履金陵杂咏》,陈文和主编、祝竹点校,南京:江苏古籍出版社,1997 年,第 6 册第 363—364 页。

⑦ 曾巩《孙少述示近诗兼仰高致》,《曾巩集》卷七,上册第 118 页。

告诉苏辙"渊明作诗不多,然其诗质而实绮,癯而实腴,自曹、刘、鲍、谢、李、杜诸人皆莫及也"①,范温评论"古今诗人,惟渊明最高"②,陈渊推崇陶渊明"若以人物言之,如云汉在天,可仰而不可及"③,陶渊明被尊为诗中至尊、人中圣贤,跨越儒林与文苑的领域,身兼杜甫与颜回的角色,独领风骚。北宋后期人圣化陶渊明,引领道学关注内在心性,诗学也展开自赎性反思,宋调在曲折中进一步演变,呈现"奇趣"。整个宋学(宋代文化)由此发生重大转向。

第三节　奇趣:北宋后期诗的美学特质

从天圣到庆历、嘉祐,北宋人师法韩愈、杜甫,在诗中探索人与自然、人与社会、人与自我的关系,以文为诗,穷理尽意,力求绪密而思深,催生出成熟的宋调。然而,对现实政治的过分介入容易使诗等同于文,北宋后期的政治运作方式也难以容忍诗的讽谏教化,过分的语言锤炼也使得理性之斧凿破浑沌七窍,诗作缺乏自然浑融之美。北宋后期,在陶渊明崇拜的时代氛围中,诗人们展开自赎性反思,以尊陶学陶为契机,发掘出新的诗歌审美范畴——奇趣,宋调再次得以自我更新。

一、陶诗与北宋后期的奇趣理论

"奇趣"即奇妙的情趣,本用以评论山水或个人。以奇趣论诗始于中唐。释皎然《杼山集》卷十《四言讲古文联句》载潘述句:"灵运山水,实多奇趣。"称谢灵运山水诗多奇趣,但具体涵义不明。白居易《读谢灵运诗》有云:"谢公才廓落,与世不相遇。壮志郁不用,须有所泄处。泄为山水诗,逸韵谐奇趣。大必笼天海,细

---

① 苏辙《子瞻和陶渊明诗集引》,《苏辙集·栾城集后集》卷二一,陈宏天、高秀芳点校,北京:中华书局,1990年,第三册第1110页。
② 范温《潜溪诗眼》,《宋诗话辑佚》本,上册第374页。
③ 陈渊《答胡宁和仲郎中》,《默堂先生文集》卷一七,《四部丛刊》本。

不遗草树。岂惟玩景物,亦欲摅心素。往往即事中,未能忘兴谕。因知康乐作,不独在章句。"指谢灵运怀才不遇,发而为诗,其山水诗包含奇趣,即使在即事写景时也不忘比兴讽谕。

明确给诗歌奇趣作出定义的是北宋后期的苏轼。元丰四年(1081),苏轼谪居黄州,作《书唐氏六家书后》,首云:

> 永禅师书,骨气深稳,体兼众妙,精能之至,反造疏淡。如观陶彭泽诗,初若散缓不收,反覆不已,乃识其奇趣。①

首次在陶渊明诗里发现"奇趣",表现为初读起来似乎散缓不已,反复多遍后乃体味到其诗的至境。这是以陶渊明为奇趣之典范。释惠洪《冷斋夜话》载:"东坡尝曰:渊明诗初看若散缓,熟看有奇句。"②当是从上述题跋转述,"奇句"乃"奇趣"之音近而误,南宋《诗话总龟》《苕溪渔隐丛话》《诗人玉屑》《竹庄诗话》等著作转引惠洪记述时皆作"奇趣"。《冷斋夜话》卷五又载:

> 柳子厚诗曰:"渔翁夜傍西岩宿,晓汲清湘然楚竹。烟消日出不见人,欸乃一声山水绿。回看天际下中流,岩上无心云相逐。"东坡云:"诗以奇趣为宗,反常合道为趣,熟味此诗,有奇趣。然其尾两句虽不必亦可。"欸乃,三老相呼声也。③

苏轼先提出诗的根本是奇趣,评价标准是反常合道,再评定柳宗元《渔翁》诗符合此标准。柳诗开头说渔翁夜宿西山,拂晓前在汲水生火,待到烟消日出,本应是渔翁本人出现之时,却说"不见人",这是"反常";然而青山绿水中传来橹桨之声,暗示渔翁已在山水中游弋,与大自然融为一体,这是"合道"。全诗通过在山水中独来独往、自遣自歌的渔翁形象,表现出寄情山水、任运自然的深刻哲理,语浅而道深,似奇而合理,这就是"奇趣"。综合苏轼的题跋和惠洪的转述,可知苏轼主张,作诗的本旨是表现奇趣,陶诗

---

① 《苏轼文集》卷六九,第 5 册第 2206 页。
② 《冷斋夜话》卷一,《稀见本宋人诗话四种》,第 14 页。
③ 《稀见本宋人诗话四种》,第 50—51 页。欸乃,原作"欵蔼",据中华书局点校本改。

第五章　陶渊明与宋调的自赎

是奇趣的典范,柳宗元某些诗亦具奇趣;奇趣的表现方法和评价标准则是反常而合道。

苏轼因"乌台诗案"而遭贬黄州以后,对社会、人生的态度都发生重大转变,对陶渊明仰慕不已,作诗也初露淡远风格,贬谪惠州、儋州后,更是以陶渊明为作诗圭臬①,正有得于对陶诗"奇趣"的发现。元丰六年(1083),他作《王定国诗集叙》,犹称"古今诗人众矣,而杜子美为首",但只是从政治上肯定:"岂非以其流落饥寒,终身不用,而一饭未尝忘君也欤?"②晚年则从艺术上认为杜诗于陶诗的"高风绝尘"有所不及③,并进而强调"吾于诗人无所甚好,独好渊明之诗",陶诗"质而实绮,癯而实腴",李杜等一切诗人皆不如陶渊明④。至于赞赏柳宗元《渔翁》诗有奇趣,则是由于他深感柳宗元诗有陶诗之味:"柳子厚诗在陶渊明下,韦苏州上。……所贵乎枯淡者,谓其外枯而中膏,似淡而实美,渊明、子厚之流是也。"⑤李杜虽凌跨百代,但缺少陶渊明等魏晋诗人的"高风绝尘","独韦应物、柳宗元发纤秾于简古,寄至味于淡泊,非馀子所及也"⑥。"质而实绮,癯而实腴","外枯而中膏,似淡而实美",这些赞语都与"初若散缓不收,反覆不已,乃识其奇趣"一脉相承,涵义相近。

苏轼的奇趣说以陶诗为最高境界,其标准则受到禅宗思想"反常合道"的启示。据周裕锴研究,"反常"亦作"返常",尽管"反常合道"的思想出现很早,但"作为固定的语言搭配或术语,它却常常出现在禅宗语录中",最早大概出自唐释飞锡所作南阳慧忠国师碑文,后来成为禅宗最常见的话头之一,苏轼借此宗门语来说明诗歌的创作原则和批评标准,"反常合道"就是"超乎常规,合

---

① 详见王水照《苏轼创作的发展阶段》,《王水照自选集》,第278—300页。
② 《苏轼文集》卷一○,第1册第318页。系年考辨见孔凡礼《苏轼年谱》卷二二,中册第581页。
③ 苏轼《书黄子思诗集后》,《苏轼文集》卷六七,第5册2124页。
④ 苏辙《子瞻和陶渊明诗集引》,《苏辙集》,第1110页。
⑤ 苏轼《评韩柳诗》,《苏轼文集》卷六七,第5册第2109—2110页。
⑥ 苏轼《书黄子思诗集后》,《苏轼文集》卷六七,第5册第2124页。

乎常理"①。"奇趣"就是指"诗歌超越常情识解而合于义理大道的艺术趣味"②。清吴乔阐发苏轼的奇趣说：

> 子瞻云："诗以奇趣为宗，反常合道为趣。"此语最善。无奇趣何以为诗？反常而不合道，是谓乱谈；不反常而合道，则文章也。③

不反常而合道，是文章，不是诗，即缺乏诗意；没有奇趣就称不上诗。正如学者指出的，苏轼的奇趣说"抓住了诗的'诗性'，即审美本性"，是江西派"活法"说的先声④。苏轼称扬陈师道诗曾提出，"凡诗，须做到众人不爱、可恶处，方为工"⑤，大家都不喜欢才算好，所论也是反常合道之意。

王安石在政治上是苏轼的敌人，对陶诗奇趣的认识却与苏轼一致。陈正敏《遯斋闲览》在评述欧阳修、黄庭坚、苏轼推崇陶渊明后又称王安石：

> 荆公在金陵，作诗多用渊明诗中事，至有四韵诗全使渊明诗者。又尝言其诗有奇绝不可及之语，如"结庐在人境，而无车马喧，问君何能尔，心远地自偏"，由诗人以来，无此句也。然则渊明趣向不群，词彩精拔，晋、宋之间，一人而已。⑥

陈正敏所谓"趣向不群"，正可与王安石所论"有奇绝不可及之语"互释，则安石所称，亦指向陶诗的奇趣。陶渊明《饮酒二十首》其五首四句，居住在人来人往的环境中，却没有车马的喧闹，此谓"反常"；超脱于世俗利害、荣辱得失，疏远了车马喧闹所象征的上层官僚社会，居处故能僻静，此谓"合道"。另一方面，这四句看上

---

① 周裕锴《文字禅与宋代诗学》，北京：高等教育出版社，1998年，第112—114页。
② 周裕锴《宋代诗学通论》，第317页。
③ 吴乔《围炉诗话》卷一，《清诗话续编》本，上册第475—476页。
④ 王水照、朱刚《苏轼评传》，南京：南京大学出版社，2004年，第520—523页。
⑤ 叶梦得《石林燕语》卷八，侯忠义点校，北京：中华书局，1984年，第117页。
⑥ 胡仔《苕溪渔隐丛话》前集卷三引，第18页。又见《诗人玉屑》卷一三、《诗林广记》前集卷一引。

去如同口语,实质结构异常严密,看不到生硬的人为雕琢痕迹而意趣高远,与王安石赞赏张籍的"看似寻常最奇崛"①若合符契,难怪他要感慨说这四句无人能及。这与苏轼说陶诗"质而实绮,癯而实腴","外枯而中膏,似淡而实美"、"初若散缓不收,反覆不已,乃识其奇趣"、"反常合道为趣"等言论如出一辙。

黄庭坚也赞赏陶诗的反常合道。《题意可诗后》曰:

> 宁律不谐,而不使句弱;用字不工,不使语俗:此庾开府之所长也。然有意于为诗也。至于渊明,则所谓不烦绳削而自合者。虽然,巧于斧斤者,多疑其拙;窘于检括者,辄病其放。孔子曰:"宁武子,其智可及也,其愚不可及也。"渊明之拙与放,岂可为不知者道哉?……以法眼观,无俗不真。以世眼观,无真不俗。渊明之诗,要当与一丘一壑者共之耳。②

在黄庭坚看来,陶诗的拙与放正是其高不可及之处。又尝论:"谢康乐、庾义城之于诗,炉锤之功不遗力也。然陶彭泽之墙数仞,谢、庾未能窥者,何哉?盖二子有意于俗人赞毁其工拙,渊明直寄焉耳。"③"不烦绳削而自合"、愚拙、无意于俗人赞毁,就是苏轼所谓初若散缓、实有奇趣。黄庭坚的创作也是以此为终极追求。需要指出的是,在禅宗语言里,"反常合道"又作"反俗合真"④。因此,黄庭坚此处所论"无俗不真",实际就是苏轼所论"反常合道"。

陈师道对陶诗的奇趣也深有体会。众所周知,陈师道作诗师法黄庭坚、杜甫⑤。但据他晚年自述:"此生精力尽于诗,末岁心存力已疲。不共卢王争出手,却思陶谢与同时。"⑥陶谢在唐代被人

---

① 王安石《题张司业诗》,李壁《王荆文公诗笺注》卷四五,下册第1189页。
② 《豫章黄先生文集》卷二六。
③ 黄庭坚《论诗》,《黄庭坚全集》,刘琳等校点,成都:四川大学出版社,2001年,第3册第1428页。
④ 入矢义高监修、古贺英彦编著《禅语辞典》,京都:思文阁出版,1991年,第386页。
⑤ 详见伍晓蔓《江西宗派研究》,成都:巴蜀书社,2005年,第186—201页。
⑥ 陈师道《绝句》,《后山诗注补笺》卷四,北京:中华书局,1995年,上册第153—154页。

并称,但在宋代,对二人的评价已大有轩轾,前引黄庭坚语即抑谢尊陶,陈师道此诗亦偏指陶渊明,并用陶谢只是为了与卢照邻、王勃形成对仗。可见陈师道暮年倾慕的诗学典范乃是陶渊明,遂有"宁拙毋巧,宁朴毋华,宁粗毋弱,宁僻毋俗,诗文皆然"①的朴拙、反俗的创作告诫。以此观照其以下言论,则独具深意:

> 学诗当以子美为师,有规矩故可学。退之于诗,本无解处,以才高而好尔。渊明不为诗,写其胸中之妙尔。学杜不成,不失为工。无韩之才与陶之妙,而学其诗,终为乐天尔。②

这段话可视为对中唐到北宋诗学典范与诗歌因革关系的简要论述。白居易到此时已评价偏低,韩愈以才学为诗,不易学,陶诗无法无痕,不可学,可学者乃杜诗。表面上,陈师道主张学诗要以杜甫为师,但其实只是因为其诗有法度规矩,容易入手,并非最高境界。最高境界非陶诗莫属,无意于专门作诗,而自然表现出胸中之妙。妙者,奇趣也。陈师道最终举起以朴拙、无法、反俗达致奇妙的理论大旗,而以陶渊明为具体指向,与苏轼、黄庭坚后期的诗学取向是一致的。

北宋末期,祖述苏黄诗学的诗僧惠洪大力推广苏轼的奇趣说。其《冷斋夜话》卷一载:

> 东坡尝曰:渊明诗初看若散缓,熟看有奇句。如"日暮巾柴车,路暗光已夕。归人望烟火,稚子候檐隙。"又曰:"采菊东篱下,悠然见南山。"又曰:"霭霭远人村,依依墟里烟。犬吠深巷中,鸡鸣桑树颠。"大率才高意远,则所寓得其妙,造语精到之至,遂能如此。似大匠运斤,不见斧凿之痕。不知者疲精力,至死不知悟,而俗人亦谓之佳。如曰:……皆如寒乞相,一览便尽。初如秀整,熟视无神气,以其字露也。东坡作对则不然,如曰"山中老宿依然在,桉上《楞严》已不看"之类,

---

① 陈师道《后山诗话》,《历代诗话》本,上册第311页。
② 陈师道《后山诗话》,《历代诗话》本,上册第304页。

第五章 陶渊明与宋调的自赎

更无龃龉之态。细味对甚的而字不露,此其得渊明遗意耳。①

"奇句"即"奇趣"之误,已见前述。"日暮"四句出江淹拟陶诗,即《杂体三十首·陶徵君田居》,"采菊"二句出陶渊明《饮酒二十首》其五,"蔼蔼"四句出陶渊明《归园田居》其一。惠洪评此数首均无斧凿之痕,而寓意远妙,正合于苏轼对奇趣的解说。说苏诗得到渊明遗意,即是说苏轼亦具奇趣。惠洪《天厨禁脔》又云:

> 诗分三种趣:奇趣,天趣,胜趣。《田家》:"高原耕种罢,牵犊负薪归。深夜一炉火,浑家身上衣。"江淹《效渊明体》:"日暮巾柴车,路暗光已夕。归人望烟火,稚子候檐隙。"此二诗脱去翰墨痕迹,读之令人想见其处,此谓之奇趣也。②

赞扬诗歌"脱去翰墨痕迹",亦即无斧凿痕迹而具深意远韵。以奇趣论诗贯穿惠洪的一生。他多次直接借用苏轼评陶诗语,如《送觉海大师还庐陵省亲》诗云:"此诗语散缓,细读有奇趣。"又常常直接以奇趣作为诗歌评鉴的最高标准,如《次韵游方广》:"临高赋新诗,妙语发奇趣。"③其《冷斋夜话》指出:

> 众人之诗,例无精彩,其气夺也。夫气夺之人,百种禁忌,诗亦如之。曰富贵中不得言贫贱事,少壮中不得言衰老事,康强中不得言疾病死亡事,脱或犯之,谓之诗谶,谓之无气,是大不然。诗者,妙观逸想之所寓也,岂可限以绳墨哉!如王维作画雪中芭蕉,诗眼见之,知其神情寄寓于物;俗论则讥以为不知寒暑。荆公方大拜,贺客盈门,忽点墨书其壁曰:"霜筠雪竹钟山寺,投老皈欤寄此生。"坡在儋耳作诗曰:"平

---

① 《稀见本宋人诗话四种》,第14页。
② 《日本宽文版天厨禁脔》卷上,《稀见本宋人诗话四种》,第126页。
③ 分别见《石门文字禅》卷二、六。他如卷四《十六夜示超然》:"此诗若散缓,熟读有奇趣。便觉陶渊明,仿佛见眉宇。"卷五《次韵思禹思晦见寄二首》其一:"此诗未暇数奇趣,谈笑先看押韵和。"卷六《子中见和复答之》:"得句有奇趣,笑涡印朱颜。"卷一四《履道书斋植竹甚茂用韵寄之十首》其四:"胸中有奇趣,诗成谈笑间。"卷二五《题彻公石刻》:"彻上人诗初若散缓,熟味之有奇趣。"

生万事足,所欠惟一死。"岂可与世俗论哉!予尝与客论至此,而客不然吾论。予作诗自志,其略曰:"东坡醉墨浩琳琅,千首空馀万丈光。雪里芭蕉失寒暑,眼中骐骥略玄黄。"①

作诗就要以"妙观逸想"冲破世俗的各种禁忌,世俗所不通的、所讥笑的,正是诗的真气所在。"诗眼"指诗歌独具的审美本质,"俗论"相当于日常生活及其逻辑,惠洪以二者相对立,可谓直探诗心,亦近于苏轼所谓反常合道。

北宋后期,王安石的"荆公新学"是在朝显学,苏轼是朝野一致推崇的大诗人,黄庭坚、陈师道是在野诗人们的代表。此外,黄庭坚是站在诗学、理学和禅学交界处的杰出人物,惠洪是在朝野均有影响的诗人和佛学家。以上诸家对陶诗奇趣的推崇、反常合道诗法的提倡,在全社会影响巨大,诗人们或引用,或实践,将之引向深入。如李复《读陶渊明诗》:"渊明才力高,诗语最萧散。矫首捐末事,阔步探幽远。初若不相属,再味意方见。旷然闲寂中,奇趣高蹇嶸。"②陈渊《越州道中杂诗十三首》其八:"渊明已黄壤,诗语馀奇趣。我行田野间,举目辄相遇。"③均从苏轼之说。以陶诗为典范的奇趣说俨然成了北宋后期诗学的终极目标和典型标识。

二、北宋后期诗的奇趣

关于北宋后期诗人学陶诗而推陈出新,前引陈正敏《遯斋闲览》有一段评述:

> 六一居士推重陶渊明《归去来》,以为江左高文,当世莫及。涪翁云:"颜、谢之诗,可谓不遗炉锤之功矣;然渊明之墙数仞,而不能窥也。"东坡晚年,尤喜渊明诗,在儋耳遂尽和其诗。荆公在金陵,作诗多用渊明诗中事,至有四韵诗全使渊

---

① 《冷斋夜话》卷四,《稀见本宋人诗话四种》,第42—43页。
② 《全宋诗》第19册第12407页。
③ 《默堂先生文集》卷五。

明诗者。又尝言其诗有奇绝不可及之语,如"结庐在人境,而无车马喧,问君何能尔,心远地自偏",由诗人以来,无此句也。然则渊明趣向不群,词彩精拔,晋、宋之间,一人而已。①

欧阳修所重乃陶渊明的文章,可存而不论。陈正敏所评王安石晚年诗、苏轼晚年诗、黄庭坚诗论,恰恰简要指出了北宋后期奇趣美学的三大代表诗人。

胡仔在引述陈正敏的评论后指出,所谓王安石"四韵诗全使渊明诗者",指安石《岁晚怀古》:"先生岁晚事田园,鲁叟遗书废讨论。问讯桑麻怜已长,案行松菊喜犹存。农人调笑追寻壑,稚子欢呼出候门。遥谢载醪祛惑者,吾今欲辨已忘言。"虽然模仿陶渊明,却难觅奇趣。王安石真正见出奇趣的作品是晚年诗歌,所谓安石"晚年始尽深婉不迫之趣"②,主要就是奇趣。

王诗有全篇呈现奇趣者。如晚年退居江宁所作五律《定林院》:

漱甘凉病齿,坐旷息烦襟。因脱水边屦,就敷岩上衾。但留云对宿,仍值月相寻。真乐非无寄,悲虫亦好音。③

全篇写定林寺游憩之乐,仿佛随手拈来、信手点染,而趣味贯注其中。"真乐"乃全诗主题,典出《列子·仲尼》:"无乐无知,是真乐真知。"张湛注:"都无所乐,都无所知,则能乐天下之乐,知天下之知,而我无心者也。"④主体脱去机巧欲求之心,则能流连山水,享受真乐。声无哀乐,虫声无所谓悲与不悲,说"悲虫"只是移情作用的结果,诗人罢相退隐,心里悲伤,遂觉虫声悲哀,是人之常情。末句却说"悲虫亦好音",一反常情;念及前句真乐无处不寄、无处不在,则又合乎大道。贺裳说王诗常见"生平轻富贵之念",评此

---

① 胡仔《苕溪渔隐丛话》前集卷三引,第18页。又见《诗人玉屑》卷一三、《诗林广记》前集卷一引。
② 叶梦得《石林诗话》卷中,《历代诗话》本,上册第419页。
③ 李壁《王荆文公诗笺注》卷二二,第242—243页。岩,原作"床",据嘉靖本改。
④ 《二十二子》本,上海:上海古籍出版社影印本,1996年,第205页。

诗与《定林寺》曰:"作闲适诗,又复如此,真无所不妙。"①"妙"即含奇趣。另一首五律《径暖》(一作《即事》):

> 径暖草如积,山晴花更繁。纵横一川水,高下数家村。静憩鸡鸣午,荒寻犬吠昏。归来向人说,疑是武陵源。

写春日山村景色和闲适生活,貌似平易,实则奇绝,无斧凿痕,有深远意。从整体上看,全诗按照行动顺序直书所见,山晴道路暖,绿水绕人家,正午鸡鸣更形悠闲幽静,黄昏狗吠尤见远离尘嚣,虽然感觉闲适,但亦未见特异之处。直到归来与人说起,蓦然回首,才想起日间所见,简直就如同世外桃源,与陶渊明《桃花源记》相比,首联近似"芳草鲜美,落英缤纷",颔联、颈联则浓缩了以下情景:"土地平旷,屋舍俨然,有良田美池桑竹之属,阡陌交通,鸡犬相闻。其中往来种作,男女衣着,悉如外人,黄发垂髫,并怡然自乐。"自然引出结尾一声赞叹"疑是武陵源"。既然如此,当时为何未能察觉?是因为其情其景令人浑欲忘世,绝去思虑,早已忘却陶文所写,这又益发衬托出所见之景臻于世外桃源境界。另外,此诗并非《桃花源记》的简单复述,而是自出机杼,别具手眼。道路无所谓冷暖,首句言"径暖",是为反常;次句点明天晴,二句互文见义,日照山晴,草密花繁,故远足途中感觉道路亦暖,是为合道。"山晴"不仅照应首句"径暖",而且逗引第四句屋舍布局的"高下"。颔联属对工稳,且句中自对,构图和谐匀称。颈联写山间的闲适之趣,却不明说,只通过两个细节暗示出来:正午时分,鸡在静憩时长鸣,反衬出幽静之意,可以想见山民的悠闲恬静;黄昏降临,狗在荒野里吠叫,因见到生人经过,可以推知山村的远离尘嚣。全诗整体和局部均深得反常合道之妙,前引王安石赞赏张籍语"看似寻常最奇崛",就此诗而言,不啻夫子自道。再如五绝《南浦》:

> 南浦随花去,回舟路已迷。暗香无觅处,日落画桥西。

---

① 贺裳《载酒园诗话》,《清诗话续编》本,上册第419—420页。

此处南浦在南昌城门外,南宋地理总志在记载南浦时即引此诗①。从字面上看,诗写的是寻花不得、怅惘而归的过程,可以进一步理解为象征着追求理想而不得、怅然若失的人生困境。尽管表达的具体所指难以确定,诗歌所表现的怅惘隐痛却能感受,其魅力也正在此种含蓄深婉之趣。胡仔说《南浦》等"小诗""真可使人一唱而三叹也"②,正道出其感染力。郑孝胥定要坐实此诗"为与神宗遇合不终,感寓之作"③,未免极大缩减了诗意空间。

王安石晚年,含奇趣之诗句亦所在多有。七绝《木末》结尾:"缲成白雪桑重绿,割尽黄云稻正青。"作者也自觉精彩,故在另一首七绝《壬戌五月与和叔同游齐安》其一中又在开头使用。壬戌即元丰五年(1082),时王安石罢相退居于江宁。农历五月,桑树再绿,正是抽取蚕丝、开始缲丝织布的季节,也是收割麦子、抢种水稻的季节,好一派忙碌丰收的景象!以白雪指蚕丝,黄云指麦子,既是借代,又是比喻,隐喻奇特而形象鲜明。南宋孙奕认为二句下字逻辑不通,有斧凿痕,因为"雪不成缲,云不可割,请易缲为卷,易割为收,则丝、麦自见"④。所言未免胶柱鼓瑟。雪固不成缲,云固不可割,然白雪、黄云皆已自成一整体,分喻蚕丝和麦子,故可缲可割,且缲与白雪、割与黄云皆互相照应限定,整体可通,正如南宋吴沆载其长兄所说:"白雪不是雪,黄云不是云,但下一'割'字,便见黄云是麦;将一'缲'字,便见白雪是茧。如此用意,可谓工矣!"⑤更重要的是,通过农事的前后接应更替,二句表现出大自然四时运演、生生不息的无限生机,富于理趣。他如五律《半

---

① 祝穆撰、祝洙增订《方舆胜览》卷一九,施和金点校,北京:中华书局,2003年,第336页。参见《太平寰宇记》卷一〇六,第5册第2104页。
② 胡仔《苕溪渔隐丛话》前集卷三五,第234页。
③ 见陈衍《石遗室诗话》卷一引,郑朝宗、石文英校点,北京:人民文学出版社,2004年,第8页。
④ 孙奕《履斋示儿编》卷一〇《诗说·白雪黄云》,中华再造善本金元编子部影印元刘氏学礼堂刻本,第6册。
⑤ 吴沆《环溪诗话》卷下,陈新点校,北京:中华书局,1988年,第136页。

山春晚即事》首联:"春风取花去,酬我以清阴。"①一反常人惜春惆怅之情,以绿肥红瘦的景色变化写出顺应自然的喜悦。以散文句式、拟人手法描摹季节变迁,一"取"一"酬"之间,见出诗人与自然的和谐融洽,生意无穷。七绝《江宁夹口三首》其三:"落帆江口月黄昏,小店无灯欲闭门。侧出岸沙枫半死,系船应有去年痕。"②重游故地,去年的店铺和枫树依旧在,只是小店孤贫无客,枫树半枯将死,人所经历的一切似乎都不能永久,人事留下的痕迹也不能长留。悲悯之中心犹不甘,故有末尾一念:树干上应该留有去年系船的绳痕吧? 然而苦寻不见。"应有"实是作者无中生有,不合事实,却从反面说出"无有",更深一层,武断可笑的言行更能体现出悲哀之情和不屈之心。五绝《江上》:"江水漾西风,江花脱晚红。离情被横笛,吹过乱山东。"远行人登船离岸,已转入乱山东面,却不直说,只以心上之离情代之,是以部分代整体,抽象代具体,一奇也;离情本为抽象之物,却可吹可飞,是化抽象为具体,变内在为外在,又一奇也。江水西风推动离船,笛声离情伴随行人,满怀离情别绪的行人被笛声吸引、激化,风吹离船,笛吹离情,情感强度愈来愈浓,蓦然发觉,船已被风吹过乱山东面,就仿佛是被笛声吹过来的,情感可视可听,奇趣合情合理。

以上不厌其烦地注明各诗体裁,正好体现出一个共同点:王安石晚年富于奇趣的诗多是五言律绝和七绝,都属于胡仔所称赏之"小诗"。胡仔又引黄庭坚云:"荆公暮年作小诗,雅丽精绝,脱去流俗,每讽味之,便觉沉瀥生牙颊间。"③"小诗"与"脱去流俗"之间存在某种联系。中国各种文学体裁都是"有意味的形式",从王安石的实践看,他似乎偏向于选择绝句来表现奇趣。

---

① 《王荆文公诗笺注》卷二二,第241页。风,原作"晚",据嘉靖本改。
② 《王荆文公诗笺注》卷四五,第615页。第三句原作"半出岸沙枫欲死",据李壁所言安石"真迹"改。应,原作"犹",据嘉靖本改。此诗或以为方惟深(字子通)作,安石爱而书之,遂致本集误收。此说即使属实,安石的偏爱也已证明其奇趣倾向。辨详赵齐平《宋诗臆说》,北京:北京大学出版社,1993年,第134—135页。
③ 胡仔《苕溪渔隐丛话》前集卷三五,第234页。

苏轼从陶诗那里发现了奇趣,并倡为诗的评价标准,他本人的诗作也充满了奇趣。王安石诗前后期风格差异大,而据王水照研究,苏轼诗风则是任职时期和谪居时期面貌不同,元丰黄州和绍圣、元符岭海的两次长达十多年的谪居时期,是苏轼创作的变化期、丰收期,在豪健清雄外发展出清旷简远、平淡自然等多样风格,变化期的师法典范就是陶渊明[①]。陶文鹏曾抉发苏轼山水诗的奇趣[②],莫砺锋则以奇趣概括全部苏诗的艺术个性,并从题材、立意、谋篇等三方面详加分析[③],二文皆足以证明奇趣是苏诗的审美特质。莫文自谦仅论奇趣在苏诗中的表现,反常合道则有待另文讨论。

苏轼和黄庭坚诗歌反常合道的奇趣已被学术界揭示出来,今撮述大端,以证明本节主旨。周裕锴发现,这是一种有意造成形象冲突、语言矛盾而获得奇趣的修辞技巧,主要分为曲喻(Metaphysical conceit)和悖谬(Paradox)两类。曲喻有两种,一种是扩展性比喻,在逻辑上环环相扣复杂地展开;一种是牵强性比喻,本体和喻体分属两个迥异的经验领域,譬如抽象和具体。两种曲喻常常可以结合在一起。韩孟诗派和李商隐等人爱用扩展性比喻,苏轼、黄庭坚和江西诗派的特色则是多用牵强性比喻,以具体比喻抽象,如苏轼《和子由渑池怀旧》:"人生到处知何似? 应似飞鸿踏雪泥。泥上偶然留指爪,鸿飞那复计东西。"《与胡祠部游法华山》:"忽逢佳士与名山,何异枯杨便马疥。"黄庭坚《戏呈孔毅父》:"文章功用不经世,何异丝窠缀露珠。"《次韵寄李六弟济南郡城桥亭之诗》:"客心如头垢,日欲撩千篦。"贾岛、李贺、李商隐诸人的曲喻建立在形象的相似性上,作用于人的感性,苏轼、黄庭坚及江西诗派的曲喻建立在性质的相似性上,作用于人的理智,语境距

[①] 王水照《苏轼创作的发展阶段》,《王水照自选集》,第 278—300 页。
[②] 陶文鹏《苏轼山水诗的谐趣、奇趣和理趣》,收入其《苏轼诗词艺术论》,上海:上海古籍出版社,2001 年,第 106—117 页。
[③] 莫砺锋《论苏诗的"奇趣"》,收入其《唐宋诗歌论集》,南京:凤凰出版社,2007 年,第 294—308 页。

离甚远,更加新颖奇特。佯谬是表面上荒谬而实际上真实的陈述,在文字上表现出一种矛盾的形式,双层相反意义同时出现于字面上,黄庭坚诗特别善于使用佯谬。另外还有陡转一法,黄庭坚和陈师道诗中都常常出现结构上的大跨度转折,上下句之间呈现出鲜明的对立冲突。曲喻、佯谬和陡转的语言技巧开辟出传统诗歌未曾有过的新境界①。

关于王安石和苏轼诗的反常合道,有种说法需要辨析。惠洪评述:

> 唐诗有曰:"长因送客处,忆得别家时。"又曰:"旧国别多日,故人无少年。"而荆公用其意,作古今不经人道语。荆公诗曰:"木末北山烟冉冉,草根南涧水泠泠。缲成白云桑重绿,割尽黄云稻正青。"东坡曰:"桑畴雨过罗纨腻,麦陇风来饼饵香。"如《华严经》举因知果,譬如莲花,方其吐华,而果具蘂中。②

按,王安石"缲成"一联,惠洪以为是说见到桑树再绿,联想到蚕丝缲成,稻秧正青,联想到水稻丰收,理解有误。此联乃五月景象实写,已见前述。至于惠洪揭示"举因知果"一法,则极有见地。所举诗句出自苏轼《和文与可洋川园池三十首·南园》,原文是:"不种夭桃与绿杨,使君应欲候农桑。春畦雨过罗纨腻,夏垅风来饼饵香。"③雨过后,桑叶显得光滑亮泽,蚕丝必成,故联想到丝织品的精美,"罗纨腻"又可比喻雨后之桑叶;风吹过,带来麦穗清香,丰收在望,故联想到麦面做成饼食后的香味,"饼饵香"又可比喻风中之麦香。王水照发现,此法在苏诗中屡用,如《和田国博喜雪》:"玉花飞半夜,翠浪舞明年。"由瑞雪预知来年稻麦丰收。《初到黄州》:"长江绕郭知鱼美,好竹连山觉笋香。"见长江而推知鱼美,见好竹而幻觉笋香,呼应开头"自笑平生为口忙,老来事业转

---

① 周裕锴《文字禅与宋代诗学》,第167—181页。
② 《冷斋夜话》卷五,《稀见本宋人诗话四种》,第49页。
③ 《苏轼诗集》卷一四,第3册第678页。

荒唐"。《游博罗香积寺》由"寺下溪水"推想"可作碓磨",并进而联想到"霏霏落雪看收面,隐隐叠鼓闻春䉛。散流一啜云子(指米饭)白,炊裂十字琼肌(指蒸饼)香"。《雨后行菜圃》:"未任筐筥载,已作杯盘想。"①犹可补充者,如《东坡八首》其四由"种稻清明前"联想到"新春便入甑,玉粒照筐筥"②。以"举因知果"法表现奇趣是苏轼的戛戛独造,宋诗因而呈现新奇隽永、耐人寻味的艺术魅力。

陈师道是江西诗派的代表诗人,受苏轼、黄庭坚影响甚深。关于陈师道的诗歌风格,其诗集注释者任渊的概括最为人所熟知:"读后山诗,大似参曹洞禅,不犯正位,切忌死语。非冥搜旁引,莫窥其用意深处。"③"不犯正位,切忌死语"来自禅宗术语,"对于诗歌而言,就是不正面切入主题,不直接道出意旨",此处可形容陈师道诗"简约含蓄、旁敲侧击、欲说还休的语言风格"④。值得注意的是,陈师道的诗风与反常合道有相通之处。南宋吴沆讨论赋比兴之法,称柳宗元《渔翁》诗乃"赋中之兴",理由是"渔家诗要写得似渔家","又要不犯正位,不随古人言语"⑤。言下之意,柳诗写出了渔翁的真面目,故是"赋";同时又"不犯正位",不从正面直接明说义旨,故是"兴"。然则陈师道诗"不犯正位,切忌死语"的语言特点,就是苏轼所论"反常合道"的奇趣。

诗论家惠洪高举苏轼奇趣说的大旗,其诗作亦深得反常合道之妙。我曾论述,惠洪以"妙观逸想"作为衡量文艺的标尺,认为诗是神妙的观照与放逸的构思的寄寓物,在俗人眼中不可理喻的情状在真正的诗人那里恰是真意之所在;以此作为思维方式,惠洪常突破常形常理的局限,进入一种挥洒自如、圆融无碍的创作

---

① 王水照《苏轼选集》,上海:上海古籍出版社,1984年,第89页。所引四诗分别见《苏轼诗集》卷一七、二一、三九,第3册第899,第4册第1081,第7册第2112、2161页。
② 《苏轼诗集》卷二〇,第4册第1032页。
③ 《后山诗注补笺》卷首,上册目录第1页。
④ 周裕锴《文字禅与宋代诗学》,第131页。
⑤ 吴沆《环溪诗话》卷下,第145页。

状态,从而在构思、题材、体式和修辞等方面都超越了传统僧诗,也在不同程度突破了世俗诗歌,呈现出"雄健振踔"的豪放之气和"清新有致"的灵动之趣,自宋迄今均享盛誉①。

历代僧诗最具特色的是五律这种句式简约、篇幅短小的体裁,惠洪的诗却以五七言古体见长。今略举数例,以窥全豹。如素享盛名的七古《题李愬画像》:

> 淮阴北面师广武,其气岂只吞项羽! 君得李祐不肯诛,便知元济在掌股。羊公德行化悍夫,卧鼓不战良骄吴。公方沉鸷诸将底,又笑元济无头颅。雪中行师等儿戏,夜取蔡州藏袖底。远人信宿犹未知,大类西平击朱泚。锦袍玉带仍父风,拄颐长剑大梁公。君看鞬櫜见丞相,此意与天相始终。②

这是题画诗,却跳出画面,熔铸联想和想象,以历史上的名将韩信、羊祜、李晟等人来类比烘托李愬,转接圆转自如,气脉流畅连贯。全诗类比滔滔而重点突出,气势开张而层次分明,镜头转换频繁快捷而转接自然,议论煌煌而真切得体,语言雄健得当,有碑刻文章气息,故陈衍赞曰:"抵段文昌一篇碑文,不啻过之。"③黄庭坚名作《送范德孺知庆州》亦用对比烘托的结构,故许顗说惠洪此诗当与黄诗并驾齐驱④,确非过誉。《题李愬画像》风格雄健沉着,另一首七古《至丰家市读商老诗次韵》则显得清新轻快:

> 杨柳护桥春欲暗,山茶出屋人未知。冒田决决走流水,小夫铲朥翁夹篱。雪晴春巷生青草,烟湿人家营晚炊。心疑辋川摩诘画,目诵匡山商老诗。夜投村店想清境,蛙满四邻檐月移。卧看孤灯心耿耿,呼童觅纸聊记之。

第九句"清境"二字是全篇诗眼,二字既见,读者始明白诗中写丰

---

① 李贵《试论北宋诗僧惠洪妙观逸想的诗歌艺术》,《四川大学学报》1999年增刊,第113—120页。
② 释德洪《石门文字禅》卷一。
③ 陈衍《宋诗精华录》卷四,曹中孚校注,成都:巴蜀书社,1992年,第689页。
④ 许顗《彦周诗话》,《历代诗话》本,上册第381页。

家市各色景物的目的都是为了烘托李彭(字商老)诗歌的意境,二者的共同点是"清",故诗末以"清境"作结,对比烘托而终篇有所归。

五古常用奇正相生的章法。如《谒狄梁公庙》:

> 九江浪粘天,气势必东下。万山勒回之,到此竟倾泻。如公廷诤时,一快那顾藉。君看洗日光,正色甚闲暇。使唐不敢周,谁复如公者。古祠苍烟根,碧草上屋瓦。我来春雨馀,瞻叹香火罢。一读老范碑,顿尘看奔马。斯文如贯珠,字字光照夜。整帆更迟留,风正不忍挂。

首四句写景气势开张,接下来一个"如"字却使实景虚化,变成形容狄仁杰廷诤的喻体,新奇别致。全诗从酣畅淋漓的实景到出人意表的比喻,喻体充满气势而本体平铺直叙,转换顿挫有力;接下来以具象的"顿尘看奔马"比喻抽象的读碑文感受,用曲喻复起气势,由奇而正,又由正而奇,诗歌因此获得更多张力。类似的五古还有《筠溪晚望》:

> 小溪倚春涨,攫我钓月湾。新晴为不平,约束晚见还。银梭时拨剌,破碎波中山。整钩背落日,一叶嫩红间。①

前四句以拟人法写小溪春水涨落之自然现象,设想新奇,形象生动,富于戏剧性,大自然的运行流转、人与自然密切交往的和谐关系都蕴含其中。后四句转用平常的白描法写清溪、山色和斜阳,手法虽平正,境界却鲜明。前后四句的手法一奇一正,奇正相生,奇趣无穷。

结合惠洪的诗学理论和实践,其"妙观逸想"之论堪称苏轼"反常合道"之说的扩展深化。

以上分析了北宋后期不同类型代表诗人作品中的奇趣,足以证明奇趣确乎是北宋后期诗共同的审美特质,无怪诗学苏轼的清

---

① 惠洪本集《石门文字禅》卷八作"晚来还"、"软红间",惠洪《冷斋夜话》卷三作"晚见还",《宋诗钞补》作"嫩红",细味全诗,以别本文字较胜,故从别本。

季宋诗派代表人物何绍基要授人以奇趣秘诀:"诗贵有奇趣,却不是说怪话,正须得至理,理到至处,发以仄径,乃成奇趣。"①

---

① 何绍基《与汪菊士论诗》,《东洲草堂文钞》卷五,清同治刻本。

结　　语

　　安史之乱(755—762)打破了盛唐人的繁华美梦,也折断了中国史的发展进程。唐代宗大历五年(770),安史乱平后八年,漂泊多年的杜甫在潭州(今湖南长沙)遇到旧识李龟年,抚今追昔,作《江南逢李龟年》诗:

　　　　岐王宅里寻常见,崔九堂前几度闻。正是江南好风景,落花时节又逢君。①

音乐家李龟年盛唐时入内廷梨园,深得玄宗宠遇,安史乱后流落江湘。礼乐文明是古代国家的统治基础和终极追求,一代宫廷乐师的衰老飘零见证了李唐王朝的由盛转衰,历史进程的巨大转折就隐藏在这位宫廷乐师的飘零背后。将近五十年后,满怀中兴情结的白居易作《江南遇天宝乐叟》②,借与一位天宝老乐师的对话,描述安史之乱前后数十年间社会的巨大变化,以盛世旧事,衬乱后景象,俯仰今昔,感伤欲绝。三百年后,宋钦宗靖康二年(1127),北宋被金所灭。与江西派唱和过的道学家刘子翚(1101—1147)设想首都汴梁在沦陷中的景象,作《汴京纪事二十首》,最后一首也将目光定格在与皇室关系密切的一位歌舞妓身上:

　　　　辇毂繁华事可伤,师师垂老过湖湘。缕衣檀板无颜色,一曲当时动帝王。③

李师师是北宋末期汴京走红的妓女,深受徽宗宠爱,周邦彦、晁冲

---

① 仇兆鳌《杜诗详注》卷二三,北京:中华书局,1979年,第5册第2060页。
② 谢思炜《白居易诗集校注》卷一二,北京:中华书局,2006年,第3册905页。
③ 刘子翚《屏山集》卷一八,《宋集珍本丛刊》第42册影印明刻本,第321页。

之皆歌咏过她①。北宋灭亡，首都沦陷，为皇帝唱歌奏乐的李师师也匆匆南渡，漂泊终老。礼崩乐坏，神州陆沉。从杜甫到刘子翚，从李龟年到李师师，正好象征着大一统的中原王朝从中唐到北宋历史进程的转折—中兴—再转折。其中三百年"中兴"期，正是本书考察的长时段。

如前所述，本书以各个专门史学领域的"中唐—北宋"连贯说为逻辑起点，以中唐—北宋诗学的典范选择为理论框架，以中唐—北宋人对陶渊明、杜甫、韩愈、白居易、贾岛、李商隐这些诗学典范的选择、因革过程为研究路径，追溯了中晚唐诗歌里的新变因子，也追踪了这些因子在北宋诗里的继承程度和演变轨迹。

北宋人成熟的典范意识或曰诗学上的古典主义原则指导着他们的诗歌创作，共同选择的作诗典范则维系着中唐—北宋的诗歌血脉。宋调在北宋成熟、定型，而随着文化的衰落、初兴、繁盛，白居易与贾岛、李商隐和韩愈或先或后、或浅或深地影响了北宋的诗学理论和实践，中晚唐诗人的诗学精神贯穿于北宋的诗学历程，并促进了"宋调"的最终确立。而开创中唐—北宋诗歌新局面的先锋则是杜甫。此外，在中唐到北宋的诗学时空里，始终存在着一个共同的、有时甚至是最高的创作典范，那就是陶渊明。典范的选择在这场运动中起到了至关重要的作用，中晚唐诗歌和北宋诗歌因此而被联接到同一个链条。结合古文和词的发展，可以看出，中唐到北宋的文学具有内在的连续性和一致性，不应因朝代的变迁而把它们硬性分开。汤用彤指出："夫历史变迁，常具继续性，文化学术虽异代不同，然其因革推移，悉由渐进。"②此论也适用于文学史分期的研究。

这场"宋调运动"以陶渊明为共同典范，由杜甫导夫先路，以韩愈、白居易等人的创作为第一次高峰，以苏轼、黄庭坚等人的作品为第二次高峰。在两宋之交，苏、黄的作品本身也成为典范。

---

① 详见钱锺书《宋诗选注》，北京：人民文学出版社，1989年，第157页。
② 汤用彤《魏晋玄学论稿·言意之辨》，上海：上海古籍出版社，2005年，第19页。

苏轼在当时已经被尊为文化高峰、文坛典范,并以之为师范形成了网络宽广的文人集团"苏门"。在北宋后期和南宋初期,以杜甫、黄庭坚为师范形成了影响深远的"江西诗派"。这些都已经是文学史的常识。至于苏、黄并称并共同被尊为典范,也发生在北宋后期。

与"新学"、"关学"、"洛学"皆有渊源的周行己有诗赠黄庭坚,题为《寄鲁直学士》:

> 当今文伯眉阳苏,新词的皪垂明珠。我公江南独继步,名誉籍甚传清都。达人嗜好与俗异,谁欲海边逐臭夫。小生结发读书史,隐悯每愿脱世儒。几载俛首黉堂趋,争嗟梁藻从群鬼。野人鼓瑟不解竽,悠悠举目谁与娱。幸有达者黄与苏,谁复跼踏如辕驹。古来志士耻沈没,参军慷慨曳长裾。相知宁论贵贱敌,诗奏终使兰艾殊。当时仲宣亦小弱,蔡公叹其才不如。迺知士子名未立,须藉显达齿论馀。婴儿失乳投母哺,当亦饮食琼浆壶。①

据郑永晓考证,此诗当作于哲宗元祐七年(1092)或八年,当时黄庭坚在故乡居丧,故称其"江南独继步"②。周行己请求黄庭坚提携汲引,但自己是洛党弟子,对方是蜀党门人,故称"敌"。此诗尊苏轼为当时文学宗师,以黄庭坚匹配苏轼,共同尊为"达者",其实就是以苏、黄为文学典范。晁说之谓"元祐末,有苏、黄之称"③。元祐总共九年,此说与周行己之说一致。然则,在元祐后期,苏轼和黄庭坚的文学成就已为世所公认,并被共同树为文学典范。徽宗崇宁四年(1105),黄庭坚逝世,释惠洪作诗悼念:

> 苏黄一时顿有,风流千载追还。竟作联翩仙去,要将休

---

① 周行己《浮沚集》卷八,永嘉黄氏校印《敬香楼丛书》第三辑之一,1931年,第2册第10页B。
② 郑永晓《试论苏、黄齐名及苏黄诗歌优劣之争》,张廷杰主编《第三届宋代文学国际研讨会论文集》,银川:宁夏人民出版社,2005年。
③ 晁说之《题鲁直尝新柑帖》,《嵩山文集》卷一八,《四部丛刊》本。

歇人间。①

这是直接以"苏黄"并称,并且尊二人为世间少有、千载风流之杰出人物。无名氏《豫章先生传》云:

> 元祐中,眉山苏公号文章伯。当是时,公与高邮秦少游、宛丘张文潜、济源晁无咎皆游其门,以文相高,号四学士。一文一诗出,人争传诵之,纸价为高。而公之文尤绝出高妙,追古冠今,烛后辉前。晚节位益黜,名益高,世以配眉山苏公,谓之"苏黄"。……元祐间苏、黄并世,以硕学宏才,鼓行士林,引笔行墨,追古人而与之俱。世谓李、杜歌诗高妙而文章不称,李翱、皇甫湜古文典雅而诗独不传,惟二公不然,可谓兼之矣。然世之论文者必宗东坡,言诗者必右山谷,其然,岂其然乎?山谷自黔州以后,句法尤高,笔势放纵,实天下之奇作,自宋兴以来,一人而已!②

此文记事晚至徽宗大观三年(1109)以后,又称徽宗为"今上",可知当作于徽宗后期。当时朝廷正在禁止苏黄文字传播,而此文高度赞扬苏轼、苏门四学士,其作者当系"元祐党人"之后学或同情者。在政治高压之下,仍然如此盛称苏黄,足见作者胆识过人,亦可见苏黄在北宋后期的文学地位的确无比崇高,受人宝爱,以至于民众甘于冒着政治风险传播、阅读、赞扬、学习苏黄的作品,公开与朝廷进行对抗。

更能表明苏、黄典范化的例证来自吕本中的意见。据朱刚考证,徽宗政和三年(1113),吕本中给表弟赵承国写了一个帖子,讨论文学、经学和人生修养诸多方面的问题,帖子被完整地抄录在

---

① 释惠洪《悼山谷五首》其一,《石门文字禅》卷一四,《四部丛刊》本。
② 转引自郑永晓《黄庭坚年谱新编》,北京:社会科学文献出版社,1997年,第432—433页。此《豫章先生传》屡见于胡仔《苕溪渔隐丛话》称引,其完整本文保存于某些明代编印之黄庭坚集,龙榆生编校《豫章黄先生词》时,以明嘉靖间宁州祠堂本《山谷全集》所收为底本,参校其他文献,校录此传,郑永晓据龙校本收入《黄庭坚年谱新编》附录一。

结语

陈鹄的《西塘集耆旧续闻》卷二①。其中涉及诗文创作的重要言论如下:

> 学诗须熟看老杜、苏、黄,亦先见体式,然后遍考他诗,自然工夫度越过人。
>
> 自古以来,语文章之妙,广备众体,出奇无穷者,唯东坡一人。极风雅之变,尽比兴之体,包括众作,本以新意者,唯豫章一人。此二者,当永以为法。②

推尊苏黄为作诗永远的典范。吕本中是元祐宰相吕公著的长曾孙,被认为是"躬受中原文献之传",将北宋的文化积累带入南宋,所传之学包括"嵩洛关辅诸儒之源流"、"庆历、元祐群叟之本末"等"中原诸老之规模"③,其本人犹"及见元祐遗老,师友传授,具有渊源",不仅文学成就突出,经学亦且"深邃","于六经疑义,诸史事迹,皆有所辨论,往往醇实可取",于经史子集四部皆具创获④,又凭其社会地位发生广泛影响。职是之故,吕本中的苏黄典范论不仅是他个人的看法,也代表了两宋之交大部分士人的普遍意见,而且对儒林文苑具有强烈的指导作用。此其一。其二,吕本中此帖是在他对当代文化宏观把握的基础上写成的⑤,因而他对苏黄作为诗学范式的推崇并非即兴感悟或者门户私见,而是对中唐以来的文化复兴运动在北宋达到鼎盛这样一种历史大势的深刻体认和精练概括,是对韩愈以来的"宋调运动"的简要总结,对

---

① 朱刚《吕本中政和三年帖与宋代文学整体观》,王水照等编《首届宋代文学国际研讨会论文集》,上海:复旦大学出版社,2001年,第26—43页。
② 陈鹄《西塘集耆旧续闻》卷二《吕东莱赠赵承国论学帖》,孔凡礼点校,北京:中华书局,2002年,第304、305页。又见吕本中《童蒙诗训》,郭绍虞《宋诗话辑佚》本,北京:中华书局,1980年,下册第603、604页。
③ 吕祖谦《祭林宗丞文》,《全宋文》,上海:上海辞书出版社等,2006年,第262册第128—130页。
④ 《四库全书总目》卷二七《春秋集解》提要、卷七九《官箴》提要、卷九二《童蒙训》提要、卷一二一《紫微杂说》提要、卷一五八《东莱诗集》提要、卷一九五《紫微诗话》提要,北京:中华书局影印本,1965年,上册第219、687、779、1042,下册第1360、1783页。
⑤ 详见前引朱刚《吕本中政和三年帖与宋代文学整体观》。

未来诗歌走向的高远提示。另据考证,吕本中《江西诗社宗派图》亦作于大观末、政和初①,其《宗派图序》已有"活法"之说,所讲江西诗派诗法即是"活法",苏轼"奇趣"说也是江西派"活法"说的先声②。苏黄诗歌的整体成就和典范意义至此堪称得到了确认。与吕本中同时的著名诗人陈与义也表达过同样的看法:

> 诗至老杜极矣,东坡苏公、山谷黄公奋乎数世之下,复出力振之,而诗之正统不坠。③

陈与义作诗取法杜甫,但仍然高度推崇苏黄,并指出,从杜甫至苏黄这一长时段的诗歌历程中,杜甫作为集大成者,开创了后世无数法门,而苏黄亦成就卓著,维系了诗歌正统。北宋后期及南渡以后,诗人们自觉地以苏黄作为创作法式,正如刘克庄所论:"元祐以后,诗人迭起,一种则波澜富而句律疏,一种则锻炼精而性情远,要之不出苏、黄二体。"④由于江西诗派法席盛行,黄庭坚的影响可能更大一些,但对黄庭坚及江西诗派不满的人又往往兼学苏轼以弥补,因此"苏黄二人的示范意义在某种程度上是互相补充的"⑤。

中唐至北宋的诗歌变迁史,是典范选择与诗歌因革的关系史,这场宋调运动,以元和诗人群体推崇杜甫为开端,以唐末五代宋初各派酷嗜白居易、贾岛、李商隐为延续,以天圣欧梅诸人尊奉韩愈为突破,以元祐诸公师法杜甫为高潮,以元丰以后士林文苑普遍学习陶渊明为自赎,以两宋之交苏黄典范化为终结,在文化复兴运动的大背景下,走完了这三百多年间的中国古典诗歌大变局历程。

概括而论,中唐—北宋诗有如下一些共同特点:

---

① 伍晓蔓《江西宗派研究》,成都:巴蜀书社,2005年,第12—16页。
② 王水照、朱刚《苏轼评传》,南京:南京大学出版社,2004年,第523页。
③ 晦斋《简斋诗集引》载陈与义语,见白敦仁校笺《陈与义集校笺》附录五,上海:上海古籍出版社,1990年,下册第1017页。
④ 刘克庄《后村诗话》前集卷二,王秀梅点校,北京:中华书局,1983年,第26页。
⑤ 前引朱刚《吕本中政和三年帖与宋代文学整体观》。

诗学典范：杜甫广受崇拜，韩愈、贾岛、白居易和李商隐先后或同时影响诗坛，陶渊明诗自中唐起渐受模仿，至北宋后期学习者众。

　　心理视角：诗人逐渐走向内省，心理沉潜收敛，越来越主观化，注重自我意识的表达和交流，理性化色彩浓厚，尚意尚理，故强调诗意的出新出奇。

　　题材范围：一事一意，皆可入诗，以俗为雅、以故为新，向世俗生活、文化遗产攫取诗材，制成诗料，有"以才学为诗"的倾向。

　　表达技巧：由于相信并追求言能尽意，写物要"曲尽其妙"，达意要"意与言会"，因此注重锻炼刻苦，诗歌精工新颖。

　　语言形式：由于以文为诗，诗歌的逻辑关系比较明显，诗歌语言近于散文语言和日常语言，谋篇布局吸取了散文的句法、章法，改变了此前诗歌语言的凝固形式，又吸收反常合道的表现方法，诗有自然流畅之趣，亦具幽深曲折之美。

　　调节机制：不断总结诗歌遗产，求新求变，既汲取前人的文学养料，又遍参佛道二教，形成灵活的自我调节机制，推陈出新。

在从中唐到北宋的历史过程中，以上特点并不总是诗坛的主流，但总的趋势基本如此。这些要点在中晚唐诗里已经孕育，宋人以之为学习榜样，继承下来，并发扬光大。这中间的血脉相连，靠的是北宋诗人对中晚唐典范的选择。中唐—北宋诗的演变走向，以韩孟元白所处的元和时期和苏黄所处的元祐时期为两次高潮。正是对中晚唐诗歌典范的选择，北宋诗歌继承并发展了古典诗歌中的新变化，最终确立了宋调的真面目，完成了中国古代诗歌的第二次大变局，中国诗歌又一次的语言革新运动就此拉开帷幕，直至20世纪白话诗出现。

　　至于南宋以后的文学，则又是另外一种风景。回到本书绪论所引闻一多1943年发表的《文学的历史动向》所说：

　　　　从西周到宋，我们这大半部文学史，实质上只是一部诗史。但是诗的发展到北宋实际也就完了。南宋的词已经是强弩之末。就诗本身说,连尤、杨、范、陆和稍后的元遗山似乎都是多余的,重复的,以后的更不必提了。我们只觉得明清两代关于诗的那许多运动和争论,都是无味的挣扎。每一度挣扎的失败,无非重新证实一遍那挣扎的徒劳无益而已。……中国文学史的路线南宋起便转向了,从此以后是小说戏剧的时代。①

的确,在文学体裁创新的层面,南宋以前是诗的时代,南宋以后是小说戏剧的时代。在文学精神的层面,近年内山精也所探讨的宋代诗学文化中的"近世"因素,基本出现在南宋,最早也是从北宋后期发轫②,南宋文学开始"走向近世",与北宋文学分途。

苏黄典范化了。一个时代已经结束。另一时代即将开始。

---

① 原载《当代评论》第 4 卷第 1 期(1943 年 12 月),收入《闻一多全集》第 10 卷,武汉:湖北人民出版社,1993 年,第 18 页。参见同卷所收《四千年文学大势鸟瞰》,第 22—36 页。
② 内山精也《宋诗能否表现近世?》,朱刚译,《国学学刊》2010 年第 3 期,第 109—121 页;《宋代刻书业的发展》,朱刚译,《东华汉学》第 11 期,2010 年 6 月,第 123—168 页。

参 考 文 献

一、中国古代文献(按四库提要分类法排列)

《周易》,王弼等注,孔颖达等正义,阮元校刻《十三经注疏》本,上海:上海古籍出版社影印本,1997年。
《毛诗》,郑玄笺,孔颖达等正义,《十三经注疏》本。
《礼记》,郑玄笺,孔颖达等正义,《十三经注疏》本。
《春秋左传》,杜预注,孔颖达等正义,《十三经注疏》本。
《论语》,何晏等注,邢昺疏,《十三经注疏》本。

《三国志》,陈寿撰,北京:中华书局,1959年。
《南齐书》,萧子显撰,北京:中华书局,1972年。
《南史》,李延寿撰,北京:中华书局,1975年。
《旧唐书》,刘昫等撰,北京:中华书局,1975年。
《新唐书》,欧阳修、宋祁撰,北京:中华书局,1975年。
《新五代史》,欧阳修撰,北京:中华书局,1974年。
《宋史》,脱脱等撰,北京:中华书局,1977年。
《补五代史艺文志》,顾櫰三撰,《二十五史补编》本,北京:中华书局股份有限公司,1955年。
《资治通鉴》,司马光撰,北京:中华书局,1956年。
《续资治通鉴长编》,李焘撰,北京:中华书局,1979年起陆续出版。
《皇朝编年纲目备要》,陈均撰,许沛藻等点校,北京:中华书局,2006年。
《隆平集》,旧题曾巩撰,台北:台湾商务印书馆《景印文渊阁四库全书》本(以下简称《四库全书》本)。

《东都事略》,王称撰,《四库全书》本。

《宋大诏令集》,司义祖校点,北京:中华书局,1962年。

《五朝名臣言行录》,朱熹编,《四部丛刊》本。

《唐才子传校笺》,辛文房撰,傅璇琮主编校笺,北京:中华书局,1990年。

《南唐书》,马令撰,《四库全书》本。

《南唐书》,陆游撰,《四库全书》本。

《十国春秋》,吴任臣撰,徐敏霞等点校,北京:中华书局,1983年。

《元和郡县图志》,李吉甫撰,贺次君点校,北京:中华书局,1983年。

《宋本太平寰宇记》,乐史撰,北京:中华书局影印本,2000年。

《太平寰宇记》,乐史撰,王文楚等点校,北京:中华书局,2007年。

《元丰九域志》,王存撰,王文楚、魏嵩山点校,北京:中华书局,1984年。

《舆地广记》,欧阳忞撰,李勇先、王小红校注,成都:四川大学出版社,2003年。

《舆地纪胜》,王象之撰,北京:中华书局影印清道光岑氏刊本,1992年。

《方舆胜览》,祝穆撰、祝洙增订,施和金点校,北京:中华书局,2003年。

《大明一统志》,台北:台联国风出版社影印明天顺五年(1461)刊本,1977年。

《索引本嘉庆重修大清一统志》,台北:台湾商务印书馆影印本,1966年。

《吴郡志》,范成大撰,陆振岳点校,南京:江苏古籍出版社,1999年。

《咸淳临安志》,潜说友撰,《宋元方志丛刊》第4册,北京:中华书局影印本,1990年。

嘉靖《江西通志》,台北:成文出版社《中国方志丛书》影印本,华中地方第780号。

雍正《江西通志》,《中国方志丛书》华中地方第782号。

弘治《徽州府志》,上海:上海古籍书店影印《天一阁藏明代方志选刊》本,1982年。

嘉靖《江阴县志》,《天一阁藏明代方志选刊》第13册。

嘉靖《袁州府志》,《天一阁藏明代方志选刊续编》第49册。

乾隆《潼川府志》,清乾隆五十年(1785)刻本。

《庐山记》,陈舜俞撰,东京:内阁文库影印宋刊本,1957年。

《翰苑群书》,洪遵编,《知不足斋丛书》本。

《宋会要辑稿》,徐松辑,北京:中华书局影印本,1957年。

《宋朝事实》,李攸撰,《四库全书》本。

《崇文总目辑释》,王尧臣等撰,钱东垣等辑释,《丛书集成初编》本《崇文总目附补遗》。

《郡斋读书志校证》,晁公武撰,孙猛校证,上海:上海古籍出版社,1990年。

《直斋书录解题》,陈振孙撰,徐小蛮、顾美华点校,上海:上海古籍出版社,1987年。

《籀史》,翟耆年撰,《四库全书》本。

《四库全书总目》,永瑢等撰,北京:中华书局影印本,1965年。

《江宁金石记》,严观撰,上海:上海古籍出版社《续修四库全书》第910册。

《二程语录》,程颐、程颢口述,张伯行编,《正谊堂全书》本。

《省心杂言》,李邦献撰,《四库全书》本。

《朱子语类》,黎靖德编,王星贤点校,北京:中华书局,1994年。

《宋元学案》,黄宗羲撰,黄百家、全祖望修补,北京:中华书局,1986年。

《宣和书谱》,不著撰人,《四库全书》本。

《古今注》,旧题崔豹撰,《四部丛刊》本。
《资暇集》,李匡文(或误作李匡义),《丛书集成初编》本。
《能改斋漫录》,吴曾撰,上海:上海古籍出版社,1979年。
《容斋随笔》,洪迈撰,上海:上海古籍出版社,1996年。
《野客丛书》王楙撰,郑明、王义耀点校,上海:上海古籍出版社,1991年。
《困学纪闻全校本》,王应麟撰,栾保群等校点,上海:上海古籍出版社,2008年。
《日知录集释》,顾炎武撰,黄汝成集释,栾保群、吕宗力校点,上海:上海古籍出版社,2006年。
《春明退朝录》,宋敏求撰,诚刚点校,北京:中华书局,1980年。
《宋景文公笔记》,宋祁撰,朱易安等主编《全宋笔记》,郑州:大象出版社,2003年,第1编第5册。
《麈史》,王得臣撰,俞宗宪点校,上海:上海古籍出版社,1986年。
《梦溪笔谈校证》,沈括撰,胡道静校证,上海:上海古籍出版社,1987年。
《冷斋夜话》,释惠洪撰,张伯伟编校《稀见本宋人诗话四种》,南京:江苏古籍出版社,2002年。
《石林燕语》,叶梦得撰,侯忠义点校,北京:中华书局,1984年。
《避暑录话》,叶梦得撰,《丛书集成初编》本。
《岩下放言》,叶梦得撰,《四库全书》本。
《五总志》,吴坰撰,《四库全书》本。
《墨庄漫录》,张邦基撰,孔凡礼点校,北京:中华书局,2002年。
《履斋示儿编》,孙奕撰,《中华再造善本》金元编子部影印元刘氏学礼堂刻本。
《老学庵笔记》,陆游撰,李剑雄等点校,北京:中华书局,

1979年。

《扪虱新话》，陈善撰，《丛书集成初编》本。

《莹雪丛说》，俞成撰，《儒学警悟》本。

《吹剑录全编》，俞文豹撰，张宗祥校订，上海：古典文学出版社，1958年。

《宋朝事实类苑》，江少虞撰，上海：上海古籍出版社，1981年。

《隐居通议》，刘壎撰，《丛书集成初编》本。

《十驾斋养新录》，钱大昕撰，陈文和、孙显军校点，南京：江苏古籍出版社，2000年。

《有不为斋随笔》，光聪谐撰，《稼墨轩集》，清光绪中刊本。

《龙城札记》，卢文弨撰，《丛书集成初编》本。

《艺文类聚》，欧阳询撰，汪绍楹校，上海：上海古籍出版社，1982年。

《初学记》，徐坚等撰，北京：中华书局，1962年。

《白氏六帖事类集》，白居易撰，北京：文物出版社影宋刊本，1987年。

《太平御览》，李昉等编，《四部丛刊》本。

《宋本册府元龟》，北京：中华书局影印本，1989年。

《全芳备祖》，陈咏编，祝穆订正，北京：农业出版社影印日藏宋本，1982年。

《玉海》，王应麟撰，南京、上海：江苏古籍出版社、上海书店影印本，1988年。

《永乐大典》，北京：中华书局影印本，1986年。

《永乐大典本地方志汇刊》，京都：中文出版社影印本，1981年。

《永乐大典方志辑佚》，马蓉等点校，北京：中华书局，2004年。

《国史补》，李肇撰，上海：上海古籍出版社，1979年。

《唐摭言》，王定保撰，北京：中华书局，1959年。

《北梦琐言》，孙光宪撰，《四库全书》本。

《南部新书》，钱易撰，《四库全书》本。

《杨文公谈苑》，杨亿口述，黄鑑笔录，李裕民辑校，上海：上海古籍出版社，1993年。

《儒林公议》，田况撰，《丛书集成初编》本。

《归田录》，欧阳修撰，李伟国点校，北京：中华书局，1981年。

《江邻几杂志》，江休复撰，《全宋笔记》第1编第5册。

《青箱杂记》，吴处厚撰，李裕民点校，中华书局，1985年。

《湘山野录》、《续录》、《玉壶清话》，释文莹撰，北京：中华书局，1984年。

《东轩笔录》，魏泰撰，李裕民点校，北京：中华书局，1983年。

《侯鲭录》，赵令畤撰，孔凡礼点校，北京：中华书局，2002年。

《明道杂志》，张耒撰，《丛书集成初编》本。

《道山清话》，佚名撰，《百川学海》本。

《枫窗小牍》，袁褧撰，《丛书集成初编》本。

《清波杂志》，周煇撰，刘永翔校注，北京：中华书局，1994年。

《邵氏闻见后录》，邵博撰，北京：中华书局，1983年。

《独醒杂志》，曾敏行撰，朱杰人点校，上海古籍出版社，1986年。

《西塘集耆旧续闻》，陈鹄撰，孔凡礼点校，北京：中华书局，2002年。

《太平广记》，李昉等编，汪绍楹点校，北京：中华书局，1961年。

《镇州临济慧照禅师语录》，释慧然集，《大正藏》第47卷。

《法藏碎金录》，晁迥撰，《四库全书》本。

《禅林僧宝传》，释惠洪撰，扬州：江苏广陵古籍刻印社影印本，1992年。

《嘉泰普灯录》，释正受撰，《续藏经》第2编乙第10套第4册。

《五灯会元》，释普济编，苏渊雷点校，北京：中华书局，1984年。

《武林西湖高僧事略》，释元敬、元复撰，《续藏经》第77册。

《老子王弼注》，王弼注，《二十二子》本，上海：上海古籍出版社影印本,1986年。

《庄子今注今译》,陈鼓应注译,北京:中华书局,1983年。

《列子》,《二十二子》本。

《玉溪子丹经指要》,李简易撰,《道藏》第4册,北京:文物出版社等影印本,1988年。

《陶渊明集笺注》,陶渊明撰,袁行霈笺注,北京:中华书局,2003年。

《陈伯玉文集》,陈子昂撰,《四部丛刊》本。

《王维集校注》,陈铁民校注,北京:中华书局,1997年。

《岑参集校注》,陈铁民、侯忠义校注,上海:上海古籍出版社,1981年。

《李白集校注》,瞿蜕园、朱金城校注,上海:上海古籍出版社,1980年。

《宋本杜工部集》,王洙、王琪编,南京:江苏古籍出版社影印《续古逸丛书》本,2001年。

《分门集注杜工部诗》,赵次公等注,《中华再造善本》唐宋编集部影宋刻本。

《黄氏补千家注纪年杜工部诗史》,赵次公等注,黄希、黄鹤补注,《中华再造善本》金元编集部影元刻本。

《杜工部草堂诗笺》,蔡梦弼笺,《古逸丛书》光绪十年(1884)影宋麻沙本。

《杜诗攟》,唐元竑撰,《四库全书》本。

《钱注杜诗》,钱谦益注,上海:上海古籍出版社,1979年。。

《杜诗详注》,仇兆鳌注,北京:中华书局,1979年。

《颜鲁公集》,颜真卿撰,《四库全书》本。

《韩昌黎文集校注》,马其昶校注,马茂元整理,上海:上海古籍出版社,1987年。

《韩昌黎诗系年集释》,钱仲联集释,上海:上海古籍出版社,1994年。

《增广注释音辨唐柳先生集》，柳宗元撰，《四部丛刊》本。

《柳宗元诗笺释》，王国安笺释，上海：上海古籍出版社，1993年。

《刘禹锡集》，《刘禹锡集》整理组点校，卞孝萱校订，北京：中华书局，1990年。

《长江集新校》，贾岛撰，李嘉言校，上海：上海古籍出版社，1983年。

《白氏文集》，白居易撰，《四部丛刊》本。

《白居易集笺校》，朱金城笺校，上海：上海古籍出版社，1988年。

《白居易诗集校注》，谢思炜校注，北京：中华书局，2006年。

《樊川文集》，杜牧撰，《四部丛刊》本。

《李商隐诗歌集解》，刘学锴、余恕诚集解，北京：中华书局，2004年。

《皮子文薮》，皮日休撰，上海：上海古籍出版社，1981年。

《郑谷诗集笺注》，严寿澂等笺注，上海古籍出版社，1991年。

《司空表圣文集》，司空图撰，《四部丛刊》本。

《唐黄御史文集》，黄滔撰，《四部丛刊》本。

《贯休歌诗系年笺注》，胡大浚笺注，北京：中华书局，2011年。

《徐公文集》，徐铉撰，《四部丛刊》本。

《徐公文集》，《宋集珍本丛刊》第1册影印清景宋明州刻本，北京：线装书局，2004年。

《河东先生集》，柳开撰，《四部丛刊》本。

《咸平集》，田锡撰，宜秋馆刻《宋人集》丁编本。

《逍遥集》，潘阆撰，《知不足斋丛书》本。

《忠愍公诗集》，寇准撰，《四部丛刊》本。

《张乖崖集》，张咏撰，张其凡校点，北京：中华书局，2000年。

《小畜集》，王禹偁撰，《四部丛刊》本。

《南阳集》，赵湘撰，《四库全书》本。

《武夷新集》，杨亿撰，《四库全书》本。

《林和靖先生诗集》,林逋撰,《四部丛刊》本。
《闲居编》,释智圆撰,《续藏经》第 56 册。
《河南穆公集》,穆修撰,《四部丛刊》本。
《元宪集》,宋庠撰,《武英殿聚珍版丛书》本。
《景文集》,宋祁撰,清光绪二十五年(1899)广雅书局重刊《武英殿聚珍版丛书》本。
《文恭集》,胡宿撰,《四库全书》本。
《范文正公集》,范仲淹撰,《四部丛刊》本。
《河南先生文集》,尹洙撰,《四部丛刊》本。
《徂徕石先生文集》,石介撰,陈植锷点校,北京:中华书局,1984 年。
《镡津文集》,释契嵩撰,《四部丛刊》本。
《苏舜钦集》,沈文倬校点,上海:上海古籍出版社,1981 年。
《苏舜钦集编年校注》,傅平骧、胡问涛编注,成都:巴蜀书社,1981 年。
《伐檀集》,黄庶撰,《四库全书》本。
《温国文正司马公文集》,司马光撰,《四部丛刊》本。
《公是集》,刘敞撰,《四库全书》本。
《彭城集》,刘攽撰,《四库全书》本。
《丹渊集》,文同撰,《四部丛刊》本。
《曾巩集》,陈杏珍、晁继周点校,北京:中华书局,1984 年。
《梅尧臣集编年校注》,朱东润编注,上海:上海古籍出版社,1980 年。
《忠肃集》,刘挚撰,陈晓平、裴汝诚点校,中华书局,2002 年。
《无为集》,杨杰撰,《宋集珍本丛刊》第 15 册影印宋绍兴刻本。
《伊川击壤集》,邵雍撰,《四部丛刊》本。
《欧阳文忠公文集》,欧阳修撰,《四部丛刊》本。
《欧阳修诗文集校笺》,洪本健校笺,上海:上海古籍出版社,2009 年。

《乐全集》,张方平撰,《四库全书》本。
《张载集》,张载撰,章锡琛点校,北京:中华书局,1978 年。
《临川先生文集》,王安石撰,上海:中华书局上海编辑所,1959 年。
《王荆文公诗笺注》,李壁笺注,高克勤校点,上海:上海古籍出版社,2010 年。
《王令集》,沈文倬校点,上海:上海古籍出版社,1980 年。
《苏轼文集》,孔凡礼校点,北京:中华书局,1986 年。
《苏轼诗集》,孔凡礼校点,北京:中华书局,1982 年。
《苏辙集》,陈宏天等点校,北京:中华书局,1990 年。
《豫章黄先生文集》,黄庭坚撰,《四部丛刊》本。
《黄庭坚诗集注》,任渊、史容、史季温注,刘尚荣校点,北京:中华书局,2003 年。
《黄庭坚全集》,刘琳等校点,成都:四川大学出版社,2001 年。
《后山诗注补笺》,陈师道撰,任渊注,冒广生补笺,冒怀辛整理,北京:中华书局,1995 年。
《济南集》,李廌撰,《四库全书》本。
《石门文字禅》,释惠洪撰,《四部丛刊》本。
《郭祥正集》,孔凡礼点校,合肥:黄山书社,1995 年。
《嵩山文集》,晁说之撰,《四部丛刊》本。
《道乡先生邹忠公文集》,邹浩撰,《宋集珍本丛刊》第 31 册影印明成化刻本。
《日涉园集》,李彭撰,《四库全书》本。
《浮沚集》,周行己撰,永嘉黄氏校印《敬香楼丛书》第三辑之一,1931 年。
《梁溪先生文集》,李纲撰,《四库全书》本。
《忠惠集》,翟汝文撰,《四库全书》本。
《陈与义集校笺》,白敦仁校笺,上海:上海古籍出版社,1990 年。
《北山小集》,程俱撰,《四部丛刊》本。
《栟榈先生文集》,邓肃撰,《宋集珍本丛刊》第 39 册影印明正德刊本。

《斐然集》,胡寅撰,《四库全书》本。

《默堂先生文集》,陈渊撰,《四部丛刊》本。

《辛稼轩诗文笺注》,邓广铭辑校审订,辛更儒笺注,上海:上海古籍出版社,1995年。

《晦庵先生朱文公文集》,《朱子全书》,上海、合肥:上海古籍出版社、安徽教育出版社,2002年。

《诚斋集》,杨万里撰,《四部丛刊》本。

《剑南诗稿校注》,陆游撰,钱仲联校注,上海:上海古籍出版社,1985年。

《渭南文集》,陆游撰,《四部丛刊》本。

《叶適集》,刘公纯等点校,北京:中华书局,1961年。

《鹤山先生大全集》,魏了翁撰,《四部丛刊》本。

《后村先生大全集》,刘克庄撰,《四部丛刊》本。

《后村居士集》,刘克庄撰,《宋集珍本丛刊》第79册影印宋淳祐刻本。

《须溪集》,刘辰翁撰,《豫章丛书》本。

《牟氏陵阳集》,牟巘撰,《四库全书》本。

《闲闲老人滏水文集》,赵秉文撰,《四部丛刊》本。

《稼村类稿》,王义山撰,《四库全书》本。

《桐江集》,方回撰,南京:江苏古籍出版社影印《宛委别藏》本第105册,1988年。

《桐江续集》,方回撰,《四库全书》本。

《清容居士集》,袁桷撰,《四部丛刊》本。

《丹崖集》,唐肃撰,《续修四库全书》第1326册影印明末祁氏澹生堂抄本。

《椒邱文集》,何乔新撰,《四库全书》本。

《己畦集》,叶燮撰,济南:齐鲁书社,1997年,《四库全书存目丛书》影印清康熙刻本,集部第244册。

《沈归愚诗文全集》,沈德潜撰,清乾隆中教忠堂刊本。

《抱经堂文集》，卢文弨撰，《四部丛刊》本。

《戴震全书》，张岱年主编，合肥：黄山书社，1995年。

《嘉定钱大昕全集》，陈文和主编，南京：江苏古籍出版社，1997年。

《惜抱轩诗文集》，姚鼐撰，刘季高标校，上海：上海古籍出版社，1992年。

《东洲草堂文钞》，何绍基撰，清同治刻本。

《四库辑本别集拾遗》，栾贵明辑，北京：中华书局，1983年。

《日本足利学校藏宋刊明州本六臣注文选》，萧统编，吕延济、李善等注，北京：人民文学出版社影印本，2008年。

《文苑英华》，李昉等编，北京：中华书局影印本，1966年。

《文苑英华》，李宗焜整理，台北：中研院史语所影宋本，2008年。

《西昆酬唱集注》，杨亿编，王仲荦注，北京：中华书局，1980年。

《西昆酬唱集笺注》，郑再时笺注，济南：齐鲁书社，1986年。

《文粹》，姚铉编，《中华再造善本》唐宋编集部影宋刻本。

《宋文鉴》，吕祖谦编，北京：中华书局，1992年。

《论学绳尺》，魏天应编选、林子长笺解，王水照编《历代文话》本，上海：复旦大学出版社，2007年。

《两宋名贤小集》，题陈思编、陈世隆补，《四库全书》本。

《宋文选》，不著撰人，《四库全书》本。

《五百家播芳大全文粹》，魏齐贤、叶棻编，《四库全书》本。

《瀛奎律髓汇评》，方回选评，李庆甲集评校点，上海：上海古籍出版社，2005年。

《宋诗钞》，吴之振等编，北京：中华书局，1986年。

《全唐诗》，彭定球等编，上海：上海古籍出版社影印本，1986年。

《全唐文》，董诰等编，上海：上海古籍出版社影印本，1990年。

《南宋文范》，庄仲方编，光绪十四年（1888）江苏书局本。

《宋十五家诗选》,陈讦编选,《四库全书存目丛书》影印本,集部第 410 册。

《先秦汉魏晋南北朝诗》,逯钦立辑校,北京:中华书局,1988 年。

《全宋文》,曾枣庄、刘琳主编,上海、合肥:上海辞书出版社、安徽教育出版社,2006 年。

《全宋诗》,傅璇琮等主编,北京:北京大学出版社,1991 年起陆续出版。

《全宋笔记》,朱易安、傅璇琮等主编,郑州:大象出版社,2003 年。

《文赋集释》,陆机撰,张少康集释,北京:人民文学出版社,2002 年。

《增订文心雕龙校注》,刘勰撰,黄叔琳注,李详补注,杨明照校注拾遗,北京:中华书局,2000 年。

《诗品集注》,钟嵘撰,曹旭集注,上海:上海古籍出版社,1994 年。

《诗式》,释皎然撰,张伯伟《全唐五代诗格汇考》,南京:江苏古籍出版社,2002 年。

《诗人主客图》,张为撰,丁福保辑《历代诗话续编》本,北京:中华书局,1983 年。

《处囊诀》,僧保暹撰,《全唐五代诗格汇考》本。

《诗评》,僧景淳撰,《全唐五代诗格汇考》本。

《六一诗话》,欧阳修撰,何文焕辑《历代诗话》本,北京:中华书局,1981 年。

《温公续诗话》,司马光撰,《历代诗话》本。

《中山诗话》,刘攽撰,《历代诗话》本。

《后山诗话》,(旧题)陈师道撰,《历代诗话》本。

《临汉隐居诗话》,魏泰撰,《历代诗话》本。

《诗话总龟》,阮阅辑,周本淳校点,北京:人民文学出版社,1987 年。

《西清诗话》,蔡絛撰,《稀见本宋人诗话四种》。
《天厨禁脔》,释惠洪撰,《稀见本宋人诗话四种》。
《彦周诗话》,许顗撰,《历代诗话》本。
《石林诗话》,叶梦得撰,《历代诗话》本。
《风月堂诗话》,朱弁撰,陈新点校,北京:中华书局,1988年。
《岁寒堂诗话》,张戒撰,《历代诗话续编》本。
《韵语阳秋》,葛立方撰,《历代诗话》本。
《唐诗纪事校笺》,计有功撰,王仲镛校笺,北京:中华书局,2007年。
《环溪诗话》,吴沆撰,陈新点校,北京:中华书局,1988年。
《竹坡诗话》,周紫芝撰,《历代诗话》本。
《苕溪渔隐丛话》,胡仔辑,廖德明校点,北京:人民文学出版社,1962年。
《二老堂诗话》,周必大撰,《历代诗话》本。
《沧浪诗话校释》,严羽撰,郭绍虞校释,北京:人民文学出版社,1961年。
《诗人玉屑》,魏庆之撰,王仲闻点校,北京:中华书局,2007年。
《后村诗话》,刘克庄撰,王秀梅点校,北京:中华书局,1983年。
《竹庄诗话》,何汶撰,北京:中华书局,1984年。
《浩然斋雅谈》,周密撰,《四库全书》本。
《诗林广记》,蔡正孙撰,常振国等点校,北京:中华书局,1982年。
《艇斋诗话》,曾季貍撰,《历代诗话续编》本。
《王直方诗话》,王直方撰,郭绍虞《宋诗话辑佚》本,北京:中华书局,1980年。
《潘子真诗话》,潘淳撰,《宋诗话辑佚》本。
《潜溪诗眼》,范温撰,《宋诗话辑佚》本。
《蔡宽夫诗话》,蔡启撰,《宋诗话辑佚》本。

《童蒙诗训》,吕本中撰,《宋诗话辑佚》本。

《诗学规范》,张镃撰,《宋诗话辑佚》本。

《升庵诗话》,杨慎撰,《历代诗话续编》本。

《艺苑卮言》,王世贞撰,《历代诗话续编》本。

《诗薮》,胡应麟撰,上海:上海古籍出版社,1979年。

《诗源辩体》,许学夷撰,杜维沫校点,北京:人民文学出版社,1987年。

《唐音癸签》,胡震亨撰,上海:上海古籍出版社,1981年。

《金圣叹选批唐诗》,金圣叹撰,杭州:浙江古籍出版社,1985年。

《围炉诗话》,吴乔撰,郭绍虞辑《清诗话续编》本,富寿荪校点,上海:上海古籍出版社,1983年。

《夕堂永日绪论》,王夫之撰,《谈艺珠丛》本。

《姜斋诗话》,王夫之撰,丁福保辑《清诗话》本,上海:上海古籍出版社,1978年。

《原诗》,叶燮撰,《清诗话》本。

《渔洋诗话》,王士禛撰,《清诗话》本。

《五代诗话》,王士禛编,郑方坤删补,戴鸿森校点,北京:人民文学出版社,1989年。

《漫堂说诗》,宋荦撰,《学海类编》本。

《江西诗社宗派图录》,张泰来撰,北京:中华书局影印《知不足斋丛书》本,1999年。

《载酒园诗话》,贺裳撰,《清诗话续编》本。

《诗学纂闻》,汪师韩撰,《清诗话》本。

《瓯北诗话》,赵翼撰,《清诗话续编》本。

《昭昧詹言》,方东树撰,汪绍楹校点,北京:人民文学出版社,1961年。

《石洲诗话》,翁方纲撰,《清诗话续编》本。

《重订中晚唐诗主客图》,李怀民撰,清嘉庆十八年(1813)刻本。

《艺概》，刘熙载撰，上海：上海古籍出版社，1978年。
《宋诗纪事补遗》，陆心源撰，太原：山西古籍出版社，1997年。
《清诗纪事》，钱仲联主编，南京：江苏古籍出版社，1989年。

二、近代以来中文文献（以作者姓名的汉语拼音为序）

艾朗诺（Ronald Egan）《书籍的流通如何影响宋代文人对文本的观念》，沈松勤主编《第四届宋代文学国际研讨会论文集》，杭州：浙江大学出版社，2006年。

包伟民《精英们"地方化"了吗？——试论韩明士〈政治家与绅士〉与"地方史"研究方法》，《唐研究》第11卷（2005年12月）。

北京大学中文系文学史教研室教师、五六级四班同学编《陶渊明诗文汇评》，北京：中华书局，1961年。

北京大学和北京师范大学中文系教师同学编《陶渊明研究资料汇编》，北京：中华书局，1962年。

北京图书馆金石组编《北京图书馆藏中国历代石刻拓片汇编》，郑州：中州古籍出版社，1990年。

蔡振念《杜诗唐宋接受史》，台北：五南图书出版股份有限公司，2002年。

曹慕樊《杜诗杂说》，成都：四川人民出版社，1981年。

岑仲勉《论〈白氏长庆集〉源流并评东洋本〈白集〉》，收入《岑仲勉史学论文集》，北京：中华书局，1990年。

——《补〈白集源流〉事证数则》，《岑仲勉史学论文集》。

——《〈贾岛诗注〉与〈贾岛年谱〉及附录》，《岑仲勉史学论文集》。

陈翀《新校〈白居易传〉及〈白氏文集〉佚文汇考》，《文学遗产》2010年第6期。

陈来《宋明理学》，沈阳：辽宁教育出版社，1991年。

陈荣照《范仲淹研究》，香港：三联书店香港分店，1987年。

陈声暨、王真编《石遗先生年谱》，沈云龙主编《近代中国史料丛刊》第28辑，台北：文海出版社，1968年。

陈尚君《晏殊〈类要〉研究》,收入《陈尚君自选集》,桂林:广西师范大学出版社,2000年。
——《欧阳修与北宋文学革新的成功》,《陈尚君自选集》。
——《再续劳格读〈全唐文〉札记》,收入其《唐代文学丛考》,北京:中国社会科学出版社,1997年。
——《杜诗早期流传考》,《唐代文学丛考》。
陈新璋《宋代的韩愈研究》,《华南师范大学学报》1997年第2期。
陈衍《石遗室诗话》,郑朝宗、石文英校点,北京:人民文学出版社,2004年。
——《宋诗精华录》,曹中孚校注,成都:巴蜀书社,1992年。
——《陈石遗集》,陈步编,福州:福建人民出版社,2001年。
——《陈衍诗论合集》,钱仲联编校,福州:福建人民出版社,1999年。
陈贻焮《从元白和韩孟两大诗派略论中晚唐诗歌的发展》,收入其《唐诗论丛》,长沙:湖南人民出版社,1980年。
——《杜甫评传》,上海:上海古籍出版社,1988年。
陈寅恪《元白诗笺证稿》,上海:上海古籍出版社,1978年。
——《寒柳堂集》,上海:上海古籍出版社,1980年。
——《金明馆丛稿初编》,上海:上海古籍出版社,1980年。
——《金明馆丛稿二编》,上海:上海古籍出版社,1980年。
——《陈寅恪集·诗集》,北京:三联书店,2009年。
陈引弛《隋唐佛学与中国文学》,南昌:百花洲文艺出版社,2002年。
陈友琴编《古典文学研究资料汇编·白居易卷》,北京:中华书局,1962年。
陈幼石《韩柳欧苏古文论》,上海:上海文艺出版社,1983年。
陈垣《中国佛教史籍概论》,上海:上海书店出版社,2005年。
陈植锷《试论王禹偁与宋初诗风》,《中国社会科学》1982年第2期。

——《宋初诗风续论》,《中国社会科学》1983年第1期。

——《北宋文化史述论》,北京:中国社会科学出版社,1992年。

——《西昆酬唱诗人生卒年考》,《文史》第21辑,北京:中华书局,1983年。

程杰《从陶杜的典范意义看宋诗的审美意识》,《文学评论》1990年第2期。

程千帆《韩愈以文为诗说》,收入其《古诗考索》,上海:上海古籍出版社,1984年。

——(与吴新雷合著)《两宋文学史》,上海:上海古籍出版社,1991年。

——《火与雪:从体物到禁体物》,与张宏生、莫砺锋合著《被开拓的诗世界》,上海:上海古籍出版社,1990年。

成善楷《杜诗笺记》,成都:巴蜀书社,1989年。

邓乔彬《宋代绘画研究》,开封:河南大学出版社,2006年。

邓小军《唐代文学的文化精神》,台北:文津出版社,1993年。

——《邓忠臣〈注杜诗〉考——邓注的学术价值及其被改名为王洙注的原因》,《杜甫研究学刊》2002年第1期。

邓小南《关于"道理最大"——兼谈宋人对于"祖宗"形象的塑造》,《暨南大学学报》2003年第3期。

——《祖宗之法:北宋前期政治述略》,北京:三联书店,2006年。

邓云特(邓拓)《中国救荒史》,上海:商务印书馆,1937年。

丁延峰《存世〈杜集〉宋刻本辑录》,《杜甫研究学刊》2010年第4期。

董乃斌《李商隐的心灵世界》,上海:上海古籍出版社,1992年。

方珊《形式主义文论》,济南:山东教育出版社,1999年。

傅乐成《唐型文化与宋型文化》,收入其《汉唐史论集》,台北:联经出版事业公司,1977年。

傅斯年《中国历史分期之研究》,《傅斯年全集》第4册,台北:联经出版事业公司,1980年。
——《中国文学史分期之研究》,《傅斯年全集》第4册。
——《历史语言研究所工作之旨趣》,《傅斯年全集》第4册。
高步瀛《唐宋诗举要》,上海:上海古籍出版社,1978年。
高兰、孟祥鲁《李后主评传》,济南:齐鲁书社,1985年。
高小康《中国古典艺术精神的形成》,《中国社会科学》2001年第1期。
葛兆光《历代诗文要籍详解》(与金开诚合著),北京:北京出版社,1988年。
——《汉字的魔方——中国古典诗歌语言学札记》,沈阳:辽宁教育出版社,1999年。
——《中国宗教与文学论集》,北京:清华大学出版社,1998年。
——《中国思想史》第二卷《七世纪至十九世纪中国的知识、思想与信仰》,上海:复旦大学出版社,2001年。
——《思想史的写法——中国思想史导论》,上海:复旦大学出版社,2004年。
——《"唐宋"抑或"宋明"——文化史和思想史研究视域变化的意义》,《历史研究》2004年第1期。
顾永新《北宋前中叶的尊韩思潮》,《北大中文研究》第1辑,北京:北京大学出版社,1998年。
郭绍虞《宋诗话考》,北京:中华书局,1979年。
——《宋诗话辑佚》,北京:中华书局,1980年。
郭在贻《杜诗异文释例》,《郭在贻文集》第1卷《训诂丛稿》,北京:中华书局,2002年。
韩经太《理学文化与文学思潮》,北京:中华书局,1997年。
何晋勋《宋代鄱阳湖周边士族的居、葬地与婚姻网络》,《台大历史学报》第24期(1999年12月)。
何沛雄《宋代古文家的"尊韩"》,《清华大学学报》2002年第1期。

何西来《真——杜甫美学思想的核心》,《美学论丛》第3辑,北京:中国社会科学出版社,1981年。

何朝晖《试论中国传统雕版书籍的印数及相关问题》,《浙江大学学报》2010年第1期。

贺中复《论五代十国的宗白诗风》,《中国社会科学》1996年第5期。

洪本健《欧阳修入主文坛在庆历而非嘉祐》,《华东师范大学学报》1999年第5期。

洪业《洪业论学集》,北京:中华书局,1981年。

侯外庐《中国封建社会前后期的农民战争及其纲领口号的发展》,《历史研究》1959年第4期。

——主编《中国思想通史》第4卷,北京:人民出版社,1959年。

胡如雷《唐宋之际中国封建社会的巨大变革》,收入其《隋唐五代社会经济史论稿》,北京:中国社会科学出版社,1996年。

——《从汉末到唐中叶的封建土地所有制形式》,《隋唐五代社会经济史论稿》。

胡适《白话文学史》,《胡适作品集》第20册,台北:远流出版事业股份有限公司,1986年。

——《中国文艺复兴运动》,《胡适作品集》第24册。

——《清代学者的治学方法》,《胡适作品集》第4册。

——《治学的材料与方法》,《胡适作品集》第2册。

——《治学方法》,《胡适作品集》第24册。

——《书院制史略》,《胡适作品集》第26册。

——《逼上梁山——文学革命的开始》,《中国新文学大系·建设理论集》,上海:良友图书印刷公司,1935年。

——《胡适全集》第30卷《日记(1923—1927)》,合肥:安徽教育出版社,2003年。

——《胡适全集》第24卷《书信(1929—1943)》。

——《胡适与诸桥辙次的笔谈》,《学术集林》第10卷,上海:

上海远东出版社,1997年。

胡晓明《中国诗学之精神》,南昌:江西人民出版社,1990年。

胡昭曦《谆谆教导,受用终生——缅怀文通师》,收入其《巴蜀历史文化论集》,成都:巴蜀书社,2002年。

——《蒙文通先生与宋史研究》,《四川大学学报》2004年第6期。

华文书局编辑部编《文苑英华索引》,台北:华文书局,1967年。

黄桂凤《唐代杜诗接受研究》,北京:北京师范大学博士论文,2006年。

黄进德主编《中华大典·魏晋南北朝文学分典》,南京:凤凰出版社,2007年。

黄宽重《宋代的家族与社会》,台北:东大图书股份有限公司,2006年。

黄世中《李商隐诗版本考》,《文学遗产》1997年第2期。

黄奕珍《宋代诗学中"晚唐"观念的形成与演变》,《宋代文学研究丛刊》第2期,高雄:丽文文化事业股份有限公司,1996年。

季镇淮《韩愈的诗论和诗作》,《中华学术论文集》,北京:中华书局,1981年。

贾晋华《论韩孟集团》,《中华文史论丛》第51辑,上海:上海古籍出版社,1993年。

——(与傅璇琮)主编《唐五代文学编年史·五代卷》,沈阳:辽海出版社,1998年。

江辛眉《论韩愈诗的几个问题》,《中华文史论丛》第13辑,上海:上海古籍出版社,1980年。

蒋天枢《陈寅恪先生编年事辑》(增订本),上海:上海古籍出版社,1997年。

蒋竹山《宋至清代的国家与祠神信仰研究的回顾与讨论》,《新史学》第8卷第2期,1997年6月。

金传道《徐铉生卒年考补证》,《文献》2007年第2期。

——《徐铉家世考》,《贵州教育学院学报》2007年第5期。

金开诚、葛兆光《历代诗文要籍详解》,北京:北京出版社,1988年。

金净《宋诗与陶杜》,《中州学刊》1988年第4期。

孔凡礼《评〈宋十五家诗选〉》,《孔凡礼古典文学论集》,北京:学苑出版社,1999年。

——《苏轼年谱》,北京:中华书局,1998年。

——《郭祥正事迹编年》,载《郭祥正集》,合肥:黄山书社,1995年。

雷闻《郊庙之外——隋唐国家祭祀与宗教》,北京:三联书店,2009年。

李昌宪《宋代安抚使考》,济南:齐鲁书社,1997年。

李存山《宋学与〈宋论〉——兼评余英时著〈朱熹的历史世界〉》,《中国思想史研究通讯》第6辑,2005年。

李贵(与周裕锴合撰)《语言:筌蹄与家园——庄子言意之辨的现代观照》,《四川师范大学学报》1997年第1期。

——《试论北宋诗僧惠洪妙观逸想的诗歌艺术》,《四川大学学报》1999年增刊。

李华瑞主编《"唐宋变革"论的由来与发展》,天津:天津古籍出版社,2010年。

李嘉言《贾岛诗之渊源及其影响》,同氏《长江集新校》附录五,上海:上海古籍出版社,1983年。

李剑锋《元前陶渊明接受史》,济南:齐鲁书社,2002年。

——《以李公麟为中心的宋代陶渊明绘事及其意义》,《鲁东大学学报》,2007年第1期。

李庆《关于内藤湖南的"唐宋变革论"》,《学术月刊》2006年第10期。

李维《诗史》,北京:东方出版社,1996年。

李文泽《〈徐铉行状〉撰人考》,《古籍整理研究学刊》1990年第2期。

——《徐铉行年事迹考》,《宋代文化研究》第 3 辑,成都:四川大学出版社,1993 年。

李一飞《梅尧臣早期事迹考》,《文学遗产》2002 年第 2 期。

李震《曾巩资料汇编》,北京:中华书局,2009 年。

李宗焜《宋本文苑英华》,载同氏整理《文苑英华》,台北:中研院史语所,2008 年。

梁昆《宋诗派别论》,上海:商务印书馆,1938 年。

梁启超《南海康先生传》,横滨新民社辑印《清议报全编》卷八第二集丁《名家著述》,沈云龙主编《近代中国史料丛刊》三编第 15 辑影印本,台北:文海出版社有限公司,1986 年。

林继中《文化建构文学史纲(中唐—北宋)》,西安:三秦出版社,1994 年。

林岩《北宋科举考试与文学》,上海:上海古籍出版社,2006 年。

刘德清《欧阳修纪年录》,上海:上海古籍出版社,2006 年。

刘宁《"求奇"与"求味"——论贾姚五律的异同及其在唐末五代的流变》,《文学评论》1999 年第 1 期。

——《唐宋之际诗歌演变研究——以元白之元和体的创作影响为中心》,北京:北京师范大学出版社,2002 年。

刘维崇《李后主评传》,台北:黎明文化事业股份有限公司,1978 年。

刘咸炘《弄翰馀沈》,杨代欣评注,成都:巴蜀书社,1991 年。

刘晓祥《九江县五代南唐周一娘墓》,《江西文物》1991 年第 3 期。

刘永济《文心雕龙校释》,北京:中华书局,1962 年。

柳立言《何谓"唐宋变革"?》,《中华文史论丛》第 81 辑,2006 年 3 月。

柳诒徵《中国文化史》,上海:东方出版中心,1988 年。

罗联添《论韩愈古文几个问题》,《唐代文学研究》第 3 辑,桂林:广西师范大学出版社,1992 年。

罗秀美《宋代陶学研究：一个文学接受史个案的分析》，台北：秀威资讯公司，2007年。

罗祎楠《模式及其变迁——史学史视野中的唐宋变革问题》，《中国文化研究》2003年夏之卷。

罗宗强《隋唐五代文学思想史》，北京：中华书局，1999年。

吕荣哲、潘英男编《南安碑刻》，北京：作家出版社，2003年。

吕思勉《白话本国史》，上海：商务印书馆，1933年。

吕肖奂《宋诗体派论》，成都：四川民族出版社，2002年。

马东瑶《论北宋庆历诗人对杜诗的发现与继承》，《杜甫研究学刊》2001年第1期。

马一浮《马一浮集》，马镜泉等校点，杭州：浙江古籍出版社、浙江教育出版社，1996年。

——《马一浮诗话》，丁敬涵编注，上海：学林出版社，1999年。

梅新林《杜诗伪王注新考》，《杜甫研究学刊》1995年第2期。

蒙文通《评〈学史散篇〉》，《蒙文通文集》第3卷《经史抉原》，成都：巴蜀书社，1995年。

——《〈宋史〉叙言》，《蒙文通文集》第5卷《古史甄微》。

——《中国历代农产量的扩大和赋役制度及学术思想的演变》，《蒙文通文集》第5卷《古史甄微》。

缪钺《论宋诗》，收入其《诗词散论》，上海：上海古籍出版社，1982年。

莫砺锋《江西诗派研究》，济南：齐鲁书社，1986年。

——《老去诗篇浑漫与——论杜甫晚期今体诗的特点及其对宋人的影响》，收入程千帆等《被开拓的诗世界》，上海：上海古籍出版社，1990年。

——《杜甫评传》，南京：南京大学出版社，1993年。

——《论苏诗的"奇趣"》，收入其《唐宋诗歌论集》，南京：凤凰出版社，2007年。

牟发松《"唐宋变革说"三题——值此说创立一百周年而作》，《华东师范大学学报》2010年第1期。

倪文杰《徐铉诗韵考》,《广西大学学报》1987年第2期。

聂巧平《"二王本"〈杜工部集〉版本的流传》,《广州大学学报》2000年第4期。

欧阳哲生《中国的文艺复兴——胡适以中国文化为题材的英文作品解析》,《近代史研究》2009年第4期。

钱东甫《关于韩愈的诗》,《文学遗产》增刊第4辑,北京:中华书局,1957年。

钱穆《国史大纲》,《钱宾四先生全集》第27册,台北:联经出版事业公司,1998年。

——《中国文化史导论》,《钱宾四先生全集》第29册。

——《唐宋时代的中国文化》,《钱宾四先生全集》第19册。

钱婉约《内藤湖南研究》,北京:中华书局,2004年。

钱锺书《谈艺录》,《民国丛书》第4编第58册,上海:上海书店影印本;北京:中华书局,1984年;《钱锺书集·谈艺录》,北京:三联书店,2007年。

——《宋诗选注》,北京:人民文学出版社,1989年。

——《管锥编》,北京:中华书局,1986年。

——《中国诗与中国画》,载叶圣陶编《开明书店二十周年纪念文集》,上海:开明书店,1947年;又《七缀集》,上海:上海古籍出版社,1994年;《钱锺书集·七缀集》,北京:三联书店,2002年。

——《读〈拉奥孔〉》,《七缀集》。

——《谈中国诗》,《钱锺书集·人生边上的边上》,北京:三联书店,2002年。

——《钱锺书集·槐聚诗存》,北京:三联书店,2001年。

饶宗颐《宋代潮州之韩学》,韩愈学术讨论会组委会编《韩愈研究论文集》,广州:广东人民出版社,1988年。

阮廷瑜《陶渊明诗论暨有关资料分辑》,台北:"国立"编译馆,1998年。

尚学锋、过常宝、郭英德《中国古典文学接受史》,济南:山东教育出版社,2000年。

沈曾植《沈曾植集校注》，钱仲联校注，北京：中华书局，2001年。
——《沈曾植未刊遗文（续）》，钱仲联辑注，《学术集林》第3卷，上海：上海远东出版社，1995年。
沈宗宪《国家祀典与左道妖异——宋代信仰与政治关系之研究》，台北：台湾师范大学博士论文，2000年6月。
孙昌武《唐代古文运动通论》，天津：百花文艺出版社，1984年。
汤用彤《魏晋玄学论稿》，上海：上海古籍出版社，2005年。
陶文鹏《苏轼山水诗的谐趣、奇趣和理趣》，收入其《苏轼诗词艺术论》，上海：上海古籍出版社，2001年。
田晓菲《尘几录——陶渊明与手抄本文化研究》，北京：中华书局，2007年。
万曼《唐集叙录》，北京：中华书局，1980年。
王基伦《"韩愈以文为赋"论题之辨析》，《唐代文学研究》第7辑，桂林：广西师范大学出版社，1998年。
王季思《打诨、参禅与江西诗派》，收入其《玉轮轩古典文学论集》，北京：中华书局，1982年。
王岚《宋人文集编刻流传丛考》，南京：江苏古籍出版社，2003年。
王利器《杜集释文校例（上）》，《西北大学学报》1980年第2期。
王蘧常《寐叟年谱》，王云五主编《新编中国名人年谱集成》第70辑，台北：台湾商务印书馆，1982年。
王水照《苏轼选集》，上海：上海古籍出版社，1984年。
——《苏轼研究》，石家庄：河北教育出版社，1999年。
——《王水照自选集》，上海：上海教育出版社，2000年。
——（主编）《宋代文学通论》，开封：河南大学出版社，1997年。
——（与朱刚）《宋诗一百首》，上海：上海古籍出版社，

1997年。

——(与朱刚)《苏轼评传》,南京:南京大学出版社,2004年。

——《重提"内藤命题"》,《文学遗产》2006年第2期。

——《作品、产品与商品——古代文学作品商品化的一点考察》,《文学遗产》2007年第3期。

王秀春《北宋天圣明道年间欧、苏、梅的诗歌创作》,《求索》2002年第6期。

王运熙《元白诗在晚唐五代的反响》,《文学研究》第5辑,南京:南京大学出版社,1997年。

闻一多《文学的历史动向》,《闻一多全集》第10卷,武汉:湖北人民出版社,1993年。

——《四千年文学大势鸟瞰》,《闻一多全集》第10卷。

——《先拉飞主义》,《闻一多全集》第2卷。

——《贾岛》,收入其《唐诗杂论》,上海:上海古籍出版社,1998年。

——《类书与诗》,《唐诗杂论》。

吴调公《李商隐研究》,上海:上海古籍出版社,1982年。

吴淑钿《贾岛诗之艺术世界》,《唐代文学研究》第7辑,桂林:广西师范大学出版社,1998年。

吴文治《古典文学研究资料汇编·韩愈资料汇编》,北京:中华书局,1983年。

吴相洲《中唐诗文新变》,台北:商鼎文化出版社,1996年。

吴兴华《读〈国朝常州骈体文录〉》,《吴兴华诗文集·文卷》,上海:上海人民出版社,2005年。

伍晓蔓《江西宗派研究》,成都:巴蜀书社,2005年。

夏鼐《夏鼐日记》,上海:华东师范大学出版社,2011年。

夏应元《内藤湖南的中国史研究》,北京市中日文化交流史研究会编《中日文化交流史论文集》,北京:人民出版社,1982年。

夏曾佑《中国古代史》,《民国丛书》第二编第73册,上海:上海书店,1990年。

谢佩芬《北宋诗学中"写意"课题研究》,台北:台湾大学出版委员会,1998年。
谢善元《李觏之生平及思想》,北京:中华书局,1988年。
谢思炜《宋祁与宋代文学发展》,《文学遗产》1989年第1期。
——《白居易集综论》,北京:中国社会科学出版社,1997年。
谢桃坊《论韩诗对苏诗艺术风格的影响》,《东坡诗论丛》,成都:四川人民出版社,1983年。
徐规《王禹偁事迹著作编年》,北京:商务印书馆,2003年。
徐洪兴《思想的转型——理学发生过程研究》,上海:上海人民出版社,1996年。
许德楠《从所谓杜诗中的"戏题剧论"谈杜诗的"历史命运"》,《杜甫研究学刊》2005年第3期。
许齐雄对Clark著作的书评,《汉学研究》第26卷第1期(2008年3月)。
许总《宋诗史》,重庆:重庆出版社,1997年。
严恩纹《东坡诗渊源之商榷》,《文史杂志》1945年第1—2期。
严杰《欧阳修年谱》,南京:南京出版社,1993年。
阎琦《韩诗论稿》,西安:陕西人民出版社,1984年。
杨国安《宋代韩学研究》,北京:中国社会科学出版社,2006年。
杨庆存《宋代散文研究》,北京:人民文学出版社,2002年。
叶维廉《中国诗学》,北京:三联书店,1992年。
游国恩《对于编写中国文学史的几点意见》,收入《游国恩学术论文集》,北京:中华书局,1989年。
——《论山谷诗之渊源》,《游国恩学术论文集》。
余嘉锡《四库提要辨证》,北京:中华书局,1980年。
余英时《朱熹的历史世界——宋代士大夫政治文化的研究》,北京:三联书店,2004年。
——《试说科举在中国史上的功能与意义》,《二十一世纪》2005年6月号。

袁行霈主编《中国文学史》,北京:高等教育出版社,1999年。
——《陶渊明影像——文学史与绘画史之交叉研究》,中华书局,2009年。
曾枣庄《论〈西昆酬唱集〉的作家群》,《文学遗产》1993年第6期。
——(合著)《苏轼研究史》,南京:江苏教育出版社,2001年。
——(与曾涛合编)《苏诗汇评》,台北:文史哲出版社,1998年。
查屏球《唐学与唐诗——中晚唐诗风的一种文化考察》,北京:商务印书馆,2000年。
张邦炜《"唐宋变革"论的首倡者及其他》,《中国史研究》2010年第1期。
张伯伟《全唐五代诗格汇考》,南京:江苏古籍出版社,2002年。
张涤华《类书流别》,北京:商务印书馆,1985年。
张福清《论毛友、毛开诗作及其特色》,《南昌大学学报》2010年第5期。
张高评《宋诗之传承与开拓》,台北:文史哲出版社,1990年。
——《唐宋昭君诗的文献学意义——以昭君和亲的反思为例》,《新国学》第1卷,成都:巴蜀书社,1999年。
张广达《内藤湖南的唐宋变革说及其影响》,《张广达文集》第3辑《史家、史学与现代学术》,桂林:广西师范大学出版社,2008年。
张宏生《关于江湖诗派学晚唐的若干问题》,《中华文史论丛》第51辑,上海:上海古籍出版社,1993年。
——《姚贾诗派的界内流变和界外馀响》,《唐代文学研究》第6辑,桂林:广西师范大学出版社,1996年。
——《江湖诗派研究》,北京:中华书局,1995年。
张剑《宋代家族与文学——以澶州晁氏为中心》,北京:北京出版社,2006年。

张隆溪《二十世纪西方文论述评》，北京：三联书店，1986年。

张求会《〈夏鼐日记〉里的"陈寅恪话题"》，《东方早报·上海书评》2011年11月19日。

章培恒、骆玉明主编《中国文学史新著》（增订本），上海：复旦大学出版社、上海文艺出版总社，2007年。

张兴武《五代作家的人格与诗格》，北京：人民文学出版社，2000年。

张忠纲等《杜集叙录》，济南：齐鲁书社，2008年。

赵昌平《从郑谷及其周围诗人看唐末至宋初诗风动向》，《赵昌平自选集》，桂林：广西师范大学出版社，1997年。

赵齐平《宋诗臆说》，北京：北京大学出版社，1993年。

郑阿财《〈义山杂纂〉研究》，《第一届国际唐代学术会议论文集》，台北：学生书局，1989年。

郑永晓《黄庭坚年谱新编》，北京：社会科学文献出版社，1997年。

——《试论苏、黄齐名及苏黄诗歌优劣之争》，张廷杰主编《第三届宋代文学国际研讨会论文集》，银川：宁夏人民出版社，2005年。

中国科学院文学研究所《中国文学史》，北京：人民文学出版社，1962年。

钟优民《陶渊明研究资料新编》，长春：吉林教育出版社，2000年。

——《陶学发展史》，长春：吉林教育出版社，2000年。

周军《徐铉其人与宋初"贰臣"》，《历史研究》1989年第4期。

周生春、孔祥来《宋元图书的刻印、销售价与市场》，《浙江大学学报》2010年第1期。

周一良《日本内藤湖南先生在中国史学上之贡献——〈研几小录〉及〈读史丛录〉提要》，《周一良集》第4卷《日本史与中外文化交流史》，沈阳：辽宁教育出版社，1998年。

周裕锴《中国禅宗与诗歌》，上海：上海人民出版社，1992年。

——《宋代诗学通论》,上海:上海古籍出版社,2007年。

——《文字禅与宋代诗学》,北京:高等教育出版社,1998年。

——《中国文学·宋金元卷》(主编之一),成都:四川人民出版社,1999年。

——《禅宗语言》,杭州:浙江人民出版社,1999年。

——《中国古代阐释学研究》,上海:上海人民出版社,2003年。

——《百僧一案》,上海:上海古籍出版社,2007年。

——《贾岛格诗歌与禅宗关系之研究》,衣若芬、刘苑如主编《世变与创化:汉唐、唐宋转换期之文艺现象》,台北:中研院中国文哲研究所筹备处,2000年。

——《诗可以群:略论元祐体诗歌的交际性》,《社会科学研究》2001年第5期。

——《〈沧浪诗话〉的隐喻系统和诗学旨趣新论》》,《文学遗产》2010年第2期。

周祖譔主编《中国文学家大辞典·唐五代卷》,北京:中华书局,1992年。

朱东润《梅尧臣诗的评价》,同氏《梅尧臣集编年校注》叙论一,上海:上海古籍出版社,1980年。

朱刚《唐宋四大家的道论与文学》,北京:东方出版社,1997年。

——《吕本中政和三年帖与宋代文学整体观》,王水照等编《首届宋代文学国际研讨会论文集》,上海:复旦大学出版社,2001年。

——《从"先忧后乐"到"箪食瓢饮"——北宋士大夫心态之转变》,《文学遗产》2009年第2期。

朱光潜《西方美学史》,北京:人民文学出版社,1963年。

朱维铮《跋夏曾佑致宋恕函》,《复旦学报》1980年第1期,后改题《神州长夜谁之咎?》,并增加"附记",收入其《音调未定的传统》,沈阳:辽宁教育出版社,1995年。

朱易安《白居易与诗歌批评视野的嬗变》,《文学研究》第 4辑,南京:南京大学出版社,1996 年。

——《"诗家"并非"总爱西昆好"》,《文学遗产》2000 年第 2期。

朱迎平《宋代刻书产业与文学》,上海:上海古籍出版社,2008 年。

朱自清《论"以文为诗"》,《朱自清古典文学论文集》,上海:上海古籍出版社,1981 年。

祝尚书《重论欧阳修的文道观》,《四川大学学报》1999 年第 6 期。

——《宋人别集叙录》,北京:中华书局,1999 年。

——《宋人总集叙录》,北京:中华书局,2004 年。

三、日文文献及中译本(以作者姓名的汉语拼音为序)

川合康三《終南山の変容——中唐文学論集》,東京:研文出版,1999 年。

村上哲见《唐五代北宋词研究》,杨铁婴译,西安:陕西人民出版社,1987 年。

大谷敏夫《内藤史学における中国文化的アイデンティティ》,追手門学院大学亚洲文化研究会編《他文化を受容するアジア》,大阪:和泉書院,2000 年。

大矢根文次郎《陶淵明研究》,東京:早稲田大学出版部,1967 年。

东英寿《复古与创新——欧阳修散文与古文复兴》,王振宇等译,上海:上海古籍出版社,2005 年。

宮崎市定《宮崎市定全集》,東京:岩波書店,1992—1994 年。

——《宫崎市定论文选集》,中国科学院历史研究所翻译组编译,北京:商务印书馆,1963 年。

溝上瑛《内藤湖南》,江上波夫編《東洋学の系譜》,東京:大修館書店,1992 年。

谷川道雄《内藤湖南の唐宋変革論とその継承》,名古屋:河合文化教育研究所編《研究論集》第 1 集,2005 年。

入矢義高監修、古賀英彦編著《禅語辞典》,京都:思文閣出版,1991 年。

黒川洋一《杜甫の研究》,東京:創文社,1977 年。

吉川幸次郎《宋元明诗概说》,李庆等译,郑州:中州古籍出版社,1987 年。

葭森健介《唐宋变革论于日本成立的背景》,马彪译,《史学月刊》2005 年第 5 期。

井上裕正"訳者あとがき",J. A. フォーゲル《内藤湖南:ポリティックスとシノロジ-》,井上裕正訳,東京:平凡社,1989 年。

近藤一成《宋代士大夫政治の特色》,樺山紘一ほか編集《岩波講座世界歴史》第 9 卷《中華の分裂と再生:3—13 世紀》,東京:岩波書店,1999 年。

砺波護《今なぜ内藤湖南か》,《京洛の学風》,東京:中央公論新社,2001 年。

柳田節子《宋元郷村制の研究》,東京:創文社,1986 年。

内山精也《宋诗能否表现近世?》,朱刚译,《国学学刊》2010 年第 3 期。

——《宋代刻书业的发展》,朱刚译,《东华汉学》第 11 期,2010 年 6 月。

内藤虎次郎《支那論》,東京:文會堂書店,1914 年。

——《概括的唐宋时代观》,刘俊文主编《日本学者研究中国史论著选译》第 1 卷,黄约瑟译,北京:中华书局,1992 年。

——《東洋文化史研究》,東京:弘文堂書房,1936 年。

——《内藤湖南全集》,東京:筑摩書房,1969 年。

朴美子《韓国高麗時代における"陶淵明"観》,東京:白帝社,2000 年。

平田昌司《唐宋科举制度转变的方言背景——科举制度与汉语史第六》,载《吴语和闽语的比较研究》,上海:上海教育出版社,

1995 年。

——《〈切韵〉与唐代功令——科举制度与汉语史第三》,潘悟云主编《东方语言与文化》,上海:东方出版中心,2002 年。

前田直典《古代东亚的终结》,刘俊文主编《日本学者研究中国史论著选译》第 1 卷,黄约瑟译。

浅见洋二《距离与想象——中国诗学的唐宋转型》,金程宇、冈田千穗译,上海:上海古籍出版社,2005 年。

松本浩一《宋代の賜額・賜号について——主として〈宋会要輯稿〉にみえる史料から》,野口鉄郎編《中國史における中央政治と地方社会》,昭和 60 年度科学研究費補助金総合研究(A)研究成果報告書,東京,1986 年。

太田次男《内閣文庫蔵〈管見抄〉について》,《斯道文庫論集》第 9 号,1971 年 12 月。

太田亨《日本中世禅林における陶淵明受容——初期の場合》、《日本中世禅林における陶淵明受容(2)——初期における杜甫受容と比較して》,広島大学《中国古典文学研究》第 2 号(2004 年)、第 3 号(2005 年)。

陶徳民《内藤湖南における『支那論』の成立ち——民國初期の熊希齡内閣との關連について》,《東方学》108:84—104,2004 年 7 月。

須江隆《宋代における祠廟の記録——方臘の乱に関する言説を中心に》,《歴史》第 95 辑,2000 年。

——《唐宋期における社会構造の変質過程——祠廟制の推移を中心として》,《東北大学東洋史論集》第 9 辑,2003 年 1 月。

宣承慧《東アジア絵画における陶淵明像——韓国と日本の近世を中心に》,東京大学博士論文,2010 年 6 月。

伊藤正彦《宋元郷村社会史論:明初里甲制体制の形成過程》,東京:汲古書院,2010 年。

宇野哲人《支那哲学史講話》,東京:大同館,1914 年。

远藤隆吉《支那哲学史》,東京:金港堂書籍株式会社,

1900 年。

中島樂章《宋元明移行期論をめぐって》,《中國——社會と文化》第 20 号,2005 年。

佐竹靖彦《唐宋變革の地域的研究》,東京:同朋舍,1990 年。

四、西文文献及中译本(以作者姓名的拉丁字母为序)

The New Encyclopaedia Britannica,15th Edition,Micropaedia Vol. IV, Chicago: Encyclopaedia Britannica, Inc.,1980.

哈罗德·布鲁姆(Harold Bloom)《影响的焦虑》,徐文博译,北京:三联书店,1989 年。

——《西方正典》,江宁康译,南京:译林出版社,2005 年。

包弼德(Peter K. Bol)《斯文:唐宋思想的转型》,刘宁译,南京:江苏人民出版社,2001 年。

——《唐宋转型的反思——以思想的变化为主》,刘宁译,《中国学术》第 3 辑,北京:商务印书馆,2000 年。

孙康宜(Kang-i Sun Chang)《晚唐迄北宋词体演进与词人风格》,李奭学译,台北:联经出版事业公司,1994 年。

Hugh R. Clark, *Portrait of a Community: Society, Culture and Structures of Kinship in the Mulan River Valley (Fujian) from the Late Tang through the Song*, Hong Kong: The Chinese University Press, 2007.

Pamela Kyle Crossley, *What is global history?*, Cambridge, UK: Polity Press, 2008.

艾略特(T. S. Eliot)《艾略特文学论文集》,李赋宁译注,南昌:百花洲文艺出版社,1994 年。

John King Fairbank & Merle Goldman, *China: a new history* (2nd. Enl. Ed.), Cambridge, Mass.: Harvard University Press, 2006.

——费正清、赖肖尔《中国:传统与变革》,陈仲丹等译,南京:

江苏人民出版社,1996 年。

Miles Fletcher, Review of *Politics and Sinology* by Fogel, *The Journal of Japanese Studies*, Vol. 12, N. 1: pp199-204, Winter 1986.

Joshua A. Fogel, *Politics and Sinology: The Case of Naitō Konan (1866-1934)*, Cambridge, Mass.: Harvard University Press, 1984.

弗洛伊德(Sigmund Freud)《文明及其缺憾》,傅雅芳等译,合肥:安徽文艺出版社,1987 年。

Théophile Gautier, "Musée Secret", *Lettres a Théophile Gautier et a Louis De Cormenin*, ed., Marie Mattei, Genève: Librairie Droz, 1972.

谢和耐(Jacques Gernet)《中国社会史》,耿昇译,南京:江苏人民出版社,1997 年。

歌德《〈雅典神殿入口〉发刊词》,《歌德文集》第 10 卷《论文学艺术》,范大灿等译,北京:人民文学出版社,1999 年。

——(Johann Wolfgang von Goethe) "Einleitung in die Propyläen", *Goethes Werke*, Bd. 47, Weimar: Hermann Böhlau, 1896.

汉密尔顿(John T. Hamilton)《幽暗的诱惑:品达、晦涩与古典传统》,娄林译,北京:华夏出版社,2010 年。

Elwood Hartman, *Three Nineteenth-century French Writer/Artists and The Maghreb: The Literary and Artistic Depictions of North Africa by Théophile Gautier, Eugène Fromentin, and Pierre Loti*, Tübingen: Narr, 1994.

Robert M. Hartwell, "Demographic, Political, and Social Transformations of China, 750-1550", *Harvard Journal of Asiatic Studies*, Vol. 42, No. 2: 365-442, Dec., 1982.

黑格尔《美学》,朱光潜译,北京:商务印书馆,1981 年。

——(Friedrich Hegel) *Vorlesungen über die Ästhetik* Ⅲ,

Sämtliche Werke, Bd. 14, Stuttgart: Fr. Frommanns Verlag, 1928.

海德格尔(Martin Heidegger)《关于人道主义的书信》,《路标》,孙周兴译,北京:商务印书馆,2000年。

胡适,"The Chinese Renaissance",《胡适全集》第35卷《英文著述(一)》,合肥:安徽教育出版社,2003年。

——Chinese Renaissance,《胡适全集》第35卷《英文著述(三)》。

Robert P. Hymes, *Statesmen and Gentlemen: The Elite of Fu-chou, Chiang-hsi, in Northern and Southern Sung*, Cambridge: Cambridge University Press, 1986.

Chalmers Johnson, Review of *Politics and Sinology* by Fogel, *The China Quarterly*, No.103:544-545, Sep., 1985.

荣格(C.G. Jung)《现代灵魂的自我拯救》,黄奇铭译,北京:工人出版社,1987年。

康德(Kant)《判断力批判》,宗白华、韦卓民译,北京:商务印书馆,1964年。

Norbert Kohl, *Oscar Wilde: The Works of a Conformist Rebel*, tran., David Henry Wilson, Cambridge: Cambridge University Press, 1989.

James T. C. Liu & Peter J. Golas, eds., *Change in Sung China: Innovation or Renovation?* Lexington, Mass.: Heath, 1969.

——(刘子健)《中国转向内在——两宋之际的文化内向》,赵冬梅译,南京:江苏人民出版社,2002年。

Hisayuki Miyakawa(宫川尚志), "An Outline of the Naitō Hypothesis and Its Effects on Japanese Studies of China", *Far Eastern Quarterly*, Vol.14, No.4:533-552, Aug., 1955.

倪豪士(William H. Nienhauser)《八至九世纪两个乐府主题的发展——对唐代文学史的启示》,《美国学者论唐代文学》,黄宝华等译,上海:上海古籍出版社,1994 年。

宇文所安(Steven Owen)《唐人眼中的杜甫:以〈唐诗类选〉为例》,卞东波译,《国际汉学研究通讯》第 3 期,北京:北京大学出版社,2011 年。

Walter Pater, *The Renaissance: Studies in Art and Poetry*, London: Macmillan and CO., 1877.

——*The Renaissance: Studies in Art and Poetry*, ed. & noted by Donald L. Hill, Berkeley: University of California Press, 1980.

谢林(Friedrich Wilhelm Joseph von Schelling)《先验唯心论体系》,梁志学、石泉译,北京:商务印书馆,1977 年。

Constance Gosselin Schick, *Seductive Resistance: The Poetry of Théophile Gautier*, Amsterdam: Rodopi, 1994.

什克洛夫斯基(Viktor Shklovsky)《作为手法的艺术》,方珊译,载张德兴主编《20 世纪西方美学经典文本·第一卷》,上海:复旦大学出版社,2000 年。

Paul Jakov Smith & Richard von Glahn, eds., *The Song-Yuan-Ming Transition in Chinese History*, Cambridge, Mass.: Harvard University Press, 2003.

Edward W. Soja, *Thirdspace: Journeys to Los Angeles and Other Real-and-Imagined Places*, Malden, MA: Blackwell, 1996.

Michael Clifford Spencer, *The Art Criticism of Théophile Gautier*, Genève: Librairie Droz, 1969.

SUE Takashi(須江隆), "The Shock of the Year Hsüan-ho 2: The Abrupt Change in the Granting of Plaques and Titles during Hui-tsung's Reign", ACTA ASIATICA, No. 84, Feb. 2003, pp. 80-125.

Wendy Swartz, *Reading Tao Yuanming: shifting Paradigms of Historical Reception* (427-1900), Cambridge, Mass.: Harvard University Asia Center, 2008.

托多洛夫(Tzvetan Todorov)编《俄苏形式主义文论选》,蔡鸿滨译,北京:中国社会科学出版社,1989年。

Linda Walton, "Kinship, Marriage, and Status in Song China: A Study of the Lou Lineage of Ningbo, C. 1050-1250", *Journal of Asian History*, Vol. 18, No. 1 (1984), pp. 35-77.

韦勒克(René Wellek)、沃伦(Austin Warren)《文学理论》,刘象愚等译,北京:三联书店,1984年。

Lien-sheng Yang, Review of *Chūgoku Kinseishi* and *Shina Shigakushi* by Naitō Torajirō, *Far Eastern Quarterly*, Vol. 12, No. 2: 208-210, Feb., 1953.

后　　记

　　本书系由拙撰博士论文增补修订而成。博士论文自2001年通过答辩，至今已过去十一年。遥想上个世纪，朱延丰作《突厥通考》，陈寅恪先生劝其续行增改，待十年后再出版，"盖当日欲痛矫时俗轻易刊书之弊"（《寒柳堂集·朱延丰突厥通考序》）。比及当今，轻易出书之弊有过之而无不及。拙作既不能望朱著项背，而竟延至今天始克增订刊行，固因自身浅薄懒惰，实亦缘于不敢轻易刊书之故。

　　1998年秋，我考入复旦大学中文系，有幸师从王水照教授攻读博士学位。博士论文即在王先生悉心指导下完成。除王先生外，论文尚蒙多位硕学宿儒审议评阅，他们是：复旦大学顾易生教授、陈尚君教授，四川大学周裕锴教授，华东师大马兴荣教授、邓乔彬教授，上海师大曹旭教授和苏州大学严迪昌教授。在答辩会上，又承顾易生、陈尚君、马兴荣、邓乔彬和曹旭诸先生面赐指示。在论文开题报告和预答辩过程中，尚蒙杨明教授、骆玉明教授和查屏球教授先后指教。本书初稿部分内容曾奉呈陈尚君教授和陈引驰教授，承蒙二位先生拨冗晒正。在此谨向以上诸位先生奉上深深的谢意！我无缘谒见严迪昌先生，仅有一次在电话里聆听过他的教诲。严先生已于2003年蓬归道山，谨祝他自在安息。

　　当年写论文所用电脑，全靠奖学金加王先生资助款购买得来。先生怕我不受，乃称资助款只是预支之"稿费"，将来有钱再还。后来我终于有钱偿还，先生却固辞不纳，笑言当初本非"借"，故此不必"还"。王先生和师母一直关心帮助我和我家人，这使我永远铭感！感激之情，难以言表。而自己生性疏懒，多年来读而不作，实深愧于师恩。

　　我同样要对四川大学的周裕锴教授和师母陆萍女士表达感

激之情和惭愧之意。1991年秋,我考入川大中文系。大学期间,有幸聆听周老师授课,顿觉春风拂面,继而心向往之。大四时,通过系里研究生保送考试后,遂决意"吾从周",跟随周老师攻读硕士学位。自1995年至今,周老师和师母始终无微不至地关心我、帮助我、爱护我。以前我们都在长江头,如今我们分住江之头和江之尾。

我不能两次跨过同一条河流,但我可以在同一条河边诵义山蜡炬之诗,歌太白潭水之章,献给王先生和周老师。

从十八到二十五岁,我在川大中文系度过了人生的黄金七年。易丹教授的外国文学课程极大地拓宽了我的视野,大三时我选择易老师作为学年论文的指导教师,获益良多,本书中关于语言的若干浅见即源自彼时。张志烈教授是我硕士阶段的主要业师之一,他深厚的国学知识和精彩的典籍讲解让我领略到中国文化的根本盛大,体会到学术研究的融通境界。我要满怀敬意地感谢易老师和张老师,也谢谢中文系其他老师的教导,包括吴朝义教授、李崇智教授、王红教授、吴兴明教授、冯川教授,以及不幸英年早逝的金诤教授。

感谢匿名专家的评审和国家留基委的资助,让我有机会到汉学重镇日本做访问学者。在大阪大学期间,浅见洋二教授以及中国文学研究室的老师同学们在生活上和学术上都给予我许多帮助。早稻田大学内山精也教授及夫人益西拉姆老师总是在我有困难的时候及时相助。我还受惠于以下诸位前辈先进:同志社大学副岛一郎教授、京都大学绿川英树教授、京都女子大学爱甲弘志教授、立命馆大学芳村弘道教授、奈良女子大学野村鲇子教授,以及东山之会读书会和日本宋代诗文研究会的诸位学者。衷心感谢他们的深情厚意!同样的感谢也献给在日期间帮助过我的金程宇兄、卞东波兄和陈文辉博士。

还要感谢许多朋友。复旦同门学友聂安福、朱刚、刘航、赵冬梅、慈波和侯体健,川大师兄周瑾(与沉),网友一瓢山人(李瑄)、晚藤(伍晓蔓)、巴斯光年(罗宁)、铜豌豆(李懿)等,皆时与往复交流，析疑论学；朱刚、周瑾二兄，益我尤多。大学同窗王栋、刘荣贤伉俪多年来资助我读书治学，同乡校友梁斌也对我戮力相助。台湾东华大学张蜀蕙教授数次远贻资料，复旦出版社常务副总编孙晶博士拨冗照拂，责编宋文涛博士百忙中加班审稿。皆仁人嘉惠，永怀弗谖。默念"卬须我友"之句，仰祈切磋拂拭之恩，感激欣慨，交集于心。

本书部分章节曾分别发表于《文学评论》《文学遗产》《社会科学研究》《杜甫研究学刊》等刊物，感谢这些刊物的厚爱。特别要提到陶文鹏教授、胡明教授和张剑研究员，他们对拙撰小文的褒扬奖掖使我体会到一个朴素的道理：无论外部环境如何，先须做好本位之事。

本书的增订修改工作自博士毕业即告开始。十一年来，沉重的生活压力、繁重的教学任务和杂乱的表格填写常常打乱写作。在写作的最后阶段，儿子出生，有时只能边顾幼儿边工作，思路不时中断。加之本人才疏学浅，研究过程中常有绠短汲深之感。因而书中疏误一定不少，敬请读者谅解并不吝指正。此外，本书初稿完成于2001年4月，其后相关学术论著不断涌现，我在修改过程中已尽量拜读，倘有借鉴，均加注释；惟与拙撰博士论文所见略同之新出成果，则不再引用，以明观点之先后，谨此特别说明。

本书是教育部人文社科研究项目"中唐到北宋的社会转型与文学演变"之最终成果。感谢纳税人，感谢匿名评审专家。

拙著虽是谈艺论史之作，实亦忧时伤生之书。大道惟艰，时节如流。四十之年，忽焉将至。惟冀河清而自由，愿藉高衢以骋力。是以为记。

2012年3月16日
化州李贵记于上海

图书在版编目(CIP)数据

中唐至北宋的典范选择与诗歌因革/李贵著.—上海:复旦大学出版社,2012.10(2019.1 重印)
(复旦宋代文学研究书系/王水照主编)
ISBN 978-7-309-09161-8

Ⅰ.中… Ⅱ.李… Ⅲ.诗歌研究-中国-唐代-北宋 Ⅳ.I207.2

中国版本图书馆 CIP 数据核字(2012)第 186820 号

中唐至北宋的典范选择与诗歌因革
李 贵 著
责任编辑/宋文涛
复旦大学出版社有限公司出版发行
上海市国权路 579 号 邮编:200433
网址:fupnet@fudanpress.com http://www.fudanpress.com
门市零售:86-21-65642857 团体订购:86-21-65118853
外埠邮购:86-21-65109143
常熟市华顺印刷有限公司

开本 890×1240 1/32 印张 11.25 字数 287 千
2019 年 1 月第 1 版第 2 次印刷

ISBN 978-7-309-09161-8/I·708
定价:48.00 元

如有印装质量问题,请向复旦大学出版社有限公司发行部调换。
版权所有 侵权必究